AF482564

Magnus Jacob Crusenstolpe

Katharina die Große - oder Zarin Katharina II von Russland

e-artnow 2018

Karl Bleibtreu
Bismarck (Band 1-4)

Alexandre Dumas
Napoleon Bonaparte

Klabund / Alfred Henschke
Borgia: Aufstieg und Fall einer machtbesessenen Familie: Historischer Roman - Geschichte einer Renaissance-Familie

Pierre de Brantôme
Das Leben der galanten Damen (Aufsehenerregende Memoiren)Sittenbild der französischen adligen Gesellschaft des 16. Jahrhunderts … und Kunstgriffe der vorigen Jahrhunderte

Otto von Bismarck
Gedanken und Erinnerungen: Die Autobiografie von Otto von Bismarck

Magnus Jacob Crusenstolpe

Katharina die Große - oder Zarin Katharina II von Russland

e-artnow, 2018
ISBN 978-80-273-1001-2

Inhaltsverzeichnis

Katharina die Große	11
I.	12
II.	30
III.	54
IV.	64
V.	86
VI.	99
VII.	117
VIII.	142
IX.	162

Katharina die Große

1762-1796

Katharina II. von Rußland

I.

Zustand des russischen Reiches und Beziehungen desselben zu den Nachbarstaaten bei Katharinas Regierungsantritt. – Die Kaiserin unterstützt Biron in Kurland. – Panins Vorschlag, die russische Regierungsform zu ändern. – Bestushews Plan betreffs einer Vermählung Katharinas mit Grigorij Orlow. – Das Komplott in Moskau gegen Orlows Leben. – Verschwörungen in Petersburg. – Der Zustand vor und während der Wahl Poniatowskis zum König von Polen. – Katharinas Reise nach Livland. – Tod des Czaren Iwan.

Mit hervorragender und wahrhaft ausgezeichneter Bildung, wennschon an einem kleinen deutschen Hofe erzogen, schön, entschlossen, leichtfertig und beseelt von den philosophischen Ideen ihrer Zeit, hatte Katharina sich durch ihre eigenen kecken Schritte, wie wir im vorigen Bande gezeigt, den Weg zum Throne gebahnt. Die Mittel, die sie zur Erreichung ihres Zieles angewendet, und die Art und Weise, wie sie ihre Erhebung trotz aller Gefahren und Hindernisse durchgesetzt hatte, ließen eine stürmische Regierung ahnen. Ihre zahlreichen und allgemein bekannten Liebesabenteuer bestärkten jedermann in dem Glauben, daß sie, ähnlich wie vor ihr die Kaiserin Elisabeth, einen möglichst reichen Wechsel in Befriedigung ihrer Leidenschaften und Launen suchen, sich aber nur wenig mit den Regierungsangelegenheiten beschäftigen würde. Hierin betrog sich die allgemeine Erwartung gewaltig: Katharina herrschte selbst und regierte mit einer Staatsklugheit, die Rußland in ganz Europa eine hohe und bisher noch nie besessene Achtung erwarb. Sie sah sehr wohl ein, daß es ihr nur durch den blendenden Glanz großer militärischer und politischer Aktionen gelingen könne, die Welt vergessen zu machen daß sie auf gewaltsame Art den Thron ihres Gemahls bestiegen, und sie beschloß daher, sich durch Genie und Staatsweisheit die allgemeine Anerkennung zu verschaffen.

Unzweifelhaft ist es, daß, wenn sie der noch vollkommen unentwickelten, ja einer höheren Bildung abholden Nation freie Zügel gelassen hätte, der russische Staat sehr bald in die alte Barbarei zurückgesunken sein würde, der unter der Regierung ihrer Vorgängerin Elisabeth die Traditionen der Politik Peters des Großen kaum hinreichenden Widerstand zu leisten vermochten. Die russische Nation bedurfte, so ganz in der eigentlichsten Bedeutung des Wortes, der selbstherrschenden Gewalt eines Monarchen, der auch gegen den Willen der Nation die staatseinheitlichen Reformen und Entwickelungen durchzusetzen wußte, da dem eigentlichen Wesen des Volks jede selbsttätige und auf ursprünglichen Ideen beruhende Lebenstätigkeit fremd geblieben war. Ebenso, wie Peter I. sich hauptsächlich auf auserwählte und dazu geschickte Ausländer stützte, mußte auch Katharina II. zu allen ihren großen Plänen den Beistand ihr dienstbar gewordener Ausländer in Anspruch nehmen. So weit nun solche von den übrigen europäischen Kulturstaaten entlehnte Schöpfungen nur mit Hilfe von Fremden befördert und erhalten werden konnten, mußten sie natürlich für das alte, roh gebliebene, echt nationale Russentum als aufgezwungen, antinational und despotisch erscheinen. Um das Herbe dieses Gefühls für die Altrussen zu mildern und ihnen die eingeführten Neuerungen erträglicher zu machen, hielt Katharina die ebenfalls von Peter dem Großen übernommene Maxime fest, so weit es nur irgend möglich war, Ruhm und Ehren wenigstens scheinbar auf eingeborene Russen fallen zu lassen. Da indessen die Abkömmlinge der alten moskowitischen Familien jeden inneren Triebes zu einer uneigennützigen Tätigkeit für das allgemeine Wohl entbehrten, so mußte durch eine auf künstliche Weise gesteigerte Leidenschaft für Dienstehre und Rangwesen diese Lücke wieder ausgefüllt werden. Belohnungen nach dieser Richtung, oder auch schon Furcht vor Bestrafung, waren damals, sowie auch noch jetzt, die wichtigsten Triebfedern im Mechanismus des russischen Staatsdienstes.

Die Parteiung unter den Staatsmännern sowohl am Hofe, als unter der Regierung beruhte nicht auf Ungleichheit in Grundsätzen, sondern auf eingewurzelten eigennützigen Interessen, für welche Werkzeuge erforderlich waren, die Intrigen einleiten und durchführen, sowie sich gegenseitig bewachen konnten, und die aus diesem Grunde natürlicherweise nicht aus tugendhaften und ehrlichen Leuten bestehen durften. So gestaltete es sich ehedem zur Zeit des ersten Peter, so jetzt in den Tagen der zweiten Katharina, – und das Verhältnis dieser Regenten zu den Regierten führte dann von selbst zu einer unruhigen, vorwärts drängenden und nach außen gerichteten Tätigkeit. Kriegerischer Ruhm mußte den einzelnen für den unausbleiblichen Zwang entschädigen, und die Masse des Volkes erhielt durch die militärischen Erfolge ein Gefühl von Nationalbedeutung, welches späterhin diesen riesigen Körper völlig durchdrang, der sonst so schwer in Bewegung zu setzen war. Wo hätte also Katharina schnellere und größere Resultate erreichen können, als im Kriege, der zu gleicher Zeit die russische Nation aufstachelte und an Tätigkeit gewöhnte und bei dem ihrem scharfen Blicke am allerwenigsten entgangenen Verfall der ihr zunächst liegenden Staaten die glänzendsten Erfolge versprach? – Polen war das erste zur Erprobung ihrer Kraft ersehene Opfer. Dann kam die Reihe an die Türkei, und endlich mußte auch Schweden seinen Tribut beisteuern.

In der Zeit, als Katharina II. die Regierung antrat, war August III. König von Polen und gleichzeitig Kurfürst von Sachsen. Er war von Natur mit einem wenig kräftigen Charakter ausgestattet, der zudem durch Alter und eine Kränklichkeit geschwächt war, welche ihm seine Ausschweifungen zugezogen hatten. Er war ebensowenig in der Lage zu regieren, als den Intrigen und dem Einflusse des Hofes von Petersburg zu widerstehen.

Das ottomanische Reich war damals, sowie auch mehrere Jahrhunderte vorher, fanatisch, barbarisch und unter dem orientalischen Despotismus erdrückt. Dennoch hatten die Ulemas schon etwas mehr Einfluß gewonnen, und die Macht der Janitscharen begann bereits teilweise zu verschwinden. Die Türken, obschon sie überall von den Russen, seitdem Münnich diese anführte, besiegt waren, dagegen über die Österreicher, seit Prinz Eugen tot war, stets Erfolge errangen, bedrohten die Grenzen Ungarns, doch suchte der Sultan, der hinreichend damit beschäftigt war, seine eigenen weit ausgedehnten Staaten im Gehorsam zu erhalten, dem Krieg mit den Russen zu entgehen.

Schweden, das kurz zuvor einen vergeblichen Versuch gemacht hatte, seinem König die ganze Machtbefugnis zurückzuerstatten, die er jetzt mit dem Reichsrate teilen mußte, führte den Grafen Brahe Graf Erik Brahe geb. 25. Juni 1722, hingerichtet 23. Juli 1756. und mehrere seiner Anhänger auf das Schafott und machte den Reichsrat dadurch nur noch mächtiger, als er es schon zuvor gewesen war. Die meisten Mitglieder desselben standen unter dem Einfluß des französischen Gesandten, und König Adolf Friedrich, der Oheim des Czaren Peter III., besaß weder Mut noch Geschicklichkeit genug, um sich der Vormundschaft des Reichsrats zu entziehen.

Das Verhältnis Rußlands zu diesen seinen drei Nachbarstaaten, sowie auch zu den übrigen europäischen Mächten, war bisher noch ein friedliches, besonders nachdem Katharina die gegen Dänemark von Peter III. eingeleiteten Feindseligkeiten eingestellt hatte. Aber das Innere des Reiches war noch von einem unruhigen und rebellischen Geiste beseelt, der eine Schwüle erzeugte, es aufregte und schließlich auch eine Erhebung hervorrief. Weder das strenge Urteil, das bei diesem Anlaß über die vier Hauptträdelsführer der Garden ausgesprochen und vollzogen worden war, noch die Milde der Kaiserin, hatten die Gefühle des Hasses und der Rache zu ersticken vermocht, die als die natürliche Folge einer Ungerechtigkeit erzeugt zu werden pflegen.

Obschon Katharina ihre Usurpation zu bemänteln suchte und sich mit der ihr angenehmen Täuschung schmeichelte, daß ihre Untertanen Peter III. bald vergessen würden, fühlte sie es dennoch nur zu deutlich, daß das Andenken an dessen Tod sich nicht sobald würde auslöschen lassen, und daß man die Gedanken davon nur abziehen könne, wenn man glänzende Taten verrichte und große Pläne glücklich durchführe. Aber sie wußte auch, daß diesen manche Hindernisse entgegenständen, und daß die fehlenden Gelder und zerrütteten Finanzkräfte sowie die Politik bis auf weiteres mit Rußlands Nachbarn Frieden erforderten.

Sie gab deshalb den Krieg fürs erste auf und beschäftigte sich statt dessen mit der Administration ihrer weit ausgedehnten Staaten, richtete ihre Augen auf die Verbesserung und Vermehrung des Handels, den Städtebau, Helbig bemerkt in seiner Biographie Peters III. (Bd. I, S. 2). Katharina II. habe während ihrer Regierung mehr als 250 neue Städte anlegen lassen. Der gute Zweck, den sie dabei im Auge gehabt, sei allerdings verfehlt worden. Die meisten seien alte Dörfer, enthielten außer den Gouvernementsgebäuden, die der Krone gehörten, nur einige elende Hütten und könnten daher selbst mit schlechten und wenig bevölkerten Dörfern in Deutschland nicht verglichen werden. Entweder sei die ursprüngliche Anlage fehlerhaft gewesen oder die Einwohner seien nicht gehörig unterstützt worden, denn, schon nach 20 oder 30 Jahren seien viele dieser Anlagen wieder zugrunde gegangen. In der Tat liegt hier die Wurzel des Übels. Schon Katharina kämpfte vergeblich gegen die heute sprichwörtlich gewordene Korruption des russischen Beamtentums. Am 29. Juli 1762, kaum 3 Wochen nach ihrem Regierungsantritt, erläßt sie bereits scharfe Befehle gegen die Bestechungen und Gelderpressungen, und zwei Jahre später heißt es in dem Bericht eines deutschen Gesandten am Petersburger Hof: »Die Anordnungen, die die Kaiserin seit ihrer Thronbesteigung getroffen, werden mit dem schlechtesten Willen von der Welt vollzogen. Die von der Kaiserin in den Provinzen des Reichs angestellten Justizbeamten sind seit mehr als 10 Monaten nicht bezahlt. Der dazu angewiesene Fond reicht bei weitem nicht aus. Die Raubsucht und die Ungerechtigkeit der habgierigen Richter müssen notwendig das Volk gegen die Souveränin verstimmen, der man die Schuld zuschreibt, daß jene ihr Gehalt nicht bekommen, wodurch sie genötigt werden, auf Kosten der Parteien zu leben. Es ist derselbe Gang, der mit einigen größeren oder geringeren Abweichungen bei fast allen übrigen Einrichtungen befolgt wird.« (Sackens Bericht vom 14. Dez. 1764 bei Herrmann Bd. V S. 337.) Vgl. Katharinas Ukas gegen die Bestechungen und Gelderpressungen (Lichoimstwo, Geschenkfresserei) vom 18./29. Juli 1762 im »Neuveränderten Rußland oder Leben Catharinä der Zweiten«, Riga und Leipzig 1772, Bd. II, S. 153-62. das Wachstum der Marine und vor allem darauf, dem Lande neue Geldquellen zu eröffnen, ohne sich jedoch dabei einer zu strengen und enthaltsamen Haushaltung zu überlassen. Ihr Stolz erlaubte ihr nicht, dem asiatischen Luxus zu entsagen, den der russische Hof schon seit dem Regierungsantritt Elisabeths entwickelt hatte. Außerdem glaubte sie, daß dieser Luxus notwendig sei, um die fremden Nationen in bezug auf Rußlands wirkliche Stellung so lange irre zu führen, bis sie jene durch ihre kecken Eroberungen in Erstaunen zu setzen vermöchte.

Nachdem Katharina mit ihren Ministern gearbeitet hatte, hielt sie gewöhnlich lange Privatgespräche, oft mit Bestushew, oft aber auch mit Münnich. Der erstere klärte sie über die Politik und die Hilfsquellen der europäischen Höfe auf, der letztere teilte ihr seine Reformpläne in staatsrechtlicher und fortifikatorischer Beziehung mit.

Katharina kannte ihre eigenen Talente und ihren Mut genau, und erkannte auch alle Vorteile, die sie aus ihrer Macht ziehen konnte. Als sie eines Tages, erzählt Castéra, Jean Henri Castéra, dessen »Geheime Lebens-und Regierungsgeschichte« Crusenstolpe hier hauptsächlich benutzt, war einer jener diplomatischen Agenten, deren Dienste der französische König neben denen seines Ministeriums des Auswärtigen in Anspruch nahm. Castéra lebte lange in Polen, war in Polnisch Livland gewesen, hatte St. Petersburg, Stockholm, Kopenhagen besucht und hatte nach seiner Rückkehr nach Paris infolge seiner Stellung die Möglichkeit, sich mit den diplomatischen Berichten der französischen Residenten sowohl am russischen wie an anderen Höfen bekannt zu machen. Aus diesen Berichten entstand im Verein mit den von ihm persönlich gesammelten Nachrichten seine »Vie de Catherine II.« Paris 1797 und 1800, die trotz manchen Unrichtigkeiten dazu berufen war, in der westeuropäischen Literatur diejenige Auffassung über Katharina zu begründen, die im wesentlichen noch bis zur neueren Zeit in jener vorherrschend geblieben ist. Vgl. Bilbassow, Catharina II. im Urteile der Weltliteratur, Berlin 1897, Bd. II, S. 78-83. vertraulich mit dem Minister Breteuil konversierte, fragte sie ihn, ob er glaube, daß der zwischen Österreich und Preußen abgeschlossene Frieden zu Hubertusburg lange währen würde.

Louis Auguste Baron de Breteuil
Königl. Französischer Bevollmächtigter ꝛc. 1779

Minister Breteuil

Der Minister antwortete, daß die Ermattung der Völker und die Weisheit der Regenten eine vieljährige Ruhe zu versprechen schienen, fügte aber hinzu, daß sie durch ihre Kenntnis des politischen Systems der europäischen Höfe dies besser als irgend jemand anders würde beurteilen können, und daß ihre eigene Kraft ihr ebenso gestatten würde, die Angelegenheiten nach eigenem Behagen zu leiten und zu lenken.

Katharina sagte, eine bescheidene Miene annehmend: »Sie glauben also, daß Europa seine Augen auf mich gerichtet hat, und daß ich an den größten Höfen desselben auch etwas gelte?«

Die Antwort konnte natürlich keine andere als eine bejahende sein. Katharina hörte sie fröhlich an, und nachdem sie dann mit einem Mal ihre ganze kaiserliche Würde angenommen hatte, fuhr sie fort: »Ich glaube es auch wirklich selbst, daß Rußland einige Aufmerksamkeit verdient. Ich gebiete über eine große und tapfere Armee. Gelder mangeln mir zwar jetzt, das ist wahr, aber in wenigen Jahren werde ich auch damit zum Überfluß versehen sein. Und wenn ich meiner natürlichen Neigung folgen würde, so möchte ich lieber Krieg als Frieden sehen; aber die Menschlichkeit, die Gerechtigkeit und die Vernunft halten mich davon zurück. Indessen werde ich gewiß niemals der Kaiserin Elisabeth gleichen und werde nie mutwillig oder mit hartnäckigem Trotz einen Krieg beginnen. Ich werde ihn anfangen, wenn ich finde, daß er für mich notwendig oder vorteilhaft ist, aber niemals um anderen zu dienen, oder sie zu unterstützen!« – Sie fügte dann nach einer kürzeren Pause hinzu: »daß man sie erst nach fünf Jahren würde beurteilen können, da sie mindestens dieser Spanne Zeit bedürfe, um Ordnung in ihr Reich zu bringen und die Früchte ihrer Sorgen zu ernten; daß sie sich aber während dieser Zeit gegen die Fürsten Europas als eine geschickte und einschmeichelnde Kokette erweisen wolle.«

Der Minister glaubte, daß ihr das alles nur von ihrer weiblichen Eitelkeit diktiert sei, beeilte sich aber dennoch, es mit schmeichelhaften Artigkeiten zu beantworten.

Der erste Gebrauch, den Katharina von ihrer Herrschermacht und dem darauf beruhenden Einfluß machte, äußerte sich zugunsten Birons, dem vom Senat in Mitau Schwierigkeiten in den Weg gestellt wurden. Als sie die Truppen aus Preußen zurückrief, schickte sie ihnen zugleich den Befehl, sich nach Kurland zu begeben, um dort die Ansprüche ihres Schützlings zu unterstützen.

Während der langen Verbannung Birons hatten die kurländischen Stände an seiner Stelle den Prinzen Karl von Sachsen, einen Sohn König Augusts III., zu ihrem Herzog gewählt. Dieser Prinz, durch das Ansehen seines Vaters und die Wünsche der kurländischen Bevölkerung unterstützt, war einem Kandidaten vorzuziehen, der sich schon durch seine Grausamkeit verhaßt gemacht hatte. Aber die Gegenwart einer russischen Armee verminderte bald das Wohlwollen, das man bisher für den Prinzen Karl gehegt hatte. Der Envoyé Katharinas, Simolin, Karl Matwejewitsch Simolin, 1719-1777. diktierte bald dem Senat von Mitau Gesetze, und ein zugunsten Birons ausgefertigtes Manifest bedrohte den König von Polen mit Waffengewalt, so daß er schließlich nachgeben und den Nebenbuhler seines Sohnes als Herzog von Kurland anerkennen mußte. Nachdem Prinz Karl gezwungen worden war, Mitau zu verlassen (16. April 1763), fand daselbst am 22. Juni die feierliche Huldigung für den zurückgekehrten Herzog Biron statt. »An besagtem Tage versammelte sich ein Teil des Adels beiderlei Geschlechts des Morgens um 8 Uhr in der heiligen Dreifaltigkeitskirche, während sich die übrigen zu Hofe begaben, um Ihre Durchlaucht den Herzog abzuholen. Der Zug wurde durch 30 Kutschen vom Adel eröffnet, welchen die beiden Räte der hohen Regierung, Herr von Ossenberg, oberster Burggraf, und der Marschall des Landes folgten. Auf dieses sah man in einer mit sechs Pferden bespannten Karosse den Hofmarschall und sämtliche Kammerherren. Ihnen folgte in einer prächtigen Karosse der Prinz Karl Biron und endlich der Herzog Ernst Johann selber. Sobald Ihro Durchlaucht der Herzog in der Kirche Platz genommen hatte, wurde eine vortreffliche Musik aufgeführt, nach deren Endigung der Herr Superintendent Huhn über die Worte aus Zachariä Kap. 8 V. 17 eine sehr gelehrte Predigt hielt und darinnen sehr nachdrücklich die Pflichten der Untertanen gegen ihre Landesfürsten zeigte. Nach der Predigt wurde das: »Herr Gott dich loben wir« unter Trompeten-und Paukenschall abgesungen, worauf der Hof sich in der nämlichen Ordnung in den Palast zurückbegab.« Geschichte Ernst Johanns von Biron, in verschiedenen Briefen entworfen, Frankfurt und Leipzig 1764. XIX. Brief, S. 177/78.

Durch diesen Erfolg zufriedengestellt, gebrauchte Katharina den ihr zu Gebote stehenden Einfluß bei der Kaiserin Maria Theresia und Friedrich dem Großen, Letzterer hatte Katharina vorher als Druckmittel dienen müssen. »Lassen Sie Brühl sagen«, schreibt sie an ihren Kanzler Woronzow, »daß, wenn er in der kurländischen Angelegenheit auch nur einen Schritt tut, welcher meinen Wünschen widerspricht, ich alle meine Bemühungen, bei dem Könige von Preußen zugunsten Sachsens zu wirken, sogleich einstellen, daß ich dagegen in Polen alle seine Gegner soutenieren und nicht eher aufhören werde, als bis ich ihn aus Polen fortgejagt habe.« Brückner, Catharina II., S. 247. diese zu bewegen, ihre Truppen aus den Erbstaaten des Königs von Polen zurückzuziehen, konnte aber anfangs ihre Absicht nicht erreichen. Maria Theresia schob die Schuld dem Könige von Preußen zu, und dieser warf sie seinerseits auf jene zurück. Glücklicherweise erlaubte der baldige Friedensschluß ihnen nicht, den Zwiespalt länger aufrechtzuerhalten.

Friedrich II, der schon lange erkannt hatte, von welcher Wichtigkeit die Freundschaft Katharinas für ihn werden konnte, und der dieselbe zu gewinnen wünschte, wurde einer ihrer eifrigsten Verehrer und verwandte feine und wahrhaft ausgesuchte Schmeicheleien auf sie. Er sandte ihr unter anderm seinen hohen Schwarzen-Adler-Orden, den sie auch mit großem Wohlbehagen annahm, und mit dem sie sich schon schmückte, als sie noch in Moskau war. Ohne Zweifel hatte sie es nicht vergessen, daß man es Peter III. als ein Verbrechen angerechnet hatte, daß er einen preußischen Orden trug; aber sie wollte ihren Untertanen beweisen, wieviel sie schon jetzt an fremden Höfen gälte, und was für Peter ein Verbrechen gewesen war, wurde in der Tat für sie nur ein Zug politischer Geschicklichkeit.

Inzwischen entstand eine neue Mißhelligkeit zwischen dem Hof von Petersburg und dem von Kopenhagen aus Anlaß der Administration von Holstein. Durch einen geheimen Traktat, der einige Jahre vorher zwischen Dänemark und Schweden abgeschlossen war, hatte letzteres seine Rechte auf die Mitregentschaft von Holstein während der Dauer der Minderjährigkeit des jungen Großfürsten Karl Friedrich, Herzog von Holstein, hinterließ im Jahre 1739 sterbend seinem Sohn Karl Peter Ulrich, dem späteren Peter dem Dritten von Rußland, das angestammte Herzogtum unter der Vormundschaft seines Bruders Adolf Friedrich, der damals Bischof von Lübeck war und später König von Schweden wurde. (Anmerkung des Verfassers.) an Dänemark abgetreten.

Der dänische Hof hatte mit Mißvergnügen die Wiederkunft des Prinzen Georg Ludwig gesehen, der im Namen Rußlands in Holstein befehlen sollte. Er weigerte sich anfangs geradezu, dessen Berechtigung und Macht anzuerkennen. Aber Katharina drohte, und man fürchtete, russische Truppen wieder nach Holstein zurückkehren zu sehen. Dänische Kommissarien überlieferten Kiel, und ein außerordentlicher Envoyé kam aus Kopenhagen nach Moskau, um zu versuchen, das freundschaftliche Verhältnis zwischen beiden Mächten wiederherzustellen.

Die Höfe von St. Petersburg und Stockholm lebten in jener Zeit in bestem Einverständnis. Durch die Bande des Blutes vereint, waren sie beide gleich im Bedürfnis nach Frieden, und Rußland zeigte damals noch nicht das ungeheure Wachstum seiner Macht, wodurch es späterhin ebensowohl Schweden, wie seine anderen Nachbarn gefährlich bedrohte.

Beruhigt hinsichtlich der Absichten der europäischen Mächte, konnte Katharina dies in bezug auf ihre eigenen Untertanen nicht sein. Sie tat indessen alles, was sie für zweckdienlich hielt, um sich diese zu verbinden und ihnen Nutzen zu verschaffen. Sie war edelmütig und freigebig, wenn vielleicht auch mehr aus Berechnung. Der Wunsch, ihre Anhänger zu vermehren, machte sie mitunter zur Verschwenderin. Sie schmückte sich mit einer ihrem Herzen fremden Nachsicht und schien manches zu übersehen, was sie recht gut bemerkte.

Während der ersten Monate nach der blutigen Katastrophe, die Peter III. das Leben kostete, hatte Katharina wenig Zeit gehabt, über den ganzen Umfang des wenn auch von anderen, so doch zu ihren Gunsten begangenen Verbrechens nachzudenken; aber mit der Zeit erkannte sie dessen schreckliche Größe, und auch ihre harte Seele konnte die Gewissensbisse nicht gänzlich ersticken. Außerdem erhielten Konspirationen sie in beständiger Unruhe. Man entdeckte diese zwar in der Regel und kam ihnen zuvor, aber man konnte darum ihre Wurzeln doch nicht vernichten. Katharina war um so mehr durch ihre Lage bedrückt, als sie diese und ihre Gefühle aufs sorgfältigste verbergen mußte.

Auch schmerzte es sie im geheimen, daß sich seit jener Zeit, in welcher Grigorij Orlow ihr öffentlich anerkannter Geliebter geworden war, die durch vornehme Geburt und reiche Gaben hervorragendsten Männer, durch den unermeßlichen Stolz dieses Menschen beleidigt, von ihrem Hof zurückgezogen hatten und sich nun in kühler Entfernung hielten. Katharina mußte es zu ihrem tiefen Kummer oft sehen, daß ihre Gesellschaft nur aus Soldaten bestand, die auf unverschämte Weise das Recht mißbrauchten, welches sie auf ihre Erkenntlichkeit zu besitzen glaubten. Es waren nicht allein die ihr früher geleisteten Dienste, welche sie ihnen lohnen mußte, sondern sie mußte ihnen auch im voraus diejenigen bezahlen, welche sie ihr möglicherweise später noch einmal leisten konnten, und die Freigebigkeit und Gunst, welche sie ihnen im vollsten Maße bewies, sättigten sie weder, noch befriedigten sie sie, sondern vermehrten nur ihre Ansprüche und ihre Gier. Sie errötete im stillen oft selbst über die Vorrechte, die sie ihnen gestattete, und um ihre Fehler und ihre Roheit zu entschuldigen, gab sie vor, daß sie mit ausgezeichneten Eigenschaften begabt seien, die sie jedoch in Wirklichkeit nicht besaßen.

»Ich führe kein angenehmes Leben«, sagte sie eines Tages. »Ich weiß sehr wohl, daß diejenigen, welche meine Umgebung bilden, der Erziehung entbehren; aber ich habe ihnen für alles zu danken, was ich bin. Sie sind mutig und tapfer, und ich bin gewiß, daß sie mich nicht verraten werden«. Bericht vom 23. Februar 1763 bei Raumer, Beiträge zur neueren Geschichte, III, 1, S. 313. – Ein Teil dieser Äußerung war übrigens keineswegs aufrichtig gemeint. Katharinas Mitschuldige entbehrten gewiß nicht des Mutes und der Tapferkeit, aber ihre Treue war jedenfalls sehr zweifelhaft.

Unter ihren stolzen und brutalen Hofleuten war N. J. Panin so ziemlich der einzige, der sich durch ein elegantes, feines Wesen und einen gebildeten Geist auszeichnete. Dessenungeachtet genoß er nur untergeordnetes Ansehen. Er dachte immer noch an seine aristokratische Regierungsform, zu deren Einführung er schon Peter III. hatte bewegen wollen, und so benutzte er denn auch jetzt noch jede Gelegenheit, um die Vorzüge derselben zu preisen. Eines Tages, als er Katharina ganz besonders aufgeregt und ungewöhnlich herabgestimmt fand, glaubte er, daß der Augenblick günstig sein möchte, um seinen Plan vor ihr umfassend zu entwickeln und sie zu vermögen, denselben anzunehmen. Nachdem er die Gefahren, die er für sie fürchtete, sehr übertrieben geschildert und die Schwierigkeiten hervorgehoben hatte, die sich zeigten, um den Verwirrungen zu entgehen, die jederzeit Usurpationen nachfolgen, fügte er hinzu, daß es dennoch ein untrügliches Mittel gäbe, um sich dagegen zu schützen und dann für fernere Zeiten ihren Thron unerschütterlich festzustellen; daß er aber fürchte, eine falsche Empfindlichkeit möchte sie verhindern, sich dieses Mittels zu bedienen.

Katharina bat ihn, sich näher zu erklären. Er enthüllte ihr nun ein Regierungssystem, welches mit Bewunderung zu schätzen ihn eine lange Erfahrung gezwungen habe. »Die moskowitischen Czaren«, fügte er hinzu, »haben bisher eine Macht ohne Grenzen genossen; aber es ist die weite Ausdehnung dieser Macht selbst, welche sie für denjenigen gefährlich macht, der sie gerade inne hat, weil ein kecker Prätendent, der über den Gesetzen steht, in jedem Augenblick diese Macht usurpieren kann. Glauben Sie mir, Majestät! Bringen Sie mit dieser unumschränkten Gewalt ein Opfer. Ernennen Sie einen permanenten Rat, der Ihnen Ihre Krone garantiert. Erklären Sie feierlichst, daß Sie für sich und auch für Ihre Nachfolger der Macht entsagen, die Mitglieder dieses hohen Rates nach Ihrem Gutdünken absetzen zu können. Erklären Sie, daß, wenn diese ein Verbrechen begehen oder sich Vergehungen schwererer Art zuschulden kommen lassen, nur ihre Pairs das Recht besitzen sollen, sie nach gewissenhafter und strenger Untersuchung zu verurteilen. In dem Augenblick, in welchem Sie eine so gewisse Partie ergreifen, wird man es ebenso gewiß vergessen, daß Sie auf eine gewaltsame Art zum Throne gekommen sind, und man wird nur noch daran denken, daß Sie sich durch Gerechtigkeit darauf erhalten wollen.«

Katharina hörte sich Panins Vorschlag an und befahl ihm zunächst, diesen schriftlich auszuarbeiten und ihr sodann zuzustellen. Panin beeilte sich sogleich zu gehorchen, und um sich des

Erfolges noch besser zu versichern, setzte er Grigorij Orlow an erste Stelle der neu zu ernennenden Ratsherren. Der Günstling schien sich durch diese Auszeichnung geschmeichelt zu fühlen, aber er bat sich dennoch Zeit zur Überlegung aus, und ehe er Panin seine Antwort erteilte, holte er sich selbst den Rat des alten Bestushew ein, welcher, um noch in seinen letzten Lebenstagen eine Rolle zu spielen, erklärte, daß er mit seiner Erfahrung die Kaiserin über diesen wichtigen Gegenstand belehren wolle. Bestushew kannte den Wert einer Macht, die er so lange Jahre geteilt hatte, zu gut, um sie gern und willig aus Katharinas Händen entschlüpfen zu sehen. Er begab sich sogleich zur Kaiserin, stellte ihr in kräftigen Worten die ganze Gefahr vor, die in dem Schritt verborgen läge, welchen Panin ihr vorzuschlagen gewagt hatte, und beschwor sie, sich nicht einer später gewiß nicht ausbleibenden Reue auszusetzen, indem sie eine Gewalt teile, welche zu erwerben ihr so viel gekostet habe, und die sie nie wiederzuerlangen imstande sein würde, wenn sie diese nur einen einzigen Augenblick aus den Händen gegeben habe.

Die Kaiserin nahm den Rat des alten Kanzlers an und versprach, ihn zu befolgen. Als sich Panin wieder bei ihr einfand, entdeckte er sogleich, daß sie ihren Vorsatz geändert habe. Sie erwies seinem Eifer volle Gerechtigkeit, rühmte seine Erfahrung und sein aufgeklärtes Wesen, gestand ihm aber auch unumwunden ein, daß sie sich hierin unmöglich seines Rats bedienen könne. Der Minister war ungemein überrascht, eine so schnelle Sinnesänderung bei ihr vorzufinden, sah sich aber von der Notwendigkeit überzeugt, seinen Ärger und sein Mißvergnügen vor Katharina zu verbergen. Vor seinen Freunden sprach er es dagegen laut aus und sagte zu einem derselben: »Wenn die Kaiserin selbst und allein den Staatsangelegenheiten vorstehen will, dann wird man bald sehen, wie sie sich und das Reich ruiniert.«

Indessen erfuhr Panin sehr bald, daß Bestushew es war, dem er für das Mißlingen seines Vorschlages und Lieblingsplanes zu danken hatte, und er fand in kurzer Zeit Gelegenheit sich zu rächen, indem er nun seinerseits einen Plan zerstörte, den der ehrgeizige Greis entworfen hatte, um sich selbst dadurch einer größeren Unentbehrlichkeit zu versichern. Zeuge des Liebesbedürfnisses Katharinas, wußte Bestushew, daß sie sich demselben jederzeit mit der ungezügeltsten Hingebung überlassen würde, und um den Gegenstand ihrer Leidenschaft zu begünstigen, war er imstande, die größten Opfer zu bringen. Insbesondere merkte er, daß keiner unter Katharinas früheren Liebhabern über sie eine so große Gewalt besessen hatte, wie Grigorij Orlow sie jetzt ausübte. Dieser Günstling wurde der Kaiserin mit jedem Tage lieber. Seine männliche Schönheit, die ihre Leidenschaft erregt hatte, und die noch mehr durch eine stolze Miene und durch ein unbeschränktes Selbstvertrauen gehoben wurde, hatte ihm die ausschließliche hohe Gunst erworben, in deren Genusse er sich jetzt befand. Die großen Dienste, welche er Katharina erwiesen hatte – die er ihr immer noch erweisen konnte, das intime Verhältnis, welches zwischen beiden bestand, dies alles überzeugte den schlauen Greis von Grigorij Orlows mächtigem Einfluß. Katharina hatte eine Zeitlang ihre Verbindung mit ihm unter dem Schleier anständiger Zurückhaltung zu verbergen gesucht; bald aber legte sie, entweder aus übertriebener Liebe oder aus Politik das Geheimnis ab und suchte eine Ehre darin, ihre Leidenschaft laut einzugestehen.

Bei den Festlichkeiten und Schauspielen, die im Innern ihrer Gemächer veranstaltet wurden, ließ sie nun jeden Zwang fallen. So hatte sie einstmals eine Menge Menschen zur Darstellung einer französischen Tragödie eingeladen, in welcher Orlow die Hauptrolle spielte, und als sie sich in der Nähe des Herrn von Breteuil, des vertrauten Freundes Poniatowskis, befand, suchte sie jenen während der ganzen Dauer des Schauspiels auf die Anmut ihres jetzigen Liebhabers aufmerksam zu machen und pries in begeisterten Worten seinen Edelmut und Geist. Sodann sich plötzlich erinnernd, daß Orlow allgemein für wenig geistreich gälte, und daß sie dies selbst einmal in Gegenwart Breteuils zugegeben habe, wollte sie diese Übereilung schnell wieder gut machen und sagte: »Glauben Sie mir, wenn Orlow manchmal schwer von Begriffen scheint, so ist dies nur Verstellung von ihm, um unter dieser Maske besser den Hofmann spielen zu können.«

Wir müssen jedoch zu Bestushews Plan zurückkommen. Von der heftigen Leidenschaft der Kaiserin überzeugt, unterrichtete der alte Hofmann den Grafen Orlow von seinem Wunsch, ihn zum Kaiser zu befördern, und erweckte dadurch den an und für sich schon großen Ehrgeiz des Günstlings zu völliger Unersättlichkeit.

Nachdem dies geschehen, begab er sich zur Kaiserin und forschte sie auf eine seiner schlauen Vorsicht entsprechende Weise geschickt über die projektierte Ehe aus. Sie antwortete, wie man erzählt, Castéra, Bd. I, S. 190. daß sie sich, so lebhaft sie es auch wünsche, sich mit ihrem Geliebten zu vermählen, dennoch nie dazu entschließen würde, wenn dieser Vereinigung das geringste Hindernis im Wege stände oder sie auf Widerspruch stieße, und sie gestand, daß sie auch bei reiflicher Überlegung nicht einsähe, wie ein solches Bündnis geschlossen werden könnte, ohne daß ihr ganzes Reich dadurch revoltiert würde.

Der Kanzler nahm es auf sich, die Mittel dazu aufzufinden. Er verfaßte im Namen der russischen Nation eine Bittschrift, in welcher er, nach einer pomphaften Aufzählung alles dessen, was die Kaiserin schon für die Ehre und das Glück ihres Volkes getan hatte, an die schwache Gesundheit des jungen Paul Petrowitsch erinnerte und Katharina beschwor, der Nation einen neuen Beweis ihrer Liebe zu geben, indem sie, durch die Wahl eines zweiten Gemahls, ihre eigene persönliche Freiheit aufopfere.

Wie es der alte Kanzler in seiner Staatsklugheit vorausgesehen hatte, traf es auch ein. Als er die Petition der Priesterschaft vorlegte, beeilten sich zwölf Bischöfe, die er auf seine Weise im voraus zu gewinnen gewußt hatte, zu unterzeichnen. Diese hielten darum an, daß die Kaiserin daran denken möchte, unter ihren eigenen Untertanen denjenigen zu wählen, den sie für den Würdigsten hielte, mit ihr den Thron zu teilen.

Eine große Anzahl höherer Offiziere zollte dieser Petition der Bischöfe Beifall, und ohne Panins Geschicklichkeit in der Leitung der Kontreintrige, den Mut des Hetmanns Rasumowskij und die Tätigkeit des Kanzlers Woronzow würde Bestushew seinen Plan vielleicht mit Erfolg gekrönt gesehen haben.

Schon hatte Katharina von der Kaiserin Maria Theresia für Orlow ein Diplom erhalten, wodurch er zum Range eines deutschen Reichsfürsten erhoben wurde. Sie beabsichtigte auch noch, ihn zum Herzog von Ingermannland und Karelien zu erheben.

Panin vermochte Rasumowskij und Woronzow, der Kaiserin Katharina alles das nachdrücklich vorzuhalten, was die Vereinigung mit Orlow Demütigendes und Gefährliches für sie enthielte. Rasumowskij sprach mit dem ganzen Stolz und der Strenge seines Charakters, – und mit der ganzen Vollmacht, die er in dem Besitz seiner ungeheuren Güter und Reichtümer, sowie der von ihm bereits geleisteten Dienste begründet sah. Woronzow bat sie dagegen herzlich, sich nicht dazu verleiten zu lassen, ein Ehebündnis einzugehen, das die größten Unglücksfälle für das Reich herbeiführen müßte. Seine Vorstellungen, wennschon im tiefuntertänigsten Tone vorgebracht, waren dennoch entschieden und kühn und offenbarten, daß noch eine Kraft in ihm wohnte, die ihm dem allgemeinen Glauben nach längst fehlte.

Katharina, die nie in Verlegenheit zu setzen war, zeigte die größte Überraschung, und nachdem sie Rasumowskij für seine treue und erprobte Ergebenheit gedankt und Woronzows edlen Mut gerühmt hatte, sagte sie: »daß der Gedanke an eine Ehe, die sie so fürchteten, nie vor ihrer Seele gestanden habe; ja daß es ihr völlig unbekannt sei, daß man eine so abscheuliche und ihr verhaßte Intrige eingeleitet habe, und daß, wenn es sich sicher herausstellen würde, daß Bestushew der Urheber derselben sei, er ernstlich dafür bestraft werden würde. Während Hermann (Bd. V. S. 322/23) und mit ihm Crusenstolpe das Orlowsche Heiratsprojekt in Anlehnung an Castéra (Bd. I, S. 189ff.) behandeln, erzählt Brückner (Catharina II., S. 133) mit der Daschkow als Gewährmann kurz, daß Bestushew eine Adresse an die Kaiserin vorbereitete, in welcher die Bitte enthalten war, sie möge sich nach eigener Wahl mit einem ihrer Untertanen vermählen. Als Bestushew Unterschriften für diese Adresse sammelte, stieß er bei dem Grafen Panin, welchen er in dieser Angelegenheit aufsuchte, auf den allerentschiedensten Widerstand. Es gab einen stürmischen Auftritt, welcher damit schloß, daß Panin sich auf der Stelle zur Kaiserin begab, um ihr von dem Beginnen Bestushews Mitteilung zu machen. Katharina erklärte, daß der letztere in keiner Weise von ihr beeinflußt worden sei. Vgl. Memoiren der Fürstin Daschkow, Hamburg 1857, Bd. I, S. 146 ff.

Bestushew sah sogleich, daß sein Plan gescheitert sei, jedoch ohne daß sein bisheriges Ansehen durch das Mißlingen desselben gelitten hätte. Im Gegenteil wurde er an jedem Tage mehr von der Kaiserin und ihrem Günstling bevorzugt, während Woronzow von beiden mit auffallender Kälte behandelt wurde. Bald davon überzeugt, daß allzuviel Eifer nicht das rechte Mittel sei, um Katharina zu gefallen, und voraussehend, daß seine Ungnade schon so gut wie beschlossen sei, suchte Woronzow derselben zuvorzukommen, indem er sich freiwillig vom Hofe entfernte. Er meldete, daß seine Gesundheit durch die angestrengten Kabinettsgeschäfte erschöpft sei, und unter dem Vorgeben, diese wieder herstellen zu wollen, erbat er einen zweijährigen Urlaub, um ein milderes Klima aufzusuchen. Die Kaiserin, der seine Nähe beschwerlich gefallen war, bewilligte gern dies Urlaubsgesuch, stellte sich jedoch, als sähe sie ihn mit Betrübnis gehen, und bat ihn seine Rückkehr zu beschleunigen, um wieder ein Ministerium zu übernehmen, das er mit so großem Erfolg für das Wohl des Reiches verwaltet habe.

Inzwischen hatte bereits das im Dunkeln kursierende Gerücht, Katharina wolle sich mit dem kecken Günstling verehelichen, der dazu beigetragen hatte, ihren unglücklichen Gemahl vom Throne zu stürzen, lebhaftes Mißfallen erregt. Man schmiedete mehrere Komplotte gegen sie und ihren Günstling. Eins dieser Komplotte war nahe daran, glücklichen Erfolg zu haben. Ein Gardewachtposten war vor der Tür Orlows, wie vor der der Kaiserin aufgestellt. Man hatte diesen Posten insoweit gewonnen, daß er versprach, Orlow schlafend drei der Verschworenen zu überliefern. Die Stunde war aber nicht fest genug bestimmt, und als sich die drei dazu Bestimmten einfanden, das Verbrechen auszuführen, war der Posten, der ihnen Beistand leisten sollte, schon von einem andern abgelöst worden. Dieser, darüber verwundert, drei ihm unbekannte Personen zu einer so ungewöhnlichen Stunde das Verlangen aussprechen zu hören, zu Orlow geführt zu werden, machte Lärm, und sogleich eilten andere Soldaten der Garde herbei. Die Verschwörer, durch die Uniform begünstigt, die sie trugen, entkamen jedoch.

Dieser Vorfall verbreitete natürlich großen Tumult im Palast. Katharina, die davon geweckt wurde, glaubte, daß ihr eigenes Leben in Gefahr schwebe, und beeilte sich, Moskau zu verlassen, um nach Petersburg zurückzukehren. Der Tag vor ihrer Abreise zeichnete sich dadurch aus, daß die Bevölkerung eine beleidigende Freude zum Ausdruck brachte, in die sich auch Ausbrüche einer rasenden Wut mischten. Ihr Porträt in Transparent, welches auf einem Triumphbogen des großen Marktes in Moskau aufgestellt war, wurde heruntergerissen, von dem Volke zerstückelt und in den Schmutz getreten. Im Gegensatz zu diesem von Castéra (Bd. I, S. 193) kolportierten Gerücht spricht Katharina sich in einem vom 25. September 1762 datierten Schreiben an den russischen Gesandten in Warschau, Grafen Kayserlingk, über das Verhalten der Moskauer Bevölkerung sehr befriedigt aus. Vgl. Ssolowjew, Geschichte Rußlands, Moskau 1875., Bd. XXV, S. 160.

Als Katharina in Petersburg ankam, unterließ sie nichts, um ihren Einzug glänzend und imponierend zu gestalten. Vor ihrem Staatswagen marschierten sämtliche Garderegimenter einher, und die Wagen aller fremden, an ihrem Hofe beglaubigten Gesandten und ihre Hofstaaten folgten demselben. Aber alle diese Pracht tat die Wirkung nicht, die Katharina von ihr erwartet hatte. Sie erweckte mehr stumme Bewunderung als wahre Freude. Im Gegenteil, die Anzahl der Mißvergnügten nahm noch zu, die Verschwörungen vermehrten sich und wurden um so gefährlicher, als jetzt auch mehrere hervorragende Namen anfingen, ihnen Gewicht zu leihen. Mehrere der mächtigsten Familien des Reichs mußte man jetzt zu Katharinas Feinden zählen, und zwar waren auch einige von denen darunter, die ihr früher am eifrigsten gedient hatten. Graf Panin und sein Bruder befanden sich dabei. Auch Namen wie die der Schuwalows, Trubetzkojs und Golitzyns wurden im Zusammenhang mit einer Verschwörung genannt. Es bleibt unbestritten, daß, wenn sich die verschiedenen Verschwörer alle hätten zu einem Zwecke vereinigen können, und wenn es ihnen möglich gewesen wäre, sich an einen Prinzen zu wenden, der würdig geschienen, die Regierung zu übernehmen, Katharina verloren gewesen wäre. So aber zersplitterten sie ihre Tätigkeit, und die Kräfte verzehrten sich unnütz. Die einen wollten den jungen Großfürsten Paul auf den Thron erheben, die anderen dagegen den ebenso unschuldig als grausam verstoßenen Czaren Iwan wieder zurückrufen. Alle aber waren um die Mittel, ihr

Ziel zu erreichen, verlegen, zeigten sich unentschlossen und stimmten zwar in dem Zweck, Katharina zu entthronen, überein, konnten sich aber durchaus nicht in dem Entschluß vereinigen, wer zu ihrem Nachfolger ernannt werden solle.

Katharina, die ganz im geheimen zur Kenntnis dieser Anzettlungen gelangt war, war einen Augenblick bereit, die Verschwörer verhaften zu lassen; aber sie besaß noch keine hinreichenden Beweise über ihr verbrecherisches Treiben, sondern bloße Verdachtsumstände, von denen sie sich am Ende hätte betrügen lassen, und sie war zu klug, um nicht einzusehen, daß sie durch eine unvorsichtige Strenge gegen so hoch angesehene Personen gerade Gefahr laufen konnte, eine allgemeine Erhebung zum Ausbruch zu bringen. Sie beschloß daher, List anzuwenden, ein Mittel, dessen sie sich in ihrem Leben am häufigsten und meist auch mit dem glücklichsten Erfolg bediente.

Obschon sie sich nach der Revolution, die sie in den Besitz des Thrones brachte, der Fürstin Daschkow gegenüber nicht sehr dankbar erwiesen und auch, nachdem sie sich genötigt gesehen hatte, diese wieder an ihren Hof zurückzurufen, ihr stets mit sichtlicher Kälte begegnet war, stellte sie sich plötzlich, als ob sie ihr das frühere Vertrauen zurückgäbe. Sie zweifelte nicht daran, daß auch die Fürstin an den neuen Komplotten teilnähme, da diese ja gerade von ihren alten Freunden angesponnen wurden. Sie kannte überdies ihre Hartnäckigkeit in Grundsätzen, wußte aber auch, daß sie heftig, leicht erregbar und vor allen Dingen unvorsichtig war. Sie hoffte ihr also die Äußerungen, die ihre Zweifel stillen könnten, leicht zu entlocken. Sie schrieb ihr einen langen Brief, in welchem sie sie mit allen Liebkosungen, welche die Zärtlichkeit nur irgend erdenken kann, überhäufte, denen sie überdies Versprechungen und Anerkennungen hinzufügte, und beschwor sie im Namen ihrer alten Freundschaft, ihr alles zu entdecken, was sie über die neuen Konspirationen wüßte, indem sie versicherte, daß sie alle begnadigen würde, die so töricht gewesen wären, sich darin einzulassen.

Die Fürstin Daschkow geriet in Aufregung und fühlte sich höchst verletzt darüber, daß Katharina den Versuch gemacht hatte, sie zu einem Instrument ihrer Rache zu machen, wie sie es früher zu ihrer Erhöhung hatte sein müssen; sie antwortete auf den vier Seiten langen Brief, den ihr die Kaiserin eigenhändig geschrieben hatte, nur mit folgenden lakonisch kurzen Zeilen: »Madame! Ich weiß von nichts, und wenn ich auch etwas wüßte oder gehört hätte, würden Sie mich doch nicht bewegen können, etwas oder jemand zu verraten. Was verlangen Sie von mir? – Etwa, daß ich das Schafott besteige? Nun wohl, ich bin bereit, es zu besteigen«. In den Memoiren der Fürstin Daschkow findet sich keine Bestätigung dieser Episode.

Durch so viel Stolz überrascht, in Verwunderung gesetzt und überzeugt, daß sie keine Hoffnung habe, denselben zu besiegen, suchte Katharina nun klüglich durch die Triebfedern der Eitelkeit und des Eigennutzes alle die für sich zu gewinnen, an deren Bestrafung zu denken sie nicht wagen durfte. Einige Subalternen unter den Verschwörern, die sogleich verhaftet worden waren, wurden nach Sibirien geschickt, da man es für angemessener hielt, die Sache in aller Stille abzutun.

Indessen unterließ Katharina nichts von dem, was nach ihrer Überzeugung zum wahren Glück des Reiches beitragen konnte. In der Zeit, als sie am meisten für ihre Sicherheit zu fürchten hatte, beschäftigte sie sich mit den Verwaltungsdetails so bedächtig und so ruhig, als hätte sie die Gewißheit, daß ihre Regierung ewig dauern würde. Sie richtete Hospitäler So unter anderem ein Hospital für »die Opfer des ausgearteten Geschlechtstriebes«, wo alle Kranke, beiderlei Geschlechts, unentgeltlich gepflegt und geheilt wurden. Über die in diesem Spital befindlichen Kranken durfte nicht gesprochen werden. Jeder, der sich einfand, bekam beim Eintritt eine Mütze mit der Aufschrift: »Verschwiegenheit«. Vgl. Gallerie aller merkwürdigen Menschen, Chemnitz 1823, Katharina II., Kaiserin von Rußland, S. 73. ein und ermunterte den Handel und die Industrie. Sie ließ neue Schiffe erbauen, und da sie mit tiefer Betrübnis sah, daß die Bevölkerung ihrer Staaten keineswegs der weiten Ausdehnung des russischen Reiches entsprach, und daß selbst ihre fruchtbarsten Provinzen nur schwache Ernten hervorbrachten, weil sie der arbeitenden Arme entbehrten, ließ sie eine Einladung an alle fremden Nationen ergehen, sich in Rußland ansässig zu machen. Katharina brachte der Ansiedelungsfrage ein besonderes Interesse entgegen. Es war noch kein Jahr seit ihrer Thronbesteigung vergangen, als sich über das »Übersiedeln von Landbewohnern« zwischen ihr, dem Generalprokureur Gljebow und dem Grafen M. L. Woronzow eine lebhafte Korrespondenz entwickelte. (Arch. des Fürsten Woronzow, XXVIII, 26.) Schon am 22. Juli 1763 erschien ein Manifest über die Gründung einer Vormundschaftskanzlei für Ausländer und über die Erlaubnis für Ausländer, sich in Rußland niederzulassen, sowie über ihre Rechte. (Allg. Ges.-Sammlg., Nr. 11 879 ff.) Sie versprach ihnen bedeutende materielle Vorteile und vor allem völlig freie Religionsübung, mit dem Rechte, ihr Land, wenn sie es wollten, wieder verlassen und alles, was sie erworben hätten, mit sich nehmen zu dürfen.

Der Umstand, daß die Einwanderer, welche sich in ihrem Reiche niederlassen wollten, nicht denselben Glauben haben würden, den sie selber angenommen hatte, kümmerte sie vernünftigerweise sehr wenig. Sie verlangte von ihnen nichts anderes, als daß sie geschickte Ackerbauer, fleißige und arbeitsame Fabrikanten und vor allem stille, ruhige Staatsbürger sein sollten.

Hinsichtlich des Vermögens, welches sie ihnen später aus ihrem Lande wegzuführen erlaubte, vertraute sie der Erfahrung aller Zeiten und Länder, daß die meisten Menschen ein Land, in welchem sie sich einmal freiwillig niedergelassen, und in dem sie Vermögen und Besitz erworben haben, sehr selten wieder verlassen.

Eine Anzahl Deutscher folgte wirklich ihrer Einladung und bildete hier und dort Kolonien, besonders im Gouvernement Woronesh. Im Anfang vollzog sich die Übersiedlung ziemlich langsam; als aber im Ausland die Anwerbung organisiert wurde, siedelten sich im Jahre 1766 schon gegen 5000 Kolonisten an den Ufern der Wolga, im jetzigen Gouvernement Saratow an. *Bilbassow, Katharina II. im Urteile der Weltliteratur, Bd. 1, S. 90.*

Während eines Teils des Jahres 1763 hielt sich Katharina viel in ihrem Palast auf. Sie entfernte sich auch oft stundenweise vom Hofe, indem sie kürzere Fahrten nach einem oder dem anderen ihrer Lustschlösser unternahm.

Poniatowski, der jetzt nicht mehr in Unkenntnis des Umstandes sein konnte, daß Orlow schon seit langer Zeit Katharinas erwählter Geliebter sei, suchte dennoch durch seine feurigen Briefe die leidenschaftliche Liebe, welche er ihr früher eingehaucht hatte, wieder neu zu beleben, und in dem guten Glauben, daß nur seine Gegenwart erforderlich sein würde, um seinen Nebenbuhler aus dem Felde zu schlagen, hielt er bei der Kaiserin darum an, sich unter dem tiefsten Schleier des Geheimnisses noch einmal nach Petersburg begeben zu dürfen. Aber Katharina, die aus eigner Erfahrung nur zu gut wußte, was sie von Orlows Heftigkeit zu fürchten habe, gestand ihm unumwunden ein, daß ihre Liebe zu ihm erloschen sei, versicherte ihm dafür jedoch, daß ihre Freundschaft dauernder sein würde, und versprach ihm bei allen sich darbietenden Gelegenheiten Beweise davon zu liefern. Sie zögerte auch nicht lange, das ihm geleistete Versprechen zu erfüllen.

Die Intrigen, welche der Wahl Poniatowskis und der Teilung Polens vorausgingen, reden wohl dem Verfalle dieses Staates und der darin herrschenden Anarchie ein lautes Zeugnis, noch gewaltiger sprechen sie aber für den, der es hören will, von der List und Gewalt, die von russischer Seite darauf verwandt wurde, den Ruin des unglücklichen Reiches herbeizuführen. Man kennt den ganzen Einfluß des höheren Adels und der Priesterschaft, der sich von jeher in Polen fühlbar gemacht hatte. Der niedere Adel lebte diesem störenden Verhältnisse gegenüber in der beklagenswertesten Unwissenheit und einer daraus natürlicherweise hervorgehenden Unbedeutendheit. Vor allem war es für die staatlichen Verhältnisse verderblich, daß das so notwendige Mittelglied, der eigentliche Bürgerstand, ganz fehlte. Die Regierungsform Polens war eine so unnachahmbare, verworrene Anarchie, daß die Geschichte keiner Zeit etwas Ähnliches aufzuweisen vermag. Eine höchste Autorität, welche völlig unbeschränkt war, sobald es galt, Gnadenbeweise zu erteilen, aber unfreier war, als jeder Privatmann in seinem eigenen Hausstande, sobald es sich darum handelte, Strafen zu verhängen, mangelhafte Einrichtungen zu verbessern, oder in die Verwaltung eingreifende Beschlüsse zu fassen; ein Senat, der nur eine ratgebende Stimme besaß, während es einem jeden besonderen Reichstagsdeputierten frei stand, ohne nur verpflichtet zu sein, irgendeinen Grund für sein Veto anzugeben, mit diesem einzigen Worte die Beschlüsse der ganzen Nation zu vernichten; eine Konföderation einiger Mißvergnügter, an denen es ja nie und nirgends mangelt, die sich oftmals nur mit einer einzigen Stimme Majorität das Recht aneignete, alle Gesetze, Verträge, Wahlen usw. zu verändern, zu verwerfen und aufzuheben, während es andererseits der Einstimmigkeit dreier Korporationen des Reichstages bedurfte, um die unbedeutendste Kleinigkeit in der Gesetzgebung wieder herzustellen oder abzuschaffen; endlich eine Nation, die viel sprach und bei jeder Gelegenheit das Wort »Freiheit« auf der Zunge zu haben pflegte, aber sklavisch vor jedem ihrer eigenen, vom äußeren Glück begünstigten Mitbürger im Staube kroch; die jeden Augenblick laut mit ihrem Patriotismus prahlte, und bei jedem einzelnen Falle gerade als dessen bitterste Feindin handelte, – das ist das Gemälde, so dunkel die Farben auch sind, welches Polen seit Jahrhunderten darstellt.

Diese jämmerlichen inneren Verhältnisse waren also kein Hindernis für Katharina, sich in die Angelegenheiten ihres Nachbarstaates einzumischen. Eine günstige Gelegenheit bot sich ihr bald dar. Nachdem der Tod des Königs August III. im Monat Oktober des Jahres 1763 eingetreten war, konnten die Familien des hohen Adels nicht über die Wahl eines neuen Königs einig werden. Nach allen Richtungen hin wurde intrigiert, und nachdem die hohen Herren einander in ihrem eigenen Vaterlande hinreichend bekriegt hatten, wurde endlich der russische Kandidat Stanislaus Poniatowski, der ehemals begünstigte Liebhaber Katharinas, zum Könige erwählt. Am 7. September 1764.

Polen hätte niemals eine schlechtere Wahl treffen können. Stanislaus Poniatowski war von Natur zu einem Kammerherrn, Hofmarschall, oder zu irgendeinem andern Amte dieser Art bestimmt worden, doch von einem Könige hatte er auch nicht einen einzigen Tropfen Blutes in den Adern. Er wußte über alles zu sprechen, was man auf dem Parkett und in den Salons unter dem weiten Begriff von Poesie und Kunst zu verstehen pflegt, – er sprach mit dem feinsten Akzent in mehreren ihm eigentlich fremden Zungen, aber seine Rede entbehrte aller Kraft und aller Tiefe des Inhalts. Über die neueste Musik und Mode, über Poeten und Künstler, über Dekorationen, Opern-und Schauspielwesen sprach er, meisterhaft rezensierend und kritisierend, aber jeder männlichen Tugend, ja jedes edlen Gedankens war er bar, es waren dies ihm völlig fremde Dinge.

Die Durchsetzung der Wahl Stanislaus Poniatowskis zum König von Polen war der erste entscheidende Erfolg der russischen Politik in diesem unglücklichen Land; »Ich gratuliere zum König, den wir gemacht haben,« schrieb Katharina in jenen Tagen an Panin. Brückner, Katharina II., S. 260. der hohe Adel hatte mit gewöhnlicher polnischer Kurzsichtigkeit in dem neuen Könige nur ein Werkzeug seiner selbst zu sehen geglaubt, während er sich in Wahrheit durch diese Wahl zum Instrument der russischen Eroberungslust und Teilung Polens hingab. Wie diese Katastrophe der tiefsten Erniedrigung vorbereitet und vollzogen wurde, wie das unglückliche, in die russische Politik verstrickte Polen selbst zu dieser ersten Teilung beitrug, kann natürlich hier nur in größter Kürze angedeutet werden, weil es nicht zu einer Schilderung des russischen Hofes zur Zeit Katharinas II. gehört.

Die Majorität der Polen fing zu dieser Zeit an zu begreifen, daß solange nicht an eine Verbesserung der gesellschaftlichen Verhältnisse des Landes zu denken wäre, als die ausgeübten Mißbräuche der Verfassung in ihrer ganzen Glorie beständen. Sie wollte deshalb diese Verfassung mit den leitenden Ideen der Zeit in Übereinstimmung gebracht wissen. Aber dies war weder nach dem Geschmack Friedrichs des Großen von Preußen, noch dem Katharinas von Rußland, und sie unterstützten daher beide mit ihrer ganzen Macht jede polnische Adelspartei, die bezüglich der Verfassung keine Veränderung wollte, sondern an Aufrechterhaltung des alten unvergleichlichen Wirrwarrs arbeitete.

Es würde zu ermüdend werden, das traurige Bild mit allen seinen Einzelheiten aufzurollen, welches die polnisch-russischen Verwicklungen schon seit dem Jahre 1764 oder seit den begonnenen Grenzstreitigkeiten und dem Dissidentenstreit bis zur endlichen Teilung des Reiches darbieten. Schwer ist es zu entscheiden, was darin das Widerwärtigste ist, ob die russische Brutalität oder die polnische Anarchie,– des russischen Gesandten Repnin Fürst Nikolaj Wassiljewitsch,

1734-1801. unerhörte Keckheit, oder der polnischen Magnaten feile Bestechlichkeit, – die Frivolität des Königs oder die verstockte Kurzsichtigkeit der Parteihäupter. – Man kann durchaus
nicht sagen, daß die russische Politik mit besonders feinen Mitteln zu Werke ging, vielmehr betrieb sie schon seit dem Jahre 1764 alles so offen, daß man, ohne ein Prophet zu sein, den Gang
der Begebenheiten hätte voraussagen können. Unbegreiflich ist indessen, daß Österreich, und
besonders auch Frankreich, die polnischen Angelegenheiten mit einer eben solchen Gleichgültigkeit ansehen konnten, als handele es sich um China oder Japan. Dadurch setzten sich diese
beiden Reiche der Gefahr aus, nicht mehr zur rechten Zeit in den Gang der Begebenheiten
eingreifen zu können, die doch durch ihre allgemeine Wichtigkeit den größten Einfluß auf das
europäische Staatensystem ausüben mußten.

   Die Konföderation zu Bar, – der offene Ausbruch des Streites, die russischen Bestechungen
und Gewalttätigkeiten im Bunde mit der polnischen, zum Sprichwort gewordenen, im ganzen

Lande herrschenden Anarchie, die blutigen Massakrierungen und der sich mitten durch diese Ereignisse wie eine gefährliche Episode hindurchziehende Aufstand der Bauern gegen ihre Herren waren die Vorboten einer Katastrophe, welche kaum noch eines von außen her wirkenden Nachdrucks bedurfte, um den Untergang des Landes herbeizuführen. Rußland war der Herd, auf dem das Feuer geschürt wurde, welches in der Empörung der Bauern in der Ukraine in so verderblichen Flammen aufloderte. Die Priester der orthodoxen Kirche wiegelten in Polen vor allem den Teil der Bevölkerung auf, der ihrem, dem griechischen, Bekenntnis ergeben war, und man sah, als es zu Taten gekommen war, russische Soldaten unter den aufständischen Bauern.

Wäre es den Polen wirklich Ernst gewesen, ihren Staat zu reformieren, so hätten sie gerade in dem Widerstand, den ihre Nachbarn diesem Plan entgegensetzten, die moralische Kraft dazu finden können. Aber sie gaben Katharina durch ihre Bestechlichkeit und durch die allgemeine Korruption, die im Lande herrschte, die Mittel in die Hände, die Existenz ihres Staates zu untergraben. Mit dem Verfall ihrer politischen Unabhängigkeit verfielen zugleich Redlichkeit und alles Ehrgefühl der Polen. Das Laster war so frech geworden, daß es sich fortan nicht mehr in das Dunkel des Geheimnisses hüllte. Mitten im allgemeinen Elend lebte man in einem unaufhörlichen Rausch. In jeder Woche gab die vornehme Welt in Warschau drei oder vier Bälle, bei denen Pharaotische aufgestellt waren, die fortwährend belagert wurden. Kein Tag ging vorüber, ohne daß zehn bis zwanzigtausend Dukaten gewonnen oder verloren wurden. Man sah Reichstagsdeputierte auf eine einzige Karte dieselben Louisdore oder Imperialen setzen, durch welche sie am Abende zuvor vom russischen Gesandten oder dessen Emissären erkauft worden waren. Die Gesellschaft, aufgelöst und aus den Fugen gerissen, ging ihrem Untergang mit Riesenschritten entgegen, und wenn die Teilung Polens noch bis zu einer etwas späteren Zeit hinausgeschoben wurde, so geschah es nur aus dem Grunde, um die Gärung und den Auflösungsprozeß nicht zu unterbrechen.

Die einzige europäische Macht, welche ernstlich gegen die Intrigen Rußlands und die Ansprüche, die es in Polen erhob, opponierte, war – *die Türkei*. Obschon die ottomanischen Staatsmänner dieser Zeit eher den Verfall ihres eigenen Vaterlandes beschleunigten, als verminderten, hatten sie doch hinreichend gesunden Menschenverstand, um einzusehen, daß Polen ihre wichtigste Vormauer gegen Rußlands ehrgeizige Zukunftspläne bildete, und erklärten sich deshalb zu Beschützern desselben.

Einige Zeit vor der Wahl Poniatowskis zum König von Polen hatte Katharina die Absicht zu erkennen gegeben, sich dem Schauplatz ihrer Erfolge zu nähern und Livland besuchen zu wollen. Bevor sie diese Reise unternahm, wollte sie nach Kronstadt gehen, und um den fremden Gesandten und Ministern an ihrem Hofe eine vorteilhafte Meinung von der russischen Marine beizubringen, lud sie dieselben ein, ihr nach diesem damals schon stark befestigten Hafen zu folgen. Bei der Ankunft daselbst teilten jene übrigens keineswegs die Meinung, welche die Kaiserin selbst von der russischen Seemacht hegte. Sie fanden gar zu wenig Schiffe, die sie für nutzbar und imstande, See halten zu können, anerkennen mußten, und der englische Gesandte, der Katharina sonst immer zu schmeicheln pflegte, konnte es nicht unterlassen, ihr gegenüber zu äußern, daß ihre Marine ihm wenig fürchtenswert zu sein scheine. Später hat sie gezeigt, daß sie es werden konnte.

Ehe Katharina Kronstadt verließ, hatte sie dem Grafen Panin den Oberbefehl in Petersburg übertragen. Dann schlug sie den Weg nach Livland ein. Auf der Reise dorthin ereilte sie die Nachricht von jenen traurigen Vorgängen in Schlüsselburg, die später eine Flut von Anklagen und Schmähungen gegen die Kaiserin hervorrufen sollten.

In der Tiefe seines Gefängnisses vegetierend, belebte Czar Iwan noch immer die Hoffnungen aller derer, welche Katharinas Usurpation verabscheuten. Manche Verschwörungen hatten sich zu dem Zweck gebildet oder zur Verbergung ihrer persönlichen Motive das Ziel vorgeschützt, dem unglücklichen Fürsten den Thron wiederzugeben. Treu dem Verleumdungssystem, welches man gegen Peter III. mit so gutem Erfolge angewendet hatte, befolgte der russische Hof dasselbe Prinzip auch dem armen Iwan gegenüber. Bald sagte man, daß er blödsinnig sei und so stark stammele, daß er kaum imstande wäre, irgendeine Meinung verständlich auszudrücken;

bald, daß er dem Trunke ergeben und im Rausche sich wie ein wildes, rasendes Tier gebärde; bald, daß er an periodisch wiederkehrendem Wahnsinn litte und in dem Glauben stände, ein Prophet zu sein. Offenbar ist aber, daß alle diese Gerüchte nur zum Teil der Wahrheit entsprachen und wohl durch solche Personen verbreitet wurden, die in ihrer Unbefangenheit nicht einzusehen vermochten, was für ein Interesse man daran hatte, sie mit solchen Nachrichten zu betrügen. Gewiß mußte Iwan, den man ja absichtlich ohne jeden Unterricht gelassen, und der immer in einem finsteren Gefängnis gelebt hatte, der völlig allein dastand und nur einzelne russische Soldaten um sich sah, höchst beschränkt sein; aber es herrscht doch noch ein großer Unterschied zwischen Unwissenheit und Blödsinn oder gar Wahnwitz. Was am besten beweist, daß er nicht irrsinnig war, sind die Darlegungen seiner Erkenntlichkeit, die er dem Baron von Korff und Leo Naryschkin in dem Gespräche lieferte, das er mit Peter III. hatte, als ihn dieser zum erstenmal in Schlüsselburg sah. Aber mochte nun der Charakter des unglücklichen Iwan sein wie er wollte, alles das, was man zu seinem Vorteil unternahm, bewirkte, daß er Katharina fürchtenswert erschien, und da Prätendenten die Gefahr einer Revolution zu erhöhen pflegen, waren betreffs Iwans die strengsten Vorsichtsmaßregeln getroffen worden. Das Smolenskijsche Regiment war nach Schlüsselburg verlegt worden, und eine Kompagnie der Garnison bewachte die Festung, in welcher Czar Iwan gefangengehalten wurde.

In diesem Regiment stand ein Offizier mit Namen Wassilij Mirowitsch, Wassilij Jakoblewitsch Mirowitsch, geb. 1739. dessen Großvater väterlicherseits die Partei Mazeppas Iwan Stephanowitsch Mazeppa, Kosakenhetmann, geb. um 1640, gest. 22. September 1709, der Held des bekannten Byronschen Gedichts ergriffen hatte, als dieser für Karl XII. gegen Peter den Großen zu den Waffen griff. Die Güter der Familie Mirowitsch waren konfisziert worden, und der junge ehrgeizige Wassilij, der dieselben vergeblich reklamierte, war hierdurch den Agenten des Hofes bekannt. Der Wunsch, auf irgendeine Weise eine höhere Stellung zu erlangen und reich zu werden, Verzweiflung wegen seiner Mittellosigkeit, Rachsucht einer Regierung gegenüber, welche seine Wünsche nicht berücksichtigen wollte, mochten ihn zu dem Entschluß veranlassen, Iwan zu befreien und auf den Thron zu erheben. Vgl. Brückner, Katharina II., S. 152.

Gerade zu dieser Zeit hatten der Kapitän Wlassjew und der Leutnant Tschekin den Befehl erhalten, im Zimmer des Czaren Iwan zu wohnen, und man stellte denselben eine Order Panins zu, durch welche ihnen befohlen wurde, den unglücklichen Prinzen in demselben Augenblick zu töten, in welchem man den mindesten Versuch machen sollte, ihn zu befreien.

Acht Soldaten bewachten gewöhnlich den Korridor, der zu den Zimmern führte, in denen Iwan sich befand, und alle Gänge, welche dorthin führten, waren abgesperrt. Die anderen Leute, denen die Bewachung oblag, befanden sich auf der Hauptwache am Festungstor oder waren an verschiedenen Orten postiert. Das Detachement wurde von einem Offizier kommandiert, der unter dem direkten Befehl des Gouverneurs stand.

Einige Zeit, bevor Mirowitsch seinen Vorsatz ausführte, teilte er denselben einem Leutnant des Welikolutzschen Infanterieregiments, mit Namen Apollon Uschakow, mit, welcher auf dem Altar geschworen hatte, Mirowitsch bei seinem Vorhaben zu unterstützen. Nachdem dann, während der Vorbereitungen zu dem Unternehmen, Uschakow auf einer Dienstreise ertrunken war, entdeckte Mirowitsch sein Vorhaben andern Militärs, welche auf seine Pläne ebenfalls eingingen.

Mirowitsch hatte während einer ganzen Woche, in welcher ihm der Wachdienst in der Festung oblag, nichts zu unternehmen gewagt; aber endlich schritt er, aus Furcht vor einer vorzeitigen Entdeckung, zur Tat.

Nachdem er einen gewissen Pisklow zum Teilnehmer seines Vorhabens erwählt hatte, teilte er ihm das Nähere seines Befreiungsplanes mit und suchte am 16. Juli um neun Uhr abends drei Korporale und zwei Soldaten für denselben zu gewinnen, die zwar anfangs einige Schwierigkeiten machten, bald aber, durch glänzende Versprechungen verleitet, ihm beizustehen versprachen. Indessen beschlossen alle zusammen, entweder aus Furcht oder aus Vorsicht, den späteren Teil der Nacht abzuwarten. Zwischen ein und zwei Uhr kamen sie gemäß ihrer Verabredung von neuem zusammen. Mirowitsch und die Korporale, welche ungefähr fünfzig Soldaten in Bereitschaft gehalten hatten, marschierten nun mit diesen zum Gefängnis Iwans; aber auf dem Wege dorthin begegnete ihnen unglücklicherweise der Gouverneur der Festung, Berednikow. Iwan Berednikow, Oberstleutnant. Als dieser an Mirowitsch die Frage stellte, warum er seine Leute in Reih und Glied treten lasse, ergriff letzterer eine Flinte, stürzte auf den Kommandanten los und streckte ihn mit den Worten: »Du hältst hier einen unschuldigen Fürsten gefangen«, durch einen Kolbenstoß zu Boden, worauf er ihn einigen Soldaten zur Bewachung überlieferte. Dann setzte Mirowitsch seinen Marsch fort. An der Tür angelangt, die zum Korridor führte, an welchem Iwans Zimmer gelegen war, wollten die dort stehenden Posten seinen Eintritt verhindern. Sogleich befahl er seiner Mannschaft Feuer zu geben, was augenblicklich vollzogen wurde. Die Posten schossen nun ihrerseits, aber weder auf der einen noch auf der anderen Seite wurde ein Mann verwundet. Die Patronen, die man dem Detachement zuerteilt hatte, waren nicht mit Kugeln versehen. Mirowitschs Soldaten, über den ihnen geleisteten Widerstand in Bestürzung geraten, wollten sich zurückziehen. Der Anführer hielt sie auf, aber sie verlangten nun, daß er ihnen die Order zeigen solle, die ihm, wie er ihnen gesagt hatte, als Richtschnur seines Verfahrens aus Petersburg zugesandt worden sei. Er zog sogleich ein gefälschtes Dekret des Senats aus der Tasche, zufolge dessen Prinz Iwan auf den Thron berufen und Katharina desselben entsetzt wurde. Der Soldatenhaufen, unwissend und leichtgläubig, glaubte diesem Dekret gehorchen zu müssen und bereitete sich zu einem neuen Angriff vor. Während dieser Zeit hatte man Mirowitsch eine Kanone zugeführt, die er nun selbst gegen die Tür des Korridors richtete. In demselben Augenblick, als er sich anschickte, Ernst zu machen, wurde die Türe geöffnet, und er trat ohne jedes Hindernis mit seiner ganzen Mannschaft ein.

Die vorerwähnten beiden Offiziere, Wlassjew und Tschekin, welche die spezielle Bewachung des Prinzen übernommen hatten, hatten sich in dessen Zimmer zurückgezogen und riefen den Posten zu, Feuer zu geben. Als sie aber dann sahen, daß es für sie kein Mittel mehr gäbe, der so zahlreichen Belagerungsmacht zu widerstehen, gehorchten sie dem Wortlaut ihrer geheimen Order und stürzten sich mit gezogenen Degen auf das unglückselige, unschuldige Opfer, welches man ihnen entreißen wollte.

Bei dem Lärmen und Schießen war Iwan erwacht, und als er die drohenden Bewegungen seiner Wächter sah, beschwor er sie mit flehenden Worten, ihn zu schonen und ihm sein elendes Leben zu gönnen. Als ihm aber die beiden Barbaren dennoch näher rückten, fand er in seiner Verzweiflung Stärke und verteidigte sich lange. Nachdem seine rechte Hand von einem Degenstich durchbohrt und sein Körper mit tiefen Wunden bedeckt war; ergriff er einen von den Degen der Missetäter und zerbrach ihn; aber während er noch mit demselben kämpfte, durchbohrte ihn der andere von hinten. Der, dessen Degen er abgebrochen hatte, vollendete dann die Ermordung mit kalter Grausamkeit durch mehrere Bajonettstiche.

Jetzt wurden die Türen geöffnet, und man zeigte Mirowitsch zu gleicher Zeit die blutende Leiche des Prinzen und den Befehl, durch welchen Panin sie im Namen der Kaiserin ermächtigt hatte, Iwan zu ermorden, wenn jemand den Versuch machen sollte, ihn zu entführen. Da sich das Volk den Glauben nicht nehmen ließ, daß die Vorgänge in Schlüsselburg, insbesondere Iwans Ermordung, nur als ein auf Katharinas Befehl abgekartetes Spiel zu betrachten seien, erklärte die Kaiserin, um solchen Vorwürfen zu begegnen, vor versammeltem Senat: Sie habe in bezug auf den von ihren Vorgängern als Staatsgefangenen behandelten Prinzen Iwan nur die Befehle bestätigt, welche den mit der Bewachung desselben beauftragten Offizieren von der letzten Regierung erteilt worden. (Herrmann, Bd. V, S. 653.) In der Tat existieren mehrere Verfügungen aus der Zeit Peters III., welche dartun, daß die Regierung nichts versäumte, um nötigenfalls der von dem Prätendenten drohenden Gefahr nachdrücklich zu begegnen. In einer Instruktion an den wachthabenden Offizier Owyzin in Schlüsselburg heißt es: »Falls wider Erwarten irgend jemand den Versuch machen sollte, den Gefangenen zu befreien, so soll man sich mit allen Mitteln widersetzen und den Gefangenen *nicht lebend* aus den Händen geben.« Vgl. Brückner, Die Familie Braunschweig in Rußland im 18. Jahrhundert, Russische Revue, Petersburg 1876, S. 379.

Mirowitsch wich anfangs erschreckt einige Schritte zurück, sich dann aber über den entseelten Körper des Prinzen werfend, rief er aus: »O, alles ist verfehlt! Mir bleibt nun nichts mehr übrig, als zu sterben!« Bald erhob er sich jedoch wieder, und weit davon entfernt, sich der Strafe zu entziehen, die er hätte voraussehen können, ließ er sich willig verhaften.

Am folgenden Tage wurde die Leiche des unglücklichen Iwan, in Matrosentracht gekleidet, vor der Kirche in Schlüsselburg zur Schau gestellt. Eine unzählige Volksmenge strömte zusammen, und es ist ganz unmöglich, den Zorn und Kummer beschreiben zu wollen, den der Anblick eines Unglücklichen erregte, welcher, nachdem er von seinem ererbten Throne, als er noch als zarter Säugling in der Wiege lag, grausam herabgestürzt war, seine Tage in immerwährender Gefangenschaft hatte verbringen müssen, und der jetzt im vierundzwanzigsten Lebensjahr in seinem Kerker auf scheußliche und barbarische Art ermordet worden war. Iwan war sechs Fuß hoch, hatte helles, lockiges Haar, einen kurzen russischen Bart, regelmäßige Gesichtszüge und eine außerordentlich zarte, weiße Haut. Seine körperliche Schönheit, wie seine Jugend und das Mitgefühl für sein unglückliches Schicksal verdoppelten die Wut über die Grausamkeit seiner Büttel. Sein Leichnam wurde in einige Schaffelle gehüllt, samt diesen in einen einfachen Sarg gelegt und ohne alle Zeremonie begraben.

Die Offiziere Wlassjew und Tschekin sandten dem Grafen Panin einen kurzen Bericht über den von Mirowitsch gemachten Versuch, Iwan zu befreien, und den dadurch herbeigeführten tragischen Lebensschluß desselben. Panin fertigte sogleich einen Kurier an die Kaiserin nach Livland ab, um ihr das traurige Ereignis mit allen Details mitzuteilen.

Inzwischen war der Generalleutnant Hans von Weymarn nach Schlüsselburg gesendet worden. Nachdem er im geheimen ein Privatverhör mit Mirowitsch und seinen Mitschuldigen abgehalten hatte, führte man dieselben auf seinen Befehl nach Petersburg, wo die Untersuchung ihres Verbrechens von einer Kommission geführt wurde, die aus Prälaten, einer Anzahl Senatoren und mehreren Generälen bestand. Mirowitsch erschien vor seinen Richtern mit der Ruhe, welche nur die Gewißheit, aller Strafe zu entgehen, einem Verbrecher eingeben kann. Mirowitsch' Benehmen nach seiner Verhaftung wurde allgemein als ein Katharina schwer belastendes Moment angesehen. »Bei der gerichtlichen Untersuchung,« sagt Heibig in den ›Russischen Günstlingen‹ (S. 214), »lachte Mirowitsch über die Verfahrungsart, weil er überzeugt war, daß er, weit entfernt, bestraft zu werden, vielmehr große Belohnungen erwarten könnte. Um nicht durch ihn verraten zu werden, hatten seine Henker die teuflische Grausamkeit, ihm seinen Wahn nicht zu benehmen. Mirowitsch lachte immer fort, als er zum Richtplatz geführt wurde und dort sein Urteil erfuhr; und lachte noch, als er statt des gehofften Pardons den Todesstreich empfing.« Er antwortete mit frivoler und oft spöttischer Miene auf alle ihm gestellten Fragen. Nach einem mehrtägigen Prozeß erkannte das Gericht auf Todesstrafe. Er war der Einzige, der zum Tode verurteilt und der vollen Strafe unterworfen wurde. Die Soldaten, welche er zu Iwans Befreiung verleitet hatte, kamen mit mehr oder weniger harten Bestrafungen davon.

Mißhelligkeiten zwischen Grigorij Orlow und Panin. – Verabschiedung des Kanzlers Woronzow. – Polnische Händel. – Ein Abenteuer des englischen Gesandten. – Das Turnier. – Die Pockenimpfung des Großfürsten. – Anwesenheit des Prinzen Heinrich von Preußen in Petersburg. – Der Krieg zwischen Rußland und der Türkei. – Die Fürstin Tarakanow.

Elisabeth Tarakanow

Während Katharina Polen Gesetze vorschrieb, Österreich Hoffnungen machte, sich mit Preußen versöhnte und mit England negoziierte, suchte sie in gutem Einverständnis mit den übrigen europäischen Höfen zu bleiben, arbeitete aber inzwischen eifrig daran, sich auf jede erdenkliche Weise gefürchtet zu machen. Sie vermehrte ihre Armee, ihre Marine und suchte vor allen Dingen die Sitten ihres immer noch mehr als halbrohen und barbarischen Volkes zu heben. Aber von den Großen des Reiches schlecht unterstützt und von denen, die sie umgaben, nicht einmal ganz begriffen, machten ihre Reformen anfangs nur langsame Fortschritte. In Petersburg herrschte der Geist der Revolution und der Zersplitterung. Die Rebellionen, die man dämpfen oder bestrafen mußte, machten Katharina die Männer immer notwendiger, denen sie für ihre Thronbesteigung schon zu Dank verpflichtet war, und die Gunstbezeugungen, die sie diesen gierigen und trotzig auf die von ihnen geleisteten Dienste pochenden Dienern beweisen mußte, verdoppelten das allgemeine Mißvergnügen. Neue Verschwörungen bildeten sich, doch wurden die Gefahren, so drohend sie sich zeigten, von dem Glück, oder richtiger gesagt durch die unglaubliche Geschicklichkeit der Kaiserin, zunichte gemacht. Die Strafen wurden nunmehr im geheimen verhängt, und die Urheber eines Komplottes konnten höchst selten daran denken, sich an einem zweiten zu beteiligen.

Was jedoch Katharina seit dem Tode Iwans am meisten beunruhigte, war die Mißhelligkeit, die zwischen ihrem Günstling und ihrem ersten Minister herrschte, denn die Ergebenheit und die Kühnheit des einen war für sie nicht minder nötig und nützlich, als der Name und die staatskluge Geschicklichkeit des andern. Graf Panin hatte ohne Zweifel auch seine großen Fehler, aber er war der einzige, der wirklich die Staatsangelegenheiten zu leiten vermochte. Seine unerschütterliche Kaltblütigkeit, seine finstere Gemütsart, sein Hochmut und vor allem seine große Bequemlichkeit mißfielen Katharina; aber sie ließ seinen ausgezeichneten Talenten Gerechtigkeit widerfahren und hielt ihn jederzeit im Besitz ihres Vertrauens. Außerdem wußte Panin immer die richtigen Mittel anzuwenden, um, wenn die Kaiserin mit ihm unzufrieden war, sich ihre Gunst bald wiederzugewinnen.

Orlows Ansehen stand auf anderer und zwar heißerer Grundlage, aber er untergrub dieses Ansehen allmählich. Als ein vom Glück übersättigter Liebhaber, schien die anhaltende Leidenschaft, die Katharina in der Liebe erforderte, ihm mit der Zeit beschwerlich zu fallen. Er brachte ganze Wochen auf der Bärenjagd zu und wagte es sogar, sich Seitensprünge zu erlauben, die er vor seiner Herrscherin nicht einmal zu verbergen suchte oder auch vermochte, und dadurch bewirkte er mehr und mehr, daß sich dieselbe mit der Zeit auch ihrerseits geneigt fühlte, seinem Beispiel zu folgen, was sie solange nicht getan, als ihre Neigung erwidert wurde.

Ungeachtet Panin in hohem Ansehen stand und aus seiner Stelle als Gouverneur des Großfürsten und dem Titel eines ersten Ministers reiche Ernten zu ziehen wußte, verursachte ihm doch die Rückkehr des Kanzlers Woronzow, dessen Amt er während der Zeit seines Urlaubs ad interim verwaltet hatte, großen Verdruß. Es lag ihm so viel daran, im Besitz seiner vollen Macht zu bleiben und den Glanz einer Repräsentation zu genießen, die in seinen Augen von höchstem Werte war, daß er sich jetzt so weit herabließ, demselben ihm verhaßten Günstling zu schmeicheln, den er noch kurz vorher hatte stürzen wollen. Orlow war nicht schwer zu gewinnen. Sich immer mit Ärger an die Schritte erinnernd, die der Kanzler Woronzow seinerzeit getan, um ihn daran zu verhindern, sich auf den russischen Thron zu schwingen, forderte er nunmehr unbedingt, daß die Kaiserin Woronzow von den Staatsangelegenheiten fernhalten solle, und so wurde er der Apologist eines weniger offenen und ehrlichen, aber dafür desto geschickteren Feindes. Katharina empfing den zurückkehrenden Kanzler mit großer Kühle, und statt ihn wieder in sein früheres Amt im Ministerium einzusetzen, worüber er bei seiner Abreise das bestimmteste Versprechen erhalten hatte, gab sie ihm deutlich zu verstehen, daß er einen Platz verlassen möge, den er fortan nicht mehr zu ihrer Befriedigung auszufüllen im Stande wäre. Der Kanzler zögerte, ihrem Wunsch Folge zu leisten, gab aber endlich doch in Erwägung der Umstände und auf den Rat seiner Freunde nach. Er verlangte seine Entlassung, und nun zeigte man ihm gegenüber über den Verlust, der den Staatsdienst durch seinen Abgang träfe, ein Bedauern, das ebensowenig aufrichtig war, als das von ihm angegebene Motiv der Sehnsucht nach Ruhe. Um sich für die Freude erkenntlich zu zeigen, welche sein Gehorsam verursachte, bewilligte man ihm eine außerordentliche Gratifikation von fünfzigtausend Rubeln und eine jährliche Pension von siebentausend.

Neben den unzähligen Mitteln, deren sich Katharina bediente, um die Anstifter der Komplotte ans Licht zu ziehen, von denen ihre Ruhe unaufhörlich gestört wurde, versäumte sie nicht den Briefwechsel der in Petersburg beglaubigten Gesandten und Minister ausspionieren zu lassen. Die Korrespondenz des französischen Envoyés Beranger war ihr verkauft worden; sie besaß persönlich den Schlüssel zu seiner Chiffre und fand in seinen Briefen, wenn auch nicht eine offenbare Teilnahme an den Manövern der Verschwörer, so doch wenigstens eine genaue Kenntnis von alledem, was sich um sie herum im geheimen zutrug. Ihr Stolz war verwundet, ihr Haß gegen den Hof von Versailles wurde dadurch verdoppelt, und die beleidigende Kälte, welche sie dem Agenten dieses Hofes bewies, machte es für denselben nicht nur wünschenswert, sondern bald auch notwendig, sich aus ihrer Nähe zu entfernen.

Ludwig XV. sandte darauf den Marquis de Beausset, einen eingebildeten und bornierten Menschen, nach St. Petersburg, über den sich die Minister Katharinas bald beklagten. Da Beausset des wirklichen Anlasses dieser Klage vollkommen unkundig war, so richtete er wenig Aufmerksamkeit darauf und suchte einer Erneuerung derselben gar nicht zuvorzukommen.

Katharina hörte nie auf, Voltaire François Marie Arouet de Voltaire, geb. 21. November 1694, gest. 30. Mai 1778. und d'Alembert zu schmeicheln, welch letzterer es jedoch, wie schon früher erwähnt, ablehnte, die Stelle eines Gouverneurs des Großfürsten anzunehmen. Als die Kaiserin erfuhr, daß Diderot Denis Diderot, geb. 5. Oktober 1713, gest. 30. Juli 1784. ohne alles Vermögen sei und, um seine einzige Tochter mit einer Mitgift zu versehen, seine Bibliothek verkaufen wolle, ließ sie diese für sich erstehen, doch unter der Bedingung, daß sie für Diderots Lebenszeit völlig zu dessen Disposition bleibe, und ernannte ihn mit einem bedeutenden Gehalt zu ihrem Bibliothekar. Einige Zeit vorher hatte sie dem berühmten Chirurgen Morand eine Sammlung aller goldenen und silbernen Medaillen, welche in Rußland geschlagen waren, gesandt, um ihm ihre Befriedigung über die anatomischen Präparate und chirurgischen Instrumente zu beweisen, die er ihr für die Petersburger Sammlungen verschafft hatte. Fast alle ausgezeichneten Schriftsteller und Künstler in Paris empfingen Zeichen ihrer Freigebigkeit, und ihre Wohltaten bewundernd, ließen sie ihren Ruhm laut in die Welt erschallen.

Im Jahre 1765 nahm auch der geheime Plan, welchen Katharina bei der Erhöhung Stanislaus Poniatowskis zum König von Polen im Auge gehabt hatte, festere Formen an. Ihre Prätensionen waren übertrieben, aber Truppen, welche sie marschieren ließ, unterstützten dieselben, und sie begann einen befehlenden Ton anzunehmen. Drohungen und Äußerungen des Mißvergnügens waren die Folge, und man forderte das Volk geradezu auf, zu den Waffen zu greifen. Der König selbst, entweder über die Opfer errötend, welche man von seiner Erkenntlichkeit verlangte, oder vielleicht auch nur von der Furcht bewogen, seine Nation zu revolieren, erklärte auf das bestimmteste, daß er diesen unerwarteten Prätensionen nie beipflichten könnte.

Auf diese Antwort hatte Katharina nur gewartet, und von diesem Augenblick an nahm sie die Teilung Polens als ein Faktum, das ihr vorher wohl nur als im Bereich einer späteren Möglichkeit liegend vorgeschwebt hatte. Ihre Maßregeln waren so vorsichtig getroffen, daß der König von Preußen, von keinem geringeren Ehrgeiz beseelt als sie, sich beeilte, ihre Absichten und Pläne zu unterstützen, und die Kabinette von London, von Stockholm und Berlin zollten den räuberischen Taten Rußlands lauten Beifall.

König Stanislaus Poniatowski, der seinen Untertanen weder Vertrauen einflößen konnte, noch die Freundschaft der Russen wiederzugewinnen vermochte, wurde von allen Parteien angeklagt und lebte eher als Gefangener wie als König in seiner eigenen Hauptstadt. Fürst Repnin befahl despotisch in Warschau und versäumte keine Gelegenheit, den schwachen und unglücklichen König zu demütigen. Ein einziger Zug dürfte hinreichend sein, um den Beweis zu liefern, wie wenig Achtung der russische Ambassadeur dem Könige von Polen bewies. Eines Tages, als der König im Schauspiel war, zögerte der Ambassadeur, sich auch dorthin zu begeben. Da man sah, daß er nicht kam, ließ man den Vorhang in die Höhe gehen und das Spiel beginnen. Der erste Akt und ein Teil des zweiten waren schon aufgeführt, als Repnin in seine Loge trat. Darüber beleidigt, daß man seine Ankunft nicht abgewartet hatte, ließ er das Schauspiel unterbrechen und das Stück sogleich von neuem beginnen.

Indessen geriet ganz Europa über das Benehmen des russischen Hofes in Erstaunen. Man konnte die Möglichkeit nicht fassen, daß Katharina so plötzlich die Feindin eines Königs geworden sein sollte, den sie doch selbst auf den Thron gehoben hatte. Aber was vermochte wohl die schwache Erinnerung an eine erloschene Liebe in dem Herzen eines ehrgeizigen Weibes, das, als sie die Fesseln Polens schmiedete, allen nordischen Mächten dominieren und sich den südlichen furchtbar machen wollte?

Sie war sich darüber im klaren, daß der König von Preußen ihre Pläne begünstigte. »Mit Hilfe Ew. Majestät bin ich des Erfolges aller meiner Unternehmungen sicher,« schrieb sie an den König. »Keiner meiner Vorgänger hat sich der Bundesgenossenschaft eines Königs Friedrich erfreut.« Magazin der Hist. Ges. XX, S. 206. Schweden und Dänemark beherrschte sie ganz nach Behagen: das erstere durch ihre Intrigen, das letztere durch die Vorspiegelung, daß sie ihm Holstein abtreten würde. Sie schmeichelte England mit der Aussicht auf einen vorteilhaften Handelstraktat, und alles schien dazu beizutragen, sie in ihren ehrgeizigen Plänen zu begünstigen.

Ludwig der XV. von Frankreich

Frankreich war der erste Staat, der die geheimen Absichten Katharinas kreuzte, denn der Herzog von Choiseul Etienne François Herzog von Choiseul-Amboise, Marquis von Stainville,

1719-1785, 1758 französischer Minister des Auswärtigen, seit 1761 Kriegs-und Marineminister. sah ein, daß der Zuwachs an Macht, den sie zu erwerben suchte, notwendigerweise die Bedeutung des Hofes von Versailles vermindern mußte. Um Katharinas gefährliche Pläne zu verhindern, beschloß er das Ottomanische Reich zum Kriege gegen sie zu reizen.

Der französische Ambassadeur in Konstantinopel, Graf von Vergennes Charles Gravier Graf von Vergenne, geb. 28. Dezember 1717, gest. 13. Februar 1787, 1771 französischer Gesandter in Stockholm, 1774 Minister des Auswärtigen. stellte den türkischen Ministern vor, wie ungerecht und gefährlich es sei, daß Rußland die Rechte der polnischen Nation zu kränken und sich mehrerer Provinzen derselben zu bemächtigen wage. Er zeigte, daß die Demarkationslinie, welche der Hof von Petersburg fordere, auch für die Besitzungen des Türkischen Reiches am Schwarzen Meere gefährliche Folgen heraufbeschwören würde, und ermahnte die Hohe Pforte, so kräftig als möglich gegen die Durchführung dieser Demarkation anzukämpfen. Die Ränke der Franzosen in der Türkei reizten den Zorn der Kaiserin in hohem Grade. In einem Schreiben an Alexej Orlow verglich sie die Aktion der französischen Staatsmänner mit tollen Katzen. Ein andermal ist von den »french dogs« die Rede. *Brückner, Katharina II., S. 289.*

Katharina schloß nun einen Allianztraktat mit dem Hof von London ab, um sich Englands Beistand während des in Aussicht stehenden Krieges gegen die Türkei zu sichern. Aber gerade während sie der englischen Nation am meisten schmeichelte, behandelte sie den Ambassadeur dieses Volkes an ihrem Hof in Petersburg ohne alle Schonung. Um besser in die geheime Politik der Kaiserin einzudringen, unterhielt der Gesandte einen geheimen Liebeshandel mit einem ihrer Hoffräuleins. Diese Intrige war lange Zeit ein Geheimnis geblieben, aber das junge Fräulein befand sich endlich in einer gewissen, unter den obwaltenden Verhältnissen höchst unangenehmen Lage, und da das Abenteuer schließlich eine so große Publizität erhalten hatte, daß es der Kaiserin völlig unmöglich war, den Vorfall mit Stillschweigen zu übergehen, so befleißigte sie sich der äußersten Strenge, verwies die Verbrecherin auf schimpfliche Weise von ihrem Hof und verbot auch dem Ambassadeur für einige Zeit, sich vor ihren Blicken zu zeigen.

Diese Strenge kontrastierte gar zu sehr mit dem, was sie sich selbst in Liebesangelegenheiten erlaubte, und sie betrog sich in der Meinung, dadurch ihr eigenes Betragen in den Augen der großen Masse zu verbessern. Schon früher hatte es sich als nichts Ungewöhnliches gezeigt, daß sie zuweilen ebensoviel Heuchelei in ihren Sitten als in der Religion bewies. Eines Abends sprachen zwei Hofdamen auf einem Maskenball gar zu laut über ihre Liebhaber. Die Kaiserin näherte sich und befahl ihnen mit strengem Ton und finsterer Miene, den Ball zu verlassen, wenn sie es nicht besser verständen, den Anstand zu beobachten.

Alles dieses erregte Mißvergnügen und entfachte den Funken im Verborgenen glimmender Verschwörungen, als deren Herd die alte Hauptstadt des Reiches, Moskau, galt. Über die dortigen Umtriebe unterrichtet, beschloß Katharina, sie durch ihre Gegenwart zu ersticken. Der strenge Winter verhinderte sie jedoch vorläufig daran, die lange Reise zu unternehmen, und während der dadurch veranlaßten Verzögerung suchte sie die Mißvergnügten durch den Glanz der Vergnügungen zu blenden, welche ihr Hof darbot. So wurden in Petersburg zwei oder drei festliche Turniere veranstaltet, bei welchen die russischen Hofleute, in den Rüstungen der alten Ritter und mit deren Waffen geschmückt, den denkbar größten Luxus entwickelten, und mit mehr Stärke als Geschicklichkeit einigen Puppen, die Mohren darstellten, den Kopf abhieben und mit ihren Lanzen Tiger und wilde Schweine von Pappe durchbohrten. Diese kostbaren, aber bei alledem toten und verächtlichen Schauspiele fanden bei dem großen Haufen mit seiner Geschmacklosigkeit außerordentlichen Beifall. Auch hatte man nichts unterlassen, was denselben irgendeinen Glanz oder Interesse verleihen konnte. Ein Amphitheater befand sich vor dem für die Übungen der Ritter bestimmten Kampfplatz, und man hatte neben demselben zwei prachtvoll dekorierte Logen errichtet, die eine für die Kaiserin und ihren Hof, die andere für den Großfürsten. Mitten auf der Bahn befand sich ein Thron, der von den Kampfrichtern eingenommen wurde, die von vierzig Rittern umgeben waren, und vor ihnen saßen vier Herolde und acht Trompeter. Sogar Damen des Hofes nahmen an den ritterlichen Übungen teil. Die Wettkämpfer waren in vier Quadrillen geteilt, von denen jede eine andere Nationalität darstellte.

Man sah darunter Slawonier, Indier, Römer und Türken, alle prächtig gekleidet und mit Perlen und Juwelen bedeckt. An der Spitze der beiden letzten Quadrillen standen Grigorij Orlow und sein Bruder Alexej.

Der Feldmarschall Münnich, der zum ersten Kampfrichter ausersehen war, wendete sich damals an die Gräfin Buturlin, welche den ersten Preis gewonnen hatte und sagte zu ihr: »Sie sind es, Gräfin, welcher Ihre Kaiserliche Majestät mir befohlen hat, den höchsten Preis für bewiesene außerordentliche Geschicklichkeit und ausgezeichnete Anmut zu überreichen. Erlauben Sie mir, der erste zu sein, der Ihnen zu dieser ehrenden Auszeichnung Glück wünscht, welche Ihnen das Recht gibt, mit Ihren siegreichen Händen die anderen Preise an die Damen und Ritter zu verteilen.

»Für mich, der ich in fünfundsechzig Dienstjahren unter den Waffen ergraut und der älteste General in sämtlichen europäischen Staaten bin, ist es eine hohe Ehre, welche alle meine Taten krönt, heut nicht nur Zeuge, sondern auch Richter über eine so überlegene und dabei doch so graziöse Geschicklichkeit zu sein.«

Die holde gekrönte Siegerin war die dritte des oft erwähnten Schwesterpaares Woronzow, das berufen war, so oft in die innere Geschichte Rußlands einzugreifen, nämlich der Fürstin Daschkow und Elisabeth Romanownas, der Maitresse Peters III. Ihr Mann glich ihr in mehr als einer Beziehung, und sie teilte mit ihm an diesem Hofe den zweifelhaften Ruf, als die ausschweifendste Person Petersburgs angesehn zu werden.

Auch zur Zeit dieser Spiele und Vergnügungen wußte sich Katharina persönlich mit würdigeren Gegenständen zu beschäftigen, die wohl dazu geeignet waren, ihre Macht zu festigen. Sie reformierte die Rechtspflege durch Einrichtung neuer Gerichtshöfe; sie gründete Schulen, »Was öffentliche Schulen betrifft,« heißt es in einer Konstitutionsakte für die innere Verwaltung des Russischen Reiches vom Jahre 1775, »muß das Kollegium sich bestreben, 1. daß in allen Städten und volkreichen Dörfern Schulen seien, zu deren Besuchung aber weder Eltern noch Kinder zu zwingen sind; 2. daß die Armen unentgeltlich, Vermögende für mäßige Bezahlung unterrichtet werden; 3. daß der Unterricht sich über Lesen, Zeichnen, Schreiben, Rechnen, Religion und Moral erstrecke; 4. daß die Schulzimmer reingehalten, täglich gekehrt und auch Winters gelüftet werden; 5. daß, Sonn-und Festtage und die Nachmittage am Mittwoch und Sonnabend ausgenommen, täglich vier Stunden lang zu zwei Malen unterrichtet werde; 6. daß die Lehrer die Kinder mit keinen Leibesstrafen belegen, und 7. daß die Lehrer das Ihrige bekommen, und die fahrlässigen und unordentlichen abgesetzt werden.« *Annalen der Regierung Katharinas der Zweyten, Leipzig 1798, Bd. I, S. 64.* Hospitäler und legte Kolonien im Innern des Reiches an, um das Land zu bevölkern und Ackerbau und Industrie zu heben. Sie suchte ihrem Volk Liebe zu den Gesetzen einzuhauchen und durch Unterricht dessen Sitten zu heben. Im Gegensatz hierzu findet sich bei Dolgorukow (Wahrheit über Rußland, S. 179) ein von diesem persönlich zur Kenntnis genommenes Schreiben der Kaiserin an den Feldmarschall Saltykow, das folgenden charakteristischen Satz enthält: »Man muß dem gemeinen Volk keinen Unterricht geben; wenn es so viel wüßte, Herr Feldmarschall, wie Sie und ich, so würde es uns nicht mehr so gehorchen, wie es uns jetzt gehorcht.« Sich nach einer Macht ohne Grenzen sehnend und nach jeder nur möglichen Ehre strebend, wollte sie gleichzeitig Eroberin und Gesetzgeberin sein. Mitten unter den Vorbereitungen zu einem Kriege, die ihre volle Aufmerksamkeit in Anspruch zu nehmen schienen, und unter sinnlichen Genüssen und leichtfertigen Zerstreuungen, versäumte sie dennoch nicht, sich Ehrfurcht und Bewunderung zu erzwingen.

In keinem zweiten Lande der Welt ist die Gesetzgebung so verwickelt, so finster, eigenwillig und despotisch gewesen, als in Rußland. Das von Alexej Michajlowitsch gestiftete Gesetzbuch war, wenn auch nicht förmlich aufgehoben, so doch wenigstens verändert. Unzählige Edikte und Ukase widersprachen ihm, die unter den verschiedenen Regierungen nach der Laune des Augenblicks oder von hundertfach sich kreuzenden Interessen diktiert waren. Der Senat, die Kollegien, alle Gerichtshöfe des Reichs, durch so viele sich widerstreitenden Gesetze in Verwirrung gebracht, zogen die Prozesse so in die Länge, daß sie der Verewigung entgegen zu gehen schienen, und wenn sie endlich einmal entschieden wurden, so geschah es oft ohne alle Billigkeit. Mit diesen Übelständen vereinigte sich ein noch größerer, nämlich der, daß die Richter sich auf die leichteste Weise von der Welt – durch Geld – zum Schweigen bringen ließen. Außerdem waren sie oft so unwissend, daß sie nicht einmal lesen konnten. Trotz alledem besaßen sie unumschränkte Macht und verurteilten ohne Untersuchung zur Knutenstrafe oder Verbannung nach Sibirien.

Katharina beschloß allen diesen Unordnungen abzuhelfen und tat es auch nicht ohne Erfolg. Um den Richtern jeden Vorwand zu nehmen, mit dem sie ihre Versäumnis und ihre Bestechlichkeit hätten entschuldigen können, vermehrte man die Gehälter derselben, Nur daß diese, wie schon erwähnt, nicht pünktlich ausbezahlt wurden. – ein Mittel, das leider nicht immer hinreichend ist, welches aber klar beweist, daß Katharina den Geist sehr wohl kannte, der in der russischen Nation herrschte und noch herrscht. Katharina tat aber noch mehr: sie setzte Pensionen für die Richter fest, wenn sie durch Alter oder Krankheit genötigt sein sollten, ihre Ämter niederlegen zu müssen.

Später beschäftigte sich die Kaiserin auch selbstständig mit der Abfassung eines neuen Gesetzbuchs. Alle Provinzen Rußlands und auch die barbarischen Volksstämme, welche in den entlegensten Teilen dieses weit ausgedehnten Reiches leben, erhielten den Befehl, Deputierte nach Moskau zu senden, um dort ihre Meinung betreffs der für sie dienlichsten Gesetze vorzutragen. Es war ein interessantes Schauspiel, die Deputierten von so zahlreichen Völkerstämmen, so verschieden an Sitten, Trachten und Sprache, über Gesetze diskutieren zu sehen, während sie vorher nie etwas anderes gekannt hatten, als dem selbstherrlichen Willen eines Herrschers zu gehorchen, den sie in den meisten Fällen nicht einmal kannten.

Man rühmte nun Katharina laut wegen ihrer Aufgeklärtheit, ihrer Weisheit und Menschlichkeit; aber Schmeichelei und Furcht hatten mehr Anteil an diesem Ruhme, als Bewunderung. Man wollte die Gunst der Kaiserin gewinnen, oder wenn dies nicht möglich sein sollte, wenigstens versuchen, Sibirien zu entgehen. Die Samojeden waren übrigens die einzigen unter den versammelten Nationalitäten, die sich wirklich frei zu äußern wagten. Einer von ihnen sagte im Namen der übrigen: »Wir sind einfache Leute, aber frei; wir weiden in der Stille und Abgeschiedenheit unsere Renntiere und brauchen keine neuen Gesetze; stiftet aber ein solches, das die Russen, die unsere Nachbarn sind, und die Gouverneure, die man uns sendet, verhindert, ferner ihre Räubereien auszuüben.«

Die Zusammenkünfte gaben übrigens bald Gelegenheit zu stürmischen Auftritten. Man fing an von der Freiheit der Bauern und der Abschaffung der Leibeigenschaft zu reden. Mehrere Millionen dieser armen Unterdrückten waren bereit, mit ihrer ganzen Kraft diese Forderungen zu unterstützen. Der Adel aber fürchtete eine allgemeine Erhebung, glaubte eine Verminderung seiner Reichtümer voraussehen zu müssen, und einige wagten die Äußerung zu tun, daß sie den ersten niederstoßen würden, der die Befreiung ihrer Sklaven im Ernste verlangen sollte. Graf Scheremetew, der reichste Privatmann in Rußland, Er besaß 120 000 Bauern. Seine jährlichen Einkünfte wurden auf 600 000 Rubel veranschlagt. sagte dagegen, daß er für seine eigene Person sehr gern in diese allgemeine Freigebung willigen würde. Die Gemüter wurden erhitzt, und es ließen sich leicht gefährliche Folgen voraussehen. Die Kaiserin hatte den Deputierten so große Vollmacht gegeben, daß jene mit einiger Geschicklichkeit – wie sie die späteren Zeiten bei parlamentarischen Versammlungen entwickelt haben – auch sie selbst, die sie zusammenberufen hatte, hätten absetzen können. Einige ließen es auch merken, daß sie die ihnen eingeräumte Macht in vollster Ausdehnung verstanden hätten. Katharina kam zur Einsicht des gefährlichen Schrittes, den sie unbewußt gewagt, und sehr bald wurden die Deputierten wieder in ihre Provinzen zurückgeschickt.

Bevor sie auseinander gehen mußten, verlangte man jedoch von ihnen, daß sie einen glänzenden Beweis ihrer Erkenntlichkeit geben sollten. Sie fügten, um sich dieser Pflicht zu entledigen, dem Titel der Kaiserin die Prädikate: »groß«, »weise«, »Mutter des Vaterlandes« zu. Als man Katharina bat, diese Titel anzunehmen, antwortete sie mit verstellter Bescheidenheit: »daß, falls sie sich der ersten Benennung würdig gemacht haben würde, es der Nachwelt zukäme, ihr jene zu verleihen, daß Weisheit aber eine Gabe des Himmels sei, für welche sie Gott danke, ohne zu wagen, sich das Verdienstliche des Besitzes anzumaßen; was aber den Titel einer Mutter des Vaterlandes beträfe, so wäre ihr dies der liebste, ja es sei der einzige, den sie annehmen könne, da sie ihn als die ehrenvollste Belohnung aller ihrer Mühen und Sorgen für ein geliebtes Volk ansähe.

Die Kaiserin ließ einem jeden der Deputierten als Andenken an diese denkwürdige Versammlung eine goldene Medaille überreichen, deren Prägung den Beweggrund, aus welchem sie zusammenberufen waren, der Nachwelt in sinnig allegorischer Weise überliefern sollte, die aber trotz ihrer Absicht und der Schönheit in der Ausführung von den meisten dieser rohen Menschen ihres baren Wertes halber an die Goldschmiede verkauft wurde.

Zur selben Zeit faßte die Kaiserin auch den nützlichen Gedanken, mehrere Gelehrte in das Innere ihrer sich weit erstreckenden Staaten zu senden, um die geographische Lage der wichtigsten Orte zu bestimmen, die Temperatur zu beobachten und die Natur des Erdbodens zu untersuchen, über seine Produktionen und die Reichtümer seines Inneren Kenntnis zu erwerben und sodann zu verbreiten, ebenso die Sitten, Gebräuche und Charaktere der verschiedenen Volksstämme, die sie bewohnten, zu schildern. Mit allem hinreichend versehen, was zu einem glücklichen Erfolge eines so nützlichen und edlen Vorhabens führen konnte, reiste Pallas Peter Simon Pallas, berühmter Naturforscher, 1741 – 1811, Verfasser der »Reisen durch verschiedene Provinzen des russischen Reiches« (Petersburg 1771 –1776). im Anfange des Jahres 1768 in die Distrikte an der Wolga und in die Gouvernements Orenburg, Jekatherinenburg und Kasan ab. Gmelin Samuel Gottlieb Gmelin, geb. 4. Juli 1744 in Tübingen. Er geriet auf der Rückreise in die Gefangenschaft des Chans der Chaitaken und starb am 27. Juli 1774 im Kerker von Achmetkend im Kaukasus. und Güldenstedt Anton Johann von Güldenstedt, 1745 – 1781, Präsident der Ökonomischen Sozietät in Petersburg. begaben sich zur selben Zeit nach Süden und bereisten den Dnjepr sowie das ganze Land, welches sich von Astrachan bis an die Grenzen von Persien ausdehnt. Davon überzeugt, daß eine Nation sich weniger durch kriegerische Taten, als durch Wissenschaften und Künste einen glänzenden Platz in den Annalen der Geschichte erwerben kann, ermunterte Katharina mit nie erlöschendem Eifer Schriftsteller und Künstler. So setzte sie unter anderem eine Summe von fünftausend Rubel jährlich dazu aus, Schriftsteller für die Übersetzung fremder wissenschaftlicher Werke in die russische Sprache zu belohnen. Sie erteilte der Akademie der Wissenschaften zu Petersburg neue Privilegien Vgl. den interessanten Stiftungsbrief der Akademie im »Neuveränderten Rußland«, Bd. I, S. 180 ff. und berief an sie mehrere berühmte europäische Gelehrte.

Es verdient die vollste Anerkennung, daß Katharina alle gemeinnützigen Unternehmungen mit warmem Eifer förderte, und daß sie mit kühner Entschlossenheit als heilbringend erprobte Entdeckungen ihren Untertanen zugute kommen ließ.

Die Pockenimpfung begann eben in Europa bekannt zu werden. Aber die Methode erschreckte die meisten, die von einem vermeintlich frevelhaft in den Körper gebrachten Gifte reden hörten, und noch hatte kein Regent gewagt, sich derselben zu unterwerfen. Da beschloß Katharina, sie sogleich bei ihrem Sohne anwenden zu lassen. Bevor sie es aber mit ihm versuchte, ließ sie sich selbst von dem Doktor Dimsdale, einem berühmten englischen Arzte und Chirurgen, impfen. Nachdem die Pocken abgefallen und sie außer jeder Gefahr war, bewog sie den Großfürsten leicht dazu, sich ebenfalls impfen zu lassen. Auch an ihm glückte die Operation auf das vollständigste. Der Senat ordnete ein Freudenfest zur Verherrlichung dieser Begebenheit an; Auch in Kiel nahm man von diesem Ereignis gebührend Notiz. Da nämlich Paul Petrowitsch als Herzog von Holstein zugleich Rektor der Kieler Universität war, beging letztere den glücklichen Verlauf der Pockenimpfung mit einer feierlichen Rede, die der Dekan der philosophischen Fakultät W. E. Christiani am 12. Januar 1769 in der Aula des Universitätsgebäudes hielt. *Bilbassow, Katharina II. im Urteile der Weltliteratur, Bd. I, S. 120* Europa aber pries den erhabenen Mut und die sorgsam zärtliche Mutterliebe der Kaiserin. Doktor Thomas Dimsdale wurde reich belohnt, zum russischen Baron erhoben, erhielt den Staatsratstitel und die Bestallung eines Leibarztes der Kaiserin, mit einer jährlichen Pension von fünfhundert Pfund Sterling, die in England auszuzahlen war. Als ein besonderes Gnadengeschenk wurden ihm gleichzeitig noch zehntausend Pfund Sterling und die Porträts der Kaiserin und des Großfürsten, in kostbare Brillanten gefaßt, auf höchst schmeichelhafte Weise überreicht. Sein Sohn, der ihm nach Petersburg gefolgt war, wurde ebenfalls baronisiert und erhielt eine Dose mit dem Bilde der Kaiserin von Diamanten umgeben.

Der Generalfeldzeugmeister Graf G. G. Orlow, dieser Held, der den Römern aus der schönsten Zeit der Republik zu gleichen trachtete, und der die Pocken noch nicht gehabt hatte, überlieferte sich nun auch mutig den Händen des englischen Arztes. Einige Tage nach der Operation ging er bereits bei kaltem Wetter und tiefliegendem Schnee auf die Jagd. Mehrere andere angesehene Personen des Hofes folgten seinem Beispiel, und es wurde nun in Petersburg gewissermaßen Modesache, sich impfen zu lassen. –

Friedrich Wilhelm II. von Preußen

Lange vor der Verwirklichung der Teilung Polens sahen Katharina sowohl als König Friedrich von Preußen die Notwendigkeit ein, über diesen großen und wichtigen, ja in seinen Folgen unberechenbaren Plan persönlich zu konferieren. Da sie sich aber beide nicht verhehlen konnten, daß ihr Zusammentreffen leicht den Verdacht der übrigen Mächte erwecken würde, und Neid, wirkliche Scharfsicht, Verrat oder andere Wege vielleicht das Motiv desselben ergründen könnten, so hielten sie es für passend, von diesem Vorhaben abzustehen.

Gelegenheit zu einem persönlicheren Meinungsaustausch als dem, welchen Briefe oder Verhandlungen durch Diplomaten zu bieten vermochten, gab eine Reise des Prinzen Heinrich von Preußen Friedrich Heinrich Ludwig, drittältester Sohn Friedrich Wilhelms I., geb. 18. Januar 1726, gest. 3. August 1802. nach Schweden zu seiner Schwester, der Königin Ulrike. Luise Ulrike, 1720-1782, seit 1744 vermählt mit Adolf Friedrich, König von Schweden. Als Katharina im Sommer des Jahres 1770 erfuhr, daß der Prinz in Stockholm sei, ersuchte sie Friedrich in einem eigenhändigen Schreiben, seinen Bruder zu einem Abstecher nach Petersburg zu veranlassen. Dem Brief an Friedrich vom 19./30. Juli 1770, worin der Wunsch nach einem Besuch des Prinzen Heinrich in Petersburg ausgedrückt ward, folgte am 13./24. August ein Schreiben an den Prinzen selber: »Je n'ai pu voir V. A. R. dans une si grande proximité de mes états, sans désirer une entrevue avec un prince pour lequel j'ai conçu la plus haute estime. Je me suis adressée au Roi, Votre frère, pour avoir l'agrément de S. M. et sur ma proposition et sur la démarche que je fais aujourd'hui. Son amitié dont j'ai déja eu tant de preuves me l'a accordé«. Krauel, Briefwechsel zwischen Heinrich Prinz von Preußen und Katharina II. von Rußland, Berlin 1903, S. 45.

Nachdem er vom Könige die nötigen Instruktionen empfangen, begab sich Prinz Heinrich an Bord einer schwedischen Galeere, die ihn nach Abo in Finnland hinüberführte; den ersten Tag nach seiner Abreise brachten seine Neffen, der damalige schwedische Kronprinz und nachmalige König Gustav III. Gustav III., ältester Sohn Adolf Friedrichs von Schweden, geb. 24. Januar 1746, als König von Schweden 1771 –1792. und Prinz Friedrich von Ostergotland bei ihm auf der Galeere zu; der dritte Bruder derselben, Karl von Södermannland, später Regent und endlich als Karl XIII. König, Karl XIII., zweitältester Sohn Adolf Friedrichs von Schweden, geb. 7. Oktober 1748, als König von Schweden 1809-1818. wurde in jener Zeit gerade durch die verführerische Anmut einer Tänzerin in Paris zurückgehalten. Von Abo aus wurde die Reise direkt nach Petersburg fortgesetzt. Einer der Kammerherren der Kaiserin empfing den hohen Gast schon an der russischen Grenze. Die Ankunft des Prinzen in Petersburg wurde unter der Form, daß er einer der berühmtesten sieg-und lorbeergekrönten Helden sei, der Hauptstadt durch Kanonendonner verkündet, und überall empfing er während der ganzen Dauer seiner Anwesenheit dieselben Ehrenbeweise, die sonst nur gekrönten Häuptern zugestanden zu werden pflegen.

Am folgenden Tage begab er sich mit einem zahlreichen Gefolge an den Hof und dinierte öffentlich mit der Kaiserin. Alles ging hierbei mit der strengsten Zeremonie zu; späterhin wurde aber alle Etikette beiseite geworfen, und die Kaiserin und der Prinz sahen sich fortan ohne den mindesten Zwang.

Ein jeder Tag zeichnete sich durch irgend ein großartiges Fest oder ein neues Schauspiel aus. Einzelne Details des Festes, welches in Czarskoje Selo gegeben wurde, verdienen mit Rücksicht auf die Pracht desselben hier angeführt zu werden.

Czarskoje Selo war früher ein einfaches Dorf. Katharina ließ dort verschiedene Monumente errichten; so sieht man noch heute daselbst einen marmornen Obelisk, welcher an den Sieg bei Kagul erinnert, den der Feldmarschall Rumiantzow im Jahre 1770 erfocht; ferner eine Säule zur Erinnerung an die Verbrennung der türkischen Flotte bei Tschesme; einen Triumphbogen zu Ehren Grigorij Orlows, dessen eifrigen und wirklich aufopfernden Bemühungen es gelang, die Pest in Moskau zu hemmen; ein Monument, welches die Eroberung von Morea verherrlicht, und viele andere.

An dem erwähnten Festtage nahmen die Kaiserin, der Großfürst, Prinz Heinrich von Preußen und sechszehn der höchsten Würdenträger des Hofes Plätze in einem ungeheuren bedeckten Schlitten, der von sechzehn Pferden gezogen und auf allen Seiten mit geschliffenen Spiegeln versehen war, welche die umgebenden Gegenstände in unzähligen Bildern zurückgaben. Dieser Schlitten, dem mehr als zweitausend andere nachfolgten, führte die hohe

Gesellschaft von Petersburg hinweg. Alle Eingeladenen waren maskiert und in buntfarbige Dominos gekleidet.

Sobald die Schlitten eine Werst von Petersburg entfernt waren, passierten sie einen reich erleuchteten Triumphbogen. Ferner fand man auf jeder weiter zurückgelegten Werst eine große, kunstreich erleuchtete Pyramide und gerade gegenüber derselben ein nur für diese Gelegenheit errichtetes offenes Wirtshaus vor, in welchem junge Bauern und Bauernmädchen tanzten. Jedes dieser Wirtshäuser war von einer anderen Nationalität bevölkert, deren Kostüm, Tanz und Musik leicht zu erkennen waren.

Eine halbe Werst von dem Schlosse Czarskoje Selo erhob sich ein hoher Berg, den Vesuv darstellend, der im Begriff war, seine flammenden Lavaströme auszuwerfen. Dieser künstliche Ausbruch währte die ganze Zeit, während der sich die Schlitten in der Nähe des feuerspeienden Berges befanden.

Das Innere des Schlosses war mit unzähligen Wachslichtern erleuchtet. Man tanzte in zwei verschiedenen großen Sälen. Plötzlich ließ sich ein Kanonenschuß vernehmen, der Ball hörte auf, die Wachslichter erloschen, und alle eilten an die Fenster, um einem prachtvollen Feuerwerke beizuwohnen. Endlich gab die Kanone wieder ein Signal, auf welches die Lichter von neuem angezündet und ein üppiges Souper serviert wurde. Als man von Tisch aufstand, wurde abermals bis zum Morgen getanzt.

Prinz Heinrich, der von Natur kühl und verschlossen war, schien von derartigen Festen in Petersburg nicht mehr als anderswo belustigt zu sein, was ihm im Verborgenen den Hohn der Jugend und namentlich des schönen Geschlechtes zuzog. »Er soll gar klein und mager sein,« schreibt Frau von Sievers, die Gemahlin des bekannten Staatsmanns, »ganz schwarzbraun, mit sehr großen Augen; seine Verbeugungen nichts weniger als tief – die Uniform höchst einfach, dunkelblau mit gelben Aufschlägen. Diamantener Stern, keine Stiefeln, sondern Schuhe mit hohen Absätzen, und ein sehr hohes, schlichtes Toupet. Man sagt, er sei nichts weniger als ein Adonis, wie wohl mehrere unserer jungen Damen erwarten. Er ist sehr ernst, spricht nicht viel, aber was er sagt, ist gut.« Und ein paar Tage später: »Ich sah den Prinzen in der Nähe – schön ist er nicht, das muß ich gestehen, sondern äußerst häßlich – aber man sagt, er habe Geist, und das macht ihn denen gegenüber hübsch, die das Äußere nicht stört.« Blum, Ein russischer Staatsmann, des Grafen J. J. Sievers Denkwürdigkeiten, Leipzig u. Heidelberg 1857, Bd. I, S. 312/13. Auf einem maskierten Ball, den ihm die Kaiserin gab, befand sich auch eine Maske, die einen Papagei darstellte, der unter anscheinend harmlosem Geplapper Impertinenzen verbarg und alle sehr belustigte. Er redete die französische, englische und russische Sprache. Prinz Heinrich allein behielt seinen Ernst. Der Papagei, dadurch beleidigt, schlug Prinz Heinrich, der sich unerkannt und sicher maskiert glaubte, mit den Flügeln auf die Schulter und rief: »Henrik! Henrik!« Alle, die es sahen, brachen, als der Prinz Verlegenheit darüber zeigte, in ein lautes Gelächter aus. Vgl. W. Richardson, Anecdoten wegens Rusland, Amsterdam 1784, XXXV. Brief, S. 69/70.

Die Abende brachte Prinz Heinrich immer in den Lieblingsgemächern der Kaiserin zu, welche sie ihre »Eremitage« nannte. Diese Räume enthielten unter einer bescheidenen Benennung alles, was es an ausgesuchtem Luxus und Kostbarkeiten gab. Sie nahmen einen ganzen Flügel des kaiserlichen Palastes ein. Man trat durch eine Gallerie ein, die mit den ausgezeichnetsten Gemälden geschmückt war. Die anderen Räume bestanden aus zwei elegant möblierten Salons und einem Speisesaal, in welchem man auf vielen kleinen Tischen ausgesuchte Mahlzeiten servierte. Kein Domestik durfte sich in diesem Saale sehen lassen. Man stieß leicht auf den Fußboden, sogleich öffnete sich derselbe, und es wurden durch ein Maschinenwerk Tische heraufgebracht, die mit allem bedeckt waren, was man sich nur wünschen konnte. Dieser Speisesaal stand in unmittelbarer Verbindung mit einem Wintergarten, in welchem man auf dicht mit weißem Sande überstreuten Wegen unter grünen Bäumen spazieren gehen und mitten unter blühenden Sträuchern und reifenden Fruchtbäumen wandeln konnte. Dieser Garten war hoch überwölbt, und durch Heizapparate wurde eine gleichmäßige und behagliche Wärme verbreitet, so daß man auch in der kältesten Jahreszeit die schönsten Rosen und andere Sommerblumen, sowie

Stachelbeeren, Johannisbeeren, kurz jedes Strauchobst und edle Früchte, wie Pfirsich, Trauben und Ananas pflücken konnte. In dem Raum über diesem Wintergarten war auf einer Terrasse ein zweiter Garten in asiatischem Geschmack angelegt, der aber nur in den Sommermonaten zu besuchen war.

In der Eremitage befand sich auch ein Theater, wo man Stücke aufführte, die sehr oft bittere Sarkasmen gegen die fremden Höfe oder satirische Anspielungen auf hochgestellte Personen in Petersburg enthielten, die sich auf irgendeine Weise lächerlich gemacht hatten.

Prinz Heinrich wünschte auch Moskau zu sehen, und kaum hatte er diese Absicht geäußert, als man sich beeilte, seinem Wunsche zu willfahren. Nach dreiwöchentlicher Abwesenheit kehrte er wieder nach Petersburg zurück.

Unter der Menge von Präsenten, die er von der Kaiserin empfing, war der Crachard des St. Andreasordens, mit großen Brillanten übersät, von denen ein einziger Diamant auf vierzigtausend Rubel geschätzt wurde, nicht das bedeutendste. Die Kaiserin schenkte ihm außerdem noch eine kostbare Sammlung goldener Medaillen von außerordentlicher Schönheit und die trefflichsten Pelze. Alle im Gefolge des Prinzen befindlichen Personen erhielten gleichfalls ihren Rangverhältnissen entsprechende Geschenke.

Inzwischen hinderten weder Festlichkeiten noch Vergnügungen den Prinzen Heinrich daran, den geheimen Zweck seiner Reise zu erfüllen. In besonderen Gesprächen mit der Kaiserin wurde die Teilung Polens berührt und verabredet. Katharina und Friedrich hatten ein gleich großes Interesse daran, dieselbe vorzunehmen, aber sie konnten sie nicht ohne die Teilnahme Österreichs wagen. Joseph II., der jetzt die Macht Maria Theresias teilte, ließ sich nach einigen Schwierigkeiten gewinnen. Die Türkei, Frankreich, England hätten wohl die Traktate schützen können, die sie garantiert hatten; aber diese Mächte waren so leicht zu betrügen oder so gleichgültig gegen das Geschick anderer Nationen, daß Katharina zum Prinzen äußerte: »Ich will die Türkei erschrecken, England schmeicheln, übernehmen Sie es aber Österreich zu erkaufen, was dann sicherlich Frankreich einschläfern wird.«

Diese Worte waren die Richtschnur für das fernere Verfahren. Doch wurde der Traktat zwischen den drei Reichen erst zwei Jahre darauf, im Monat Februar des Jahres 1772, unterzeichnet.

Der Krieg zwischen Rußland und der Türkei hatte in dieser Zeit schon an den Grenzen beider Reiche mit der vollsten Raserei zu wüten begonnen.

Es liegt außerhalb der Grenzen dieser Schilderung, in die Details der rein politischen Verwicklungen einzugehen und die Kriege, die Rußland in den erwähnten Regierungsperioden mit seinen Nachbarn führte, darzustellen; aber um den historischen Zusammenhang nicht zu unterbrechen und der Charakterschilderung der handelnden Personen keinen Abbruch zu tun, teilweise auch deshalb, weil das Übergewicht der russischen Politik im Orient eigentlich erst in jener Zeit begründet wurde, dürfte eine kurze Zusammenfassung der Operationen während der russisch-türkischen Kriege in den Jahren 1768 bis 1774 hier am rechten Orte sein.

Statt den Krieg sogleich zu beginnen, zögerten die Türken zwei volle Monate mit der Eröffnung der Feindseligkeiten, wodurch die Russen vollkommen Zeit gewannen, ihre Armee zu konzentrieren. Nach langer Überlegung wurde man endlich auf Seiten der Pforte darüber einig, die Türken im Verein mit den Tartaren gegen den Dnjepr marschieren zu lassen, um die Russen auf ihrem eigenen Gebiete anzugreifen, während eine zweite Armee zur Unterstützung der polnischen Konföderierten in Polen einrücken sollte. Der Großwesir mußte Bender besetzen, um von dieser Stellung aus nach Umständen beide Operationen unterstützen zu können.

Alexander Michajlowitsch Golitzyn

Die Russen stellten ihrerseits drei Armeen auf. Die eine in Podolien, unter dem Befehl des Fürsten Golitzyn, Fürst Alexander Michajlowitsch, Feldmarschall und Gouverneur von Petersburg, 1718 –1783. sie sollte Choczym einnehmen und sodann die Moldau besetzen. Aber der Anführer war dieser Aufgabe durchaus nicht gewachsen. Die zweite unter Peter Alexandrowitsch Rumiantzow sollte die russischen Grenzen zwischen dem Dnjepr und dem Asowschen Meere gegen die Tartaren decken und die Festungen Asow und Taganrog wieder aufbauen, welche nach den Friedensschlüssen von Belgrad und am Pruth hatten verlassen werden müssen. Die dritte war gegen Polen bestimmt, wohin man, um die Konföderierten zu bewegen, sich nicht mit den Türken zu vereinigen, im Jahre 1769 den Fürsten Michael Wolkonskij gesandt hatte, einen Mann von milderer Gemütsart, als sie der brutale Repnin besaß. Die Türken befolgten schon damals die kluge Taktik, welche ihnen in späterer Zeit so glänzende Früchte eingetragen hat; sie wichen nämlich beharrlich allen Hauptschlachten aus, beunruhigten aber die Russen unaufhörlich in kleinen Treffen, aus welchen sie meistenteils als Sieger hervorgingen. Der Feldzug des ersten Jahres war indessen für keine der beiden Parteien besonders erfolgreich gewesen, und beide Feldherren wurden deshalb abberufen. Ihr ferneres Geschick wurde jedoch ein sehr verschiedenes. Golitzyn, ungeachtet er durch sein ewiges Hin-und Hermarschieren ein ganzes Jahr unnütz hatte verstreichen lassen und sich zweimal über den Dnjestr hatte zurückziehen müssen, Das erstemal nach einem verunglückten Angriff auf Choczym, der Golitzyn das Gelächter der Welt und eine hübsche Anekdote eintrug, die zu jener Zeit in der russischen Gesellschaft zirkulierend, von Carlyle (Geschichte Friedrichs II., Bd. VI, S. 472) in Anlehnung an den bereits erwähnten Richardson mitgeteilt wird: Golitzyn konnte aus Kummer über Choczym nicht schlafen und hörte, als er eines Nachts in seinem Zelt umherwanderte, einen Soldaten der Schildwache draußen an der Türe seine Träume erzählen. »Ein seltsamer Traum,« sagte der Soldat. »Mir träumte, daß ich in einer Schlacht war, daß mir der Kopf abgehauen wurde, daß ich starb und in den Himmel kam. Ich klopfte an die Tür; Peter kam mit einem Bund Schlüssel und rasselte so damit, daß er Gott aufweckte, der heftig in die Höhe fuhr und sagte: ›Was gibt es?‹ ›Nun‹, sagte Peter, ›es ist ein großer Krieg auf Erden zwischen den Russen und den Türken.‹ ›Und wer befehligt meine Russen?‹ fragte das höchste Wesen. ›Graf Münnich,‹ erwiderte Peter. ›Gut, dann kann ich wieder einschlafen!‹ – Aber dies war nicht das Ende meines Traumes,« fuhr der Soldat fort, »ich schlief ein und träumte wieder gerade dasselbe wie vorher, nur daß es nicht Münnichs Krieg war, sondern der Krieg, den wir jetzt führen. Als daher Gott fragte: ›Wer befehligt meine Russen?‹, antwortete Peter: ›Fürst Golitzyn‹. ›Golitzyn? Dann hol' mir meine Stiefel,‹ sagte das höchste Wesen.« wurde zum Feldmarschall ernannt; dem Großwesir hingegen, der seine Leute geschont und durch sein Zögern und seinen Guerillakrieg mehr gewonnen hatte, als man durch eine Hauptschlacht hätte erreichen können, wurde gleich nach seiner Absetzung in Adrianopel der Kopf vom Rumpfe getrennt. Zu seinem Nachfolger als Großwesir wurde der Pascha Moldowandschi ernannt, der es durch seine dummdreiste Unvorsichtigkeit noch zu Anfang des Monats September dem Fürsten Golitzyn oder eigentlich, richtiger gesagt, dem Oberst Weißmann möglich machte, alles das zu erreichen, was Fürst Golitzyn während der Dauer eines ganzen Jahres vergeblich erstrebt hatte. Weißmanns Verdienst wurde, wie es im Kriege so häufig geschieht, Golitzyn zugute geschrieben und veranlaßte, daß dieser mit dem Feldmarschallsrange und anderen Auszeichnungen geehrt wurde.

Peter Alexandrowitsch Rumiantzow

Rumiantzow, welcher Golitzyn im Oberbefehl nachfolgte, traf erst am 28. September bei seiner Armee ein, während schon in den ersten Tagen dieses Monats das Kriegsglück für die Russen eine entscheidende Wendung genommen hatte. Der neue Großwesir war höchst unbedacht den sich wieder zurückziehenden Russen bis über den Dnjestr gefolgt, woselbst er es mit dem Oberst Weißmann zu tun bekam. Dieser ließ am dritten und in den folgenden Tagen des erwähnten Monats jede Abteilung der türkischen Armee ohne Widerstand über den Fluß gehen, schlug aber diese Abteilungen, sobald sie auf dem anderen Ufer angelangt waren. Als später eine durch Sturm herbeigeführte heftige Flut die Brücke mit sich fortriß (17. September), machte Weißmann alles nieder, was sich auf dieser Seite des Flusses fand, und nachdem er darauf wieder zurückgegangen war, tötete er oder machte in mehreren darauf folgenden Gefechten über dreißigtausend Mann zu Gefangenen. Eine noch größere Anzahl, besonders Asiaten, verließen nach dem allbekannten Gebrauch ihrer Nationalität im Herbst die Fahnen, um für die Winterzeit in ihre Heimat zu eilen. Die Russen verfolgten die Retirierenden und wurden aufs höchste überrascht, als sie sich Choczym näherten und fanden, daß die ganze Besatzung dieser starken und wichtigen Grenzfestung, von einem panischen Schrecken ergriffen, entflohen war, und es also den Russen freistand, ohne die mindeste Gegenwehr in dieselbe einrücken zu können. Dies führte Weißmann aus, bevor Golitzyn noch den Oberbefehl an Rumiantzow übergeben hatte. Die Russen, die diesen Sieg im Anfang kaum für möglich gehalten hatten, drängten nun rasch vorwärts und besetzten die Moldau und Walachei ohne Schwertschlag.

Die Türken hatten vorher arg in den Donaufürstentümern gehaust, und aus diesem Grunde war die Stimmung daselbst zu jener Zeit so entschieden russisch, wie sie es späterhin niemals wieder geworden ist. Sie war durch geheime Missionare bearbeitet worden, die aus wirklich geweihten oder auch nur vorgeblichen Priestern und Mönchen bestanden, die durch Erhitzung der Gemüter die Eroberung vorbereiteten und das Land mit solchem Erfolg gegen die Herrschaft der Türken aufreizten, daß die Einwohner der ganzen Moldau und Walachei die Russen mit wahrhaftem Enthusiasmus aufnahmen. Die türkische Militärmacht in den Donaufürstentümern war so beschaffen, daß fünfzehnhundert Mann Russen hinreichend waren, eine osmanische Armee bei Galatz zu sprengen und zu vertreiben.

Als man nun Miene machte, das Land in Besitz zu nehmen, war es nicht schwer, eine moldauisch-walachische Deputation zusammenzubringen, welche mit einer der russischen Selbstherrscherin untertänigst zu Füßen gelegten Danksagungsadresse für die Befreiung dieser Länder demütig um Einverleibung derselben in das mächtige Czarenreich bat.

Die Siege der russischen Waffen hatten den Mut der Kaiserin gehoben, und sie beschloß daher auf dem Wege der Eroberung die Krim den Türken zu entreißen, deren Besitz später, wie sie mit richtigem Blick voraussah, die Pforte mit gebundenen Händen der Gnade oder Ungnade Rußlands preisgeben würde. Aber die Eroberung der Halbinsel Krim war keine leichte Aufgabe, denn wie China mit einer Mauer gegen die Tartaren umgeben und befestigt war, so war die Krim gegen die Russen durch die sogenannten »Linien« geschützt, welche von der Stadt Perekop, die durch sie gedeckt wurde, ihren Namen erhalten hatten. Diese Linien bestanden aus einer über die Landzunge hinweggehenden, von Meer zu Meer geführten breiten Erdumwallung, die ein siebzig Fuß breiter und zweiundzwanzig Fuß tiefer Graben umschloß. Wie wenig eine solche Befestigung nützen und der europäischen Kriegskunst, sowie der Tapferkeit einer gut angeführten russischen Armee widerstehen konnte, hatten die Tartaren schon einmal im Jahre 1736 erfahren, als Münnich ohne weiteres diese Linien überschritt, und sie erfuhren es jetzt aufs neue, als Dolgorukij Fürst Wassilij Michajlowitsch, General en chef, 1722 – 1782. mit vierzigtausend Mann dagegen anrückte. Der Chan mit seiner ganzen Macht, der sich noch siebentausend Mann Türken beigesellt hatten, die ihm vom Großwesir zu Hilfe gesendet waren, mußte vor den stürmenden Russen weichen, und innerhalb der kurzen Frist eines Monats war die ganze Krim in ihrer Gewalt. Sie hatten Perekop erobert, sobald sie die Linien überschritten hatten, nahmen die Hauptstadt des damaligen Tartarenreiches, Kaffa, ein, besetzten nach einer Erstürmung Jenikale und Kertsch, und schlossen sodann, als Einleitung zu künftigen Eroberungen, einen kurzen Frieden mit den Tartaren. Diese hielten nun eine große Zusammenkunft, bei welcher, auf dieselbe Art wie Poniatowski unter russischem Einfluß zum König von Polen gemacht worden war, ein neuer von Rußland abhängiger Chan gewählt und an Stelle des abgesetzten installiert wurde. Die Krim kam bald darauf unter die unumschränkte Oberherrschaft Rußlands. Die Russen befestigten sogleich den Hafen von Sebastopol und erhoben diesen Waffenplatz zu einer der wichtigsten und stärksten Festungen des Russischen Reiches. Katharina rühmte sich späterhin, daß sie dem Russischen Kaiserreich die Halbinsel Krim als Mitgift eingebracht habe.

Fürst Wassilij Michajlowitsch

Inzwischen war eine russische Flotte aus Kronstadt ausgelaufen, um die Türkei vom Mittel-
meer her anzugreifen. Zur Unterstützung dieser Aktion waren mit denselben Mitteln, wie man
sie in den Donauländern angewendet hatte, die Griechen aufgewiegelt worden; man hatte ihnen
Hoffnung auf Unterstützung durch eine russische Flotte gemacht, welche an den Küsten von
Morea ihrem Kampfe gegen die Osmanen Nachdruck verleihen sollte, ein Gedanke, welchen
Graf Alexej Orlow zuerst gefaßt hatte. Die Griechen, durch ein Manifest von Orlow hingerissen, in welchem der griechischen Nation Befreiung von dem Joch der Ungläubigen feierlichst
verheißen wurde, mußten jedoch ihre Leichtgläubigkeit bitter bereuen. Schon einen Monat

nach der Veröffentlichung dieses Orlowschen Kreuzzugsmanifestes ließ Rußland die unglückliche Nation im Stich, auf welcher nun der Druck der Osmanen noch fürchterlicher lastete als vorher; mehr als zwanzigtausend Griechen mußten aus ihrer Heimat fliehen. Indessen verdient dieser romantische Kreuzzug hier etwas näher beschrieben zu werden.

Alexej Orlow, welcher den Operationsplan entworfen, wurde als Generalissimus und Generaladmiral mit dem Oberbefehl über die ganze russische Flotte im Mittelländischen Meere betraut; sein Bruder Feodor wurde zum Zweiten nächst ihm im Kommando ernannt. Die eigentliche Leitung und dazu erforderliche Kenntnis und Erfahrung hatten, außer dem Admiral Spiridow, die fast auf allen Schiffen befindlichen englischen Seeoffiziere, insbesondere der Admiral Elphingstone. Spiridow segelte im Juli des Jahres 1769 mit zehn Linienschiffen und vier Fregatten, gefolgt von einer Menge Transportfahrzeugen mit Landungstruppen, ab, und zwar zuerst nach einem englischen Hafen, sodann nach Port Mahon und Minorka. Elphingstone folgte ihm mit fünf Linienschiffen, zwei Fregatten und einer Anzahl anderer Fahrzeuge mit Truppen. Alexej Orlow verbrachte seine Tage auf dem Karneval in Venedig, ließ aber während dieser Zeit durch Emissäre, welche in priesterlicher Kleidung der Aufmerksamkeit zu entgehen wußten, die Mainoten und die Einwohner des Peloponnes aufwiegeln.

Die russische Flotte litt gewaltig durch die Herbst-und Winterstürme, noch mehr aber durch die ans Unglaubliche grenzende Ungeschicklichkeit der russischen Seeoffiziere und Steuermänner; doch waren einzelne von den Schiffen schon im Monat Februar im Ägäischen Meere angekommen, und Morea befand sich in vollem Aufstande, als Alexej Orlow endlich im April des Jahres 1770 dort anlangte. Weder er noch sein Bruder Feodor wußten sich hier große Lorbeeren zu erwerben, weil die Griechen, von mehreren Bataillonen Russen, die man ans Land setzte, unterstützt, durchaus nichts Wesentliches und Bedeutendes vorzunehmen wußten, sondern nur unmenschliche Grausamkeiten gegen die Türken verübten, welche später von diesen durch Verheerung des ganzen Landes gerächt wurden. Die Griechen konnten nur zu räuberischen Streifzügen verwendet werden, aber nicht in einem regulären Kriege; die Russen waren aber allein nicht zahlreich genug, und die Türken verteidigten sich hinter Hecken, Wällen und Gräben nach ihrer alten Gewohnheit besser als im offenen Felde. Die Belagerung von Koron mußte aufgehoben werden, ein Zug nach Tripolitza scheiterte, und schon am Ende des Monats Mai schifften sich die Russen plötzlich wieder ein und überließen die unglücklichen Griechen ihrem nun doppelt traurigen Geschick. Dies wurde um so schrecklicher, als die zur Rache gereizten Türken jetzt mit den wieder Unterjochten gerade so verfuhren, als sie im Laufe des letzten Krieges mit den Inselbewohnern von Chios und anderen Orten verfahren hatten.

SIR SAMUEL GREIG

Samuel Greigh

Zur See hingegen waren die Russen mit dem Erfolge ihres Planes glücklicher, denn unter dem Generaladmiral Alexej Orlow kommandierten der Kapitän Greigh, Samuel Greigh, der spätere Admiral, 1736 – 1788. welcher den Befehl auf seinem Admiralsschiff führte, und der Vizeadmiral Elphingstone die Flotte, welche die Türken aus dem Inselmeer vertreiben und die asiatische Küste heimsuchen sollte. Die türkische Flotte, welche sechzehn Linienschiffe, sechs Fregatten und elf Schebecken zählte, wurde von Elphingstone mit acht Linienschiffen und zwei Fregatten übel zugerichtet und genötigt die Flucht zu ergreifen, auf der sie endlich Schutz unter den Kanonen von Napoli suchte und fand. Aber auch in diesem Asyl beschoß Elphingstone sie noch während der Dauer zweier Tage unaufhörlich, konnte aber nichtsdestoweniger nicht verhindern, daß sie glücklich entkam und nach Chios segelte. Die russische Flotte folgte ihr nun dorthin, sobald sie die in Morea an Land gesetzten Truppen wieder eingeschifft hatte. Die Türken sandten darauf dreißigtausend Arnauten und Bosniaken nach Morea, welche das unglückliche Land auf das gräßlichste verheerten. Während dieser Zeit waren die griechischen Inseln in vollem Aufstande und hielten Ende Juni förmlich um den Schutz der Russen an, deren Flotte lange vergeblich die türkische gesucht hatte, sie aber endlich am 24. Juni 1771 in dem Kanal bei Chios, welcher diese Insel von Kleinasien scheidet, entdeckte und einholte.

Schon am 5. Juli griff Spiridow die Übermacht von fünfzehn türkischen Linienschiffen mit zehn russischen an; das türkische Admiralsschiff wurde in die Luft gesprengt und der Sieg von den Russen gewonnen. Der russische Admiral hatte jedoch das Unglück, daß sein eigenes Schiff in Brand geriet, als es mit den türkischen zu nahe aneinandergeraten war, und bis auf den Wasserspiegel niederbrannte; nur die Offiziere wurden gerettet, aber die ganze Besatzung von siebenhundert Mann kam um. Die Türken, durch ihre Niederlage erschreckt, begingen die Unvorsichtigkeit, die Taue zu kappen und in die enge Bucht von Tschesme einzulaufen, in der ihre Schiffe dann so dicht aneinandergedrängt lagen, daß sie sich in ihren Bewegungen hinderten und zuletzt in einen einzigen Knäuel zusammengedrängt wurden, in welchem sie sich nicht zu rühren vermochten. Dies veranlaßte die Engländer, welche den Befehl auf den russischen Fahrzeugen führten, den Versuch einer Verbrennung der ganzen türkischen Flotte zu wagen. Die Ausführung des Plans war ein Verdienst der Engländer, zu denen auch der Kapitän Kruse gehörte, der als Führer auf dem Admiralsschiff Spiridows diente. Die Russen eigneten sich den Ruhm der Tat an, und die Brüder Orlow ernteten den Glanz und die Ehre von dem Wirken anderer.

Drei Engländer leiteten die ganze Affäre bei Tschesme: Elphingstone schloß zuerst die türkischen Schiffe ein, Greig ordnete das Feuer gegen die eingeschlossenen Schiffe an, und der Schiffsleutnant Dugdale erhielt den gefährlichen Auftrag, die Brander zu führen, welche die Schiffe anzünden sollten. Im Augenblick der Ausführung verließen die Russen, welche sich mit Dugdale in den Brandern befanden, ihre Fahrzeuge, ließen den Offizier feige im Stich, sprangen ins Wasser und schwammen ans Land, Die kleinmütige Haltung der Russen, insbesondere Alexej Orlows Untätigkeit bei der Affäre von Tschesme ist von anderer Seite als jeder Grundlage entbehrend bezeichnet worden. Ssolowjew hebt die Verdienste Iljins um die Verbrennung der türkischen Flotte hervor. er allein steuerte nun den Brander, den die Türken ruhig auf sich zukommen ließen, Der Baron von Tott spricht in seinen »Nachrichten von den Türken und Tartaren« (Frankfurt und Leipzig 1787, Bd. I, S.272) von *zwei* Brandern und erzählt mit Hassan Beg, dem zweiten Flottenkommandanten, als persönlichem Gewährsmann, die Türken hätten bei Erscheinen der Russen mehr daran gedacht, sich an Land zu retten, als ihre Fregatten zu verteidigen. »Doch der Anblick zweier kleiner Schiffe, die ihren Weg nach dem Hafen zu nahmen, machte bei ihnen das Verlangen nach Eroberungen wieder rege. Sie hielten selbige für Überläufer. Weit daher gefehlt, sie in den Grund zu bohren, wünschten sie, daß sie nur glücklich einlaufen möchten, des Vorsatzes, die Mannschaft in Fesseln zu schlagen, um sich hernach das Vergnügen zu machen, sie im Triumph nach Konstantinopel zu führen. Inzwischen liefen diese vermeinten Ausreißer in den Hafen ein, worauf sie ihre Steuerruder befestigten, sich mit Enterhaken aneinander hingen und sogleich ganze Feuerwirbel ausspien, welche die gesamte Flotte in Brand setzten.« zündete glücklich eins der feindlichen Schiffe an und setzte in der Tat dadurch die ganze türkische Flotte in Brand, von der nur ein Schiff von fünfzig Kanonen und fünf Schebecken unversehrt den Flammen entkamen, jedoch später von den Russen eingeholt, genommen und mit fortgeführt wurden. Im ganzen wurden 15 Schiffe, 9 Fregatten und 8-9000 Menschen ein Raub der Flammen. Vgl. v. Hammer, Des Osmanischen Reiches Staatsverfassung, Wien 1815, Bd. II, 5. Hauptstück, S. 356. Auch die Stadt Tschesme, die Festung und die Batterien wurden von den Russen eingenommen. Nichtsdestoweniger blieb dieser Sieg ohne alle wichtigeren Folgen, weil die Russen weder den Peloponnes erobert hatten, noch bis zu den Dardanellen vorgedrungen waren; aber, mochte dem für den Augenblick sein, wie ihm wollte, jedenfalls ist durch das ganze Ereignis den russischen Plänen für spätere Zeiten großer Vorschub geleistet worden.

Zur Erinnerung des Sieges bei Tschesme erhielt jeder Offizier, Soldat und Matrose, welcher sich auf den russischen Schiffen befunden hatte, eine Medaille, die auf der linken Brust getragen werden mußte und auf der einen Seite die Inschrift: »Tschesme«, auf der anderen die lakonischen Worte: »Ich war dort!« trug.

Iwan Grigorjewitsch Tschernyschew

Ein Kurier, der direkt an die Kaiserin adressiert war, brachte die Neuigkeit von der Verbrennung der türkischen Flotte, und Katharina war daher die erste Person in ganz Petersburg, welche diese wichtige Begebenheit erfuhr. Graf Iwan Tschernyschew, Iwan Grigorjewitsch, General-leutnant, 1726-1797 welchen die Kaiserin von London wieder zurückgerufen, und dem sie das Departement der Marine anvertraut hatte, befand sich damals gerade in einem Zwiespalt mit der Admiralitätsbehörde, und dieser Zwist hatte die an sich unbedeutende Verzögerung einer Expedition veranlaßt. Katharina, welche Tschernyschews Ungeduld über den Aufschub kann-te, hatte den Minister rufen lassen, um ihm in eigener Person die Nachricht von dem Siege bei Tschesme mitzuteilen, und er, der glaubte, daß die Kaiserin noch etwas Weiteres mit ihm über seinen Zwist reden wollte, rief schon im Eintreten aus: »Ich versichere Eure Majestät auf Pflicht und Gewissen, daß es nicht mein Fehler ist.«

»Ich weiß es,« antwortete sie, »aber es ist nichtsdestoweniger gewiß.«

»Ach ja, leider läßt es sich nicht leugnen, und ich bin höchst betrübt darüber!« entgegnete Tschernyschew.

»Wie? Du bist betrübt darüber, daß die Türken keine Flotte mehr haben?«, antwortete sie ihm lächelnd und teilte ihm nun die Depeschen mit, die sie soeben erhalten hatte.

Die Freudenbezeugungen am Hofe von St. Petersburg erreichten einen ganz außerordentli-chen Grad. Prächtige Feste wurden veranstaltet, um den Triumph von Tschesme zu feiern, und die Kaiserin ließ später einen Palast erbauen, um das Andenken an eine so ehrenvolle Bege-benheit zu heiligen.

Alexej Orlow beeilte sich, wieder nach Petersburg zurückzukehren, um dort seine Triumphe zu feiern und neue Mittel zu verlangen, um seine Eroberungen im griechischen Archipelagus weiter auszudehnen. Sobald er in der Hauptstadt anlangte, wurden die Festlichkeiten erneuert, und die Kaiserin schmückte ihn eigenhändig mit dem großen Bande des St. Georgsordens.

Er legte dem Konseil einen Plan vor, nach welchem er beabsichtigte, sich ganz Griechenlands zu bemächtigen und dem Ottomanischen Reiche Ägypten zu entreißen. Er sagte darin, daß er die Idee habe, durch die Dardanellen vordringen zu wollen, und daß er, um alle diese Entwürfe auszuführen, nur zehn Millionen Rubel bedürfe.

»Ich bewillige euch zwanzig,« rief Katharina sogleich aus, »denn ich will, daß ihr nichts ent-behren sollt.«

Man befahl nun die Ausrüstung eines neuen Geschwaders, um jenes zu verstärken, das sich schon im Mittelländischen Meere befand.

Stolz über die Gunst der Kaiserin, auf die Siege, deren Ehre er sich zugeeignet und auf die, welche er sich noch ferner versprach, begab sich Alexej Orlow von Petersburg wieder auf den Weg, um nach dem Archipelagus zurückzukehren. Auf der Reise dorthin hielt er sich einige Zeit hindurch in Wien auf und entwickelte daselbst einen wahrhaft asiatischen Luxus. Von Wien ging er nach Livorno, wo die russische Flotte ihn erwartete, und wennschon sie sich in verfallenem Zustande befand, fuhr diese Flotte dennoch fort, Handel und Seemacht der Türken zu zerstören.

Die Kaiserin hatte Alexej Orlow den Auftrag erteilt, ihr in Italien vier Gemälde anfertigen zu lassen, welche die Kämpfe seines Geschwaders und den Brand der türkischen Flotte darstellen sollten. Orlow wandte sich an einen in jenen Tagen hinsichtlich dieses Kunstgenres hochbe-rühmten Maler, mit Namen Hackert, Jakob Philipp Hackert, geb. 15. September 1737, gest. 28. April 1807. Als dieser Künstler ihm erwiderte, daß er nie ein Schiff habe in die Luft flie-gen sehen, zögerte der wilde Russe nicht, ihm ein solches Schauspiel im Hafen von Livorno zu geben, damit er das Auffliegen des türkischen Admiralsschiffes völlig treu wiedergeben könne. Diese vier Gemälde befinden sich jetzt im Audienzsaale von Peterhof. –

Wildheit ist keineswegs Verbrechen; aber es fand sich leider auch kein Verbrechen, zu wel-chem der brutale Alexej Orlow nicht imstande gewesen wäre. Letzteres beweist sein Verhalten bei der Verhaftung jener Prätendentin, die unter dem Namen Elisabeth Tarakanow im Jahre 1774 in Italien auftrat, und deren eigentliche Herkunft bis auf den heutigen Tag unbekannt geblieben ist. Von einigen für eine Tochter Elisabeth Petrownas und Iwan Schuwalows, Hel-big, Russische Günstlinge, S. 172. von anderen für ein Liebespfand aus Elisabeths Ehe mit Alexej Rasumowskij Castéra, Bd. II, S. 17ff. gehalten, galt die junge Fremde dem russischen

Hofe lediglich als eine Abenteurerin, Dieser Anschauung ist die neuere Forschung beigetreten. Vgl. Brückner, Katharina II., S. 208ff. deren Beseitigung aus politischen Gründen notwendig erschien. Als Alexej Orlow der Kaiserin das Auftreten einer Tochter Elisabeths meldete (Brief vom 27. Sept. 1774), schrieb er u.a.: »Ob eine solche Person auf der Welt ist oder nicht, ist mir unbekannt; wenn es aber eine solche gibt und sie darnach strebt, was ihr nicht gehört, so wäre meine Ansicht: einen Stein an den Hals gebunden und ins Wasser...Meine Absicht ist, sie auf ein Schiff zu locken und direkt nach Kronstadt zu schicken.« Katharina antwortete unter dem 12. November 1774: »Locken Sie die Spitzbübin an einen Ort, wo es Ihnen leicht wäre, sie auf eines unserer Schiffe zu setzen und unter guter Bewachung herzuschicken. Ist sie noch in Ragusa; so bevollmächtige ich Sie hierdurch, ein Schiff oder mehrere hinzuschicken, mit der Forderung, diese Kreatur herauszugeben, die so frech sich einen unmöglichen Stand und Namen angelogen, und im Fall des Ungehorsams erlaube ich Ihnen, Drohungen anzuwenden, wenn aber eine Züchtigung nötig, so können ein paar Bomben in die Stadt geworfen werden.« Vgl. Die vorgebliche Tochter der Kaiserin Elisabeth Petrowna, nach den Akten des Kaiserlich Russischen Reichsarchivs, Berlin 1867, Beilagen D. Nr. XX, 1, F. Nr. XXII, 1.

Sobald Alexej Orlow nach Livorno gekommen war, beeilte er sich, der Fürstin Tarakanow eine Falle zu stellen. Nachdem er den Aufenthaltsort der jungen Prinzessin entdeckt hatte, sandte er einen Agenten zu ihr. Anfangs sagte dieser, daß er gekommen sei, einer Fürstin seine Aufwartung zu machen, deren Geschick ihn, wie alle seine Landsleute, interessiere. Er zeigte sich höchst gerührt über die wahrhaft dürftige Lage, in welcher sie sich befand, und bot ihr Hilfe an, soweit dieselbe zu leisten in seinen Kräften stände.

Dann, als er glaubte, daß er sich hinreichend in ihr Vertrauen eingeschlichen habe, sagte er ihr, daß er von dem Grafen Alexej Orlow gesandt sei, um ihr, als einer Tochter der Kaiserin Elisabeth, den Thron anzubieten, welchen ihre Mutter innegehabt hätte. Er erzählte ferner, daß die Russen mit Katharina unzufrieden seien, daß aber Orlow vor allen anderen ihre Undankbarkeit und Tyrannei nicht länger ertragen könne, und daß, wenn die junge Fürstin die Dienste des mächtigen Grafen annehmen und ihn dafür dereinst durch die freiwillige Gabe ihrer liebenswürdigen Hand belohnen wolle, Mit welchem Zynismus Alexej Orlow seine Rolle als Liebhaber der Tarakanow spielte, beweist ein späteres Schreiben an Katharina aus Livorno: »Die Weibsperson ist nicht groß, sehr mager, weder weißer noch brauner Gesichtsfarbe, mit großen und weitgeöffneten dunkelbraunen Augen, dunkeln Flechten und Augenbrauen und einigen Sommersprossen... Sie hatte den Anschein, mir sehr wohlzuwollen, weshalb ich mich denn auch bemühte, sehr verliebt zu erscheinen; endlich versicherte ich sie, daß ich sie gerne heiraten würde, und zum Beweise der Wahrheit erklärte ich mich für denselben Tag dazu bereit... Ich gestehe, Allergnädigste Kaiserin, *ich hätte mein Versprechen selbst erfüllt*, wenn ich nur auf diese Weise den Befehl Ew. Majestät hätte vollziehen können. Sie meinte jedoch, daß es noch nicht an der Zeit sei, weil sie noch im Unglück; sei sie aber einmal auf dem ihr gebührenden Platze, werde sie auch mich beglücken. Mir fiel dabei meine einstmalige Braut die Schmitt ein: ich kann mich jetzt rühmen, reiche Bräute gehabt zu haben.« (14./25. Februar 1775.) *Die vorgebliche Tochter der Kaiserin Elisabeth Petrowna, Beilage D. Nr. XX, 4.* sie bald die Revolution, welche er schon hinreichend vorbereitet habe, ausbrechen sehen würde.

Durch diese und andere Vorspiegelungen ließ die Fürstin sich dazu verleiten, im Februar 1775 nach Livorno zu reisen, eben an den Ort, wohin Alexej Orlow sie hatte haben wollen.

In Livorno angelangt, stieg sie bei dem englischen Konsul John Dick ab, welcher für sie in seinem eigenen Hause Zimmer hatte in Bereitschaft setzen lassen und sie mit allen Zeichen der tiefsten Ehrfurcht empfing. Des Konteradmirals Greighs und des Konsuls Gattinnen fanden sich sogleich bei ihr ein und verließen sie dann auch nicht wieder. So sah sie sich bald gewissermaßen von einem kleinen Hofe umgeben, welcher allen ihren Wünschen zuvorkam und nur damit beschäftigt zu sein schien, ihr unaufhörlich neue Vergnügungen zu bereiten. Wenn sie ausging, drängte sich das Volk auf ihren Weg, und im Schauspiel waren aller Blicke auf ihre Loge gerichtet. Alles dieses ließ auch nicht den leisesten Gedanken an eine ihr drohende Gefahr in ihr aufkommen.

Es ist bezeichnend, daß ein englischer Admiral, ein Konsul derselben Nation und deren Frauen niedrig und unmenschlich genug waren, sich an dem hinterlistigen Intrigenspiel Orlows zu beteiligen. Denn alles beweist, daß sie mindestens zur Hälfte in das gegen die Fürstin Tarakanow geschmiedete Komplott eingeweiht waren und ihr nur Vertrauen einzuflößen suchten, um sie desto sicherer betrügen zu können.

Die Prinzessin war so weit davon entfernt, eine Treulosigkeit zu ahnen, daß sie, nachdem sie einige Tage unter fortwährenden Belustigungen und Zerstreuungen verbracht hatte, Orlows Einladung annahm, das russische Geschwader zu besuchen. Nach einem opulenten Mahl beim englischen Konsul begab sie sich zum Hafen, und man ließ sie in eine mit einer Menge vielfarbiger Flaggen geschmückte Schaluppe steigen. Die Frauen des Admirals und des Konsuls setzten sich zu ihr. Eine andere Schaluppe führte Alexej Orlow und den Konteradmiral, und eine dritte, mit russischen und englischen Offizieren angefüllt, beschloß den Zug. Die Schaluppen verließen das Ufer unter dem Zuruf und dem Jubel einer Menge Menschen und wurden bei ihrer Ankunft von dem Geschwader mit Musik, Artilleriesalven und dem üblichen dreifachen Hurra empfangen. Als sich die Fürstin einem im voraus bestimmten Schiffe näherte, wurde ein eleganter Fauteuil herabgelassen, in welchem sie sodann vorsichtig an Bord gehißt wurde.

Aber kaum hatte sie das Schiff betreten und sich an den Manövern der Flotte ergötzt, als man ihr ihre Verhaftung ankündigte und ihre Hände mit eisernen Ketten fesselte. Vergeblich flehte und bat sie um Erbarmen. Man führte sie hinunter in den Kielraum, und am dritten Tage ging das Schiff unter Segel, um nach Rußland zurückzukehren.

Nach ihrer Ankunft in Petersburg (24. Mai 1775) wurde Elisabeth Tarakanow in ein Gewahrsam der Festung gebracht, wo sie am 4. Dezember 1775 starb. Zwei Jahre nach ihrem Tode trat ein unerwartet starkes Hochwasser der Newa ein, welches die tiefer gelegenen Zellen der Festung überschwemmte. Die hinterlistig geheimnisvolle Art, mit der die Regierung gegen Elisabeth Tarakanow bei Lebzeiten verfahren war, zeitigte nach ihrem Tode die reichsten Früchte: man erzählte, die unglückliche Gefangene sei von den plötzlich hereinbrechenden Fluten der Newa hilflos in ihrem unterirdischen Gefängnis ertränkt worden, und schrieb Katharina, wie es in solchen Fällen üblich, die Schuld an diesem neuen Morde zu.

III

Die Pest im Innern Rußlands und in Moskau. – Die Entführung des Königs von Polen. – Wassiltschikow wird Günstling der Kaiserin. – Grigorij Orlows Entfernung vom Hofe. – Die erste Teilung Polens. – Diderot in Petersburg. – Die erste Verehelichung des Großfürsten Paul Petrowitsch.

Alexander Wassiltschikow

Einige Zeit nach den im vorigen Kapitel erwähnten Begebenheiten hatte ein gefährlicher Plaggeist das Innere Rußlands verheert. Es war eine betrübende Frucht der Siege, welche die Russen mit ihrem Blute erkämpft hatten, daß sie die Pest von Bender nach Moskau herüberschleppten, wo sie durch die grenzenlose Unwissenheit der Ärzte und ebenso durch die abergläubige Gleichgültigkeit des Volkes begünstigt, die erschreckendsten Fortschritte machte.

Schon einmal hatte die Pest verheerend in der russischen Armee gewütet, und einige Generale trugen in ihrem törichten Despotismus, hinter dem sich eigentlich doch nur ihre bleiche Furcht vor dem schrecklichen Gespenst versteckte, viel dazu bei, die Seuche noch mehr zu verbreiten, indem sie verboten, nur das Wort »Pest« auszusprechen, was dann Anlaß zur Verhinderung der einfachsten Maßregeln wurde, die einer Ansteckung durch unmittelbare Berührung hemmend hätten in den Weg treten können. Der General Stoffel, Christophor Feodorowitsch Stoffel, Generalleutnant, gest. 1770. der den Oberbefehl in Jassy geführt hatte, vermochte die meisten Ärzte und Chirurgen zur Abgabe einer schriftlichen Erklärung, daß die Krankheit, die damals in der Armee herrschte und dieselbe dezimierte, nur ein gewöhnliches Fleckfieber sei. Der Chirurgus Kluge hatte den Mut, die Abgabe dieser Erklärung zu verweigern. Aber was nutzte das Beispiel eines einzelnen gegenüber dem Unverstand der großen Menge? Man versäumte die Zeit, das Sterben ging an, und die Leute fielen tot auf den Straßen nieder. Die Zahl der erkrankten Soldaten betrug mehrere tausend, die der erkrankten Einwohner blieb unbekannt, da letztere sich aufs Land und in die Wälder flüchteten. Vgl. Johann Jakob Lerches Lebens-und Reisegeschichte, Halle 1791, S. 426. Aber er wurde bald selbst ein Opfer der von ihm geleugneten Pest und starb, wohl ohne eine Beruhigung darin gefunden zu haben, sie mit einem anderen, als ihrem eigentlichen Namen bezeichnet zu sehen. Eine unzählige Menge Soldaten waren lediglich dadurch angesteckt worden, daß sie die Leichen der von der Pest hingerafften Opfer plünderten. Dies hätte nicht geschehen können, wenn man sie über das Wesen und das Gefährliche der Krankheit belehrt und nicht vielmehr die wahre Natur derselben lügenhaft verhüllt hätte.

Auch in Moskau Hunderttausend Menschen fielen hier der Pest zum Opfer, die, wie es heißt, ein Raskolnik in seinem Barte eingeschleppt hatte. *Gallerie aller merkwürdigen Menschen, Katharina II., S. 66.* glaubten die Ärzte anfangs, oder stellten sich wenigstens, als ob sie es glaubten, daß die Krankheit nur ein zur Epidemie ausgeartetes Fieber sei, und das Volk, welches sah, daß sie dasselbe nicht zu heilen vermochten, verfolgte die armen Jünger Äskulaps in einer Weise, daß sie sich in die entferntesten Schlupfwinkel verbergen mußten, um nur der Raserei des Pöbels zu entgehen. Als einen besonderen Beweis, wie weit die Unkenntnis des Volkes ging, und wie groß die Grausamkeit war, die sich damit verband, möge hier nur ein Beispiel angeführt werden, nämlich, daß einem italienischen Tanzlehrer, der zu seinem Unglück einem solchen Pöbelhaufen, der die Ärzte verfolgte, begegnete, die Arme und Beine absichtlich zerbrochen wurden, weil man glaubte, daß er, als ein Fremder, einer der Doktoren sein müßte.

Von einzelnen wurde die Behauptung verbreitet, daß das Bild der allerheiligsten Jungfrau, welches sich an den Toren des Kremls befand, die Eigenschaft habe, die Seuche zu heilen. Das Bild war infolge dieses leicht geglaubten Gerüchtes stets von dichten Menschenhaufen umringt und wurde der Gegenstand zahlloser Gelübde und reicher Opfergaben. Da sich aber begreiflicherweise viele Personen, die schon den Keim der Seuche in sich trugen oder sich wirklich von ihr ergriffen fühlten, in der entsetzlichen Angst eines fast gewissen Todes, wie der Ertrinkende an dem Strohhalm, sich an dieser letzten schwachen Hoffnung festhaltend, in den dichten Haufen mischten, so wurde dieses vermeintliche Schutzmittel gerade umgekehrt eine Ursache mehr, die Krankheit zu verbreiten und sie auch denen mitzuteilen, die sonst vielleicht davon verschont geblieben wären.

Der Erzbischof von Moskau, Ambrosius, sah ein, daß ein solcher Zusammenlauf von Menschen in jeder Beziehung gefährlich werden konnte, und ließ das wundertätige Bild von seinem alten Platze wegnehmen, wodurch das Volk bis zur Raserei aufgeregt wurde. Es ist für jeden, der nicht zum orthodoxen griechischen Glauben gehört, völlig unmöglich, sich nur eine annähernde Vorstellung von dem Fanatismus zu machen, mit dem die Russen an ihren Heiligenbildern hängen. Jeder hat seinen eigenen Schutzheiligen und Namenspatron, an welchen er sich nach dem Bedürfnis seines Herzens wendet. Wenn die Nachbarn sehen, daß es einem frommen Bauer in der Bebauung seines Ackers, bei der Viehzucht oder im Handel besonders glückt, so bezahlen sie ihm eine gewisse Summe für die zeitweilige Überlassung des Bildes seines Privatschutzheiligen, welchem sie in der Regel das Glück des Nachbarn zuschreiben. Man beweist dann dem entlehnten Heiligenbilde alle nur erdenkliche Ehrfurcht und führt es zu jeder Arbeit mit sich auf das Feld hinaus. Trotz dieses weitgehenden Aberglaubens sind die russischen Bauern höchst tolerant. Im vorliegenden Falle aber begnügte sich das in seiner Furcht und seinem Glauben beleidigte Volk nicht damit, den Erzbischof des Verbrechens einer Lästerung der Heiligen und einer selbstsüchtigen Zueignung seines Schatzes der allerheiligsten Jungfrau anzuklagen, sondern es sprengte in seiner nach schneller Selbsthilfe und Rache dürstenden Wut die Tore eines Klosters, in welchem der erschreckte Prälat seine Zuflucht genommen und in welchem er sich in dem Sanktuarium der Kapelle verborgen hatte, das zu betreten nach dem Ritus der griechischen Kirche allein die Priester das Recht hatten. Unglücklicherweise hatte ihn ein Kind hineingehen sehen und beeilte sich, dem ihn suchenden Pöbelhaufen Mitteilung davon zu machen. Das Volk stürzte in die Kapelle hinein, bemächtigte sich des Greises und schleppte ihn vor die Tür, um ihn dort zu ermorden.

Als der unglückliche Kirchenfürst sah, daß er sterben müsse, beschwor er seine Mörder, ihn wenigstens noch einmal zum Altar treten zu lassen, um zum letzten Male die heilige Pflicht des Kommunizierens zu erfüllen. Der Volkshaufen willigte ein und sah ruhig und mit kaltem Blute zu, wie der ehrwürdige Prälat die fromme Zeremonie vollzog. Kaum aber hatte er geschlossen, als man auch schon von neuem über ihn herstürzte, ihn aus der Kapelle hinausschleppte und auf barbarische Weise tötete.

Die Kaiserin hatte sogleich alles getan, was in ihren Kräften stand, um die Fortschritte der Seuche zu bekämpfen, aber alle Mittel waren ohne Wirkung geblieben. Es war dazu ein Mann erforderlich, dessen Macht die bedauernswerten Exzesse des Volkes zu hemmen vermochte, ihm Vorsicht anzubefehlen und sie auch zu erzwingen imstande war, und der endlich zu einer Reinlichkeit anhielt, die man noch heutigentages in Rußland allgemein nicht kennt. Grigorij Orlow war dieser Mann, denn er besaß Mut genug, nicht nur der Seuche, sondern auch dem gefährlicheren Volkswahn und Aberglauben zu trotzen. Er begab sich außerordentlich schnell nach Moskau. Kaum daselbst angelangt, verbot er sogleich alle Volksversammlungen, befahl die Einstellung aller Veranlassungen zu solchen und ging so weit, selbst ohne Scheu vor der Ansteckung die Unglücklichen zu besuchen, die schon von der Seuche ergriffen waren. Er verschaffte ihnen durch sein Beispiel und durch seine unermüdliche Tätigkeit die Hilfe, die sie entbehrten, und befahl vor allem den Chirurgen und Offizieren, die ihn bei diesen Besuchen begleiteten, sofort die Kleider und alle Gegenstände, die in unmittelbarer Berührung mit den Personen gewesen waren, welche an dieser scheußlichen Krankheit starben, verbrennen zu lassen. Durch diese Maßregeln und namentlich auch durch die hereinbrechende Winterkälte wurde endlich dem Elend ein Ende gemacht. Und damit auch einer Spekulation, die findigen Köpfen zu einem nicht unbeträchtlichen Nebenverdienst verhalf: Eine Anzahl von Leuten benutzte nämlich den durch die Seuche getroffenen Zustand allgemeiner Unordnung, um Passanten, deren Zahlungsfähigkeit außer Zweifel stand, anzuhalten, ihnen zum Gruß die Hand zu bieten und bei dieser Gelegenheit die Hand des ahnungslosen Opfers mit einer höllensteinähnlichen Masse zu beschmieren, die der Haut ein pestartiges Aussehen gab, worauf man den Alarmruf »Pest« erschallen ließ. Wollte der Betreffende nicht zu allem Pöbel in die Quarantänehäuser, so mußte er sich mit drei- bis sechshundert Rubeln loskaufen. Anekdoten zur Lebensgeschichte des Fürsten Gregorius Gregoriewitsch Orlow, S. 140.

Bei der Rückkehr nach Petersburg fand Grigorij Orlow in Katharina eine zärtliche Geliebte und eine dankbare Monarchin wieder. Sie ließ bei Czarskoje Selo einen Triumphbogen mit der Inschrift errichten: »Dem, der Moskau von der Pest befreit hat«. Gleichzeitig ließ sie eine Medaille schlagen, um auch der fernen Nachwelt das Andenken an den Dienst zu erhalten, den Orlow seinem Vaterlande geleistet hatte.

Die Pest hatte nicht allein die inneren Teile des Russischen Reiches verheert, sondern auch in der russischen sowohl als in der ottomanischen Armee arg gehaust, welch letztere sie nach Polen verbreitete, das immer schwerer unter dem Joch seufzte, welches Katharina dem Lande auferlegte.

Die polnische Bevölkerung, allgemein gegen die russische Tyrannei aufgereizt, versuchte unaufhörlich sich derselben zu entziehen. Das Volk stand in dem Glauben, daß ihr unglücklicher König im Einverständnis mit Katharina handle, und suchte aus diesem Grunde alles Ungemach, welches er dem Lande zufügte, an ihm zu rächen. Die Konföderierten hatten den Abkömmling eines alten polnischen Geschlechtes, namens Pulawski, zu ihrem General erwählt, der sich als ein kühner und für die Freiheit leidenschaftlich begeisterter Mann erwies, der aber auch nicht zögerte, durch ein Verbrechen der von ihm als gerecht anerkannten Sache zu dienen.

Pulawski beschloß im Einverständnis mit drei Konföderierten namens Strawinski, Lukaski und Kosinski, sich der Person des Königs zu bemächtigen. Nachdem die letztgenannten einen Eid abgelegt hatten, ihrem General den König lebendig zu überliefern, drangen sie mit vierzig als Dragoner verkleideten Bauern von verschiedenen Seiten in Warschau ein. Als sie erfuhren, daß der König am folgenden Sonntag den Abend bei dem Fürsten Czartoryski, Michael Friedrich Czartoryski, Großkanzler von Lithauen, 1696 bis 1775. seinem Oheime, zubringen würde, stellten sich einige von ihnen außerhalb der Stadt auf, während sich wieder andere auf dem Wege des Königs in einen Versteck legten. Gegen zehn Uhr abends kehrte Stanislaus in Begleitung von vierzehn oder fünfzehn Personen und einem Adjutantan zu Wagen nach seinem Palast zurück, als die Verschworenen plötzlich aus ihrem Versteck hervorstürzten und dem Kutscher zuriefen, zu halten. Mehrere Pistolenschüsse wurden in demselben Augenblick gegen den Wagen abgefeuert, und ein Heiduck stürzte auch wirklich von einer Kugel durchbohrt zu Boden. Das Gefolge des Königs ergriff darauf in ekler Feigheit die Flucht. Einer der Mörder durchbohrte mit seiner Kugel den Hut des Königs. Dann ergriffen sie ihn und schleppten ihn zwischen ihren Pferden festgebunden durch die finstersten Gassen der Stadt. Als sie aber sahen, daß ihm der Atem ausging, und daß er ihnen unmöglich entspringen, ja ihnen nicht mehr laufend folgen konnte, setzten sie ihn auf ein Pferd. An dem Wallgraben angelangt, welcher Warschau umgab, zwangen sie ihn, mit ihnen durch denselben zu schwimmen. Das Pferd des Königs stolperte beim Sprunge, brach ein Bein, und auch Stanislaus wurde am Fuße verwundet. Man gab ihm ein anderes Pferd. Einer der drei genannten Führer riß ihm das Band des preußischen Schwarzen Adlerordens und ein an demselben befestigtes, mit Diamanten besetztes Kreuz ab. Auf das freie Feld hinausgekommen, teilte sich der Trupp, und nur noch sieben von ihnen, unter Kosinskis Befehl, blieben bei dem König zurück, mit welchem sie lange im Finstern umherirrten, da sie sich bestreben mußten, alle befahrenen Wege zu vermeiden. Bald befanden sie sich in einem Walde, der etwa eine Meile von Warschau entfernt liegt. Einige russische Patrouillen zeigten sich, oder wurden vielmehr gehört, und die hierdurch in Schrecken und Verwirrung gesetzten Verschworenen flüchteten. Der König blieb allein mit Kosinski. Da ersterer aber nicht um Hilfe zu rufen wagte, indem er die gerechte Furcht hegte, Kosinski würde ihn töten, so versuchte er diesen gütlich zu überreden, ihn wieder entkommen zu lassen. Nach längerem Zögern ließ Kosinski sich hierzu bewegen, und nachdem er auf seinen Knien in tiefer Zerknirschung und wahrer Reue den König um Verzeihung gebeten hatte, führte er ihn nach Marienberg, wo der König bei einen deutschen Tischler Aufnahme und Hilfe fand. Daselbst angelangt, schrieb Stanislaus sogleich ein Billett, welches man dem Chef des Garderegiments zukommen ließ.

Gegen fünf Uhr morgens wurde der König wieder auf sein Schloß nach Warschau zurückgebracht, aber in dem bejammernswertesten Zustande; die Füße und Schenkel bluteten, der Rücken mit Geschwülsten, von Flintenstößen und Säbelhieben überdeckt, das Gesicht von Baumzweigen zerrissen und zerkratzt, er selbst von einem heftigen Fieber ergriffen, die Folge der ausgestandenen Todesangst.

Die Gefahr, welcher König Stanislaus ausgesetzt gewesen war, wurde von den Russen als Vorwand benutzt, die Konförderierten zu verfolgen und die Zerstückelung Polens um so sicherer vorzubereiten. Aber bedurfte Katharina noch eines Vorwandes? Sie zeigte bald, daß sie auch ohne einen solchen im rechten Augenblick zu handeln wußte.

Alexej Orlows Geschwader behauptete noch immer im griechischen Meere die Oberhand. Aber der lange Aufenthalt der Russen in einem Klima, dessen Milde dem der Provinzen entgegenstand, aus denen in der Regel die Matrosen gewählt wurden, und die Ausschweifungen,

welchen sich dieselben überließen, hatten ihnen eine epidemische Krankheit zugezogen, welche
der Flotte auch den letzten Mann durch den Tod zu entziehen drohte. Der neue Kapudan-Pascha, Hassan, welcher die Niederlage der türkischen Flotte zu rächen trachtete, bereitete in
Konstantinopel eine Neuorganisation vor und hoffte den Russen mit einer Flotte entgegen-
treten zu können, die an Stärke der noch überlegen sein sollte, welche die Flammen verzehrt
hatten, als der Diwan sich plötzlich bewogen fühlte einen Waffenstillstand abzuschließen und
in Fokschany zu einem Kongreß zusammenzutreten.

Grigorij Orlow bat sich die Ehre aus, mit den Ministern der Pforte zu unterhandeln, und
reiste nach Fokschany ab, ohne zu ahnen, daß man seine Abwesenheit bei Hofe benutzen werde,
um den allmächtigen Günstling endgültig zu beseitigen.

Katharina hatte Orlow wahr und aufrichtig geliebt, und sie liebte ihn auch jetzt noch. Orlow hingegen war niemals durch eine andere Leidenschaft, als seinen brennenden Ehrgeiz an
Katharina gefesselt gewesen. Lange von der Gunst der Kaiserin gehoben und getragen, machte
ihn jene endlich so aufgeblasen, daß er sie mit vollem Rechte zu besitzen glaubte: seine Aufmerksamkeit gegen Katharina, sein Eifer, ihr zu gefallen, erkalteten sichtlich. Er schien sich
oft absichtlich so zu benehmen, als wolle er zeigen, daß ihre Liebe ihm beschwerlich sei, und
je mehr sich Katharina, in weiblicher Hingebung die Kaiserin vergessend, bemühte, ihn wieder
zu sich zurückzuführen, desto mehr entfernte er sich von ihr und suchte bei anderen Personen
seine Gelüste zu befriedigen. Katharina fühlte sich nicht nur tief gedemütigt durch seine Kälte,
sondern als liebendes Weib zugleich durch seine oftmals bewiesene Untreue gereizt, die er sich
gar nicht die Mühe gab zu verheimlichen.

Zeuge dieses unerquicklichen Verhältnisses, glaubte Panin dasselbe benutzen zu können, um
einen lange gehegten Plan zur Ausführung zu bringen. Ungeachtet er keineswegs in augenfäl-
liger Mißhelligkeit mit Grigorij Orlow lebte, wünschte er doch sehnlichst die Ungnade dieses
Günstlings und versäumte niemals eine Gelegenheit, durch die er ihm Schaden zufügen konnte.
Orlow dagegen, obschon er wußte, daß er fast allgemein gehaßt war, haßte seinerseits selten.
Sein Stolz hatte ihm manche Feinde erworben, aber sein Platz als Günstling noch mehr Nei-
der, welche die schlimmste Art von Feinden sind. Alle wünschten gleichmäßig ihn vom Hofe
entfernt zu sehen, und auch die Kaiserin begann jetzt diesen Wunsch zu teilen. Sie hoffte, daß
seine Abwesenheit gänzlich den Einfluß aufheben würde, den er über sie ausgeübt und so oft
mißbraucht hatte.

Panin, der die Blicke der Kaiserin stets auf das sorgfältigste ausspähte, war es nicht entgangen,
daß sie oft mit einem gewissen sinnlichen Wohlgefallen einen Unterleutnant der Garde, namens
Wassiltschikow betrachtet hatte. Sogleich beschloß er sich dieses jungen Mannes zu bedienen,
um Orlow womöglich zu stürzen. Graf Zachar Tschernyschew, dem der Übermut des Günstlings
noch bei weitem verhaßter war als Panin, unterstützte mit größter Bereitwilligkeit den Vorschlag
des Ministers. Man suchte nun vor allen Dingen, als die sicherste Grundlage für die ferneren
Operationen, im Herzen der Kaiserin eine neue Neigung zu erwecken.

Alexander Wassiltschikow, den man dazu ausersehen, mußte den Damen wohl gefallen, denn
er war schön, jung und stark, aber er besaß wenig Geist, keine Talente und keine Erfahrung,
ja nicht einmal hervorstechende Kühnheit, doch war er jetzt nicht ohne Stütze und Ratgeber.
Diejenigen, welche die Beziehungen zwischen der Kaiserin und dem neuen Geliebten anbahnten,
gaben letzterem auch den Rat, wie er sich zu verhalten habe, um ein für sie alle erwünschtes
Ziel zu erlangen. Wassiltschikow folgte ihren Vorschriften auf das Getreueste, und die Kaiserin
war mit ihm so zufrieden, daß sie ihn sogleich zu ihrem diensttuenden Kammerherrn ernannte,
ihm kostbare Geschenke machte und ihn öffentlich mit einer solchen Familiarität behandelte,
daß das zwischen ihnen obwaltende intime Verhältnis nicht lange verborgen bleiben konnte. Erziehung und guter Wille ersetzten nicht den Mangel natürlicher Talente. Wassiltschikow erhielt
sich mit Mühe nicht ganz zwei Jahre in der Gunst seiner Monarchin. Der klügere Potiomkin
trat an seine Stelle. Heibig, Russische Günstlinge, S. 257.

An eine Liebe gewöhnt, von der er die zärtlichsten Beweise und Unterpfänder hatte, glaubte
Grigorij Orlow nicht an die Möglichkeit, daß ihm das Herz der Kaiserin jemals entfremdet wer-

den könne. Was mußte er fühlen, als er erfuhr, daß sie seine Abwesenheit benutzt habe, sich einen neuen Geliebten zu wählen. Er verfiel anfangs in eine mit größter Bestürzung gemischte Raserei. Bald aber tröstete ihn sein Hochmut wieder. Er glaubte, daß nur seine Gegenwart erforderlich sein würde, um ein Feuer, welches nicht erloschen sein konnte, von neuem anzufachen. Beseelt von diesem Gedanken, setzte er sich sogleich in eine mit zwei Pferden bespannte Kibitka und fuhr Tag und Nacht nach Petersburg. Er glaubte daselbst unerwartet ankommen zu können, aber man hatte seine Eilfertigkeit vermutet und Maßregeln dagegen getroffen. Man schickte ihm einen Kurier entgegen, mit einem Brief der Kaiserin. Sie schrieb ihm: »es sei nicht nötig, daß er Quarantäne halte, aber sie schlage ihm vor, sein Schloß Gatschina zu seinem einstweiligen Aufenthalt zu wählen.« Der Kurier, der ihm diesen Brief überbrachte, traf ihn unterwegs an. Orlow war der Verzweiflung nahe. Man würde unrecht tun, wenn man dieses Gefühl gekränkte Liebe nennen wollte; es war nur Scham, sich hintergangen zu sehen, und beleidigter Ehrgeiz, nicht mehr der erste Gebieter im Staate zu sein. In Gatschina zeigte Orlow eine Wut, die dem Petersburger Hof auch aus der Ferne schreckenerregend schien.

Die Kaiserin, welche Orlows Charakter aus mehrfachen unangenehmen Erfahrungen kannte und daher fürchtete, daß er sich, ohne Erlaubnis eingeholt zu haben, vor ihr zeigen möchte, befahl, daß die Wachen ihres Palastes verdoppelt werden sollten, und daß noch außerordentliche Posten vor den Türen der Gemächer ihres neuen Günstlings aufgestellt würden. Der Sicherheit halber ließ sie sämtliche Schlösser in ihren Zimmern ändern, da Orlow die Schlüssel zu denselben besaß. Als Panin sie beruhigen wollte und ihre Furcht unnütz nannte, sagte sie zu ihm: »Sie kennen ihn nicht, er ist fähig, mich und den Großfürsten umzubringen.« Helbig, Russische Günstlinge, S. 187. Aber all diese Vorsicht war überflüssig, denn Grigorij Orlow vermochte jetzt keine Furcht mehr einzuflößen. Sobald man seine Ungnade erfahren hatte, besaß er keinen einzigen Anhänger mehr, im Gegenteil, seine Feinde traten überall hervor.

Orlow sah sogleich die ganze Gefahr seiner Lage, aber sein Mut beugte sich darum keineswegs. Als Graf Zachar Tschernyschew in Gatschina ankam und im Namen der Kaiserin von Orlow verlangte, daß er schriftlich um die Entlassung aus allen seinen Ämtern nachsuchen solle, verweigerte er stolz dieses Ansinnen. Katharina hätte bei dieser Gelegenheit gerechterweise einen Untertanen strafen können, der es wagte, ihrem Willen zu trotzen, aber sie zog es vor, einen Menschen, welchem sie einmal die volle Liebe ihres großen Herzens geschenkt hatte, mit Schonung zu behandeln. Man unterhandelte lange mit Orlow, und nachdem dieser einige Zeit in Czarskoje Selo, dann in Reval gelebt hatte, äußerte er den Wunsch, eine Reise durch Europa zu unternehmen.

Um ihn bei guter Laune zu erhalten, gab Katharina ihm ein Gnadengeschenk von hunderttausend Rubeln, ein kostbares Silberservis und eine Domäne mit sechstausend Bauern. Er hatte schon früher das Diplom eines Fürsten empfangen, und Katharina wünschte, daß er diesen Titel annehmen möchte, um sich den fremden Nationen gegenüber in dem Glanze zu zeigen, der der Gunst entspräche, in welcher er so lange bei ihr gestanden habe.

Wirklich reiste Grigorij Orlow bald darauf ab und entwickelte auf seinen Fahrten durch die kultivierten Staaten Europas den höchsten Luxus. Er erschien in Paris in Staatskleidern, deren Knöpfe aus großen Diamanten bestanden. Sein Degen war mit Brillanten übersät. In Spaa verdunkelte er den Herzog von Chartres, späteren Herzog von Orleans, als Ludwig Philipp Egalité Ludwig Philipp Joseph, geb. 13. April 1747 in Saint Cloud, guillotiniert zu Paris 6. November 1793. so übel berüchtigt, und sein hohes Spiel schreckte auch den kecksten Spieler zurück. In Versailles erschien er dagegen auf einem Ball in einem einfachen Frack von grobem Tuch, um auf solche Weise recht deutlich darzutun, wie wenig Hochachtung er vor dem französischen Hofe habe.

Die Art, wie Katharina die Orlowsche Angelegenheit behandelte, schien eine gewisse Schwäche zu offenbaren, aber sie stand in Übereinstimmung mit ihrem sonstigen Charakter. Trotz ihres Stolzes und ihrer Entschlossenheit wußte sie sich stets da zu beugen, wo ihr Interesse dies erforderte. Sie sah ein, daß sie durch Orlows Bestrafung nur diejenigen, die ihr jetzt treu dienten, erschrecken und einschüchtern würde; sie wollte aber der großen Menge durch Selbstüberwindung die Überzeugung verschaffen, daß ihre Dankbarkeit und Erkenntlichkeit selbst ihre Leidenschaften überlebe.

Während dieser ganzen Zeit beschäftigte Katharina sich auf das angelegentlichste mit der Teilung Polens, diesem wichtigen und lange vorbereiteten Gegenstande. Sie sah endlich den Augenblick gekommen, in dem sie die Frucht des Zwiespalts und der Verwirrungen, die sie in dem unglücklichen Nachbarstaat gesät hatte, ernten könne. Man hat gesehen, wie sie schon seit langer Zeit in Übereinstimmung mit dem Könige von Preußen Sorge getragen, den Hof von Wien für die polnische Teilung zu gewinnen. Bei den andern europäischen Mächten war sie ziemlich sicher, auf kein Hindernis zu stoßen. Frankreich hatte damals in dem Herzog von Aiguillon Armand Vignerot Duplessis Richelieu, Herzog von Aiguillon, 1720-1782. einen Minister, der wenig Scharfblick und Voraussicht besaß; England war an Rußland durch das mächtigste Band, welches diese Nation kennt, durch das Interesse für seinen Handel gefesselt; Schweden und Dänemark konnten es zwar nur mit Neid ansehen, daß Rußland und Preußen Häfen an der Ostsee erwarben, aber keiner von diesen Nachbarn besaß die Mittel oder den Mut, dagegen zu opponieren. Die Türkei war aber jetzt weit weniger zu fürchten und konnte Polen keine Hilfe gewähren, da sie es so schlecht verstanden hatte, sich selbst zu verteidigen. Katharina fürchtete jetzt nur noch die Weigerung des Hofes von Wien; aber Friedrich gelang es, wenn auch unter großen Schwierigkeiten, Österreich zu bestimmen, an der polnischen Teilung zu partizipieren.

Die Pest, welche an den Grenzen Polens in ihren Verheerungen noch immer nicht innegehalten hatte, war für den König von Preußen willkommener Anlaß gewesen, unter dem Vorwand, einen schützenden Kordon gegen das Vorrücken der gräßlichen Krankheit ziehen zu müssen, seine Truppen bis dicht an die Grenze von Preußisch-Polen vorgehen zu lassen, und Kaiser Joseph benutzte denselben Vorwand, um seine Armee gleich in die Provinzen einrücken zu lassen, die ihm den größten Vorteil boten.

Die fremden Armeen breiteten sich nun über ganz Polen aus und agierten gemeinsam gegen die Konföderierten, welche dadurch gezwungen wurden, sich von einander zu trennen. Die größte Anzahl derselben ging wieder in ihre Heimat zurück, die übrigen wanderten aus, um fremde Nationen mit nutzlosen Klagen und Schilderungen ihres Unglücks zu beglücken.

Ganz Europa hatte in dieser Zeit seine Augen auf Polen gerichtet. Man konnte schlechterdings nicht begreifen, weshalb drei der größten und mächtigsten Staaten des Weltteils mit gemeinschaftlicher Kraft mitten im tiefsten Frieden ein Land angriffen, dessen Selbständigkeit durch die feierlichsten Traktate garantiert worden war. Man wurde jedoch bald aus der Überraschung gerissen, und die Auflösung des Rätsels erregte allgemeine Bestürzung. Der Minister des österreichischen Kaisers Baron Rewicki. war der erste, welcher vor dem König und dem Senat von Polen den in St. Petersburg zum Abschluß gekommenen Teilungstraktat verkündete. Der russische Ambassadeur Freiherr von Stackelberg. und der preußische Envoyé Benoit. fügten ihrerseits zur Unterstützung dieses Traktats eine besondere Erklärung bei.

Ganz Polen geriet in Schrecken und protestierte gegen dieses Unrecht. Es rief die Einmischung und den Schutz aller derjenigen Mächte an, welche einst die Integrität des Landes garantiert hatten. Einige dieser Mächte machten allerdings Vorstellungen. Letztere verhallten jedoch ebenso frucht-und nutzlos als die Klagen und Proteste, die in Polen selbst ihren Ursprung hatten. Noch nicht zufrieden damit, sich eines Teils der polnischen Provinzen bemächtigt zu haben, forderten die drei verbundenen Höfe endlich, daß ein polnischer Reichstag ihnen feierlichst die von ihnen geraubten Provinzen abtreten solle.

Dieser Reichstag wurde in der Tat zusammengerufen und reichlich Gelder und Versprechungen von den drei Höfen verschwendet, um die Deputierten für sich zu gewinnen. Fast alle Landboten ließen sich mit schnödem Geld erkaufen, andere gaben um elender Vorteile willen die Ehre ihrer Frauen preis. Fürs bloße Schweigen wurden 200 und 300 Dukaten gezahlt; die aktiven Kreaturen erhielten höheren Sold. Um die Geschäfte des Reichstages zu arrangieren, waren dem preußischen General Lentulus 50 000 Dukaten zur Verfügung gestellt worden, der russische Bevollmächtigte, Freiherr von Stackelberg, hatte bis zum September 1773 zu diesem

Zweck das Doppelte ausgegeben. Hermann, Bd. V, S. 531,34. Trotzdem weigerte sich die Majorität des Reichstags geraume Zeit, die Zerstückelung anzuerkennen. Durch diesen Widerstand gereizt, den man merkwürdigerweise nicht erwartet hatte, drohten die Minister der drei Höfe dem Reichstage mit der Ungnade ihrer Souveräne und stellten eine gewaltsame Einquartierung in Aussicht, die einer Plünderung gleichzuachten war. Durch diese Manöver glückte es endlich den Ministern, die Einwilligung der Majorität des Reichstages zu gewinnen, und Kommissare wurden gewählt, welche mit den Bevollmächtigten der drei teilenden Höfe die Teilungsbedingungen festsetzen sollten, die natürlicherweise im Einklang mit dem von Anfang eingeschlagenen Verfahren von diesen Bevollmächtigten diktiert wurden. Man unterzeichnete dieselben im Monat August.

Sowohl vor der Versammlung des Reichstages, als auch nach der Eröffnung desselben hatte König Stanislaus gegen das Vorgehen der Mächte protestiert. Demungeachtet behauptete man, er habe dasselbe heimlich begünstigt, und diejenigen, welche seine alte Ergebenheit für Rußland kannten, waren besonders davon überzeugt. Nachdem über die Teilung abgestimmt worden war, begaben sich mehrere Mitglieder der Minorität des Reichstages zum König und warfen ihm in heftiger Weise den Ruin ihres Landes vor. Er antwortete ihnen erst in seiner sanften Art mit milden Worten, als er aber sah, daß sie seine Sanftmut nur noch verwegener machte, erhob er sich, warf seinen Hut zu Boden und sagte stolz: »Ich will euch nicht länger anhören. Die Teilung unseres unglücklichen Vaterlandes ist eine Folge eurer Zwistigkeiten und eures ewigen Streitens. Euch selbst müßt ihr euer Unglück zuschreiben. Ich für meinen Teil werde, so lange ich noch ein Stück polnischer Erde besitze, so groß, wie es dieser Hut bedecken kann, vor den Augen ganz Europas euer gesetzlicher, aber unglücklicher König sein.«

Durch die erste Teilung Polens verlor letzteres mehr als fünf Millionen Einwohner. Der Landesteil, welcher an Rußland fiel, enthielt 2500 Quadratmeilen mit anderthalb Millionen Einwohnern; Österreich erhielt 1500 Quadratmeilen mit drei und einer halben Million Einwohnern und Preußen 700 Quadratmeilen, von 960 000 Seelen bewohnt. Hermann, Bd. V, S. 524.

Katharina ruhte nunmehr auf ihren Lorbeeren aus und belohnte ihre Minister und Generale auf das freigebigste. Diese Freigebigkeit erstreckte sich auch auf alle Gelehrten und Künstler von bedeutendem Ruf in Europa. Bibliotheken, Gemäldesammlungen, Bildhauerwerke und Altertümer wurden angeschafft und große Kosten darauf verwandt, St. Petersburg zu bereichern.

Denis Diderot

Unter den Schriftstellern, mit welchen die Kaiserin eine fortgesetzte Korrespondenz unterhielt, waren Voltaire und Diderot diejenigen, welche sie am meisten auszeichnete. Sie lud dieselben wiederholt ein, nach Petersburg zu kommen; aber der Philosoph von Ferney kannte die Gefahren der Höfe und ließ sich nicht verführen, den russischen Hof kennen zu lernen. Der Philosoph von Paris aber zeigte sich geneigter und begab sich wirklich nach Petersburg. Katharina schmeichelte ihm daselbst mit ihrer ganzen Liebenswürdigkeit, überhäufte ihn mit Ruhm und Ehre und hielt während der ganzen Zeit, die er sich an ihrem Hofe aufhielt, täglich eine Stunde zum Gespräch für ihn bereit. Philosophie, Gesetzgebung und Politik waren die gewöhnlichen Themen ihrer Konversation. Kaiserin und Philosoph saßen nebeneinander auf dem Sofa, und von seinem Gegenstande hingerissen, schlug ihr der feurige Franzose öfters mit der Hand auf das Knie, durch welche Unschicklichkeit sie sich indes keineswegs beleidigt fühlte. Diderot entwickelte ihr seine Prinzipien über Freiheit und Volksrechte mit dem ihm eigentümlichen Enthusiasmus und seiner liebenswürdigen Beredsamkeit; die Kaiserin schien zwar entzückt, fand sich aber durchaus nicht geneigt, seine Lehren zu verwirklichen.

Im Inland wie im Ausland auf dem Höhepunkte ihres Ruhms, trat Katharina, sich nunmehr ihren häuslichen Angelegenheiten zuwendend, einer Frage näher, die sie schon lange beschäftigt hatte, der Vermählung des Thronfolgers. Sie wollte keine Prinzessin zur Schwiegertochter, deren Schönheit und sonstige Anlagen ihr die Furcht einflößen müßten, daß dieselbe vielleicht dereinst als ihre Nebenbuhlerin auftreten oder gar – durch das von ihr selbst gegebene Beispiel gereizt – es wagen könnte, sie vom Throne zu verdrängen. Im Gegenteil, sie wünschte eine solche Gattin für den Großfürsten zu finden, die weder die Mittel noch die Absicht hatte, sich gefürchtet zu machen. Sie richtete ihre Blicke auf die drei Töchter des Landgrafen von Hessen-Darmstadt. Ludwig IX., als Landgraf von Hessen-Darmstadt 1768–1790, geb. 1719. Katharina lud ihre Mutter Karoline Henriette Christine Luise, geb. 9. März 1721, gest. 30. März 1774, seit 1741 vermählt mit Ludwig IX. von Hessen-Darmstadt. ein, mit denselben den Hof von St. Petersburg zu besuchen. Obschon dieser Vorschlag die Würde der Landgräfin von Hessen etwas verletzte, nahm sie denselben doch an; sie hoffte es durchzusetzen, daß eine ihrer Töchter auf den russischen Thron erhoben würde. Sie begab sich also auf die Reise nach Petersburg, Da sich die Finanzen am Darmstädter Hof in einem jammervollen Zustande befanden, streckte Katharina die Reisekosten vor, die sie durch einen Wechsel von 80 000 Gulden anweisen ließ. kam glücklich daselbst an und wurde von der Kaiserin prächtig empfangen, Außer bedeutenden Geschenken an Brillanten und Zobelpelzen erhielt die Landgräfin 100 000 Rubel und 20 000 zur Rückreise, jede Prinzessin 50 000 Rubel und reichen Schmuck. Die Kavaliere und Damen, die die Landgräfin begleitet hatten, erhielten ebenfalls Brillanten und jede Person 3000 Rubel. welche, nachdem sie hinreichend Zeit gehabt, die drei Prinzessinnen kennen zu lernen und zu prüfen, mit ihrer Wahl bei der Prinzessin Wilhelmine Geb. 15. Juni 1755, gest. 26. April 1776. stehen blieb, die nach ihrem Übertritt zur orthodoxen griechischen Kirche den Namen Natalia Alexejewna annahm und im Jahre 1773 mit dem Großfürsten vermählt wurde.

IV.

Mißstimmung in mehreren Teilen des Reichs. – Die Ursachen, welche einige
Betrüger dazu veranlaßten, den Namen Peters III. anzunehmen. –
Pugatschews Aufruhr. – Seine Erfolge. – Der Tod desselben. – Potiomkin
wird Katharinas Günstling. – Reise nach Moskau. – Sawadowskijs Erhebung
zum Günstling. – Tod der ersten Gemahlin des Großfürsten. – Pauls Reise
nach Berlin. – Seine zweite Ehe. – Soritsch wird Favorit.

Natalie Alexiewna

Das Glück der Kaiserin verdunkelte sich, ja, es schien für einen Augenblick zu erlöschen. Stürme der drohendsten Art waren in den entlegensten Provinzen des Reiches ausgebrochen, näherten sich dem Mittelpunkte ihrer Residenz und schienen den Thron Katharinas umstürzen zu wollen. Bei den meisten ihrer Untertanen hatte sie eine mit Haß gemischte Unzufriedenheit erregt. Die Großen fanden sich durch ihre Launen und den das Reich zugrunde richtenden Luxus ihrer Günstlinge beleidigt; die Priester grollten ihr immer noch über den Verlust der geistlichen Privilegien; das Volk seufzte unter einem Druck, der ihm früher nie so unerträglich vorgekommen war, und die Bauern endlich waren in Verzweiflung, daß man ihnen ihre Söhne gewaltsam entriß, um die Armeen neu zu rekrutieren, welche durch die Kämpfe und ansteckenden Seuchen an den Ufern der Donau dahingerafft wurden. Die Kosaken am Don gaben das erste Signal zur Erhebung. Sie hatten einen Mann zu ihrem Anführer gewählt, dem es bald glückte, mehrere Provinzen zu revoltieren, und der, wenn er es besser verstanden hätte, die von ihm erzielten Erfolge zu benutzen, ohne Zweifel Rußlands Geschick hätte wenden können.

Die Popen konnten Katharina nie verzeihen, daß sie das Versprechen, ihnen ihre Privilegien zurückzugeben, gebrochen hatte. Sie glaubten nun in dem Manne, der als Führer des Aufstandes aufgetreten war, das sicherste Werkzeug zur Ausführung ihrer Rache gewonnen zu haben; in schlauer Berechnung der Leichtgläubigkeit des Volkes und in Erinnerung des Glücks, das dem Pseudo-Demetrius Wahrscheinlich ein Mönch aus dem Kloster Tschudow, namens Grischka Otrepjew, der im Jahre 1603 auftrat und 1605 in Moskau gekrönt wurde. in der russischen Geschichte geblüht hatte, hatten sie im stillen das Gerücht verbreitet, Peter III. sei nicht tot, sondern nur gefangen gewesen, sei nun entkommen und werde bald hervortreten, um den ihm geraubten Thron wieder zurückzufordern.

Man sah dann zuerst in der Provinz Woronesh einen falschen Peter III. auftreten; aber er wurde sogleich ergriffen, als Betrüger entlarvt und gehängt.

Einige Jahre darauf erschien ein Deserteur vom Regiment Orlow, mit Namen Tschernyschew, an der Grenze der Krim und gab sich daselbst für den toten Kaiser aus. Die Popen verschafften ihm eine Menge Anhänger und bereiteten sich schon darauf vor, ihn zu krönen, als ein Oberst der russischen Truppen, welcher davon benachrichtigt wurde, daß Tschernyschew das Volk aufwiegle, sich des Deserteurs bemächtigte und ihm den Kopf abschlagen ließ.

In Montenegro, welches damals eine tributpflichtige Provinz des ottomanischen Reiches war, benutzte ein Arzt, mit Namen Stephano, den Enthusiasmus, welchen allein der russische Name den griechisch-orthodoxen Christen in dieser Provinz einflößte, dazu, diese glauben zu machen, daß er selbst Peter III. sei. Der Bischof und die Mönche unterstützten ihn aufs wärmste, und diese Betrügerei veranlaßte das Volk zu einem Auflauf. Bald aber zwangen die Janitscharen Stephano, die Flucht zu ergreifen, und glücklicher als die beiden vor ihm aufgetretenen Betrüger entkam er dem Schafott.

Ein anderer falscher Peter III. zeigte sich in Gestalt eines geborenen Leibeigenen der Familie Woronzow. Er flüchtete sich zu den Kosaken und folgte einem Trupp derselben, welcher sich mit der russischen Armee vereinigen sollte. Als man zu einer der Lagerstationen gekommen war, die man zwischen dem Don und der Wolga findet, sammelte er seine Kameraden um sich und gab ihnen die Versicherung, daß sie in ihm die Person des entthronten Peters III. sähen. Diese ebenso einfältige und leicht zu täuschende, als barbarische Truppe glaubte ihm, erkannte ihn als Kaiser an und schwur, für seine Verteidigung zu sterben. Er ernannte sogleich seine Minister, seine Generale und trug seine Krone mit einer solchen Sicherheit, als hätte er ein mächtiges Reich und eine gewaltige Armee hinter sich. Aber seine Regierung hatte nur die kurze Dauer eines einzigen Tages. Ein russischer Offizier kam, ergriff die neue Majestät bei den Haaren, ließ sie sodann durch seine eigenen, so leicht erworbenen Untertanen fesseln und in die nächste Stadt führen. Dort suchten einzelne Soldaten mit Hilfe der von den Mönchen aufgewiegelten Einwohner den Betrüger zu befreien. Aber der Kommandant der Festung, deren Garnison dem größeren Teile nach treu geblieben war, zerstreute die Rebellen durch einen Bajonettangriff und machte dem Aufstande ein schnelles Ende. Der Betrüger wurde zur Knute verurteilt und endete sein Leben unter den Händen des Büttels.

Ein Gefangener in Irkutsk wollte dieselbe Rolle spielen, wurde aber auch wie jene vier von demselben Geschick ereilt. Helbig, Biographie Peters III., Bd. II, S. 198 – 200. Alle diese tragisch endenden Farcen waren aber nur die Vorläufer zu den blutigen Szenen, welche von einem geschickteren Betrüger vorbereitet wurden.

Imelka Pugatschew

Jemeljan oder Jemelka Pugatschew war der Sohn eines Kosaken und 1726 an den Ufern des Don geboren. Pugatschew zählte zur Zeit des Aufstands noch nicht vierzig Jahre. Er war von mittlerer Größe, bräunlicher Gesichtsfarbe und hager, hatte dunkelrotes Haar und einen schwarzen, kurzen, spitz zulaufenden Bart. Einer der oberen Zähne war ihm, als er noch ein Knabe, ausgeschlagen worden. Auf der linken Schläfe hatte er einen weißen Flecken und auf der Brust Spuren der sogenannten schwarzen Krankheit. Er war des Lesens und Schreibens unkundig und bekreuzigte sich nach Art der Sektierer. *Vergl. Alexander Puschkin, Geschichte des Pugatschewschen Aufruhrs, Stuttgart 1840, S. 105* Er diente im Beginn seiner Laufbahn als einfacher Reiter in der Armee der Kaiserin Elisabeth im Feldzuge des Jahres 1756 gegen den König von Preußen und nahm auch noch später an dem Kriege des Jahres 1769 gegen die Türken teil. Er kämpfte unter dem General P. J. Panin bei der Belagerung von Bender mit und hielt nach der Einnahme dieser Stadt um seine Entlassung an; als man ihm dieselbe aber verweigerte, floh er zu seinem in Taganrog angesiedelten Schwager, zettelte mit diesem eine Verschwörung an, flüchtete nach einer vorzeitigen Entdeckung, wurde ergriffen, entfloh aus der Haft, geriet abermals in die Gewalt der Obrigkeit und rettete sich zum zweitenmal, indem er heimlich nach Kleinrußland floh.

Dort wanderte er als angeblicher Sektierer im Lande umher und nahm seine Zuflucht bei den in Kleinrußland in großer Zahl ansässigen Altgläubigen, die sich zu der Lehre bekennen, welche die primitive griechische christliche Gemeinde vortrug. Diese Sektierer werden von den orthodoxen Griechen »Raskolniki« genannt, was der römisch-katholischen Bezeichnung »Ketzer« gleichkommt. (Anmerkung des Verfassers.)

Aus Furcht, irgendwo als Deserteur erkannt zu werden, begab sich Pugatschew bald wieder aus Kleinrußland hinweg und suchte die Kosaken am Don auf. Von dort ging er später zu den Bewohnern der Ufer des Jaik, eines Flusses, welchem Katharina später, um damit das Andenken an die Erhebung Pugatschews zu vernichten, seinen Namen nahm und fortan Ural zu nennen befahl. Hier vertraute er mehreren Kosaken seine Absicht an, sich eine Partei zu bilden, und bewog sie, ihm in die Berge des Kaukasus zu folgen, indem er ihnen die Versicherung gab, daß sie dort mächtige Hilfe finden würden. Man wußte noch nicht, daß er sich für Peter III. ausgeben wollte; als man aber erfuhr, daß er das Volk zum Aufruhr aufwiegele, verhaftete man ihn und sandte ihn nach Kasan, von wo er im Mai 1773 seinen Wächtern gerade in dem Augenblicke entfloh, als die Bestätigung seiner Verurteilung zur körperlichen Strafe und zur Deportation nach Pelim eintraf. Brückner, Katharina II., S. 189. Sogleich sammelte er einige seiner früheren Kameraden um sich, begab sich die Wolga abwärts bis zur Mündung des Irgis, ging dann diesen Fluß hinauf und kam so in die Wüste. Dort machte er halt und sah seine Truppe täglich wachsen. Sobald er glaubte eine Partei zu haben, die mächtig genug für sein Unternehmen war, erklärte er öffentlich, er sei Kaiser Peter III., der durch ein Wunder des Himmels den Händen seiner Mörder entkommen sei.

Unter den Kosaken an den Ufern des Jaik war bereits eine Empörung ausgebrochen. Die Eingeborenen hingen dort mit einer solchen Zähigkeit an ihren religiösen Vorurteilen und Sitten, daß man diese nicht ungestraft antasten durfte. Man hatte ihnen einen großen Teil ihrer Weideplätze geraubt, deren sie für ihr zahlreiches Vieh bedurften, und forderte außerdem Rekruten von ihnen, um ein Husarenregiment daraus zu bilden. Sie lieferten dieselben, als man aber den Rekruten befahl, sich die Bärte abscheren zu lassen, weigerten sie sich, dem Befehl Gehorsam zu leisten. General Traubenberg, ein Livländer, verachtete ihre auf vernünftige Weise gemachten Vorstellungen und ließ sie gewaltsam auf einem öffentlichen Platz rasieren. Die Bewohner der Jaikufer, über diese Gewalttat empört, welche sie für eine Schändung ihrer religiösen Grundsätze ansahen, griffen zu den Waffen und töteten Traubenberg und mehrere seiner Offiziere. Zu Anfang des darauf folgenden Jahres kam der General Freimann in das Land, um am Jaik die Ordnung wiederherzustellen und den Gesetzen Geltung zu verschaffen; er bestrafte die Anstifter der Revolte auf grausame Weise.

Pugatschew, der sich die Verwirrungen, die am Jaik herrschten, zunutze machen wollte, begab sich heimlich dorthin und wußte sich Freunde unter der noch immer aufgeregten Bevölkerung zu verschaffen. Die Mönche hatten schon verkündigt, daß sich ein neuer von Gott geweihter Kaiser offenbaren würde, und das gegen den Gouverneur aufgereizte Volk und die Soldaten lebten der Hoffnung, daß dieser Kaiser sie befreien und gegen den Gouverneur in Schutz nehmen würde.

Als Pugatschew erfuhr, daß die Kosaken aufs neue im Aufstande begriffen seien und sich ein Teil derselben in die Sumpfgegenden zurückgezogen hätte, suchte er jene auf und gab sich ihnen jetzt als Peter III. zu erkennen, indem er ihnen sagte: »daß er sich in dem Augenblicke aus dem Gefängnisse gerettet habe, als man ihn habe erdrosseln wollen, daß ferner die Treulosen, die ihn vom Throne gestürzt hätten und die jetzt noch seine Rückkehr fürchteten, das falsche Gerücht seines Todes absichtlich ausgesprengt hätten, daß er genötigt gewesen sei, sich in die Kleidung eines Kosaken zu stecken und die Waffen für seine Verfolger zu ergreifen, daß er sich endlich bei Getreuen seiner Untertanen hätte verbergen müssen, denen er sich zu erkennen gegeben habe. Als er von diesen die Kenntnis erhalten habe, daß die tapferen Kosaken des Jaik beschlossen hätten, das Joch der Eroberin abzuschütteln, habe er sich sogleich aufgemacht und sei nun da, um sich in ihren Schutz zu begeben und ihnen seine Person zu gemeinschaftlicher Rache anzubieten.«

Die an und für sich schon aufrührerischen Kosaken waren für seine Wünsche leicht gewonnen. Durch die Mönche schon darauf vorbereitet, bald einen Kaiser unter sich erscheinen zu sehen, der ihre Religion verteidigen werde, glaubten sie alles, was Pugatschew ihnen sagte, erkannten ihn als Czar Peter III. an und schwuren, ihm wieder zu seinem Throne zu verhelfen oder ihr Leben bei seiner Verteidigung zu opfern. Pugatschew griff nun, von diesen Kosakenstämmen, seinen ersten Anhängern und vielen anderen begleitet, die ihm seit seinen wachsenden Erfolgen zuströmten, die Kolonien an, welche erst kürzlich auf Befehl der Kaiserin an den Ufern des Irgis angelegt waren. Er bedurfte ihrer Waffen und Pferde. Widerstand fand er nicht viel, er begnügte sich daher mit Wegnahme des ihm Nötigen und fügte weder den Kolonien noch den Kolonisten irgendeinen Schaden weiter zu. Diese Mäßigung war übrigens nur Verstellung, wie die bald darauf folgende barbarische Wildheit bewies. Mit einem Trupp, welcher bereits bis auf 14 000 Mann angewachsen war, zeigte er sich nun vor den Toren von Jaizk. Er übersandte dem Gouverneur Oberstleutnant Simonow. eine von ihm als Peter III. unterzeichnete Aufforderung, welche diesem befahl, die Stadt zu übergeben. Als sich der Gouverneur weigerte, dieser Aufforderung Folge zu leisten, befahl Pugatschew die Erstürmung der Stadt, wurde aber von der Besatzung mutig zurückgeschlagen. Er beschloß darauf die Stadt zu blockieren und sie durch Hunger zur Übergabe zu zwingen. Aber auch dieses Unternehmen war erfolglos, und der Eifer der tapferen Garnison wurde belohnt: eine bedeutende russische Truppenmacht kam und rettete sie vor dem Blutbade, welches die Rebellen anzustellen beabsichtigt hatten.

Pugatschew machte sich für diesen Mißerfolg schadlos. Er überrumpelte die Kolonien am Ilek und eroberte mit dem Säbel in der Hand die beiden Festungen, welche dieselben verteidigten. Die Festung Tatitschewskaja, die er darauf angriff, ergab sich ohne Widerstand.

Nachdem Pugatschews Armee durch teilweise erzwungene, teilweise ihm aber auch freiwillig zugekommene Rekrutierungen bedeutend verstärkt war, beschlossen die Rebellen zur Eroberung von Orenburg zu schreiten. Der tapfere einsichtsvolle Gouverneur, General Reinsdorf, traf die besten Anstalten zur Verteidigung dieser befestigten Stadt, denn um Pugatschew im offenen Felde bekämpfen zu können, fehlte es ihm an der nötigen Mannschaft. Dagegen warb das Gerücht von den Erfolgen Pugatschews letzterem immer neue Anhänger. Ganze Horden kamen und stellten sich unter seinen Befehl. Die Baschkiren, ein Volk geborener Jäger, welches innerhalb der Grenzen des russischen Reiches lebte, erklärte sich für die Rebellen und versah sie mit zahlreichen Rekruten besten Schlages. Die Kirgisen folgten dem Beispiele der Baschkiren, und die Revolte verbreitete sich in sehr kurzer Zeit über alle Teile der von diesen Völkern bewohnten Landschaft. Die zur Arbeit in den Kupfergruben der uralischen Gebirge verwandten Bauern verließen in Massen ihren beschwerlichen Beruf und griffen gleichfalls gegen ihre Unterdrücker zu den Waffen.

Pugatschew setzte inzwischen die Belagerung Orenburgs mit aller ihm zu Gebote stehenden Kraft fort. Während er von dem einen Teil seiner Truppen Schanzen aufwerfen ließ, mußte sich der andere auf räuberische Weise in den Besitz allen Kupfers setzen, was in den Bergwerken vorrätig war. Daraus ließ er dann Kanonen und Kugeln gießen, um mit ihnen die Stadt zu beschießen. Trotz aller gewonnenen Hilfsmittel mußte er einen Teil des Winters mit dieser Belagerung verbringen, während welcher er sich den wildesten Exzessen und Grausamkeiten überließ. Sein Hauptquartier war eine Höhle des Mordes und der niedrigsten Ausschweifungen. Im Lager wimmelte es von Offiziersfrauen und Töchtern, die den Straßenräubern preisgegeben waren. Jeden Tag fanden Hinrichtungen statt; die Hohlwege um Berda waren mit den Leichnamen erschossener, erdrosselter und gevierteilter Märtyrer angefüllt. *Puschkin, S. 61/62.*

Die Rebellen hatten nunmehr eine so zahlreiche Armee zusammengebracht, daß die Regimenter, welche ihnen von Kasan aus entgegengeschickt waren, mehr als einmal bei der Verteidigung der Gebirgsdefileen, die auf dem Wege zwischen Orenburg und dieser Stadt durchschritten werden müssen, zurückgeworfen wurden. Stolz auf alle diese Siege sengte und brannte Pugatschew im Gouvernement Orenburg auf die barbarischste Weise. Nur die kleine Stadt Ufa leistete ihm einigen Widerstand. Er überließ später die Fortsetzung der Belagerung Orenburgs einem seiner Unterchefs und marschierte selbst rasch auf Jekatherinenburg, da er wußte, daß dort für mehr als eine Million Rubel in neu geschlagener Kupfermünze aufbewahrt wurden. Nur ein glücklicher Zufall rettete diese Stadt vor dem traurigen Schicksal, in die Hände des wilden Rebellen zu fallen. In dem Augenblick nämlich, als sich Pugatschew derselben näherte, erhielt er die Nachricht, daß eine russische Armee, bei weitem stärker, als die seinige, von einer anderen Seite her im Anmarsch sei. Er glaubte dies, und seinen Anmarsch hemmend, um sich zu konzentrieren, gab er den russischen Regimentern, welche an der sibirischen Grenze zerstreut standen, Zeit und Gelegenheit, zur Verteidigung von Jekatherinenburg herbeizueilen.

Während der ersten Periode der Erhebung zeigte Pugatschew Mäßigkeit und Religiosität. Er trug bischöfliche Tracht, erteilte den Segen, versicherte, daß er durchaus nichts für sich erstrebe, sondern daß es nur seine Absicht sei, den Großfürsten Paul Petrowitsch auf den Thron zu setzen, Bibikow berichtet in seinen Memoiren (Moskau 1865, S. 129), man habe Pugatschew oft das Bildnis Pauls küssen sehen. Nach anderen Quellen hatte er einen jungen Menschen in seiner Umgebung, den er dem Volke als seinen Sohn, den Großfürsten, vorstellte. In seinen Reden nahm er oft auf Paul Bezug. So sagte er einmal unter Tränen: »Wolle mir Gott doch die Gnade verleihen, mich nach Petersburg gelangen und dort meinen Sohn wohlbehalten sehen lassen.« um sodann seine Tage unter den frommen Einsiedlern zu verbringen, die ihn mit so großer Gastfreiheit verborgen gehalten hätten, nachdem er seinen Mördern entkommen. Hierdurch gewann er die Soldaten und versicherte sich des Sieges. In jenen Tagen auch noch Mut mit Tätigkeit verbindend, benutzte er klüglich jede sich ihm darbietende Gelegenheit, um seine Macht zu festigen. Er besaß den Vorteil, das Land zu kennen und die Unvorsichtigkeit der Russen richtig einzuschätzen. Er hatte eben erst eine Ortschaft geplündert, als er auch schon zu einer neuen Belagerung weitereilte, und kaum hatte er eine Stadt eingenommen, als er auch sofort ein Bataillon zu ihrer Besetzung bestimmte. Aber dieser Mann, der so schnell über die Ungunst des Glücks triumphierte, verstand es nicht, die Gunst desselben zu benutzen. Die Erfolge machten ihn übermütig, und er glaubte in sich selbst die Mittel zu haben, jedes ihm entgegenstehende Hindernis zu besiegen. Er legte jetzt alle Verstellung ab und überließ sich ganz seiner blutgierigen Natur, sowie seinen brutalen Leidenschaften; er kühlte aber dadurch den Enthusiasmus seiner eigenen Anhänger ab, gab seinen Feinden Zeit, sich zu wappnen, und führte in dieser Weise selbst einen plötzlichen Stillstand seiner glänzenden Laufbahn herbei.

Der Geist des Aufstandes war bis nach Moskau verbreitet. Feldmarschall Rumiantzow hatte sich an der Donau nicht zu schwächen und Hilfe gegen die Rebellen zu senden gewagt. Moskau wurde nur von einer schwachen Garnison verteidigt, und Pugatschew hätte sich daselbst nur zu zeigen brauchen, um sich der Hauptstadt des alten Rußlands zu bemächtigen, aber er versäumte es, sich schnell dorthin zu begeben, und verlor dadurch eine Armee von hunderttausend

Leibeigenen, welche ihn sehnsüchtig erwarteten, und die bei der ersten Nachricht von seiner Annäherung sofort ihre Fesseln gebrochen haben würden.

Pugatschew benutzte nicht einmal die Vorteile, die er in den eroberten Provinzen gewonnen hatte. Er brachte den größten Teil des Winters mit den unnützen Belagerungen von Orenburg und Jaizk zu. Seine Beschäftigung vor Orenburg bestand darin, eigenhändig allen Edelleuten, die man ihm gefangen zuführte, die Köpfe abzuschlagen. Er mordete so ungefähr dreitausend Menschen und schonte in seiner Wut weder Weiber noch Kinder. Ganze Familien wurden ausgerottet. Er wollte, sagte er, das Blut dieses tyrannischen und stolzen russischen Adels bis auf den letzten Tropfen ausgießen. Aber in einem bizarren Widerspruch gab er seinen Anhängern adlige Namen und schmückte dieselben mit den Orden, welche man den ermordeten Offizieren abnahm. Der Kosak Tschika hieß Graf Tschernyschew und erhielt die Würde eines Feldmarschalls; andere Kosaken hießen Graf Orlow, Graf Woronzow, Graf Panin. Ein ehemaliger Räuber, welcher der Nase beraubt und gebrandmarkt war, bekleidete die Würde eines Artilleriechefs. Seiner Entstellung sich schämend, trug er ein Netz über dem Gesicht oder verdeckte dieses mit dem Rockärmel, als wolle er sich gegen die Kälte schützen. *Puschkin, S. 66/67.*

Dadurch, daß er jetzt den religiösen Vorurteilen, denen er sich im Anfang seiner gefährlichen Laufbahn so eifrig ergeben gezeigt hatte, Trotz bot, entfremdete er sich einen Teil seiner Anhänger. Obschon er bereits seit einigen Jahren mit der Tochter eines Kosaken vermählt war und mit ihr drei Kinder hatte, umgab er sich in Nachahmung der von russischen Herrschern gegebenen Beispiele mit einer Anzahl von »Fräulein« und feierte Bacchanalien, die vollkommen dem Wert seiner Umgebung entsprachen.

Alexander Iljitsch Bibikow

Katharina geriet über den Fortschritt dieser Revolution, die den Bestand ihres Thrones zu bedrohen schien, in Schrecken und beschäftigte sich nun eifrig damit, ein Mittel aufzufinden, um ein Weiterumsichgreifen zu verhindern. Sie rief den General Bibikow Alexander Iljitsch Bibikow, 1729-1774. von der türkischen Grenze zurück, gab ihm den Oberbefehl über eine bedeutende Armee und die Instruktion, gegen die Rebellen vorzurücken. Die Ernennung Bibikows zum Diktator im Osten wurde allgemein als eine offizielle Bestätigung der bis dahin vertuschten oder nicht übermäßig schwer genommenen Nachrichten über den Umfang der Empörung angesehen. Nachdem Katharina die volle Tragweite einmal erkannt, handelte sie entschlossen und ohne eine Minute zu verlieren. »Ich habe vor zwei Jahren die Pest im Herzen des Reichs gehabt«, schrieb sie am 10. Dezember 1773 an J. J. Sievers, den ihr nahestehenden Gouverneur von Nowgorod, »jetzt habe ich an den Grenzen des Königreichs eine politische Pest, die uns was zu raten aufgibt. Ihr teurer und würdiger Mitbruder Reinsdorf wird seit zwei Monden von einer Räuberbande belagert, die schreckliche Frevel und Verwüstungen anrichtet. General Bibikow geht dahin mit den Truppen, die durch Ihr Gouvernement gekommen sind, um diesen Greuel des XVIII. Jahrhunderts zu beschwichtigen, der Rußland weder Ehre, noch Ruhm, noch Vorteil bringen wird. Doch zuletzt mit Gottes Hilfe hoffe ich, werden wir die Oberhand behalten; denn es gibt weder Verstand, noch Ordnung, noch Geschick auf Seiten jenes Lumpengesindels dort; sondern das sind zusammengeraffte Schurken, an deren Spitze ein ebenso frecher als unverschämter Betrüger steht. Doch wird dies gleichfalls mit Hängen endigen. Aber welche Aussicht, Herr Gouverneur, für mich, die das Hängen nicht liebt? Europa wird in seiner Meinung uns in die Zeit des Czaren Iwan Wassiljewitsch zurückverweisen; solche Ehre müssen wir für das Reich von diesem verächtlichen Jungenstreich erwarten.« *Blum, Ein russischer Staatsmann, Bd. II, S. 33/34.*] Zu derselben Zeit ließ sie ebensowohl in Petersburg als in den anderen Städten des Reiches ein beruhigendes Manifest und mehrere Ukase publizieren, welche die Nachricht von Bibikows Abmarsch verkündeten. In dem einen wurde das Volk ermahnt, fortan keinen anderen Befehlen zu gehorchen, als solchen, welche die eigenhändige Unterschrift der Kaiserin trügen. In den anderen wurden die Deserteure und vor allem die Donschen und Jaikschen Kosaken aufgefordert, wieder unter die Fahnen der Kaiserin zurückzukehren, und ihnen eine Amnestie versprochen, falls sie bis zum 1. April des nächstfolgenden Jahres wieder eintreten würden. Pugatschew wurde für vogelfrei erklärt, und hunderttausend Rubel wurden für denjenigen als Belohnung ausgesetzt, der ihn töten würde.

Aber auch Pugatschew sparte der Worte nicht. Er erließ Manifeste über Manifeste und veröffentlichte sie jederzeit unter dem Namen Peters III. Auch ließ er Rubel mit seinem Bilde schlagen, die auf der Vorderseite die Umschrift trugen: »Peter III., Kaiser aller Russen«, während man auf der Rückseite las: »Redivivus et ultor.«

Inzwischen war dem General Bibikow schon in Kasan die Nachricht zugegangen, daß die Rebellen sich Samaras bemächtigt hätten, weshalb er einen Teil seiner Armee dahin sandte, um ihnen diesen Platz wieder abzunehmen. Die Belagerung dauerte nicht lange. Die Rebellen mußten die Stadt nebst acht Kanonen übergeben, und zweihundert Mann wurden dabei zu Gefangenen gemacht.

Der Adel von Kasan wurde darauf augenblicklich zusammenberufen, und General Bibikow ermahnte ihn, sich mit ihm zu vereinigen, um die Erhebung zu dämpfen. Der Adel war um so mehr dazu geneigt, als es diesmal galt, mit der Sache der Kaiserin zugleich sein Leben und Eigentum zu verteidigen. Diesem Beispiel folgte dann der Adel von Simbirsk und einigen anderen Distrikten. Die Regimenter, welche in diesen neugewonnenen Distrikten ausgehoben und organisiert wurden, vermehrten die Stärke der Armee in beträchtlicher Weise.

General Bibikow, der an der Spitze von 35 000 Mann vorgerückt war, beeilte sich zunächst, Orenburg zu Hilfe zu kommen. Um seine Truppen rascher an den Feind zu bringen, ließ Bibikow auf Sievers Rat einen Teil der Mannschaften auf Schlitten transportieren. *Blum, Ein russischer Staatsmann, Bd. II, S. 34* Die Rebellen hatten sich gegen Tatitschewskaja zurückgezogen. Bibikow befahl nun dem Generalmajor Fürsten Golitzyn, mit einer bedeutenden Heeresmacht zu folgen. Dieser ließ die Eiswälle der Festung stürmen, nahm 2000 Aufrührer gefangen und jagte die übrigen auseinander. Damit war Orenburg entsetzt, und unter dem Jubel der Einwohnerschaft zogen die sehnsüchtig erwarteten Befreier am 26. März 1774 in die Stadt ein. Fast gleichzeitig mit diesen militärischen Erfolgen kam die Nachricht von dem Tode Bibikows nach Petersburg, der am 9. April einem hitzigen Fieber erlegen war. Das blaue Band, die Senatorwürde und die Ernennung zum Obersten der Garde fanden ihn nicht mehr am Leben. *Ebendaselbst, S. 21/23. Puschkin, S. 145.*

Ein paar Tage darauf griff Fürst Golitzyn die Rebellen aufs neue an, und zwar in der Nähe von Karganla, in einer Entfernung von zwölf Meilen von Orenburg; er tötete eine große Anzahl der Empörer und zerstreute den Rest. Nachdem Pugatschew, der volle sechs Stunden hintereinander gekämpft hatte, sich vollständig geschlagen sah, flüchtete er und rettete sich in die uralischen Berge, wo seine Anhänger ihn aufsuchten und sich wieder um ihn scharten. Ganz plötzlich erschien er mit einer neuen Armee auf dem Schauplatze, bemächtigte sich mehrerer Plätze östlich des Gebirges und übergab die, welche nur den geringsten Widerstand geleistet hatten, den Flammen. Aber er wurde von einer russischen Truppe geschlagen und aufs neue gezwungen, seine Rettung in der Unzugänglichkeit des Gebirges zu suchen. Nun sah er ein, daß die einzige Möglichkeit, die ihm noch übrigblieb, die war, seinen Ruf durch irgendeine glänzende und wirklich hervorragende Tat aufzufrischen und womöglich zu erhöhen. Er brach deshalb plötzlich wieder aus den Bergen hervor und marschierte rasch gegen Kasan, überall auf seinem Wege blutige Spuren der gräßlichsten Grausamkeit zurücklassend, und setzte, sobald er Kasan erreicht hatte, 12. Juli 1774. die Vorstädte in Brand. Ja, er würde die Stadt eingenommen haben, wenn nicht der Oberst Michelson derselben in großer Eile zu Hilfe gekommen wäre. Pugatschew wagte nicht, Michelsons Ankunft abzuwarten, sondern hob die Belagerung auf. Aber der tapfere Michelson verfolgte ihn, erreichte ihn endlich und schlug ihn nach einem langen blutigen Kampfe aufs Haupt.

Pugatschew verteidigte sich so lange, bis er sich nur noch von etwa dreihundert Kosaken umgeben sah. Mit diesem treuen und tapferen Häuflein begab er sich über die Wolga auf die Flucht und erreichte glücklich die Wüste.

Diese neue Niederlage hätte, sollte man meinen, alle diejenigen zurückschrecken müssen, die die Absicht hatten, sich mit den Rebellen zu vereinigen. Aber Pugatschew sah trotzdem bald wieder ein Heer um sich versammelt, welches freilich aus dem Abschaum der Kosaken-, Kalmücken-und Baschkirenstämme, aus entlaufenen Bauern und Gesindel bestand, das bei dem bloßen Klange des Wortes »Freiheit« zu den Waffen gegriffen hatte, um die ihnen lästige Arbeit verlassen zu können. Stolz darüber, daß er seine Truppe sich täglich wieder mehren sah, beschloß er den Hauptschlag zu tun und Moskau selbst anzugreifen. Seine Anhänger unterhielten dort im geheimen das Feuer der Rebellion und fachten es nun in der Hoffnung seines baldigen Eintreffens noch eifriger an. Dem Volke wurde vorgespiegelt, daß Pugatschew der Befreier seiner Sorgen und Lasten sein werde. Aber diese Bemühungen waren jetzt bereits zu spät. In demselben Augenblick, als Pugatschew sich in Marsch setzen wollte, erfuhr er, daß Feldmarschall Rumiantzow den Befehl erhalten habe, ihm mit einer großen Armee entgegen zu ziehen. Er beschloß nun, sich nach einer anderen Richtung zu wenden, begab sich hinunter an die Wolga und nahm drei kleine Festungen an derselben mit Sturm ein.

Inzwischen hatte die Kaiserin dem General Peter Panin, dem Bruder des Ministers, den Oberbefehl übergeben. Dieser marschierte gegen Pugatschew und sandte ein Detachement zu Oberst Michelson, welcher durch diese Unterstützung stark genug wurde, Pugatschew anzugreifen. Michelson wählte dazu den glücklichen Augenblick, da der Empörer sich mit mehreren Wagen voll Proviant und einer Menge Weiber, die ihm und seinem Heere nachfolgten, in einem engen Gebirgsdefilee befand. Ungeachtet der unvorteilhaften Stellung wollten die Rebellen sich nicht ergeben. Eine große Anzahl wurde daher auf der Stelle niedergesäbelt. Andere kamen in den Abgründen und den Bergklüften um, in denen sie auf ihrer eiligen Flucht Schutz zu finden gehofft hatten.

Pugatschew verließ erst den Kampfplatz, als er nahe daran war, in die Hände der Russen zu fallen. Er flüchtete sich schwimmend über die Wolga und irrte dann in der Wüste umher, die sich jenseits dieses Flusses ausdehnt. Durch ein Spiel des Zufalls, oder vielleicht richtiger gesagt, durch die rächende Hand der Gerechtigkeit geführt, befand er sich nun fast auf derselben Stelle, wo er zuerst die Fahne des Aufruhrs erhoben hatte. Mehrere von seinen Freunden waren ihm auf der Flucht gefolgt. Aber Hunger, Mühen und Mutlosigkeit verringerten die Zahl derselben von Tag zu Tag. Dennoch hätte er noch lange kämpfen und das Land verheeren können, wenn nicht Verräterei der russischen Armee zu Hilfe gekommen wäre.

Seine Genossen, nur auf die eigene Rettung bedacht, beschlossen, sich durch Auslieferung ihres Häuptlings Straflosigkeit zu erkaufen. Sie überwältigten ihn, als er nichts ahnend in seinem Zelte saß, und schleppten ihn gebunden durch die Wüste nach Jaizk. Gleich beim ersten Verhör gestand Pugatschew sein Verbrechen ein, aber er suchte sich zugleich durch die Anklage seiner Mitschuldigen zu rechtfertigen. Als der Gardehauptmann Mawrin, in dessen Hände man ihn überliefert hatte, ihn dem versammelten Volk zeigte, sprach er zu demselben: »Ihr habt mich zugrunde gerichtet; ihr habt mir mehrere Tage lang mit Bitten zugesetzt, den Namen des seligen großen Czars anzunehmen; nachdem ich endlich eingewilligt hatte, geschah alles, was ich auch tat, mit eurem Willen und eurer Übereinstimmung.« Und vor der Untersuchungskommission erklärte er: »Es war Gottes Wille, durch mich Elenden Rußland zu züchtigen.« *Hermann, Bd. V, S. 690. Puschkin, S. 218/19.* In den Händen der Russen, wurde er zunächst nach Simbirsk gebracht. General Panin ließ ihn in einen eisernen Käfig sperren und so nach Moskau transportieren.

Sobald die Kaiserin davon unterrichtet war, daß Pugatschew sich im Gefängnis zu Moskau befände, ernannte sie im Verein mit dem Senat eine Kommission, welche die Sache des Rebellen untersuchen und ihn dann nach dem Gesetz verurteilen sollte. Sie schrieb derselben, daß Pugatschews Vergehen zu bekannt seien, um nicht jedes, auch das geringste Geständnis für hinreichend anzusehen; man möge also die Tortur nicht gegen ihn anwenden, auch nicht von ihm verlangen, daß er noch mehrere seiner Mitschuldigen angebe.

Pugatschews Urteil lautete: es sollten ihm Hände und Füße abgehauen und sein Körper sodann noch lebend zerstückelt und so dem Volke gezeigt werden. Diese fürchterliche Strafe wurde jedoch in einer gemilderten Form vollstreckt: Die Hinrichtung fand am 10. Januar 1775 zu Moskau statt. Vom frühen Morgen an strömte das Volk auf der Bolota zusammen. Auf diesem Platz war ein hohes Gerüst errichtet worden, auf welchem die Scharfrichter saßen und, Branntwein trinkend, die Opfer erwarteten. Um das Gerüst herum waren drei Galgen errichtet. Einige Regimenter Fußvolk standen in Schlachtordnung umher. Die Offiziere hatten, des heftigen Frostes wegen, Pelze an. Die Dächer der Häuser waren mit Menschen bedeckt, und der untere Teil des Platzes sowie die benachbarten Gassen mit Kutschen und Halbwagen angefüllt. Plötzlich geriet alles in Bewegung, lärmte und schrie: man bringt ihn! man bringt ihn! Hinter einer Abteilung Kürassiere fuhr ein Schlitten mit einer hohen Bank, auf der Pugatschew mit entblößtem Haupte saß; ihm gegenüber saß ein Geistlicher. Der Schlitten hielt an den Stufen des Blutgerüsts. Kaum hatte Pugatschew in Begleitung des Geistlichen und zweier Beamten dasselbe bestiegen, begann einer der letzteren die Verlesung eines Manifests. Nach beendigter Verlesung sprach der Geistliche zu ihm einige Worte, erteilte den Segen und stieg vom Blutgerüst herab. Ihm folgte der Beamte, welcher das Manifest verlesen hatte. Da machte Pugatschew, sich bekreuzigend und nach den Kirchen sich hinwendend, einige Verbeugungen bis zur Erde. Alsdann fing er an, mit dem Ausdruck der Furchtsamkeit im Gesicht, vom Volke Abschied zu nehmen; indem er, nach allen Seiten hin sich verneigend, mit bebender Stimme sprach: »Verzeih', rechtgläubiges Volk! Vergib mir die Unbill, die ich dir zugefügt habe, verzeih', rechtgläubiges Volk!« Bei diesem Worte gab der Nachrichter ein Zeichen; die Henkersknechte stürzten herbei, den Verurteilten zu entkleiden, rissen ihm seinen weißen Schafpelz ab und schlitzten die Ärmel seines karmoisinfarbenen seidenen Halbrockes auf. Da faltete er die Hände, fiel rücklings, und, ehe man sich's versah, hing das blutige Haupt in der Luft. *Puschkin, S. 224-27.* erst nach der Enthauptung des Delinquenten wurde der Körper zerstückelt, Einige sagten, daß der Scharfrichter geheimen Befehl gehabt, die Ordnung der Exekution zu verkehren. (Dies die amtlich bestätigte Version.) Andere waren der Meinung, daß er von verborgenen und großen Freunden des Betrügers bestochen worden. Endlich behaupteten einige, daß der Scharfrichter selbst ein Freund Pugatschews gewesen sei und ihm versprochen habe, die Todesqual zu verkürzen. *Leben und Abenteuer des berüchtigten Rebellen Jemeljan Pugatschew, London 1776, S. 365. Vgl. auch Brückner, Katharina II., S. 206.* dessen Reste zu Asche verbrannt und in den Wind gestreut wurden. Das war der Schluß einer Empörung, welche Katharinas Thron und Leben lange bedroht hatte; infolge welcher mehrere Städte und mehr als zweihundert Dörfer des Reichs zerstört wurden; welche die gänzliche Unterbrechung des Baus der Orenburger Grubenarbeiten veranlaßte; welche der Grund zur Einstellung des sibirischen Handels war, und welche endlich mehreren tausend Menschen das Leben kostete. Pugatschew hätte gewiß niemals den russischen Thron erlangen können, aber die Mißvergnügten unterstützten ihn, ohne daß sie es selbst recht gewußt hätten, in welcher Absicht sie es taten.

Während Katharina diesen so äußerst gefährlichen Aufruhr energisch bekämpfte, versäumte sie deshalb ihre Vergnügungen keineswegs. Schon seit langer Zeit hatte sie die männliche Schönheit und den Stolz des Generals Potiomkin Grigorij Alexandrowitsch Potiomkin, geb. 1736 bei Smolensk, war der Sohn eines verabschiedeten Garnisonmajors. Ursprünglich für den geistlichen Stand bestimmt, trat er in eins der Petersburger Garderegimenter ein und wurde am 11. Dezember 1762 zum Kammerjunker ernannt. Er focht mit Auszeichnung im Türkenkriege und stieg nach seiner Rückkehr bis zum Generaladjutanten, in welcher Eigenschaft er Katharinas Günstling wurde. bemerkt. Sie erinnerte sich jenes Revolutionstages im Jahre 1762, wo Potiomkin, damals noch ein Jüngling, ihr in anmutiger Weise sein eigenes Portepee für ihren Degen übergeben hatte, dem ein solches fehlte. Sie wünschte jetzt, ihn näher kennen zu lernen, und die erste Zusammenkunft versicherte den neuen Liebhaber des Vorzugs vor allen seinen Rivalen.

Es dürfte hier am Orte sein, mit wenigen Worten die Verpflichtungen und Rechte anzudeuten, welche den Günstlingen Katharinas zustanden. Sobald sie sich einen neuen Geliebten gewählt hatte, pflegte sie denselben sogleich zu ihrem Adjutanten zu ernennen, damit er sie, ohne daß es weiter sehr auffällig würde, überallhin begleiten könnte. Infolge dieser Ernennung bezog der Günstling eine in dem Palaste unmittelbar über den Räumen der Kaiserin gelegene Wohnung, welche mit den ersteren durch eine geheime Treppe in Verbindung stand. Bei seinem Einzug bekam derselbe einmalhunderttausend Rubel Silber und fand sodann jeden Monat zwölftausend Rubel auf seiner Toilette. Der Hofmarschall mußte täglich für ihn eine Tafel für vierundzwanzig Personen servieren lassen und ihn außerdem noch auf kaiserliche Kosten mit allen seinen übrigen Bedürfnissen versehen. Dafür lag dem Günstling die Verpflichtung ob, die Kaiserin überall zu begleiten. Er durfte den Palast nicht ohne ihre besondere Erlaubnis verlassen und konnte es nur verstohlen wagen, mit anderen weiblichen Wesen zu reden, denn das erste Erfordernis zum Bestand seines Verhältnisses blieb es immer, allem auszuweichen, was der kaiserlichen Geliebten Eifersucht einflößen konnte.

Jedesmal, wenn die Kaiserin ihre Blicke auf einen ihrer Untertanen richtete, um ihn zu ihrem Geliebten zu erhöhen, ließ sie ihn einladen, bei einer ihrer vertrauten Freundinnen zu dinieren, wohin sie sich dann auch, aber unter der Maske eines zufälligen Zusammentreffens, begab. Bei diesem Diner unterhielt sie sich mit dem Kandidaten und suchte zu entdecken, ob er auch des Glückes würdig sei, das sie ihm zu bereiten beabsichtigte. Wenn ihr Urteil zu seinen Gunsten ausfiel, so unterrichtete ein Blick die Vertraute, daß er die Ehre hätte, ihr zu gefallen. Am folgenden Tage empfing er sodann den Besuch des Leibarztes der Kaiserin, und erst nachdem dieser seinen Gesundheitszustand untersucht hatte, wurde der neue Günstling in die Eremitage zur Kaiserin geführt und nahm die Zimmer in Besitz, die dort für ihn bereitet waren. Schon seit der Wahl Potiomkins wurden diese Formalitäten eingeführt und sind später immer genau beobachtet worden.

Wenn ein Günstling der Kaiserin zu gefallen aufhörte, wurde er auf eine eigentümliche Art verabschiedet. Er erhielt den Befehl, eine Reise zu unternehmen, und von dem Augenblick an, wo ihm dieser mitgeteilt wurde, durfte er sich nicht mehr vor der Kaiserin sehen lassen, konnte aber sicher sein, an dem Orte, wohin er sich begeben mußte, Geschenke zu finden, die Katharinas Großherzigkeit und Stolz entsprachen.

Die Gefangennehmung des Rebellen Pugatschew gab Katharina Zeit, sich ganz der heißen Leidenschaft zu überlassen, welche ihr der neue Geliebte einflößte. Er hatte eine fast unumschränkte Gewalt über sie gewonnen und mißbrauchte sie sehr bald. Er erhielt unzählige Gunstbeweise, zeigte aber stets Unwillen und sogar Zorn, wenn er nicht sogleich bekam, was er wünschte und verlangte. Auf solche Art wußte er sich Eintritt in den Konseil der Kaiserin zu verschaffen und wurde Vizekriegspräsident. Potiomkin, der niemand über sich stehen sehen konnte, beschloß den Grafen Zachar Tschernyschew, den ersten Präsidenten, zu entfernen; er schwärzte ihn bei der Kaiserin an und hatte Glück damit: Graf Tschernyschew verlangte, wie ein Ehrenmann es unter solchen Umständen tun muß, seinen Abschied, und ungeachtet dem Günstling die Kenntnisse durchaus fehlten, welche die wichtige Kriegsministerstelle erforderte, zögerte er dennoch nicht, sie anzunehmen.

Durch seinen Übermut zog er sich bald zahlreiche Feinde zu. Man warf ihm vor, stets viele Angelegenheiten gleichzeitig vorzunehmen, ohne jemals eine einzige zu Ende zu bringen. Auch kam es ihm nicht darauf an, Versprechungen zu geben, welche er weder die Absicht noch die Macht hatte, zu verwirklichen. Sein Hauptstreben ging dahin, seine eigene Person zu bedenken und seine schon übermäßig große Macht noch immer zu vergrößern.

Der Geschicklichkeit der Kaiserin war es geglückt, ein annehmbares Verhältnis zwischen Potiomkin und ihrem alten Liebhaber Grigorij Orlow herzustellen, und sie bemühte sich auf jede erdenkliche Art, zwischen beiden Frieden zu halten. Obschon sie für Orlow durchaus keine zärtlichen Gefühle mehr, ja kaum noch Erkenntlichkeit empfand, schonte sie ihn doch noch immer. Er hingegen, der Potiomkin um die erlangte Gunst beneidete, verlangte selbst, sich von ihr entfernen zu dürfen. Aber die Kaiserin willigte in diesen Wunsch nicht ein, sondern wollte lieber die skandalösen Szenen ertragen, die oft zwischen beiden Günstlingen vorfielen, als Orlow und seine Intrigen aus den Augen lassen. Außerdem hatte sie noch ein anderes Motiv für ihre Weigerung, die Hoffnung nämlich, daß Orlows Gegenwart Potiomkins Keckheit etwas niederhalten würde. Nachdem sie lange Zeit Panin als Gegengewicht für Orlow gebraucht hatte, suchte sie sich nun des abgedankten Günstlings in gleicher Weise dem Favoriten Potiomkin gegenüber zu bedienen. Daß es dem Hochmut der Orlows nicht zusagte, eine derartige Rolle zu spielen, ist mehr als natürlich. Aber sie mußten gute Miene zum bösen Spiel machen, um nicht den letzten Rest ihres Einflusses zu verlieren. Frau von Sievers, die über die Installierung des neuen Günstlings allerhand Hübsches zu berichten weiß, schreibt – nicht ohne Genuß – unterm 31. März 1774: »Die Kaiserin ist seit vergangenem Mittwoch in Czarskoje Selo. Der neue Generaladjutant (Potiomkin) versieht immer den Dienst statt aller andern, und man macht jetzt für ihn die Zimmer im Palais zurecht auf die Rückkehr des Hofes, die Ende nächster Woche eintreten wird. Die Brüder (Orlow), sagt man, ziehen gelind Segel auf seit dieser Veränderung.« Blum, Ein russischer Staatsmann, Bd. II, S. 20. Pugatschew war kaum hingerichtet worden, als die Kaiserin ihren Entschluß verkündete, nach Moskau zu reisen. Sie wollte teils den Triumph genießen, den sie über einen so gefährlichen Rebellen davongetragen hatte, teils wollte sie durch ihre Gegenwart den dortigen Mißvergnügten die Hoffnungen, die sie noch hegen könnten, zerstören. Orlow suchte diesem Plane vorzubeugen. Potiomkin bestärkte sie aber im Gegenteil darin und suchte ihn ins Werk zu setzen. Da seine Meinung hierin ganz mit Katharinas Wünschen übereinstimmte, siegte er, und Katharina reiste ab.

Die Kaiserin wußte, daß sie auf der Reise nach Moskau durch mehrere Provinzen kommen mußte, in denen die Popen im größten Ansehen standen und das Volk im allertiefsten Aberglauben erhielten. Sie verachtete niedrige Bigotterie und verabscheute die ränkesüchtigen Priester. Aber sich erinnernd, daß diese ihr, als sie ihren Gemahl vom Throne stieß, sehr gute Dienste geleistet hatten, glaubte sie sie auch jetzt benutzen zu können, um die Unzufriedenen wieder zu sich zurückzuführen und sich den blinden Gehorsam, die Achtung und Ehrfurcht der großen Menge zu erwerben. Sie führte deshalb auf dieser Reise eine große Anzahl kleiner Heiligenbilder mit sich, welche sie an alle Kirchen und Kapellen verteilte, die sich auf ihrem Wege befanden. So hatte sie auch für die Kathedrale von Moskau ein großes Bild der allerheiligsten Jungfrau mit, welches reich bekleidet und mit Diamanten geschmückt war. Sie ließ dasselbe in einem offenen Wagen fahren, der während der ganzen Reise und auch bei ihrem Einzüge in Moskau unmittelbar hinter ihrem Gespanne fuhr.

Sechshundert Mann von jedem Garderegiment waren im voraus in die alte Hauptstadt eingerückt und standen unter den Waffen, um die Kaiserin zu empfangen. Man hatte zwei Triumphbögen errichtet und ein großartiges Fest vorbereitet. Der Einzug war höchst glänzend und mit aller erdenklichen Pracht ausgestattet, die Menge der Zuschauer war unzählbar. Die größte Ordnung und Ruhe herrschten überall. Es waren laute Freudenäußerungen zu vernehmen, der Kern des Volkes aber, der mehr überrascht, als hingerissen und gerührt war, gab nicht das mindeste Zeichen von Befriedigung zu erkennen. Die Kaiserin hatte kurz vorher durch einen Ukas die Auflagen der Stadt vermindert. Aber man schien ebensowenig durch ihre Wohltaten, wie durch ihren glänzenden Einzug für sie eingenommen zu sein.

Der Empfang des Großfürsten stand mit dem der Kaiserin im vollsten Widerspruch. Ihm wurden alle die Huldigungen bereitet, die seiner Mutter verweigert wurden. Man behauptet, daß ein gewiegter Hofmann, diesen Kontrast bemerkend, die Gefühle des Thronfolgers auszuforschen suchte, indem er zu diesem sagte: »Sie sehen, wie geliebt Sie sind! Ach, wenn Sie wollten! – – –«

Der Großfürst antwortete nichts, richtete aber auf den Versucher einen sehr strengen Blick, der bewies, daß, ungeachtet man ihn vom Throne fernhielt, der ihm von Rechts wegen zukam, er sich doch die Gefühle eines ehrfurchtsvollen Sohnes zu bewahren wußte.

Während der ersten Tage von Katharinas Aufenthalt in Moskau war der Feldmarschall Rumiantzow auch dorthin gekommen, und sie empfing ihn mit all dem Wohlwollen, welches dieser Mann als die mächtigste Stütze ihres Thrones verdiente. Anfänglich hatte sie gewünscht, daß er in demselben Augenblick in Moskau einziehen möchte, in dem sie einziehen würde, und zwar durch die Triumphbögen, die man ihr errichtet hatte, reitend, und ohne daß er bei der Begegnung mit ihr vom Pferde absteigen sollte. Aber der tapfere und dennoch bescheiden gebliebene Eroberer der Krim glaubte sich dieser Ehre entziehen zu müssen. Er wußte, daß er schon mehr als hinreichend den Neid der Hofleute und insbesondere Potiomkins erregt hatte, und daß jener sich noch steigern würde, wenn er die der Kaiserin bereitete Huldigung, nach deren ausdrücklichem Willen, mit ihr geteilt hätte. Er erschien also vor ihr nicht als Triumphator, sondern als Soldat, der kommt, um Rapport über seine Taten vor der Kriegsherrin abzustatten.

In Begleitung des Großfürsten, sämtlicher Reichswürdenträger und ihres ganzen Hofstaates begab sich die Kaiserin am folgenden Tage aus dem alten Palast der Czaren, dem Kreml, in die Kathedrale von Moskau, um dort einer feierlichen Messe und dem »Te Deum«, welches man wegen der Besiegung der Rebellen sang, beizuwohnen und für den Frieden zu danken, der jetzt sowohl im Innern des Reiches, als nach außen hin herrschte.

Am Schluß dieser Zeremonie verlas der Reichsschatzmeister ein Verzeichnis aller der Belohnungen, welche die Kaiserin den Generalen bewilligte, die sich gegen die Türken oder im Kampf mit den Rebellen ausgezeichnet hatten.

Der Feldmarschall Rumiantzow empfing ein Landgut mit fünftausend Bauern, ferner einmalhunderttausend Silberrubel, ein Silberservis, einen Hut, der von einem Lorbeerkranz umschlungen war, den die kostbarsten Steine schmückten, den mit Brillanten besetzten Stern des Andreasordens, Epauletten, die mit Diamanten geschmückt waren, und einen kostbaren Feldmarschallsstab.

Alexej Orlow erhielt sechzigtausend Rubel und einen mit großen Diamanten geschmückten Degen.

Die Generale en chef Paul Potiomkin, Ein Neffe des Günstlings G. A. Potiomkin. Panin, Dolgorukij und verschiedene andere erhielten ihren Verdiensten oder dem Grade der Gunst, in dem sie standen, entsprechende Beweise von Katharinas kaiserlicher Freigebigkeit.

Die Generale der Kaiserin waren übrigens nicht die einzigen, welche bei dieser Gelegenheit Beweise ihrer Gunst erhielten. Die Aufhebung von verschiedenen Steuern war eine Wohltat, welche alle Einwohner des Staates teilten. Diejenigen, welche die entferntesten Provinzen des Reiches bewohnten, hatten sich bisher nach Petersburg oder nach Moskau begeben müssen, um dort ihre Rechtsstreite schlichten zu lassen. Katharina, welche wollte, daß sie dieser langen Reisen und großen Kosten künftig überhoben sein sollten, erklärte, daß die Privatstreitigkeiten fortan durch Provinzialgerichtshöfe abgeurteilt werden sollten, mit dem Recht für die Parteien, nach dem Spruch noch an einen der Senate zu appellieren, deren es zwei geben sollte. Der Senat von Moskau war eine Filialabteilung des Senats von Petersburg.

Ein anderer Ukas verbreitete Freude bis unter die Einwohnerschaft Sibiriens. Pugatschews Erhebung hatte seit langem den Handel dieser Provinz unterbrochen, und der Geldmangel verhinderte seine Wiederaufnahme wie jedes besondere Unternehmen. Es wurde nun durch Einrichtung einer Bank in Tobolsk diesem Übel Abhilfe zu verschaffen gesucht. Diese wurde unter Aufsicht eines Beamten gestellt, der schon den Beweis seiner ausgezeichneten Geschicklichkeit für derartige Institute durch seine Verwaltung der Adelsbank von Petersburg abgelegt hatte, und unter dessen Verwaltung dann der sibirische Handel auch bald wieder zu seiner früheren Blüte kam. In Petersburg hatte die Kaiserin schon in früherer Zeit zwei Banken errichtet, die eine für den Adel und die andere für die Kaufleute. Die Edelleute bezahlten sechs Prozent Rente und legten zur Sicherstellung des Anlehens Hypotheken auf ihre liegenden Gründe.

Der allgemeine Handel des Reichs zog Katharinas besondere Aufmerksamkeit auf sich, und sie hob denselben auf jede mögliche Art. Sie sah ihn ganz richtig für die Hauptquelle ihrer als auch des Reiches wachsenden Macht an. So erfuhr sie denn auch mit der außerordentlichsten Befriedigung, daß gerade in jener Zeit zehn mit griechischem Wein beladene Schiffe aus dem Archipelagus in den Häfen des Schwarzen und Asowschen Meeres eingelaufen wären. Der Kommandant der Dardanellen hatte sich anfangs ihrer Durchfahrt widersetzen wollen; aber der in Konstantinopel residierende russische Konsul hatte durch die lebhaftesten Vorstellungen den Diwan endlich dahin zu bringen gewußt, sie ruhig ihren Weg fortsetzen zu lassen.

Durch ein Edikt hatte die Kaiserin, um einen edlen Wetteifer zu erwecken und einen Beweis der Würdigung aller derjenigen ihrer Untertanen zu geben, welche sich dem Handel widmeten, diese von der bisherigen Verbindlichkeit entbunden, an der Rekrutierung der Armee und Marine teilzunehmen. Sie erlaubte auch fernerhin allen freien Bauern, sich in einer der fünf Klassen einschreiben zu lassen, in welche die russischen Kaufleute eingeteilt waren. Die erste Klasse bestand aus denen, welche hunderttausend Rubel Silber besaßen oder zu besitzen glaubten, die zweite aus denen mit fünfzigtausend, die dritte mit zwanzigtausend, die vierte mit fünftausend und die fünfte gar nur mit hundert Rubeln Besitz. Sie wurden zur Beisteuer für die Staatsunkosten je nach der Klasse, in der sie eingeschrieben waren, abgeschätzt. Die Eitelkeit obsiegte hierbei oft über die Wahrheit und den Geiz. Sie bezahlten dem Staate eins vom Hundert von dem Kapital, welches sie zum Handel verwandten. – Katharina begünstigte ebenso die Industrie und den Ackerbau. Neue Fabriken wurden angelegt, und all das Böse, welches die von Pugatschew geleitete Rebellion den Kolonien an den Ufern der Wolga zugefügt hatte, wurde wieder gutgemacht. Unglücklicherweise erfüllten aber die Agenten, welchen die Kaiserin die Ausführung ihres Willens anvertrauen mußte, ihre Pflichten höchst selten in dem Maße, daß Katharinas edle Absichten wirklich erreicht wurden. Von den hunderttausend Kolonisten, welche sie in den Jahren 1764 und 1765 in ihre Staaten berufen hatte, und von denen die meisten deutscher Nation waren, befanden sich jetzt nur noch dreißigtausend daselbst, und zwar in den Gegenden von Saratow, Kiew und Czaritzyn verstreut.

Unaufhörlich mit ihren großen Plänen beschäftigt, schien Katharina an nichts anderes zu denken, als an Zerstreuungen und Belustigungen, doch konnte dies nur diejenigen täuschen, die sie nicht nach ihren Taten beurteilten. Ihre Zeit war so geschickt eingeteilt und wurde von ihr so trefflich ausgenutzt, daß sie neben den Mußestunden noch immer Zeit genug hatte, ernsthaft mit ihren Ministern zu arbeiten, neue Gesetze zu beraten und selbst ihren Ambassadeuren und Generalen eigenhändig Befehle zu schreiben, nebenbei aber auch noch einen lebhaften Briefwechsel mit Gelehrten und Künstlern zu führen, Audienzen zu geben, an allen Freuden des Hofes teilzunehmen und sich Liebesintrigen zu überlassen. Beständig in ihrem Ehrgeiz, war sie oft flüchtig und untreu in der Liebe, und Koketterie war ihr ebenso gewohnt und angenehm, wie den meisten anderen Frauen.

Kaum war die Kaiserin wieder in Petersburg, als auch Potiomkin aufhörte, der Gegenstand ihrer Leidenschaft zu sein. Während sie ihn mit Wohltaten, wertvollen Geschenken und Würden überhäufte und ihn unauslöschlich zu lieben schien, hatte sich ihr Herz schon einem anderen Manne ergeben. Dieser andere war ein junger Mann aus der Ukraine, mit Namen Peter Sawadowskij. Er war der Sohn eines kleinrussischen Beamten und, Potiomkin ausgenommen, der einzige von allen Günstlingen Katharinas, der nach seiner Abdankung noch hohe Staatsämter bekleidete. Paul I. ernannte ihn 1797 zum russischen Grafen. Unter der Regierung Alexanders I. wurde er dazu berufen, das Ministerium des öffentlichen Unterrichts zu organisieren. Masson, Bd. II, Teil 1, S. 93. Sie machte ihn anfänglich zu ihrem Sekretär, bald aber wurde er erklärter Günstling.

Diese veränderte Neigung Katharinas veranlaßte eine am russischen Hof höchst ungewöhnliche Szene. Wenn Katharina einen Befehl erteilte, so mußte diesem blindlings und unbedingt gehorcht werden; es erschien als geradezu unmöglich, daß jemand es wagen könne, einen Befehl der Kaiserin nicht zu befolgen. Nun war bekannt, daß ein Günstling, der ihr nicht länger gefiel, immer den Befehl erhielt zu reisen, und daß er sich dann nicht wieder vor den Augen der Kaiserin sehen lassen durfte, es sei denn, daß sie ihn eigens zurückrief. Selbst der stolze Orlow hatte sich diesem Gesetz unterwerfen müssen. Aber Potiomkin wagte es, demselben zu trotzen. Als er den Befehl der Kaiserin erhielt, der sein Glück vernichtete, gab er sich den Anschein, als wollte er sich zu der Reise vorbereiten; am folgenden Tage aber stand er ganz ruhig vor der Kaiserin in dem Augenblick, als sie gerade eine Partei Whist beginnen wollte. Ohne den geringsten Ärger über Potiomkins Ungehorsam zu zeigen, reichte Katharina ihm eine Karte und sagte: »Sie spielen ein hohes, aber glückliches Spiel!« – und es war nicht weiter die Rede von einer Entfernung. Potiomkin behielt seine Stelle, alle seine Würden und Rechte bei, nur daß er aus einem Geliebten der Kaiserin zu ihrem Freunde geworden war. Sawadowskij verstand es, ihr zu gefallen, aber Potiomkin verstand es, ihr nützlich zu sein, und sein Genie, mit dem Katharinas stärker übereinstimmend, als das irgendeines anderen ihrer früheren Geliebten, hörte nie auf, ihr zu imponieren.

Panin schien mehr als je in apathische Trägheit versunken zu sein, aber die Kaiserin ertrug und duldete ihn in seiner Stellung, weil er zu einer sehr mächtigen Partei gehörte, die lebhaft wünschte, daß der Großfürst jetzt den Thron zurückfordern solle, der ihm eigentlich zukam. Aber Pauls geistige Schlaffheit einerseits und andererseits die tiefe Ehrfurcht, die er vor seiner Mutter hatte, ließen ihn alle ehrgeizigen Pläne zurückweisen. Die Kaiserin, welche die Möglichkeit nie aus den Augen ließ, daß ihr Sohn doch einmal diesen Versuch machen möchte, war seinetwegen keineswegs ganz ohne Unruhe. Sie fürchtete alle, von denen sie glaubte, daß sie dem Großfürsten kühne, gegen sie gerichtete Ratschläge zu erteilen vermöchten, und noch mehr diejenigen, welche sich für ihn bewaffnen könnten.

Der Großfürst hegte wahre Freundschaft für den Grafen Andreas Rasumowskij, Geb. 22. Oktober 1752. welcher mit ihm zusammen erzogen worden war, und der auch die Fregatte befehligte, welche die Großfürstin von Lübeck abgeholt hatte. Rasumowskij nahm an allen seinen Partien teil und genoß sein ganzes Vertrauen. Die Kaiserin, welcher des jungen Grafen kecker und entschlossener Charakter bekannt war, sah diese Freundschaft mit Kummer und beschloß sie zu brechen. Rasumowskij selbst gab ihr die Veranlassung dazu. Katharina, welche ein heimliches Einverständnis zwischen ihm und der Großfürstin bemerkt zu haben glaubte, bildete sich ein, Rasumowskij hätte es gewagt, allzu kühne Blicke auf die Gemahlin ihres Sohnes zu werfen, und beeilte sich, den Großfürsten von ihrem Verdacht in Kenntnis zu setzen. Paul wollte nicht glauben, daß das Mißtrauen seiner Mutter begründet sei; er beschloß indes, ohne in seinem äußeren Benehmen gegen Rasumowskij eine Änderung eintreten zu lassen, diesen genau zu beobachten und seine Gemahlin zu warnen.

Ob nun die Großfürstin wirklich schon einige Neigung für Rasumowskij hegte, oder ob diese erst durch Pauls unvorsichtige Warnung geweckt wurde, muß dahingestellt bleiben, genug, sie unterhielt von der Zeit an einen geheimen Briefwechsel mit ihm. Ja sie tat noch mehr, sie suchte sich an derjenigen zu rächen, die ihre Tugend bei dem Großfürsten zuerst in Verdacht gebracht hatte, und mischte sich in politische Intrigen, die natürlicherweise der Kaiserin nur im höchsten Grade mißfallen konnten. Indessen hatte die Großfürstin kaum Zeit zu intrigieren: sie starb am 15./26. April 1776 im ersten Wochenbett, und ihr Tod wurde vom Volke Katharina zugeschrieben, als ein weiterer Beitrag ihres so schon langen Sündenregisters. In den auswärtigen Zeitungen erklärte man, daß die Großfürstin infolge fehlerhaften Baues nicht entbunden werden konnte, und daß dies ihren Tod herbeigeführt habe. Der Baron von Asseburg, russischer Gesandter beim Reichstage des heiligen römischen Reichs, der drei Jahre zuvor mit der Aufsuchung einer Braut für den Großfürsten beauftragt gewesen war, schrieb in seiner Entrüstung über dieses Gerücht einen Brief, worin er erklärte, daß er bei den Ärzten und der Umgebung der Prinzessin vorher alle möglichen Erkundigungen eingezogen und daß das Ergebnis derselben eine gesunde Organisation und eine vortreffliche Gesundheit der Prinzessin festgestellt habe. Dolgorukow, Wahrheit über Rußland, S. 187.

Was viel dazu beitrug, diese Meinung zu befestigen, war der verdächtige Umstand, daß die Hebamme, welche bei dieser unglücklichen Entbindung der Großfürstin Beistand geleistet hatte, ein schnelles und seltenes Glück machte: sie lebte mit der Kaiserin auf familiärem Fuße und nannte den Fürsten Potiomkin, der oft bei ihr dinierte, auf vertrauliche Weise »du«.

Ein Arzt, mit Namen Ahlmann, dem befohlen war, bei der Entbindung zugegen zu sein, fand sich nicht rechtzeitig ein; er erklärte im Kreise einiger seiner vertrauten Freunde diese merkwürdige Vernachlässigung folgendermaßen. »Bei einem Besuche,« sagte er, »den ich der Großfürstin machte, äußerte die Kaiserin in strengem Tone: ›Doktor, wenn ein Unglück geschieht, mußt du es mit deinem Kopfe büßen.‹ Dies war vollkommen genug für mich,« fuhr der Arzt fort, »ich entfernte mich und erschien nicht wieder am Hofe.«

Als die Großfürstin verschieden war, schien die Kaiserin in tiefe Trauer versenkt; sie begab sich nach Czarskoje Selo, wohin sie auch den Großfürsten mitnahm. Da Paul über den Tod seiner Gemahlin untröstlich war, und Katharina, der es auch um Erben der Krone zu tun war, die Wiedervermählung ihres Sohnes wünschte, war sie grausam genug, demselben, um ihn dem Kummer zu entreißen, ein Paket mit Briefen Rasumowskijs an die Großfürstin, zuzustellen, So Dolgorukow, Wahrheit über Rußland, S. 187/88. Nach anderen war es Paul selber, der die verfänglichen Briefe unter den Papieren der Großfürstin fand. Vgl. Castéra, Bd. II, S. 90. Kobeko (Der Cäsarewitsch Paul Petrowitsch, S. 92) spricht zwar auch von Rasumowskij als einem Günstling der Großfürstin, erwähnt aber den Vorfall mit den Briefen nicht. die ein Verhältnis zwischen der letzteren und dem ersteren bis zur Evidenz erwiesen. Bei der Lektüre dieser Briefe verfiel Paul in einen Anfall von Wut und Raserei, der den Grund zu seiner späteren Geisteszerrüttung legte. Rasumowskij wurde auf einen Gesandtschaftsposten entfernt, und Paul fand bald darauf Gelegenheit, die Schmerzen seiner ersten Ehe in einer zweiten zu vergessen.

Unmittelbar vor dem Tode der Großfürstin war Prinz Heinrich von Preußen abermals nach Petersburg gekommen. Er langte dort ziemlich spät am Osterabende an, und die Kaiserin, die den religiösen Vorurteilen der Menge zu schmeicheln liebte, brachte den größten Teil der Nacht mit ihrem ganzen Hofe in der Kirche zu. Prinz Heinrich konnte sie daher nicht eher, als am nächsten Tage zu sehen bekommen. Er sprach später oft in besonderen Zusammenkünften mit ihr über die polnischen Verwicklungen, und es glückte ihm, alle Verwicklungen zu lösen. Prinz Heinrich sprach auch dem unglücklichen Czarewitsch Trost zu, brachte ihn allmählich wieder zu sich, stimmte mit Katharina darüber überein, daß Paul eine neue Gemahlin haben müsse, und lenkte ihre Wahl geschickt auf seine und König Friedrichs Nichte, Vgl. Carlyle, Geschichte Friedrichs II., Bd. VI, S. 595. die Prinzessin Sophie Dorothea von Württemberg. Geb. 25. Oktober 1759.

Diese Prinzessin von Württemberg war aber schon mit dem Erbprinzen Ludwig von Hessen-Darmstadt Der nachmalige Ludwig X., als Großherzog Ludwig I., 1790 bis 1830, geb. 1753. verlobt. Prinz Heinrich, welcher nicht zweifelte, daß das große russische Reich für sie mehr Wert haben würde, als die kleine Landgrafschaft Hessen, nahm es jedoch auf sich, sie zu vermögen, die bereits eingegangene Verbindung aufzulösen. Er expedierte einen Kurier an seinen Bruder, den König, um ihm die Absichten der Kaiserin mitzuteilen und ihn zu bitten, diesem Plane seine Beistimmung nicht zu versagen. Friedrich II. gab seine Zustimmung gern, weil das Anerbieten zu verlockend war und seinen Wünschen sehr entgegenkam, die stets darauf hinausgingen, das Band zwischen Rußland und Preußen fester zu knüpfen. Er sprach mit dem jungen Prinzen und benutzte den Einfluß, den er auf denselben besaß, in so geschickter Weise, daß der Prinz es für seine Schuldigkeit, sogar für eine Ehre ansah, seine Neigung zum Opfer zu bringen.

Der Einwilligung des jungen Prinzen von Hessen-Darmstadt sicher, benachrichtigte Friedrich den Prinzen Heinrich davon, daß sich auch die Eltern der Prinzessin von Württemberg der Erhöhung ihrer Tochter nicht widersetzen würden, und bat den Großfürsten, nach Berlin zu kommen, damit er, ehe etwas endgültig in dieser Angelegenheit beschlossen würde, erst die Prinzessin sehen möchte, welche man ihm zur Gemahlin zu geben beabsichtige. Er selbst ergriff diese Gelegenheit gern, um die persönliche Bekanntschaft Paul Petrowitschs zu machen.

Die Kaiserin, mit allen diesen Veranstaltungen vollkommen einverstanden, ließ sogleich große Vorbereitungen für die Reise ihres Sohnes treffen, denn sie wünschte, daß er in Gesellschaft des Prinzen Heinrich nach Berlin gehen möge. Für die Reise der Prinzessin von Württemberg setzte sie sechzigtausend Silberrubel aus, berief den Feldmarschall Rumiantzow nach Petersburg und erteilte ihm den Auftrag, den Großfürsten nach Berlin zu begleiten. »Nur der Freundschaft des Prinzen Heinrich von Preußen«, sagte sie »und Ihnen, der festesten und treusten Stütze meines Thrones, kann ich meinen Sohn anvertrauen.«

Begleitet von dem Feldmarschall Rumiantzow reiste der Großfürst mit seinem Gefolge nach Czarskoje Selo ab. Am folgenden Tage nahm auch Prinz Heinrich Abschied von der Kaiserin, die sehr gerührt zu sein schien, als sie die beiden ihrem Herzen nahe Stehenden sich entfernen sah. Sie waren kaum in Riga angelangt, als sie auch schon mehrere eigenhändige Briefe von ihr empfingen; in einem derselben schrieb sie unter anderm an den Prinzen Heinrich: Schreiben vom 15. Juni 1776 bei Krauel, Briefwechsel zwischen Heinrich und Katharina, S. 158.

»Ich sende Euer Königlichen Hoheit die vier Briefe, die ich erwähnte. Der erste ist für den König, Eurer Königlichen Hoheit erhabenen Bruder, bestimmt, und die anderen sind für den Prinzen und die Prinzessinnen von Württemberg. Ich wage Eure Königliche Hoheit zu bitten, wenn sich das Herz meines Sohnes, woran ich nicht zweifle, für die Prinzessin Sophia Dorothea erklärt, die anderen drei Briefe an ihre Adressen abliefern zu wollen, und das, was ich in denselben angeführt habe, durch die herrliche Redegabe zu unterstützen, mit der Gott Eure Königliche Hoheit so reich gesegnet hat.«

Nachdem sie sich vierundzwanzig Stunden in Riga aufgehalten und dort außerhalb der Stadt die Manöver und Exerzitien verschiedener Regimenter mit angesehen hatten, begaben sich die beiden Prinzen nach Mitau, wo sie von dem Herzog von Kurland, Peter Biron, geb. 4. Januar 1724, gest. 13. Januar 1800, als Herzog von Kurland 1769-1795. dem Sohne des berühmten, oder besser berüchtigten, Ernst Johann Biron, welcher vor einiger Zeit seine lange, stürmisch bewegte Laufbahn geschlossen hatte, wohl aufgenommen wurden.

Bei der Ankunft in Berlin wurde der Großfürst mit allen Ehrenbezeugungen empfangen, die ihm als russischem Thronerben zukamen. Prinz Heinrich stellte ihn selbst dem König vor, der ihm bis an die Tür seines Zimmers entgegenging. Der Großfürst sagte, als er sich ihm näherte: »Sire, die Beweggründe, welche mich in dieses glückliche Land führen, sind das Verlangen, Eurer Majestät die Versicherungen der Freundschaft zu überbringen, welche Rußland und Preußen für ewig vereinigen muß, und mein lebhafter Wunsch, eine Prinzessin zu sehen, welche geneigt ist, neben mir den moskowitischen Thron einzunehmen. Sie aus Eurer Majestät Hand empfangend, wage ich zu versichern, daß diese Prinzessin sowohl mir, als der Nation, über welche sie mit mir herrschen soll, dadurch noch lieber werden wird. Endlich bekomme ich am heutigen Tage, was schon so lange der Wunsch meines Herzens gewesen ist, den größten Helden Europas zu sehen, den Gegenstand der Bewunderung sowohl unserer gegenwärtigen Zeit, als auch der Nachwelt.«

Friedrich beeilte sich ihm zu entgegnen: »Mein Prinz, ich verdiene diesen Ruhm nicht. Sie sehen in mir einen alten Mann mit weißem Haar. Aber seien Sie überzeugt, daß ich mich für sehr glücklich halte, innerhalb der Mauern meiner Hauptstadt den würdigen Erben eines mächtigen Reiches, den einzigen Sohn meiner besten Freundin, der großen Katharina, empfangen zu können.«

Nach einem Zwiegespräch von der Dauer einer halben Stunde beurlaubte sich der Großfürst bei Friedrich, um der Königin seine Aufwartung zu machen, bei der sich der ganze Hof versammelt hatte. Er sah dort die Prinzessin von Württemberg, und nach dieser ersten Begegnung wurde die Ehe sogleich beschlossen.

Die Feste, die dem russischen Gast gegeben wurden, waren mit großer Pracht ausgestattet; die Schauplätze derselben waren Charlottenburg, Potsdam und Sanssouci. Um den Feldmarschall Rumiantzow zu ehren, ließ Friedrich seine Truppen in geschlossenen Bataillonen manövrieren, um ein Bild von der blutigen Schlacht bei Kagul zu geben, in welcher achtzehntausend Russen einmalhunderttausend Türken besiegten, eine in der Tat wahrhaft königliche Schmeichelei.

Prinz Heinrich entführte sodann den Großfürsten nach Rheinsberg, wo er ihm ein Fest gab, welches vier Tage währte, und bei welchem er ebensoviel Geschmack als Luxus entwickelte.

Von Rheinsberg kehrte Paul Petrowitsch wieder nach Petersburg zurück, und die Prinzessin von Württemberg zögerte nicht lange, sich ebenfalls dorthin zu begeben. Sie nahm die griechisch-orthodoxe Religion an und wurde mit dem Großfürsten vermählt. Nach zwanzig Jahren ihres ehelichen Zusammenlebens bestiegen beide den russischen Thron.

Nachdem Katharina ihrem Sohn eine andere Gemahlin gegeben, die Grenzen ihres Reiches erweitert und das Feuer des Aufruhrs in den entlegensten Provinzen gelöscht hatte, schien sie ihre Macht in Ruhe genießen zu wollen. Aber dies war nur Schein, denn es gab keine Ruhe für ihre ehrgeizige Seele; stille Genüsse und Vergnügungen befriedigten ihren unruhigen Geist nicht. Sie wollte auch ferner noch den schon so großen Schatz ihrer Ehren vermehren, oder richtiger gesagt, sich noch weitere äußerliche Berühmtheit erwerben, die sie oft mit der wahren Ehre eines Regenten verwechselte, und es gab für sie nichts in dieser Welt, was sie nicht mit Freuden dieser Leidenschaft geopfert hätte. Als ihre Armeen an den fernsten Grenzen ihres ungeheuren Reiches keine Siege mehr zu erkämpfen hatten, mußte sie sich andere Triumphe zu bereiten suchen. Europa ertönte von dem Ruf ihrer unerhörten Freigebigkeit und von dem strahlenden Glanze ihres Hofes, von der Aufmunterung, die sie den Künsten und Wissenschaften angedeihen lasse, indem sie hohe Preise zur Belohnung von Talenten aussetze, von den Wohltaten, die sie Einheimischen und Fremden in gleichem Maße zuteil werden lasse, und den trefflichen Einrichtungen, die sie veranstaltet habe, um ihr eigenes Volk in der Industrie heranzubilden und ihm den Erwerb von Reichtümern zu sichern. Einige wohlbezahlte Schmeichler berichteten emphatisch alles, was sie unternahm, und die Zeitungen posaunten ihren Ruhm aus. Die Akademie von Petersburg, welche mehrere berühmte Männer unter ihren Mitgliedern zählte, vergötterte sie oft zu früh. Wenn Katharina nicht die Sitzungen der Akademie besuchte, stellte man an dem Platz, welchen sie bei ihrer Anwesenheit einzunehmen pflegte, eine Büste auf, die sie mit den Attributen Minervas, der Göttin der Weisheit, geschmückt, darstellte, obschon gewiß niemand weniger als sie der keuschen Tochter Jupiters glich.

Peter Sawadowskij

Grigorij Orlow, der wieder einmal an den Hof zurückgekehrt war, ohne dorthin berufen worden zu sein, schien sich jetzt schon mehr daran gewöhnt zu haben, Potiomkin die erste Stelle am Throne Katharinas einnehmen zu sehen. Klüger, als Orlow seinerzeit gewesen war, überließ Potiomkin, angelegentlich bemüht, sich nur die unumschränkte Gewalt zu erhalten, die er über die Kaiserin besaß, letztere ungestört ihrem Geschmack für Sawadowskij. Seit achtzehn Monaten bereits hatte dieser die Stelle als Geliebter inne, als auch er plötzlich vom Ehrgeiz ergriffen wurde. Er hatte Potiomkins Beispiel vor Augen und glaubte, daß auch er aus den Armen der Kaiserin auf den Platz des ersten Ministers würde steigen können. Aber dies wurde erst möglich, wenn Potiomkin von demselben verdrängt war, und Sawadowskij arbeitete eifrig an der

Erreichung dieses Ziels nach dem Wahlspruch der Petersburger Hofleute: »ôtez-vous de là, que je m'y mette!« Er suchte den von Potiomkin selbst auf die Person der Kaiserin ausgedehnten Despotismus dieser verhaßt zu machen und wurde darin von vielen mißvergnügten Offizieren, neidischen Hofleuten und intriganten Weibern unterstützt. Potiomkin, hiervon bald in Kenntnis gesetzt und im Besitz größerer Hilfsmittel und größerer Geschicklichkeit als Sawadowskij, beschloß ihn zu stürzen. Der Zufall verschaffte ihm sehr bald die günstige Gelegenheit.

Ein junger Husarenoffizier, namens Soritsch, kam nach Petersburg, um dort Beförderung zu suchen. Er war stark, schön gewachsen und ganz dazu geeignet, die sinnliche Begierde eines wollüstigen Weibes zu reizen. Potiomkin, der Katharinas Unbeständigkeit und leicht erregbare Leidenschaft aus eigener Erfahrung und langer Beobachtung kannte, gab Soritsch ein Kapitänspatent und richtete es so ein, daß er sich der Kaiserin persönlich zeigen mußte. Sein Plan glückte, denn sie wurde sofort von der hervorstechenden Schönheit des jungen Offiziers bezaubert. Schon am folgenden Tage erhielt Sawadowskij den Abschied, und Soritsch nahm seine Stelle ein. Sawadowskij, der von Katharina schon viele reiche Geschenke erhalten hatte, empfing bei seiner Abreise noch neunzigtausend Rubel, eine jährliche Pension von viertausend Rubeln und eine bedeutende Domäne.

Soritsch erhielt sogleich beim Antritt seiner Günstlingsschaft ein Landgut, dessen Wert auf einmalhundertundzwanzigtausend Silberrubel geschätzt war, sowie die gewöhnlichen Präsente, von denen der habgierige Potiomkin seinen Anteil sich zuzueignen nicht versäumte. Der neue Geliebte, ohne Bildung, ohne Erfahrung und hervorragenden Geist, konnte dem stolzen Potiomkin nicht gefährlich werden. Zufrieden mit seinem Platz als Geliebter, benutzte er die Gunst, in der er stand, nur dazu, den Kredit und die Macht dessen zu vermehren, dem er für sein Glück zu danken hatte. Fortan war es nur mehr Potiomkin, mit welchem Katharina die Geschicke Europas abwog.

Grigorij Alexandrowitsch Potiomkin

V.

Das politische Verhältnis Rußlands zu Dänemark und Schweden. – Reise König Gustavs III. nach Petersburg. – Verwicklungen in Konstantinopel. – Verabschiedung des Günstlings Soritsch. – Korsakow wird sein Nachfolger. – Katharinas Reise nach Mohilew. – Lanskoj wird Nachfolger Korsakows. – Joseph II. und der Sohn des Prinzen von Preußen in Petersburg. – Reise des Großfürsten durch Europa.

Seitdem Katharina II. den russischen Thron bestiegen hatte, war sie stets bemüht gewesen, die freundlichsten Beziehungen zum Kopenhagener Hofe aufrechtzuerhalten, d. h. mit anderen Worten, ihren Einfluß auf denselben mehr und mehr auszudehnen. Sie trat damit in die Fußtapfen Peters des Großen, der an demselben Werke eifrig gearbeitet hatte. Zwar hegte Katharina keineswegs den Haß Peters III. gegen Dänemark, auch wollte sie dessen Pläne nicht verwirklichen: sie griff Dänemark weder durch ihre Geschwader noch durch ihre Armeen an; aber sie ließ es lange in der peinlichsten Ungewißheit, ob sie ihm den Besitz von Schleswig streitig machen oder es in demselben unangefochten lassen werde. Es würde zu weit führen, alle die Intrigen wiederzugeben, die in diesem Zeitabschnitt von den russischen Gesandten am dänischen Hofe eingefädelt und durchgeführt wurden. Tatsache ist, daß Katharina sich bereden ließ, ihre Rechte auf Schleswig an Dänemark abzutreten. Man stellte der Kaiserin vor, daß es unter ihrer Würde sei, ein kleines Fürstentum zu behalten, das sie vom Deutschen Reiche abhängig mache. Katharina, welche sich wirklich durch eine derartige Abhängigkeit behindert wähnte, überließ darauf in ihres Sohnes Namen Holstein gegen die Erlangung der Grafschaften Oldenburg und Delmenhorst an Dänemark.

Was Schweden betrifft, so hatte dieses jederzeit am Hof von Petersburg teils Ehrgeiz und teils Furcht erregt. Peter I. hatte schon den Plan gefaßt, diese Nation zu unterjochen, und auch der tapfere Widerstand Karls XII. konnte nicht verhindern, daß ihm die Provinzen Livland, Esthland, Karelien und Ingermannland geraubt wurden. Peters Nachfolger waren stets Erben seiner Eroberungspläne, und die russische Nation hegte immer noch einen unversöhnlichen Haß gegen ein Volk, das es mehr durch List und verräterische Verschwörungen, als durch seine kolossale Macht zu besiegen vermochte. Alle Kriege gegen Schweden mußten der Nation gefallen, und alle Mittel ihre Nebenbuhler zu ersticken, konnten dem russischen Hof natürlich nicht anders als lieb sein.

Der schwedische Adel, in der sogenannten Freiheitszeit in zwei Parteien geteilt, die man unter der Benennung »Mützen« und »Hüte« unterschied, begünstigte durch seinen törichten gegenseitigen Haß und seine Uneinigkeit Rußlands ehrgeizige Pläne. Die Partei der Mützen war Rußland ergeben, die der Hüte Frankreich. Als unter der Regierung der Kaiserin Elisabeth Graf N. J. Panin russischer Gesandter am Hof von Stockholm war, wußte derselbe durch die Gelder, die er mit verschwenderischen Händen ausstreute, und die Verbindung, in welche er mit der Fraktion der Mützen trat, einen Einfluß zu gewinnen, den er äußerst geschickt dazu benutzte, den schwedischen Reichsrat zur Opposition gegen den schwedischen Hof zu reizen. Er beherrschte den einen durch Intrigen und hielt den anderen durch Furcht im Zaum. Graf Ostermann Johann Ostermann, ein Sohn des unter Elisabeth Petrowna nach Beresow verbannten Ministers des Auswärtigen Heinrich Johann Ostermann. übertraf in manchen Stücken seinen Vorgänger. Lebhafter und namentlich tätiger, als Graf Panin, hielt er Schweden in einer wahrhaft zauberartigen Betäubung, und man kann sagen, daß, so lange Adolph Friedrich lebte, die russischen und französischen Gesandten abwechselnd, jeder in seinem Sinne, in Stockholm regierten. Der Plan des russischen Ministers ging dahin, Schweden zu einer russischen Provinz zu machen, und er schmeichelte dem Adel mit der Hoffnung, es zu einer unter dem Schutze Rußlands stehenden aristokratischen Republik umzuwandeln.

Durch den Einfluß Rußlands beleidigt und die schändlich mißbrauchte Gewalt des Rats in seinem Innersten tief verletzt, beschloß Gustav III. schon bei seiner Thronbesteigung, sich womöglich dieses doppelten Joches zu entledigen. Die russische oder Mützenpartei, welche zu jener Zeit das Übergewicht im Rate hatte, wußte dasselbe auch auf dem Reichstage des Jahres 1771 zu erlangen und zu behalten. Durch Erweiterung dieser Macht, die sie so oft unter Adolph Friedrich gemißbraucht hatte, Diese Partei, die von Rußland kräftig unterstützt wurde, hatte sich aller lohnenderen Ämter bemächtigt; sie beschränkte die königlichen Prärogative und wagte es sogar, sich in des Königs häusliche Angelegenheiten zu mischen. Es klingt unglaublich, ist aber dennoch wahr: eine politische Partei bestimmte, wieviel Wein täglich am Tische des Königs getrunken werden durfte, ja sie beraubte ihn sogar des Rechtes, sich seinen Beichtvater und Oberhofprediger zu wählen. (Anmerkung des Verfassers.) schrieb sie jetzt seinem Nachfolger eine Eidesformel vor, die verschieden von der war, die das Grundgesetz des Staates forderte. Gustav III. unterzeichnete diese Formel, ohne sie zu lesen; er las sie absichtlich nicht, um später die ihm mit diesem Eide aufgezwungenen Verbindlichkeiten ohne Bedenken brechen zu können. Der König beratschlagte mit den Grafen Ulrich Scheffer und Salza, welchen er vollkommen vertraute, sowie mit dem französischen Gesandten, Grafen Vergennes, gemeinschaftlich den Plan zu der Revolution, welche später wirklich ausgeführt wurde.

Als nicht unmittelbar zur Geschichte des russischen Hofes gehörend, müssen wir die Darstellung dieser sonst so interessanten Episode der schwedischen Revolution vom Jahre 1772

übergehen. Hier möge nur angeführt werden, daß sie vollkommen glückte, daß dabei kein Blut floß, und daß Gustav III. seinen Zweck erreichte: er vernichtete die usurpierte Gewalt des übermütigen Reichsrates und des sogenannten Sekretausschusses der Stände und stellte die königliche Macht in ihrer ganzen Würde und Kraft wieder her.

Als die geschlagene Partei sich von ihrer ersten Überraschung erholte, erkannte sie mit Bestürzung die einfachen Mittel, deren sich der junge König zu ihrer Unterwerfung bedient hatte: nur von drei-oder vierhundert Soldaten unterstützt, hatte er sich in den Besitz der höchsten Gewalt zu setzen gewußt. Der Mann in Stockholm, den die eingetretene Katastrophe jedoch am meisten beunruhigte, war der russische Gesandte Graf Ostermann. Die ganze Revolution war seinem sonst so scharfen Blicke entgangen und hatte ihn des größten Teils seines Einflusses beraubt. Noch am Morgen des Revolutionstages hatte er einen Kurier nach St. Petersburg abgesandt, um der Kaiserin die Versicherung zu überbringen, daß, ungeachtet einiger Unruhen in der Provinz Schonen, der Rat in Stockholm seine ganze Gewalt behalten würde. Um seinen verlorenen Einfluß wiederzugewinnen, wiegelte Ostermann nunmehr unaufhörlich Mißvergnügte auf und ermunterte sie, sich der Herrschaft des Königs zu entziehen, riet ihnen sogar, die Regimenter, welche ihnen treu geblieben wären, marschieren zu lassen und einen neuen Reichstag in einer entfernten Provinz zusammenzurufen. Alles das natürlich unter dem Versprechen eines kräftigen Beistandes von Seiten Rußlands.

Die bis zur Raserei aufgebrachten Häupter der Mützenpartei waren nur allzu geneigt, diesen gefährlichen Ratschlägen zu folgen. Gustav, der von den Anzettelungen Kenntnis erlangt hatte, beeilte sich ihnen durch List zuvorzukommen. Er ließ das Gerücht verbreiten, daß eine bedeutende Truppenmacht gegen Stockholm anrücke, ließ mehrere Tage hindurch Boote mit Proviant für die angeblich im Marsch begriffenen Truppen abgehen und erreichte so, daß, als die Truppen wirklich ankamen, in Stockholm alles ruhig war.

Die Geldmittel, welche König Gustav III. von Frankreich erhielt, mußten ihm dazu dienen, seine Partei zu verstärken und den Einfluß Rußlands zu schwächen. Dieses letztere unterließ indessen nicht, mit freigebigen Händen vollwichtige Rubel unter seine Anhänger auszustreuen. Katharina hatte kaum von dem Gelingen der Revolution erfahren, als sie dem Grafen Ostermann den Befehl erteilte, das alte von Gustav III. aufgehobene Regierungssystem um jeden Preis wiederherzustellen. Kühn und listig arbeitete Ostermann an dieser Sache. Aber seine eifrigsten Bemühungen blieben dennoch fruchtlos. Der König behandelte ihn mit auffallender Kälte, und als vollends Rußland in Kronstadt ein bedeutendes Galeerengeschwader ausrüstete, verbreitete sich in Stockholm lebhafte Unruhe.

Gustav III. ließ durch seinen Gesandten in Petersburg bei der Kaiserin nach der Veranlassung dieser Rüstungen fragen und erhielt zur Antwort: obschon man ihm keine Rechenschaft darüber abzulegen schuldig sei, wolle man ihm doch erklären, daß die Ausrüstung dieser Galeeren durchaus nicht Schweden gälte. Gustav war aber mit dieser ausweichenden Antwort keineswegs zufrieden, und um die wirklichen Absichten des russischen Hofes zu erfahren, beschloß er selbst darüber mit der Kaiserin zu konferieren. Er begab sich also, und zwar unter dem angenommenen Namen eines Grafen von Gotland, in Begleitung des Grafen Ulrich Scheffer, des Grafen Posse und einiger anderer seiner Hofleute nach St. Petersburg. Sein Gesandter am kaiserlich russischen Hofe, Baron Nolken, war der einzige Mensch, der in Petersburg vorher über diese Reise in Kenntnis gesetzt wurde. Der König stieg bei seinem Ambassadeur ab und ging sogleich zum Grafen Panin. Gustavs Ankunft erfolgte so unerwartet, daß er den alten Panin bei seinem Besuch im Bett antraf. Meyer, Briefe über Rußland, Göttingen 1778, Bd. II, S. 25.

Die Kaiserin befand sich gerade in Czarskoje Selo. Der König begab sich am Nachmittag dorthin und hatte eine lange Unterredung mit ihr, wobei es an großer gegenseitiger, natürlich verstellter Herzlichkeit nicht fehlte.

Eine Menge Festlichkeiten wurden zu Ehren des liebenswürdigen schwedischen Monarchen veranstaltet; ja Katharina bezeugte ihm so große Rücksicht, daß sie das Fest nicht begehen ließ, welches bis dahin jährlich zum Andenken an die Schlacht von Pultawa gefeiert wurde, und das zufälligerweise gerade in die Zeit fiel, wo der König in Petersburg war.

Gustavs Besuch in Petersburg vermehrte in keiner Beziehung die Achtung, die er vor der Kaiserin hegte, und auch diese selber wurde nur in dem Beschluß bestärkt, den jungen, stolzen und gefährlichen Nachbarn und Nebenbuhler ihrer Macht zu demütigen. »Ich glaube nicht,« schrieb der Großfürst an Panin, »daß der König bei uns in der Politik etwas erreicht hat; ich habe gesehen, daß französischer Ton noch nicht den Menschen ausmacht und nicht immer gelobt werden kann, besonders wenn die Sache eine gerechte, nicht aber bloß »jolis mots et belles phrases.« Kobeko, Der Cäsarewitsch, S. 149.

Indessen schien es, als ob unter den gekrönten und fürstlichen Häuptern jener Zeit Besuchsreisen nach St. Petersburg zu einer Modesache würden. Kaum war der König von Schweden abgereist, so sah man daselbst die Herzogin von Kingston, Elisabeth Chudleigh, Herzogin von Kingston, geb. 1720, gest. 28. August 1788. Vgl. Hitzig, Der neue Pitaval, Leipzig 1858, Bd. XXV, S. 1, 6ff., 69. eine Dame, die ebensowohl durch ihre hohe Schönheit und ihren Luxus, als durch ihre galanten Abenteuer berühmt war. Sie kaufte sogleich ein Lusthaus an dem Ufer der Newa und hielt sich für würdig, an Katharinas Hofe zu leben; aber die Kaiserin, die fürchtete, eine gefährliche Nebenbuhlerin oder auch eine Vertraute in ihr aufwachsen zu sehen, die ihre Geheimnisse später verraten könnte, nahm sie mit abstoßender Kälte auf, und die Herzogin begab sich höchst mißvergnügt und unzufrieden nach Italien, wo sie auf die Huldigung einer großen Schar Anbeter rechnen konnte.

Seitdem Katharina Schahingerai zum Chan der Krim ernannt hatte, waren die Verwirrungen in derselben stets im Wachsen geblieben. Rußland hatte Truppen zur Aufrechterhaltung und zum Schutze seiner Gewalt dorthin gesandt. Aber die krimschen Tartaren töteten, über eine solche Bewachung aufgebracht, einen großen Teil der Besatzungstruppen.

Diese Begebenheit sowie das Auftreten eines Gegenchans genügte, um das nicht ganz erloschene Feuer des Krieges von neuem wieder anzufachen, und die Kaiserin ließ augenblicklich neue Truppen in die Krim einrücken. Fürst Prosorowskij, der diese Truppen befehligte, griff die Tartaren an und zerstreute sie.

Während dieser Zeit hatte der russische Gesandte in Konstantinopel, Stakiew, von der Pforte die Abtretung aller ihrer Ansprüche bezüglich der Einsetzung eines Chans in der Krim gefordert; aber diese Forderung wurde abgeschlagen.

Die Regierung ließ darauf dem Diwan anzeigen, daß die Krim nur noch unter der Obergewalt und dem Schutz Rußlands stände, und daß die Kaiserin den Krieg wieder beginnen würde, um den von ihr daselbst eingesetzten Chan zu halten und zu unterstützen. Dieser Stolz schreckte die Türken aber nicht, vielmehr beschlossen sie, aufs neue zu den Waffen zu greifen. Der Ausführung dieses Entschlusses trat jedoch fremder Einfluß entgegen: ein französischer Minister, Graf von Vergennes, hatte sie bewogen, den letzten Krieg anzufangen; sein Nachfolger, der Graf von St. Priest, verhinderte sie jetzt, einen neuen zu beginnen. Als der russische Minister Konstantinopel verlassen wollte, widersetzten sich die meisten Ulemas, welche den Diwan bildeten, dieser Absicht.

Die Minister der anderen Mächte vermittelten mit Wärme und aufrichtigem Eifer beim Diwan, und dieser schwankte unter so verschiedenartigen Impulsen hin und her. Katharina hatte während dieser Zeit durch Geschenke und Versprechungen neue Anhänger in der Krim gewonnen. Trotzdem sie sich auf einen Krieg vorbereitete, wünschte sie dennoch demselben zuvorzukommen.

Der Diwan blieb lange unentschlossen. Das Volk in Konstantinopel wünschte den Krieg, und schon ließen sich Drohungen gegen den Kapudan-Pascha vernehmen, der mit der Flotte wieder nach dem Marmarameere zurückgefahren war.

Stakiew, der russische Gesandte bei der Hohen Pforte, wurde in der Nähe von Konstantinopel von zwei Galiongis (türkischen Matrosen), meuchlings angefallen, die ihn ermorden wollten. Sie wurden sogleich ergriffen und erdrosselt, aber ihr Unternehmen verriet hinlänglich den Geist der öffentlichen Meinung.

Die Türken konnten sich nicht daran gewöhnen, die Russen das Schwarze Meer beherrschen zu sehen, sowie dulden zu müssen, daß sich die Flagge derselben beinahe unter den Mauern

Konstantinopels entfaltete und der blühende Handel Rußlands sich mit jedem Tage weiter ausdehnte. Die Eroberung der Krim war allein ein genügender Grund, um sie zu revoltieren.

Einige andere Mißhelligkeiten waren noch nebenher zwischen dem Hof von Petersburg und der Ottomanischen Pforte entstanden. Durch den letzten Friedenstraktat waren den in der Moldau und Walachei zerstreut lebenden griechischen Christen mehrere Privilegien ausgewirkt worden. Seit jener Zeit hatten mehrere Einwohner des anderen Donauufers, welche sich gleichfalls zur orthodoxen griechischen Religion bekannten, ihr Heimatland verlassen, um sich in jenen Provinzen anzusiedeln, in denen die neue Toleranz herrschte. Rußland wollte noch mehr tun: es arbeitete heimlich daran, die Donaufürstentümer von der Pforte unabhängig zu machen, und um dies zu erreichen, stellte es das Verlangen, daß die Gouverneure der Moldau und Walachei unter keinerlei Vorwand von der Pforte abgesetzt werden dürften.

Dieses Verlangen erschien den Türken nicht weniger ungerecht, als die erzwungene Abtretung der Krim. Indessen war schon die erste Vermittlung des französischen Ambassadeurs nicht ohne Erfolg gewesen, und seine jetzige war von noch größerer Wirkung. Er vermochte den Diwan, mehrere russische Schiffe freizugeben, die schon seit etwa einem Jahre in türkischen Häfen zurückgehalten worden waren. Kurz darauf wurde dann, ebenfalls durch seine Vermittlung, ein neuer Traktat unterzeichnet, in welchem zwar Rußland in einigen seiner übertriebenen Forderungen in Beziehung auf die Provinzen Moldau und Walachei etwas nachgab, die Pforte dagegen denjenigen ihrer Untertanen, die sich zur griechischen Religion bekannten, die Rechte zugestand, die sie reklamierten. Die Pforte erkannte gleichzeitig die Unabhängigkeit der Krim an und dehnte insbesondere das Privilegium aus, die ottomanischen Meere zu befahren.

Der Eifer, welchen der französische Gesandte bewiesen hatte, um die Unterzeichnung dieses Traktates zu beeilen, war lediglich eine Folge des Wunsches seiner Regierung, England der Unterstützung Rußlands zu berauben. Die Allianz, welche seit langer Zeit zwischen den Höfen von St. Petersburg und London bestanden hatte, wurde, wenn auch nicht gebrochen, doch wenigstens sehr geschwächt, und die Franzosen hatten die Gewißheit, eine Macht, welche ihnen für den Frieden zu danken hatte, nicht gegen sich unter die Waffen treten zu sehen.

Katharina war so erfreut über diesen Frieden, daß sie sowohl ihrem eigenen Minister in Konstantinopel als auch dem französischen Ambassadeur höchst kostbare Geschenke übersandte. Der russische Gesandte Stakiew erhielt unter anderem eine Dotation, die aus einem Gute mit tausend Bauern bestand, Graf de St. Priest den Stern des St. Andreasordens in Brillanten. Ferner sandte ihm die Kaiserin ihr Porträt, in Juwelen gefaßt, sowie schöne Perlen und einen sehr kostbaren Ring für die Gräfin de St. Priest, alles zusammen im Werte von mindestens sechzigtausend Rubeln. Graf de St. Priest erhielt außerdem noch eine jährliche Pension von sechstausend Rubeln. Als er später mit seiner Gemahlin in Stockholm war, ließ er in der Zeitung Dagligt Allehanda annoncieren, daß er für vierzehntausend Reichstaler Diamanten zu verkaufen habe. Am Tage darauf las man an mehreren Straßenecken folgenden Anschlag: »Die Ernte politischer Schmeicheleien und Spioniererelen zu verkaufen für vierzehntausend Reichstaler, bei dem Grafen von St. Priest.« (Anmerkung des Verfassers.) Sie ließ auch dem Großherrn und seiner Favoritsultanin für mehr als dreihunderttausend Rubel Juwelen zustellen. Der Großwesir und die vornehmsten Mitglieder des Diwans empfingen gleichfalls auf Kosten des Staats Beweise von Katharinas und Potiomkins verschwenderischer Freigebigkeit.

Die Kaiserin wünschte sich zu einem Traktate Glück, der ihr vollständige Freiheit gab, sich ihren ehrgeizigen Vergrößerungsplänen und der anerkennenswerten Sorge für den Handel ihrer weit ausgedehnten Staaten zu überlassen. Trotz der Verschiedenheit des Klimas, des Mangels an Bevölkerung und der Unfruchtbarkeit einiger Provinzen erwuchsen dem Gesamtstaate unermeßliche Handelsvorteile aus ihrer Fürsorge. Auf Europa und auf Asien gleichzeitig gestützt, können die Russen mit Leichtigkeit den Tauschhandel für die ganze Welt besorgen. Das Kaspische Meer ist eine stets offene Straße nach Persien und nach Indien. Das Schwarze und das Asowsche Meer bieten ihm Gelegenheit, seine nordischen Produkte in den Häfen des mittelländischen Meeres abzusetzen, und umgekehrt die Waren der Levante dem Norden zuzuführen. Kamtschatka eröffnet ihm nach der einen Seite hin den Weg nach Amerika und nach der andern nach China und Japan; endlich setzen es das Weiße und das Baltische Meer in Verbindung mit allen europäischen Nationen, für die sein Handel notwendig ist.

Im Besitz des Rechts, auf so vielen Meeren segeln zu dürfen und einige derselben zu beherrschen, verletzte es Katharinas Stolz, daß eine andere Macht ihr diese Herrschaft streitig machen wollte. Neid über die maritime Überlegenheit der Engländer war eine der Hauptursachen, welche sie dieser Nation entfremdeten.

Indessen wollte die Kaiserin doch nicht die Vorteile einbüßen, welche ihr der englische Handel verschaffte, und während sie ruhig mit ansah, daß die Engländer ihre amerikanischen Kolonien verloren, lud sie jene ein, in Rußlands Häfen die Produkte zu suchen, welche sie nicht mehr direkt von dem amerikanischen Kontinent holen konnten. Bald hatte sie auch die Freude, englische Schiffe in größerer Zahl als bisher Archangel besuchen zu sehen. Gleichzeitig damit begünstigte sie aber die vereinigten Freistaaten von Nordamerika, und trotz der dringenden Vorstellungen des englischen Gesandten bewilligte sie denselben freie Schiffahrt in der russischen Ostsee, obwohl sie in einem sonderbaren Widerspruch ihre Selbständigkeit nicht anerkennen wollte. Die Jahrestage von Katharinas Thronbesteigung und die Geburtstage des Großfürsten wurden stets mit außerordentlichem Glanz gefeiert und in der Regel durch zahlreiche Beförderungen ausgezeichnet.

Katharina feierte auch mit vieler Pracht die Festtage ihrer verschiedenen Orden und bat es sich einmal aus, die Großmeisterfunktionen des englischen Bathordens bei dem Kapitel ausüben zu dürfen, in welchem dem englischen Gesandten Harris der Ritterschlag erteilt wurde. Zu dieser Zeremonie sandte ihr der englische Monarch die nötigen Insignien des Ordens zu.

Nachdem sie dem Ritterkandidaten mit einem reich mit Diamanten besetzten Degen einen Schlag auf die Schulter erteilt und nach den Statuten des Bathordens gesagt hatte: »Im Namen des höchsten Gottes sei ein würdiger und loyaler Ritter!« fügte sie hinzu: »Um zu zeigen, wie zufrieden ich mit Ihnen bin, Herr Ritter, empfangen Sie diesen Degen, mit welchem ich Ihnen die Ritterwürde erteilt habe.«

Einige Tage vor dieser Begebenheit hatte die Kaiserin ein großes Fest zur Erinnerung an die Seeschlacht bei Tschesme und die Verbrennung der türkischen Flotte gegeben und beschloß, durch ihre persönliche Gegenwart den Eifer und den Mut ihrer Marine anzufachen. Sie begab sich von Peterhof aus an Bord einer Jacht zur Flotte hinaus, die auf der Höhe von Kronstadt kreuzte. Der Admiral, der dieselbe kommandierte, empfing ebenso wie seine Offiziere verschiedene reiche Beweise der Zufriedenheit der Kaiserin.

Zu jener Zeit hatte eine Feuersbrunst ein ganzes Quartier in der Stadt Twer verheert. Die Kaiserin sandte sogleich einmalhunderttausend Rubel an die Einwohner, deren Häuser in Asche gelegt waren.

Ungeachtet aller ihrer politischen Unternehmungen beschäftigte sich Katharina stets mit der Einführung neuer Einrichtungen und ihren eigenen Vergnügungen. Schon im Jahre 1764 hatte sie den Grund zu einem Erziehungsinstitut, St. Katharinakloster genannt, gelegt, dessen Bestimmung die Aufnahme armer adliger Jungfrauen war, und das sie deshalb mit dem reichen jährlichen Einkommen von vierundzwanzigtausend Rubeln dotiert hatte. Die Anzahl der Schülerinnen durfte sich bis auf fünfhundert belaufen. Die Kaiserin wollte, daß sie fremde Sprachen, Musik, Tanz und das Aufführen von französischen Tragödien und Komödien betreiben sollten. Der Besuch dieser Schauspiele gehörte einige Zeit zu den Belustigungen Katharinas.

Soritsch

Aber es gab noch andere Vergnügungen, die sie ständiger fesselten. Obschon sie ihre Liebhaber oft wechselte, blieb ihre Leidenschaft dieselbe. Soritsch hatte sie ein ganzes Jahr hindurch zu befriedigen vermocht und neben dem Generalmajorsrang bedeutende Geschenke erhalten. Ja, Katharina schien mehr und mehr von ihrem Günstlinge eingenommen zu sein, als sie ihm ganz plötzlich den Befehl erteilte, den Hof zu verlassen. Eine unbedeutende Zänkerei, die Soritsch mit Potiomkin hatte, veranlaßte die Entfernung des ersteren. Potiomkin hegte keinen Groll gegen ihn, war nicht neidisch auf seine ungeheuren Reichtümer und fürchtete auch nicht sein schnell gewachsenes Ansehen, weil er wußte, daß Soritsch so unbedeutend war, daß er ihm schlechterdings nicht gefährlich werden konnte. Aber er wollte zeigen, daß man sich ungestraft auch nicht den Schein erlauben dürfe, ihm Widerstand zu leisten, und wollte durch ein Beispiel davor warnen, jemals einen solchen Gedanken zu fassen. Der Fürst stellte der Kaiserin vor, daß es für ihre aufgeklärten Ansichten demütigend sei, einen Mann von so beschränkten Kenntnissen, wie Soritsch, um sich zu haben, und machte ihr Vorschläge zur Wahl eines anderen Adjutanten, mit dem sie in diesem Punkte zufriedener sein könne. Da sie eben in dem Augenblick wenig Zuneigung zu Soritsch fühlte, nahm sie den Vorschlag des Fürsten an. Soritsch befand sich gerade in seinem Zimmer, als er den Befehl erhielt, sich sofort auf seine Güter zu begeben. Er war wie vom Schlage getroffen. Wie ein Pfeil drang er bis zu den Gemächern der Monarchin aber man verwehrte ihm den Eingang. Er bat um die Erlaubnis, Abschied nehmen zu dürfen, aber sie wurde ihm rund abgeschlagen. Nun eilte er zum Fürsten Potiomkin, aber dieser bestand darauf, daß er noch am nämlichen Abend auf seine Güter nach Livland gehe. Einwendungen halfen nicht. Er mußte abreisen und vertraute Bediente zurücklassen, die ihm seine Sachen nachbringen mußten. Heibig, Russische Günstlinge, S. 277.

Kaum war er fort, so beschäftigte sich Potiomkin damit, ihm einen Nachfolger zu suchen, der in Gestalt des ehemaligen Gardesergeanten Korsakow bald gefunden war. Dieser war mit einer schönen Figur begabt. Alle Offiziere, die schön gewachsen waren oder es zu sein glaubten, bemühten sich bei jeder Gelegenheit, Katharinas Blicke auf sich zu ziehen. Selbst am Hofe traten die Großen manchmal ihren Platz einem schönen Mann ab, da sie wohl wußten, daß ihrer erhabenen Souveränin nichts so sehr gefalle, als wenn sie ihre Gemächer zwischen zwei Reihen schöner Jungen durchschreite. Dies war ein Platz, um den man sich bewarb, indem man sich zeigte und wohlgebaute Schenkel zur Schau trug; und manche Familien setzten ihre Hoffnungen auf irgendeinen jungen Verwandten, den sie auf diese Weise auffällig zu machen sich bestrebten. *Masson, Bd. II, 3. Abt., S. 95.* Da er aber ohne Geist und ohne Kenntnisse war, konnte er ebensowenig als Soritsch Potiomkins Ansehen vermindern. Außerdem entwaffnete er den Neid des letzteren durch Befriedigung seiner unersättlichen Habgier. Ein einziger Zug dürfte hinreichend sein, um Korsakows Porträt zu zeichnen. Sobald er seinen Platz als Günstling eingenommen hatte, glaubte er, daß ein Mann, wie er jetzt sei, sich notwendigerweise eine Bibliothek anschaffen müsse. Sogleich ließ er einen der berühmtesten Buchhändler Petersburgs zu sich kommen und sagte ihm, daß er Bücher haben wolle, um sie in Wassiltschikows Palast aufzustellen, den ihm die Kaiserin geschenkt hatte. Der Buchhändler fragte ihn, welche Art von Büchern er denn haben wolle. »Das müssen Sie ja besser wissen als ich« – antwortete ihm der Günstling –, »das ist ja ihre Sache. Große Bücher für die unteren Fächer und kleine, um sie oben darüber und unten davor zu stellen. Ganz so, wie es in der kaiserlichen Bibliothek ist.«

Rimky-Korsakoff

Potiomkin erhielt sich bei alledem im Genuß der höchsten Gunst. Täglich vermehrten sich seine Einkünfte und Titel. Der Hof, die Armee, die Flotte, alles war ihm untertan. Nach seinem Gutdünken setzte er Minister ein und ab, ernannte Generale, alle höheren Beamten, und allein seine Laune bewirkte Gnade oder Ungnade.

Potiomkin pflegte seine Untergebenen rücksichtslos auszunützen. So befand sich in seinem Gefolge u. a. ein Oberoffizier namens Bauer, den der Fürst bald nach Paris schickte, um einen Tänzer, bald nach Astrachan, um Wassermelonen zu holen, bald nach Polen mit Aufträgen an seine Pächter, bald nach Petersburg mit Nachrichten für Katharina, bald in die Krim, um Weintrauben zu bringen usw. Der Offizier, der sein Leben auf diese Weise immer im Wagen zubrachte, verlangte eine Grabschrift für den Fall, daß er den Hals bräche. Einer seiner Freunde machte ihm folgende:

Cy gît Bauer sous ce rocher:

Fonette, cocher!

(Hier unter diesem Felsen liegt Bauer: Kutscher, fahr zu!). Masson, Bd. I. 3. Abt., S.88.

Unter scheinbar grober und oft brutaler Offenheit war Potiomkin doch eigentlich schmeichlerisch und listig. Er beherrschte die Kaiserin und diktierte ihr seinen Willen, schien aber dabei doch immer nur für ihren Dienst zu atmen. Er behandelte die ältesten Generale verächtlich und schonte die höchsten Würdenträger des Staates ebensowenig, wenn er glaubte, sie ungestraft beleidigen zu können, aber er war feige und nachgiebig denjenigen gegenüber, deren Mut und Keckheit er kannte.

Der Feldmarschall Rumiantzow war so ziemlich der einzige im weiten Russischen Reiche, der nicht vor Potiomkin kroch. Dieser fürchtete seine Unbeugsamkeit ebensosehr, wie er ihn um die Ehre beneidete, die der Besieger der Türken genoß. Der Haß, welchen er gegen Rumiantzow hegte, erstreckte sich auch auf die Schwester desselben, die Gräfin Bruce, Die im ersten Bande erwähnte Gräfin Praskowja Alexandrowna. eine der intimsten Vertrauten Katharinas. Der Undankbare vergaß ganz und gar, daß die Gräfin Bruce zu seiner ersten Verbindung mit der Kaiserin beigetragen und sie sehr begünstigt hatte. Während er mit der liebenswürdigen Gräfin, die ihm große Freundschaft schenkte, familiär umging, beobachtete er sie in allem, was sie sagte oder tat, und beschloß, sie bei der ersten Gelegenheit zu stürzen.

In dieser Zeit besaß Korsakow die Liebe der Kaiserin. Die Wohltaten, mit denen Katharina den Günstling überhäufte, hätten demselben, wenn auch vielleicht keine Liebe einflößen, so doch wenigstens das Gefühl der Dankbarkeit abnötigen sollen. Aber er war selbst verliebt, eitel und von allen Liebhabern Katharinas derjenige, welcher sich am meisten mit seiner Kleidung beschäftigte, die er über und über mit Diamanten zu bestreuen wußte. Die Gräfin Bruce, welche ihn täglich bei der Kaiserin sah, faßte bald eine Neigung zu ihm, der sie sich jedoch anfangs nicht zu überlassen wagte. Der Zwang, in dem die Liebhaber Katharinas zu leben gezwungen waren, machte ihnen kaum eine Untreue möglich. Potiomkin half der Gräfin Bruce alle Hindernisse überwinden, er gab ihr Gelegenheit, im geheimen mit Korsakow zusammenzutreffen, und ungeachtet er bisher diesen Günstling schützte und gern sah, beschloß er ihn dennoch zu opfern, in der Hoffnung, die Schwester Rumiantzows in seinen Fall zu verwickeln.

Sein Anschlag glückte ihm vollständig. Es dauerte nicht lange, so entdeckte die Kaiserin, daß sie sowohl von ihrem Liebhaber als auch von ihrer Freundin betrogen war. Sogleich erteilte sie dem ersteren den Befehl, augenblicklich das Reich zu verlassen, und der letzteren, sich nach Moskau zu begeben. Von diesem Augenblick an beschloß sie, sich nicht mehr an eine Freundin anzuschließen. Alexander Lanskoj, ein Offizier bei der Ritter-Garde, Die Ritter-Garde war eine Kompagnie, die aus sechzig Mann bestand, welche blaue Uniformen mit roten Revers und Silberstickerei auf allen Nähten trugen. Sie wurde nur zur Bewachung der inneren Räume des kaiserlichen Palastes benutzt. (Anmerkung des Verfassers.) mit einer ungewöhnlich schönen und interessanten Figur, war bei der Kaiserin auf der Wache, als der General Tolstoj, durch sein edles Äußere frappiert, die Aufmerksamkeit Katharinas auf ihn richtete. Von dem Augenblick an, da sie ihn scharf betrachtet hatte, war die Wahl Katharinas getroffen, und von allen Liebhabern, die sie jemals gehabt, war Lanskoj der, welchen sie am meisten liebte, und der auch in jeder Beziehung der Würdigste in der ganzen Reihe ihrer Liebhaber war.

Obschon Potiomkin keinen unmittelbaren Anteil an der Erhebung Lanskojs zur Günstlingsschaft gehabt hatte, forderte er dennoch von diesem den Tribut, den er für gesetzlich anzusehen schien, und der neue Günstling mußte im geheimen sein Wohlwollen für zweimalhunderttausend Rubel erkaufen.

Potiomkins Gier war so grenzenlos, daß er, um seine Habsucht zu sättigen, kein Bedenken trug, sich zu den schändlichsten Niedrigkeiten herabzulassen. Dieser ungeheuer reiche Mann bediente sich einmal einer von der Kaiserin in blanco ausgestellten Vollmacht, um einen Befehl für den Fürsten Wjasemskij; Fürst Alexander Alexejewitsch. 1727-1793. den ersten Schatzmeister des Reiches, darauf zu setzen, ihm einmalhunderttausend Rubel Silber auszuzahlen. Wjasemskij stellte ihm die Summe zu, zeigte aber einige Zeit darauf den schriftlichen Befehl der Kaiserin, welche, zwar über die Frechheit Potiomkins bestürzt, trotzdem nicht wagte, ihm dieselbe vorzuwerfen.

Aber diese Hofintrigen waren keineswegs die einzigen Beschäftigungen Potiomkins. Der ehrgeizige Despot hoffte zu erleben, daß die Kaiserin eines Tages in Konstantinopel gekrönt werden würde, und er wünschte dies noch sehnlicher als sie selbst, weil er dann glaubte, dort im Namen Katharinas herrschen zu können, wo er sich ohne Zweifel unabhängig gemacht haben würde. Er teilte der Kaiserin seine Pläne mit, aber um diese zu verwirklichen, mußte man in Übereinstimmung mit dem österreichischen Kaiser handeln. Katharina billigte Potiomkins Absichten. Als er mit diesen im Konseil herausrückte, sagte Panin, welcher einen hohen Wert auf das preußische Bündnis legte, daß man sich in große Gefahr begeben würde, wenn man sich diese Macht entfremden wolle. Demungeachtet wurde Potiomkins Plan gutgeheißen und verfolgt. Panin zog sich in der Folge von den öffentlichen Angelegenheiten zurück.

Besborodko Fürst Alexander Andrejewitsch, der spätere Reichskanzler, geb. 25. März 1747, gest. 17. April 1799. erhielt seine Stelle im Konseil. Er war, wie ehemals Sawadowskij, zunächst Sekretär beim Feldmarschall Rumiantzow gewesen und dann von dort aus im Kabinett der Kaiserin angestellt worden. Später wurde er zum Minister der inneren Angelegenheiten ernannt, und Ostermann, der nach seiner Rückkehr von Stockholm die Stelle des Vizekanzlers übernahm, verrichtete alle die Geschäfte, welche bisher Panin obgelegen hatten.

Katharina wünschte eine persönliche Zusammenkunft mit Joseph II., weil ihre türkischen Projekte eine geheime Konferenz mit ihm erforderten. Österreich selbst kam den Absichten der Kaiserin entgegen. Im Februar 1780 gab Joseph II. dem russischen Gesandten in Wien, Fürsten Dmitrij Golitzyn, zu erkennen, daß es ihm angenehm sein würde, der Kaiserin von Rußland bei Gelegenheit der Reise, welche sie in ihre neu erworbenen polnischen Provinzen zu machen beabsichtige, einen Besuch abzustatten und sie persönlich kennen zu lernen. Ende Mai 1780 fand seine erste Zusammenkunft mit Katharina in Mohilew statt.

Ein großer Teil der polnischen Großen hatte sich daselbst eingefunden. Die Pracht, welche Katharina umgab, und der Luxus des polnischen Adels bildeten einen starken Kontrast mit der Einfachheit in Tracht und Sitten, die den österreichischen Kaiser umgab. Er reiste unter dem angenommenen Namen »Graf Falkenstein« und ersuchte die Kaiserin um Befreiung von aller Etikette oder beschwerlichen Zeremonien, worin Katharina einwilligte.

Nachdem sie in mehreren geheimen Konferenzen die schwebenden Fragen miteinander besprochen, lud Katharina den Kaiser auf das verbindlichste ein, sich Rußland anzusehen, und Joseph II., der keine Gelegenheit versäumte, zu reisen und nützliche Kenntnisse zu sammeln, schlug den Weg nach Moskau ein, während sich die Kaiserin direkt nach Petersburg zurückbegab.

Vor der Abreise von Mohilew hatte Katharina den Kaiser gebeten, in ihrem Palaste Czarskoje Selo zu wohnen; er antwortete aber sogleich, wie sehr es ihm auch angelegen sei, die Kaiserin in diesem Lustschlosse zu sehen, müßte er sich dieses doch versagen, wenn sie ihm nicht gestatte, als Graf Falkenstein im dortigen Gasthause zu bleiben. Katharina willigte auch hierin ein. Als sie aber nach Czarskoje Selo zurückgekommen war, erteilte sie ihrem englischen Gärtner den Befehl, seinen Wohnsitz schnell in ein Wirtshaus zu verwandeln und es mit allem zu versehen, was nötig wäre, um einen Kaiser komfortabel aufzunehmen. Der Gärtner befolgte den Befehl und ließ ein Firmenschild anbringen, auf welchem sich das gemalte Wappen der Familie Falkenstein befand. Dort stieg Joseph II. bei seiner Ankunft in Moskau ab, und da er später oft die Sauberkeit und Eleganz in den russischen Hotels, die er bewohnt hatte, vor Reisenden erwähnte und rühmte, gab er mehrfach Gelegenheit, seinen Irrtum zu belachen. Und dies mit Recht. Bereits vier Tage vor der Abreise der beiden Herrscher aus Mohilew war ein kaiserlicher Befehl an Sievers ergangen, die Reisepaläste aufzuräumen und mit einfachen Möbeln und Tapeten zu versehen. In den Städten könne man auch Privathäuser zu des Grafen Empfang bestimmen; da er jedoch nur in Gasthöfen abzusteigen liebte, so solle Sievers an den Privathäusern Schilder befestigen lassen. Blum, Ein russischer Staatsmann, Bd. II, S.350.

Obgleich Katharina die Abneigung des Kaisers gegen allen Luxus kannte, veranstaltete sie ihm doch höchst prachtvolle Feste. Aber diese belustigten und interessierten Joseph II. weniger, als die Besichtigung nützlicher Einrichtungen und Kunstdenkmäler. Er hatte in Moskau den Kreml, die chinesische Stadt, die Hospitäler, die Bibliothek und die nordischen Archive besehen. Er hatte sich in Tula aufgehalten, um die Stahlfabrikation kennen zu lernen, an welcher Katharina nichts gespart hatte, und welche vielleicht an Güte der Arbeit und an Schönheit den englischen Fabrikerzeugnissen in nichts nachgibt.

Er besuchte ferner alles, was der Hafen von Petersburg und Kronstadt Betrachtenswertes darboten. Er untersuchte die Arsenale im Detail, ebenso die Werften und Manufakturen, und überall empfing er die schmeichelhaftesten Beweise von der Aufmerksamkeit der Kaiserin. Als er in die Akademie der Wissenschaften eintrat, präsentierte man ihm einen geographischen Atlas, unter dessen Karten schon die seiner Reise von Wien nach Petersburg aufgenommen war. In der Akademie der Künste sah er eine Sammlung von Gemälden, unter denen sich auch sein Porträt mit einer Unterschrift befand, die analog mit seiner Neigung für Reisen und seinem Charakter war. Sie lautete in den horazischen Versen:

»Multorum, provides urbes

Et mores hominum inspexit.«

Joseph II. verließ Rußland, ebenso in Erstaunen gesetzt durch das sonderbare Gemisch von Zivilisation und Barbarei, welches sich seinen Blicken enthüllt hatte, als über die Kraft und gleichzeitige Schwäche der Kaiserin. Er konnte es nicht fassen, daß ein Weib, deren Genie dazu geeignet schien, sich die Welt zu unterwerfen, mitten an ihrem Hof die ergebene Sklavin zweier Günstlinge war.

Kurz nach Josephs II. Abreise von Petersburg kam daselbst der Erbe von Preußen, der nachmals unter dem Namen Friedrich Wilhelm II. regierende König, Sohn des Prinzen von Preußen, an. Sein Aufenthalt in der nordischen Residenz bot nichts Merkwürdiges weiter dar, als daß man auch ihm zu Ehren die glänzendsten Feste veranstaltete, was am russischen Hofe so gewöhnlich ist. Anfang Juni schrieb Joseph II. an seine Mutter aus Smolensk: »Der Prinz von Preußen wird im September hierher kommen, um die Vorteile meines Hierseins zunichte zu machen.« – Schon die Ankündigung dieses Besuchs wurde von Katharina unmutig aufgenommen, und der Empfang des Gastes in Petersburg war dementsprechend. »Der Prinz von Preußen,« berichtete der englische Gesandte Harris unterm 11./22. September 1780 an Lord Viscount Stormont, »fühlt sich innerlich verletzt und wird es wahrscheinlich nie vergessen und vergeben, daß man ihn hier eine so erbärmliche Rolle spielen läßt.«

Als Katharina sah, daß so viele Prinzen ihre Staaten verließen, um fremde Länder zu besuchen, beschloß sie, den Großfürsten ebenfalls reisen zu lassen. Von ihres Sohnes Ehrfurcht und Ergebenheit überzeugt, fürchtete sie nichts von seiner Abwesenheit. Der Großfürst und die Großfürstin reisten durch Polen und Österreich nach Italien, von wo sie über Frankreich Hier wurden Großfürst und Großfürstin, die unter dem Namen »Graf und Gräfin Ssewerni« reisten, mit besonderer Pracht empfangen. Unter den zahllosen Festen, die man ihnen zu Ehren veranstaltete, war am glänzendsten eines, das Marie Antoinette am 26. Mai 1782 in Klein-Trianon gab. Bei diesem herrschte eine Ausstellung von Brillanten, durch deren Glanz die Augen förmlich geblendet wurden. Die Gräfin Ssewerni trug auf dem Kopf einen kleinen Vogel aus Edelsteinen, auf den man kaum direkt blicken konnte, so sehr glänzte er; derselbe wiegte sich hin und her und schlug mit den Flügeln auf eine Rose. An diesem Abend wurden zum erstenmal für Blumen kleine Gläser benutzt, in denen etwas Wasser enthalten war, um die natürlichen Blumen in dem Kopfputz frisch zu erhalten: »Das,« sagt die Baronin Oberkirch, eine Reisebegleiterin des großfürstlichen Paares, »war nicht immer möglich, wenn es aber gelang, bezaubernd. Der Frühling im Haar, inmitten des Schnees von Puder, war von wunderbarem Effekt.« Kobeko,

Der Cäsarewitsch, S. 186. und Holland nach St. Petersburg zurückkehrten. Während der ganzen vierzehn Monate, die ihre Reise währte, wußte die Kaiserin stets alles, was geschah. Fast an jedem Tage wurde ein Kurier abgesandt, um sie über alles auf dem Laufenden zu halten.

Das Großfürstenpaar wünschte ohne Zweifel ebenso begierig zu erfahren, was sich in Petersburg ereignete, aber die Kaiserin wollte nicht, daß es darüber unterrichtet würde. Der Brigadegeneral und Flügeladjutant P. Bibikow, der in dieser Hinsicht Katharinas Willen zu trotzen gewagt hatte, wurde bald entdeckt. Seine Briefe, die an den Fürsten Alexander Kurakin, welcher den Großfürsten begleitete, gerichtet waren, wurden aufgefangen. Sie enthielten sehr genaue und wenig schonende Details der täglichen Vorfälle bei Hofe. Verschiedene Personen waren darin mit satirischen und charakterisierenden Namen belegt, wobei Potiomkin nicht zum besten wegkam. Es war dies genügend, um Bibikow sogleich nach Astrachan zu schicken, wo er hinreichend Muße hatte, seine Keckheit zu bereuen.

VI.

Ein Sohn Orlows und Katharinas. – Schutz der Jesuiten in Rußland. – Einfall der Russen in Taurien. – Panins und Grigorij Orlows Tod. – Die Beziehungen Rußlands zu Persien, China und Japan. – Lanskojs Tod. – Jermolow wird Günstling. – Das Toleranz-Diner. – Mamonow wird Nachfolger Jermolows. – Katharina kauft die Bibliothek Voltaires.

Alexander Lanskoj

Schon seit geraumer Zeit hatten sich Grigorij und Alexej Orlow vom Hofe ferngehalten. Sie erschienen plötzlich wieder an demselben, wurden jedoch beinahe wie Fremde aufgenommen. Beide hatten sich während dieser Zeit vermählt, Grigorij mit seiner jungen Kusine Sinowiew, einem Hoffräulein der Kaiserin. Er konnte jedoch den Anblick seines allmächtigen Rivalen nicht vertragen und entfernte sich von neuem.

Damals kam Bobrinskij an den Petersburger Hof. Dieser geliebte Sohn, Er war am 18./29. April 1762 geboren. Gleich nach seiner Geburt nahm der Kammerdiener Schkurin den Knaben zu sich und erzog ihn, bis er in die Kadettenakademie kam. Um diese Zeit war es schon unter der Hand bekannt, daß er ein Sohn der Kaiserin sei. Katharina selbst gab die Veranlassung zu dieser Publizität. Seinen Namen erhielt Bobrinskij von der Herrschaft Bober oder Bobrin in Rußland, die man für ihn kaufte, überdies wurde noch eine Million Rubel für ihn auf der Leihbank in Petersburg deponiert. Im April des Jahres 1782 verlieh die Kaiserin ihm ein besonderes Wappen. Dieses war dadurch bemerkenswert, daß darin Teile vom anhaltischen (Katharinas eigenem) und vom russischen Reichswappen enthalten waren. Vgl. Helbig, Russische Günstlinge, S. 193. Kobeko, Der Cäsarewitsch, S. 202. den die Kaiserin mit Grigorij Orlow erzeugt hatte, schien von ihr zu den höchsten Würden des Reichs bestimmt. Aber lasterhafte Neigungen, die er in der Kadettenakademie eingesogen und entwickelt hatte, verhöhnten die Zärtlichkeit der Kaiserin und machten die mütterliche Sorgfalt zuschanden, mit der sie über seiner Erziehung gewacht hatte.

Als Bobrinskij seine Studien beendet hatte, wollte ihn Katharina einem Manne anvertrauen, dessen Aufgeklärtheit, Gelehrsamkeit und Weisheit ihn solchen Vertrauens würdig machte. Um diesen Mann zu finden, wandte sie sich an J. J. Betzkij, einen ihrer eifrigsten Schmeichler.

Betzkij war auf die Beförderung seiner Familie bedacht, und da er meinte, daß der natürliche Sohn Katharinas seinen Gouverneur notwendigerweise mit Glückgütern überhäufen würde, so versicherte er der Kaiserin, daß der Oberstleutnant Ribas, sein Schwiegersohn, ihm besonders zu diesem Posten geeignet scheine. Die Kaiserin glaubte das, Bobrinskij wurde unter die Vormundschaft Ribas gestellt und, jung und gelehrig, durch ihn bald in die verderbten Sitten und Liederlichkeiten eingeweiht, Grimm, dem die Kaiserin während seines Aufenthalts in Petersburg 1776/77 den Vorschlag gemacht hatte, die Erziehung Bobrinskijs zu übernehmen, lehnte diese Ehre ab. Kobeko, Der Cäsarewitsch, S. 101/02. denen dieser selbst sich schamlos überließ.

Bobrinskij

Nach einiger Zeit wünschte Katharina, daß Bobrinskij Frankreich und England bereisen solle, und gab ihm den Oberst Buschujew zum Begleiter, welcher seinen Eleven jedoch, da er ihn weder bessern noch seine Ausschweifungen ertragen konnte, in Paris verließ, wo er mit einem öffentlichen Mädchen zusammenlebte, Er teilte darin nur den Geschmack der übrigen in Paris lebenden Ausländer. Der bekannte Vonvisin, der die Seinestadt 1778 besuchte und ausführlich beschrieb, sagt: »Es herrscht hier gar keine Ordnung in betreff der Einteilung der Zeit; der Tag wird zur Nacht und die Nacht zum Tage gemacht. Spiel und le beau sexe nehmen jede Minute in Anspruch. Wer nicht jeden Augenblick sich der Gefahr unterzieht, Vermögen und Gesundheit zu verlieren, wird hier ein Philosoph genannt. Von Russen kann ich kühn behaupten, gibt es nur zwei Philosophen. Alle übrigen leben auf französische Art, wovor uns Gott behüte. Morgens sehr spät aufstehend, zieht der männliche Teil einen Frack mit einem Kamisol an. Ganz unordentlich gekleidet, läuft er ins Palais Royal, wo, eine Masse Loretten findend, er eine oder mehrere mit sich zum Mittagessen nimmt. Diese unnütze Begleitung führt er für seine Rechnung ins Theater, nach dem Theater aber nimmt er seine Lorette mit nach Hause und verliert sein Geld und seine Gesundheit unwiederbringlich. Zwei Dinge ziehen die jungen Leute hierher: Theater und Lorette. Nimmt man ihnen diese beiden Anziehungspunkte, so würden zwei Drittel der Ausländer sofort Paris verlassen.« Ebendaselbst. S.204/205. und allein nach Petersburg zurückkehrte. Bobrinskijs Leichtsinn erschöpfte die Geduld der Kaiserin. Sie beschloß, die Beziehungen zu ihrem Sohn und Betzkij abzubrechen, und befahl dem russischen Gesandten in London, Grafen S. Woronzow, Bobrinskij nach Rußland zu schicken. Als letzterer im April 1788 an der Grenze eintraf, wurde ihm der Befehl erteilt, sich nach Reval zu begeben. Ebendaselbst, S. 207/208.

Während ihrer Reise nach Mohilew hatte die Kaiserin bemerkt, daß die Bewohner von Weißrußland sich nicht nur zum römischen Katholizismus bekannten, sondern auch den Jesuiten große Verehrung bewiesen. Es für wenig gefährlich haltend, diese Mönche in einem Winkel ihrer weit ausgedehnten Staaten leben zu lassen, und im Gegenteil erkennend, wie vorteilhaft es sei, der öffentlichen Meinung ihrer neuen Provinzen zu schmeicheln, ernannte sie Sestrzenzewitsch-Bogusch zum römisch-katholischen Bischof von Mohilew und gab ihm einen Jesuiten, mit Namen Benilawskij, zum Koadjutor. – Ebenso erlaubte sie daselbst ein Jesuitenseminar zu errichten, dessen Leitung sie dem Pater Gabriel Denkiewitsch anvertraute, der zum Generalvikar seines Ordens ernannt wurde.

Benilawskij wurde bald darauf als Gesandter des russischen Hofes nach Rom gesandt. Er hielt bei Pius VI. Giovanni Angelo Braschi, als Papst Pius VI. 1775-1799, geb. 27. Dezember 1717. um Wiederherstellung der Jesuitengesellschaft an und stellte ihm ein Schreiben der Kaiserin zu, welches sie allerdings mit Rücksicht auf die griechisch-orthodoxen Christen in der Gazette de Petersbourg vom 21. April 1783 ableugnete, das jedoch nichtsdestoweniger eigenhändig von ihr aufgesetzt sein soll. Es lautete:

»Ich weiß, daß Eure Heiligkeit durch mein Verlangen in Verlegenheit geraten werden; aber Zweifel oder Furcht gehören nicht zu Ihrem Charakter, und gegen Ihre Würde muß die Politik im Kampfe unterliegen, so oft dieselbe die Religion verletzt. Das ist aber jetzt nicht der Fall. Die Motive, durch welche ich veranlaßt werde, den Jesuiten meinen Schutz angedeihen zu lassen, sind auf die Gerechtigkeit gegründet und auf die Hoffnung, daß sie meinen Staaten nützlich werden sollen. Dieses verfolgte Häuflein stiller und unschuldiger Männer soll in meinem Reiche leben, weil es unter allen römisch-katholischen Ordensgesellschaften die dienlichste ist, um meine Untertanen zu unterrichten und neben wahrhaft menschlichen Gefühlen auch die allein wahren Prinzipien der christlichen Religion einzuflößen.

»Ich habe beschlossen, diese Geistlichen, gegen welche Macht es auch immer sei, zu beschützen und zu unterstützen, und erfülle darin nur meine Schuldigkeit, da ich jetzt die Regentin derselben bin und sie für nützliche und treue Untertanen ansehe. Ich verlange um so mehr vier derselben mit dem Rechte bekleidet zu sehen, in Moskau und Petersburg die Beichte zu hören und zu konfirmieren, als die beiden römisch-katholischen Kirchen dieser Städte ihrer Obhut anvertraut sind. Wer weiß, ob nicht die Vorsehung diese frommen Leute zu den Werkzeugen ausersehen hat, um die so lange gewünschte Vereinigung zwischen der griechischen und römischen Kirche herbeizuführen? – Möchten doch Eure Heiligkeit alle Furcht verbannen; denn ich will mit meiner ganzen Macht die Rechte verteidigen, die Sie von Gott empfangen haben.«

Der französische und spanische Ambassadeur, die mit Erstaunen einen russischen Gesandten in Rom akkreditiert sahen, suchten zu entdecken, was der eigentliche Gegenstand der Negoziationen desselben sein möchte. Pius VI. entdeckte es ihnen endlich selbst und fragte sie um Rat, welche Antwort er erteilen solle. Die Gesandten holten sich nun Instruktionen von ihren Höfen ein, die sich aber beide nicht öffentlich mit dieser Angelegenheit befassen wollten. Der Papst teilte darauf beiden Ambassadeuren ein Manifest mit, welches alles bisher Festgestellte, als gegen die von Clemens XIV. Giovanni Vincenzo Antonio Ganganelli, als Papst Clemens XIV. 1759-1774, geb. 31. Oktober 1705. betreffs der Jesuiten gegebenen Verordnungen streitend, aufhob. Zur selben Zeit sandte er den Nuntius Archetti nach Petersburg, welcher in Mohilew den Erzbischof und Koadjutor weihte und im Namen des Papstes alles bewilligte, was Katharina verlangte. Zur Belohnung für seine Bereitwilligkeit verlangte und erhielt Katharina für Archetti den Kardinalshut.

Die Kaiserin legte deshalb so großes Gewicht auf diese Unterhandlung, weil sie hoffte, daß alle Jesuiten Europas und Amerikas ihre Schätze und ihre Industrie sogleich nach Weißrußland bringen würden. Aber diese Hoffnung schlug fehl, denn nichts von dem reichen Ertrage Paraguays kam nach Mohilew. Die Jesuiten waren zu schlau, um sich und ihre Reichtümer einer Herrscherin anzuvertrauen, deren Despotismus und Habgier sie kannten.

Die Kaiserin vollendete endlich die Einteilung ihrer Provinzen und führte in ihnen die Reglements ein, die sie früher schon für die Gouvernements Twer und Smolensk gestiftet hatte. Jedes Jahr ihrer Regierung war durch Eroberungen oder neue Einrichtungen gezeichnet.

Das Jahr 1782 zeichnete sich durch die Enthüllung und Einweihung der berühmten Statue Peters des Großen aus, eines Werkes, in welchem das Genie Falconets Maurice Etienne Falconet, geb. 1716, gest. 4. Januar 1791. Katharinas Absichten in glücklicher Weise unterstützte.

Der Künstler griff die Idee auf, Peters Standbild auf einen rohen, zerklüfteten, unbehauenen Granitblock zu stellen, ein emblematisches Piedestal, welches die Nachwelt an die Unwissenheit und die Hindernisse erinnern sollte, die der Gesetzgeber Rußlands zu überwinden hatte, um zu seinem großen Ziele zu gelangen.

Ein so neuer und erhabener Gedanke konnte nicht anders als Beifall finden, und unverzüglich begann man nach einem Felsblock zu suchen, dessen Masse und Form der Größe des Projekts entspräche.

Der Zufall, der das Genie so oft begünstigt, kam Falconet zu Hilfe. Mitten in einem Sumpf, nahe bei einem Dorfe in Karelien und nicht weit von einem Hafen, den der finnische Meerbusen bildete, fand man einen völlig isoliert stehenden Felsblock, der sich einundzwanzig Fuß über den Erdboden erhob und in der Länge zweiundvierzig Fuß und in der Breite vierunddreißig Fuß maß.

Man beeilte sich das Erdreich rund herum abzutragen und entdeckte mit Erstaunen, daß es ein großer Steinblock war, der nicht mit einem anderen Felsen zusammenhing, sowie auch, daß in dem ganzen Sumpf keine Steine weiter zu finden waren, daß die Natur also gleichsam durch ein Wunder das, was man suchte, hierhergeschafft hatte.

Es schien jedoch fast unmöglich, eine so ungeheure Masse nur zu heben, geschweige denn von der Stelle zu bringen: man schätzte das Gewicht derselben auf drei Millionen und zweimalhunderttausend Schiffspfund.

Alle bedeutenden Mechaniker Petersburgs wußten nur unzureichende Mittel anzugeben, um diesen Koloß zu bewegen; endlich machte ein einfacher Schmied den sinnreichen Vorschlag, unter dem Felsen dicke Balken von Eichenholz anzubringen, welche eine Rinne bilden sollten, die dann mit Kanonenkugeln auszufüllen sei, und darauf durch Winden und Spillen, durch Menschen-und Pferdekräfte in Bewegung gesetzt, mit starken Kabeltauen und Ketten, den Steinblock auf die Kugeln zu ziehen. Dies Mittel glückte schon bei dem ersten Versuch auf das vollständigste, und ungeachtet der Sumpf, in welchem der Fels gefunden worden war, elf Werst von Petersburg entfernt war, und trotz des Umstandes, daß er über Anhöhen, auf gekrümmten und ungebahnten Wegen und über Bäche und Schluchten hinweggeschafft werden mußte, um endlich in eine besonders dazu konstruierte Fähre auf die Newa gebracht zu werden, erreichte er schließlich doch glücklich den Ort seiner Bestimmung.

Eine Seite des Felsens war vom Blitz getroffen, und als man den Meißel anwendete, um die schadhaften Teile wegzunehmen, sah man, daß er nicht aus einem homogenen Stoff bestand, sondern ein Konglomerat vieler kostbarer Steinarten war, wie Bergkristall, Achat, Granit, Topas, Karneol, Granat, Amethyst und dergleichen mehr. Viele der vornehmsten und elegantesten Damen des Petersburger Hofes machten es zur Modesache, sich mit Arm-und Halsbändern zu schmücken, deren Steine diesem merkwürdigen Felsblock entnommen waren.

Peter der Große ist auf dem Standbilde mit der römischen Toga bekleidet und hat den Kopf mit einem Lorbeerkranz geschmückt. Das Pferd, auf welchem er sitzt, scheint sich zu bäumen, und beide Vorderfüße sind wie zum Sprunge in die Luft gestreckt. Mit den Hinterfüßen tritt es auf eine bronzene Schlange, das Symbol des Neides. Diese Schlange, in den wehenden Schwanz des Pferdes beißend, sichert das Gleichgewicht der Statue.

Der Kopf, von einer bewundernswürdigen Schönheit, ist von Mademoiselle Collot modelliert, welche später Falconets Schwiegertochter wurde.

Auf der einen Seite des Piedestals liest man die lateinische Inschrift:

»Petro primo, Catharina secunda, 1782.«

Auf der anderen Seite dieselbe Inschrift in russischer Sprache:

»Petru pervamu, Ekaterina vtoraia, 1782.«

Kurze Zeit darauf stiftete Katharina den Sankt Wladimirsorden zur Belohnung für diejenigen ihrer Untertanen, welche mit Auszeichnung in einem Zivilamt gedient hatten. Schon früher hatte sie den St. Georgs-Militärorden eingesetzt, dessen großes Band lediglich Generalen verliehen wird, die eine Schlacht gewonnen haben. Unleugbar ist, daß die Hoffnung auf diese Belohnung Rußland manche Siege erworben hat, und niemand hat es vielleicht besser begriffen, als Katharina, wie sehr glänzende Dekorationen imstande sind, den Ehrgeiz anzureizen und zu stacheln.

Rußland sah die Vorteile, welche ihm aus seinen letzten Eroberungen erwachsen waren, in überraschender Schnelle zunehmen. Sein Handel auf dem Schwarzen Meere machte unaufhörliche Fortschritte. Russische Schiffe segelten durch die Dardanellen und brachten ihre Produkte nach Aleppo, nach Smyrna und in alle italienischen Häfen, wo sie dieselben im Detailhandel absetzten. Griechische Weine wurden als Rückfracht genommen, in Weißrußland eingeführt und überschwemmten von dort aus ganz Polen.

Katharina hatte den Grund zu der Stadt Cherson an den Ufern des Dnjeprs legen lassen, und Potiomkin betrieb die Arbeiten zum Aufbau derselben mit unglaublicher Schnelligkeit. Man sah ihn oft im Fluge von Petersburg an die Ufer des Dnjepr eilen und in kürzerer Zeit wieder nach Petersburg zurückkehren, als man sonst gewöhnlich zu einer Reise nach Moskau und zurück zu gebrauchen pflegte. Die alte Stadt Cherson hatte einige Meilen südwestlich von dem Ort gelegen, wo die Russen Stadt und Festung Sebastopol angelegt hatten. Das neue Cherson, welches 1778 aufgeführt wurde, liegt an der Mündung des Dnjepr. Die Stadt zählte bald vierzigtausend Einwohner, und von den Werften derselben gingen nicht nur Handelsfahrzeuge, sondern auch Kriegsschiffe aus, in der Absicht, das Ottomanische Reich zu bedrohen.

Diese Erfolge belebten den Ehrgeiz der Kaiserin und Potiomkins noch mehr. Sie wünschten beide mit gleich großem Eifer die Eroberung eines Landes, ohne welches sie ihre weiteren, auf eine nicht allzu entfernte Zukunft verschobenen Pläne gegen die osmanische Herrschaft nicht ausführen konnten. Dieses so wichtige Gebiet, das Katharina zum Schemel dienen sollte, um zu einer gewaltsamen Kraftanstrengung festen Fuß zu fassen, war die Halbinsel Krim.

Sobald Katharina dieses Land von der Türkei losgerissen hatte, beschloß sie es sogleich zu unterwerfen und Rußland für ewige Zeiten einzuverleiben. Sie hatte Schahingerai Schahingerai, der zweiundfünfzigste Chan. Vgl. Hammer-Purgstall, Geschichte der Chane der Krim, Wien 1856, S. 232ff. nur deshalb zum Chan der Krim erhoben, um in ihm ein Werkzeug ihrer Interessen zu besitzen, das freilich auch bald genug ein Opfer derselben werden sollte. Sie überhäufte ihn mit Wohltaten, um ihn desto sicherer opfern zu können. Die Tartaren im allgemeinen hegten einen Abscheu vor den Russen, ihren Gebräuchen und ihrer Regierung. Der Chan aber, ein milder, schwacher und offener Charakter, war weit davon entfernt, den Absichten der Kaiserin zu mißtrauen. Man hatte ihm die Gunst des Hofes zu kosten gegeben, hatte ihm Geschmack an europäischen Moden eingeimpft und wußte ihn durch Begünstigungen mancherlei Art zu bestechen; man verweichlichte seinen Charakter durch ungewohnte Vergnügungen und durch die Genüsse des Luxus. Er verachtete bald die einfachen Sitten seiner Väter und seines Landes, nahm einen russischen Koch an und ließ ihn seine Mahlzeiten auf Schüsseln anrichten, die er dann mit Messern und Gabeln von Tellern verzehrte. Statt zu reiten, wie seine übrigen Landsleute, fuhr er in einer eleganten Berline. Nicht bedenkend, daß er sich erniedrige und immer mehr in Abhängigkeit gerate, verlangte der unglückliche Fürst einen Rang und Titel in der russischen Armee, und die Kaiserin ernannte ihn bereitwillig zum Oberstleutnant bei der Preobrashenskij-Garde, deren Uniform sie ihm zugleich mit dem Bande des St. Andreasordens übersandte. Wassilitskij und Konstantinow, zwei russische Agenten, oder vielmehr besoldete Spione, die man als Gesandte an den Hof des Schwächlings sandte, waren nacheinander die Ratgeber des leichtgläubigen Chans und also diejenigen, welche am meisten zu seinem Sturze beitrugen, indem sie ihn fortwährend zu Fehltritten und Frivolitäten, Barbareien und närrischen Schritten fortrissen und so in den Augen seiner Untertanen herabsetzten. Sie flößten ihm, der schon auf seinem Thron wankte, den Gedanken ein, sich eine Marine zu schaffen, um das Schwarze Meer zu beherrschen. Und während das bedeutende Anwachsen der Ausgaben schon lautes Murren hervorrief, hörte der russische Gesandte in seiner Doppelintrige nicht auf, gleichzeitig die Torheiten des Chans und die Verschwörungen der Myrzas zu ermutigen. Die Tartaren verurteilten seine Lebensweise und seine russischen Sympathien mit lauter Stimme, aber in alter Stammesanhänglichkeit und Erinnerung seiner persönlichen Milde und früherer Gerechtigkeit, schrieben sie seine Verirrungen mehr auf Rechnung der ihn umgebenden Christen, als auf die seinige.

Indessen bedurften die Russen eines Vorwandes, um ihre Truppen in der Krim einrücken lassen zu können. Sie suchten deshalb durch Aufwiegelung der Volksmasse und wirkliche Aufstände den Chan zu veranlassen, ihren Schutz zu verlangen und sich ihnen gänzlich zu überliefern. Geld, Versprechungen und heimlich mitgeteilte Ratschläge ihrer Emissäre erweckten dem sorglosen Chan bald gefährliche Feinde, und zwar im Schoß seiner eigenen Familie. Zwei seiner Brüder, von welchen der eine, mit Namen Behadirgerai, Gouverneur von Kuban war, überrumpelten ihn in der Stadt Kaffa und zwangen ihn, nach Taganrog zu fliehen. Sogleich eilte eine russische Armee zu seiner Hilfe herbei, die Behadirgerai zwang, sich der Macht zu entkleiden, die er sich angemaßt hatte.

Der Chan Schahingerai begab sich wieder nach der Krim zurück, und nachdem er den größten Teil der Tartarenchefs zusammenberufen hatte, überlieferte er ihnen dreizehn der Hauptrebellen, welche sogleich gehängt wurden. Darauf sagte er: »Wen wünscht ihr zum Regenten – mich oder einen meiner Brüder? Sprecht euch frei und offen aus; ich unterwerfe mich eurer Wahl.« Alle Tartaren schwuren nun Schahingerai aufs neue Treue und Gehorsam.

Dies Verhältnis stand eigentlich dem Hofe von Petersburg gar nicht an; aber mochten die Tartaren eine Partei ergreifen, welche sie wollten, das Geschick der Krim war trotzdem beschlossen: sie sollte unwiderruflich Rußland einverleibt und wie eine eroberte Provinz behandelt werden.

Die Kaiserin verstärkte ihre Armeen in Polen und in der Ukraine und bereitete alles zum Kriege vor. Endlich befahl sie Bulgakow, ihrem Minister in Konstantinopel, weit größere Vorteile zu verlangen, als in dem Friedensschlusse stipuliert waren, und den Diwan zu dem Versprechen zu bewegen, daß, welches auch immer das Schicksal der Krim werden möchte, er sich später nicht in dasselbe mischen möchte. Der Gesandte tat mehr als dies, er bewog den unvorsichtigen Schahingerai, die Abtretung von Otschakow zu verlangen.

Der Diwan, über diese Forderung im höchsten Grade aufgebracht, trotzdem aber schwach und unentschlossen, drohte, statt sich still zu bewaffnen. Er sandte jedoch einen Pascha ab, um die Insel Taman in Besitz zu nehmen. Schahingerai, durch die Russen gemahnt und aufgestachelt, ließ dem Pascha gebieten, sich zurückzuziehen, dieser aber ließ, statt zu gehorchen, dem Gesandten des Chans den Kopf abschlagen. Die Russen verlangten nun, um den Chan zu rächen, freien Durchzug, um die Türken anzugreifen. Kaum waren sie aber von allen Seiten bis in das Herz seiner Staaten eingedrungen, als sie, statt gegen Taman zu marschieren, stehenblieben und sich über die ganze Halbinsel ausbreiteten. General Balmain, ein Schotte von Geburt, nahm Kaffa ein, wo sich der Chan befand, und zwang alle Imams und Myrzas der Tartaren, der Kaiserin den Eid des Gehorsams zu schwören.

Während dieser Zeit unterwarf General Ssuworow Alexander Wassiljewitsch Ssuworow, Graf Rimninskij, Fürst Italijskij, der spätere Generalfeldmarschall, geb. 25. November 1729, gest. 18. Mai 1800. die Tartaren im Kuban. Potiomkin, der nach dem Kuban gekommen war, und dem man den Entwurf des Planes und die geheime Leitung der Ausführung des Einfalls in die Krim, wie die von Katharina gebilligte Absicht zuschrieb, sich zum König von Taurien krönen zu lassen, empfing dort die Huldigung des Sultans Behadirgerai, sowie der Horden, welche auf diesen weit ausgedehnten Steppen umherschweiften.

Die Russen schmeichelten dem Chan der Krim noch eine Zeitlang und versprachen ihm eine jährliche Pension von hunderttausend Rubeln. Obwohl er vorher ein Einkommen von drei Millionen besessen hatte, unterwarf er sich dennoch den ihm gebotenen Bedingungen.

Jetzt floß in der Krim das Blut, aber nicht in Gefechten, denn kein Sieg ehrte diese Eroberung, sondern auf Schafotten wurde der Lebenssaft von Tausenden edler Tartaren verspritzt, die unter den Augen ihres verratenen Chans umkamen, und dies durch die Hand derer, welche sie selbst zu Erhebungen und Aufständen getrieben hatten. Der unglückliche Schahingerai sah zu spät das Elend ein, das infolge des Zwiespaltes mit seinen Untertanen über ihn hereingebrochen war, und erkannte den Abgrund, in den ihn Täuschungen geschleudert hatten. Die Zeit der Schmeichelei war vorüber, man machte ihm keine Versprechungen mehr, er wurde jetzt auch des letzten Schattens seiner Souveränität beraubt.

Selbst diese Invasion, die gegen alles Völkerrecht verstieß und unter dem trügerischen Vorwande einer rächenden Gerechtigkeit und schützenden Freundschaft bewerkstelligt wurde, vermochte die Ottomanische Pforte nicht aus ihrer Trägheit aufzurütteln. Sie griff auch dann nicht zu den Waffen, als Katharina ein Manifest ausfertigen ließ, welches dem übrigen Europa gegenüber mit Sophismen die Gewaltschritte rechtfertigen sollte, die sie dem unglücklichen Schahingerai gegenüber verübt hatte, und welches die Türken geradezu anklagte, den Traktat von Kustjuk-Kainardsche gebrochen zu haben, den sie doch selbst durch die blutige Usurpation verletzt hatte. Im Recueil de Martens tom. IV pag. 444 heißt es: Suivant ce manifeste, »c'était l'amour du bon ordre et de la tranquillité qui avoit amené les Russes en Crimée... L'inquiétude naturelle aux Tatares affaibli et ruine l'édifice que les soins bienfaisans de Cathérine avaient élevé pour leur bonheur, en leur procurant la liberté et l'indépendance sous l'autorité d'un chef élu par eux-mêmes... Sie schloß ihr Manifest mit dem Versprechen, den Tartaren völlige Glaubensfreiheit zu lassen, und ermahnte diese, in Ergebenheit, Eifer und Treue den Völkern zu gleichen, welche schon seit längerer Zeit im Vollgenuß des Glückes ständen, unter ihrem milden Zepter zu leben. Aber die meisten Tartaren verachteten ihre Versprechungen und Ermahnungen und beschlossen, sich von dem Joch zu befreien, das ihnen die russischen Generale auferlegt hatten. Potiomkin, durch ein gutes Spionagesystem von ihrem Vorhaben in Kenntnis, gesetzt, befahl dem Fürsten Prosorowskij, sich ihrer zu bemächtigen und einige ohne weiteres hinrichten zu lassen. Aber Prosorowskij hatte den edlen Mut, ihm zu antworten, daß er kein Büttel sei und seine Hände nicht mit einem solchen Blutbade beflecken wolle. Potiomkin wandte sich darauf an seinen Neffen, den General Paul Potiomkin, der dreißigtausend Tartaren jeden Alters und Geschlechts morden ließ.

Die Ottomanische Pforte wurde inzwischen durch den Einfluß ihres alten Alliierten, des Kabinetts von Versailles, von der gesunden Politik einer tapferen Gegenwehr zurückgehalten, und zwar durch Hinweis auf die Bereitwilligkeit des deutschen Kaisers, Rußland mit zweimalhunderttausend Mann zu unterstützen. Sie beschloß zu temporisieren, statt sich zu verteidigen. Der Großherr erließ auf Katharinas Manifest eine Antwort, welche, aus einer christlichen Feder geflossen, die offenbare Ungerechtigkeit der Forderungen der Kaiserin und ihr treuloses Verhalten darstellend, die Loyalität der Anhänger Mohammeds besser nachwies, als es der beredtes Imam hätte tun können. Die Antwort der Pforte war von dem englischen Gesandten in Konstantinopel redigiert und wurde in ihrer Art als ein Meisterstück betrachtet. (Anmerkung des Verfassers.) Zu was aber sollte ein solcher Schriftwechsel dienen? Die Zwiste der Könige werden nur mit dem Säbel in der Faust geschlichtet, und schon lange hatte sich die Türkei desselben gegen Rußland nur zu unglücklich bedient. So wagte sie auch nicht, die Unterzeichnung eines neuen Allianz-und Handelstraktats, den die Kaiserin dem Diwan durch Bulgakow, ihren Gesandten in Konstantinopel, präsentieren ließ, zu verweigern, eines Traktats, der der Antwort förmlich widersprach, welche die Pforte abgegeben hatte.

Trotz dieses Vergleichs hatte Katharina ihre Absicht nicht aufgegeben, den Türken baldmöglichst den Krieg zu erklären, und nur die Furcht, daß der König von Schweden die Entfernung der russischen Armee benutzen möchte, sie anzugreifen, hielt sie davon zurück. Sie wußte, daß die Schweden gegen die Russen einen unauslöschlichen Haß nährten, der durch die Wegnahme der schwedischen Kornprovinzen hervorgerufen war und durch die von Zeit zu Zeit deshalb eintretende Hungersnot immer neue Nahrung erhielt. Katharina wünschte mit dem unruhigen Gustav III. ein Übereinkommen zu treffen und hatte ihm dies schon mehrere Male, aber immer vergeblich, vorstellen lassen. Sie schlug ihm jetzt eine persönliche Zusammenkunft vor, und bestimmte Fredrikshamn zu dem Orte ihres Begegnens.

Dieses Fredrikshamn ist eine kleine, aber gut befestigte Stadt am Finnischen Meerbusen und die äußerste Festung, welche die Russen damals an der Grenze gegen Schweden besaßen. Gustav wollte sich anfangs dieser Begegnung entziehen, indem er vorgab, daß er sich bei einem Sturz mit dem Pferde den Arm gebrochen habe. Katharina ließ ihm darauf antworten, daß, falls er nicht nach Finnland kommen könne, sie ihn in Stockholm besuchen wolle. Ein so kostspieliger Besuch lag aber noch weniger im Sinne des Königs, er begab sich also nach Fredrikshamn, wo er während der ganzen Zeit seines dortigen Aufenthaltes den Arm in einer Binde trug, denn er hatte denselben wirklich beschädigt. Die Kaiserin kam in einer Lustjacht an den Ort der Zusammenkunft. In ihrer Begleitung befanden sich Graf Iwan Tschernyschew, der erste Sekretär Besborodko, der erste Hofstallmeister Naryschkin, der Günstling Lanskoj und die Fürstin Daschkow, welche seit einiger Zeit die Freundschaft Katharinas wiedergewonnen zu haben schien. Memoiren der Fürstin Daschkow, Hamburg, Bd. II, S. 59ff.

Gustav III. hatte in seinem Gefolge den Grafen Creutz, ehemaligen schwedischen Gesandten in Spanien und in Frankreich, den General Armfeld Gustav Moritz Graf von Armfeld, geb. 31. März 1757, gest. 19. August 1814. und einige andere Offiziere.

Die Kaiserin hatte zwei aneinanderstoßende Häuser mieten lassen, die höchst elegant möbliert wurden, und zwischen denen eine Verbindung mittels einer bedeckten Gallerie angebracht war. Das eine Haus war für sie, das andere für den König von Schweden bestimmt, so daß die hohen Personen während der vier Tage, die sie sich in Fredrikshamn befanden, zu jeder Stunde frei miteinander verkehren konnten. Die Kaiserin, welche Gustav III. mit Artigkeiten und Schmeicheleien überschüttete, ließ unter anderem durch den damals hochgeschätzten dänischen Maler Hoyer ein Gemälde anfertigen, auf welchem Katharina und Gustav sitzend und freundschaftlich miteinander konversierend dargestellt sind. Das Original dieses Gemäldes sah Castéra in dem schwedischen Lustschloß Drottningholm, eine Kopie davon in Kopenhagen bei Hoyer selber. Castéra, Bd. II, S. 153.

Bevor die Kaiserin Fredrikshamn verließ, verlieh sie dem Grafen Creutz ihr in Diamanten gefaßtes Miniaturporträt, und auch die anderen schwedischen Offiziere erhielten ihrem Range entsprechende Beweise ihrer Freigebigkeit. Gustav teilte auch seinerseits Geschenke an die russischen Hofleute aus. Der Günstling Lanskoj wurde mit dem Großkreuz des Nordsternordens dekoriert, und die Fürstin Daschkow erhielt einen Ring mit dem in Brillanten gefaßten Porträt des Königs.

Während dieser Zeit hatte Potiomkin an den Grenzen der Krim siebzigtausend Mann zusammengezogen. Repnin hatte den Befehl über weitere vierzigtausend Mann, die bereitstanden, Potiomkin zu unterstützen, und der Feldmarschall Rumiantzow hatte mit einer dritten Armee sein Hauptquartier in Kiew. Das russische Geschwader im Schwarzen Meere war vollständig ausgerüstet, und zehn Linienschiffe und mehrere Fregatten warteten nur auf das Signal, um sich von der Ostsee aus an das mittelländische Meer zu begeben.

Der Hof von London bemühte sich vergeblich, den Diwan zur Ergreifung der Waffen zu bewegen. Frankreich und Österreich verhinderten es, und statt männlich für sein Recht zu kämpfen, ließ man sich auf Negoziationen ein. Durch einen neuen in Konstantinopel unterzeichneten Traktat zwischen dem russischen Gesandten Bulgakow und den Ministern des Sultans wurde der Kaiserin die Souveränität über die Krim, die Insel Taman und einen großen Teil vom Kuban zugesichert. Die Türken erkannten auch das Recht an, welches sie auf die Herrschaft über das Schwarze Meer und die freie Durchfahrt durch die Dardanellen zu haben behauptete. Auf diese Weise erwarb Katharina, ohne eigentlichen Krieg, weit ausgedehnte Länder und anderthalb Millionen neuer Untertanen.

Die Kaiserin gab der Krim und dem Kuban ihre alten Namen wieder: die erstere wurde Taurien, der letztere Kaukasien genannt.

Bei allen diesen Unternehmungen vergaß Potiomkin sein eigenes Interesse keinen Augenblick. Schon damals Besitzer von unermeßlichen Landstrecken in den meisten Provinzen Rußlands, erwarb er noch weitere reiche Domänen in Podolien und Lithauen, welche früher den Fürsten Lubomirski und Sapieha gehört hatten. Seine Feinde glaubten, er wolle sich für alle Eventualitäten einen Zufluchtsort in Polen sichern. Nie aber stand er fester in der Gunst Katharinas, nie war er durch Titel, Würden und Ämter enger mit Rußland verbunden, als gerade jetzt. Die Kaiserin beehrte ihn mit dem Beinamen der Taurier und erhob ihn zum Gouverneur von Taurien sowie zum Großadmiral über das Schwarze Meer.

Da die Zahl derer, welche Katharina lange Zeit ihre Dienste gewidmet hatten, sich bedeutend verminderte, so erkannte sie dankbar den Wert derselben an. Sie verlor zu gleicher Zeit zwei der Hauptführer der Verschwörung, welche sie auf den Thron erhoben hatte: Panin und Grigorij Orlow starben, der eine in Petersburg Ende März, der andere in Moskau zu Anfang April 1783. Von allen Ministern Katharinas II. war Panin derjenige, der sich am wenigsten bereicherte. Bei seinem Tode reichte seine Hinterlassenschaft nicht einmal zur völligen Bezahlung seiner Schulden hin. Und doch hatte die Kaiserin es nie unterlassen, ihm auch dann noch ihre Dankbarkeit zu beweisen, als er nicht mehr im Vollbesitz seines Einflusses war und auf Grund der veränderten Politik des russischen Staats nur noch seinen Namen hergab, also nur scheinbar seine Ämter und Würden behielt. Er genoß alle Auszeichnungen und Vorrechte der von ihm abgelehnten Kanzlerwürde, war zum Wirklichen Geheimen Rate ernannt und hatte eine Schenkung von hunderttausend Silberrubel bar und Grundbesitzungen von neuntausendfünfhundert Bauern, deren Ertrag man auf achtundzwanzig bis neunundzwanzigtausend Rubel jährlich schätzte, ein jährliches Gehalt von vierundvierzigtausend Rubel, und endlich ein völlig möbliertes und auf ein Jahr mit allen Wirtschaftsbedürfnissen versehenes Hotel in St. Petersburg, sowie zwanzigtausend Rubel zur Anschaffung von Silbergeschirr erhalten.

Seine Uneigennützigkeit und die Habgier anderer hatten dieses Vermögen verzehrt. So führt man als Beispiel seiner Uneigennützigkeit an, daß er, als er eines Tages von der Kaiserin jene Güter mit den neuntausendfünfhundert Bauern als Geschenk erhalten habe, diese neuen Erwerbungen, die einst Polen angehörten, sogleich dreien seiner vornehmsten Sekretariatsbeamten geschenkt habe, und zwar deshalb, weil er ein Gegner der Teilung Polens war.

Noch am 30. März 1783 hatte Graf Panin Gesellschaft bei sich gehabt, sich, wie er es gewöhnlich tat, um Mitternacht zurückgezogen und in seinem Schlafzimmer zum Lesen gesetzt. Um vier Uhr morgens am 31. März schellte er seinem Bedienten, ließ sich auskleiden, näherte sich dem Bette und fiel bewußtlos in dasselbe, er blieb in diesem lethargischen Zustande bis um elf Uhr des Morgens, wo er verschied. Der Großfürst Paul eilte sogleich zu seinem erkrankten Lehrer, blieb bis zu dessen Tode bei ihm und küßte die Leiche mit tränenden Augen. (Anmerkung des Verfassers.)

Grigorij Orlow ereilte ein schreckliches Geschick. Wennschon mit Wohltaten von Seiten der Kaiserin überhäuft und mit einem jungen, schönen und liebenswürdigen Weibe vermählt, war ihm doch die Macht eines neuen herrschenden Günstlings unerträglich. Er verbrachte seine letzten Lebensjahre auf Reisen und hielt sich im Jahre 1782 in Lausanne auf, wo seine Gattin starb. Dieser Verlust versenkte ihn, da er sie wahrhaft geliebt zu haben scheint, in die finsterste Melancholie. Er kam wieder an den Hof zurück, aber nur um dort das traurige Schauspiel einer an Wahnwitz grenzenden Torheit zu geben. Bald überließ er sich der übertriebensten Freude, welche Gelächter und Hohn erweckte, bald wieder überhäufte er die Kaiserin mit den bittersten Vorwürfen, die sie in Verwirrung setzten, ihr schmerzlich waren und alle zum Beben brachten, die zu unfreiwilligen Ohrenzeugen derselben wurden. Endlich brachte man ihn nach Moskau, wo Gewissensqualen den Ausbruch des vollkommenen Wahnsinns veranlaßten. Der blutige Schatten des unglücklichen Peter III. verfolgte ihn, er sah ihn unaufhörlich strafend vor sich und verschied in Verzweiflung und Raserei. Unter dem Eindruck der noch frischen Gräber Orlows und Panins sprach Katharina einen bemerkenswerten Nachruf, der folgenden charakteristischen Wortlaut hatte: »Ich habe lange Jahre hindurch mit diesen beiden Ratgebern gelebt, von denen jeder mir sein eigenes Lied sang, und doch gingen die Staatsgeschäfte vorwärts und gingen vollen Ganges. Dagegen war ich oft gezwungen, wie Alexander der Große mit dem gordischen Knoten zu verfahren, und dann erst kamen die Meinungen zur Übereinstimmung. Die Kühnheit des Geistes des einen und die gemäßigte Vorsicht des anderen und Ihre gehorsame Dienerin, die im Kurz-Galopp zwischen ihnen vorschritt, gaben Geschäften von großer Wichtigkeit Eleganz und Lösung. Sie fragen mich: was wird jetzt sein? Darauf antworte ich: wie wir können. Jedes Land ist fähig, Männer, die notwendig für die Tat sind, zu schaffen, und da alles auf der Welt menschliches Tun ist, so werden die Menschen auch damit zurechtkommen.« Kobeko, Der Cäsarewitsch, S. 216.

Die Nachbarschaft des Kaspischen Meeres lud die Russen ein, Handel mit Persien zu treiben, und durch Persien konnte sich derselbe dann leicht nach Indien ausdehnen. Es würde zu weit führen, wollten wir uns in die Details der vielen Kriege einlassen, welche Rußland mit Persien geführt hat. Wie die Ländergier der russischen Regenten sich von jeher nach allen Seiten der Windrose gerichtet hat, wie sie stets bestrebt waren, sich die Meere zu unterwerfen, so war es auch seit langem ihre Absicht, Persien ihr Joch aufzuzwingen. Hier dürfte es genug sein, anzudeuten, daß sich Peter I. der ganzen Westküste des Kaspischen Meeres bemächtigte und Derbent, die Hauptstadt von Daghestan, einnahm, welches ihm nicht mehr Widerstand leistete, als später, wo es im Jahre 1796 von Valerian Subow Valerian Alexandrowitsch, der jüngere Bruder des weiter unten erwähnten Günstlings Platon A. Subow, 1795 General en chef der Infanterie, gest. 1804. erobert wurde. Peters des Großen Armee hatte aber nicht nur bei Derbent, sondern auch bei der reichen Stadt Baku gesiegt, und drei Provinzen Persiens blieben unter russischer Herrschaft, bis sie Biron unter der Regierung der Kaiserin Anna zurückgab.

Die Unterbrechung des russischen Handels mit Persien währte fast bis zum Jahre 1766, wo Katharina durch den in London abgeschlossenen Handelstraktat den Engländern das ihnen von Elisabeth genommene Recht, auf dem Kaspischen Meere Handel zu treiben, wieder freigab. Aber die heimlichen Hindernisse, die man ihnen in den Weg zu legen wußte, fügten es, daß sie sich des bewilligten Rechtes nur mit geringem Vorteil zu bedienen vermochten. Die Russen blieben die einzigen, welche aus dem Kaspischen Meere sowohl durch einen einträglichen Fischfang, als auch durch eine Menge Fahrzeuge Gewinn zu ziehen wußten, die Seide und Wolle von Guilan, Matten und kostbare Zeuge von den anderen Provinzen holten und im Austausch den Persern Eisen, Stahl, Färbestoffe und Pelzwerk brachten.

Der Handel, welchen die Russen mit China betrieben, war nicht weniger vorteilhaft für sie, als der auf dem Kaspischen Meere. Sie bildeten Karawanen, welche durch die chinesische Tartarei bis Peking zogen, wohin sie ihre Waren, besonders Pelzwerk, brachten und sie gegen Gold, Silber, Zeuge, Tee und alle die mannigfachen von den Chinesen erfundenen Gegenstände austauschten, denen ihre bizarre Industrie oft eine so große Vollkommenheit gibt.

Katharina, welche die Notwendigkeit erkannte, diesen Handel zu beleben, schlug dem Kaiser von China eine auf bestimmte Bedingungen gegründete Allianz vor. Er nahm dieselbe an, und im Jahre 1770 wurde die kleine Stadt Kiachta der Ort der Zusammenkünfte zwischen den chinesischen und russischen Kaufleute. Die Kaiserin sandte mehrere junge Russen nach Peking, um dort die chinesische Sprache zu studieren. Sie befahl zu gleicher Zeit, in gewissen Entfernungen bis zu der chinesischen Grenze Dörfer anzulegen, wohin man dann Kolonisten sandte, die jedoch meist als Opfer der Raubgier russischer Gouverneure umkamen.

Katharina begünstigte auch, soviel sie es vermochte, die See-Expeditionen nach Kamtschatka. Nach dem Beispiel der Engländer, welche Pelzwerk auf der nordwestlichen Küste von Nordamerika kauften, begaben sich auch einige russische Schiffe in jene Gewässer und handelten dort mit großem Vorteil.

Es war aber noch ein anderes Land, mit welchem Katharina ganz besonders Handelsverbindungen anzuknüpfen wünschte. Die nordöstlichsten Küsten Rußlands, und besonders die Kolonien desselben auf mehreren Inseln des nordischen Archipel, näherten es Japan. Der Zufall begünstigte unerwarteterweise die Absichten der Kaiserin.

Eine japanische Barke strandete an der Kupferinsel und wurde gänzlich zertrümmert, aber die Besatzung rettete sich an die russische Küste. Ein Einwohner von Irkutsk führte einen dieser Japaner nach Petersburg. Katharina begegnete ihm mit Güte, ließ ihm in der russischen Sprache Unterricht erteilen, und man lernte auch andererseits von ihm so viel, um Handelsbeziehungen anzuknüpfen. Jedoch führte diese Begebenheit nicht zu dem Erfolg, den Katharina erwartet hatte, nämlich sich mit den Holländern in den vorteilhaften Handel nach Japan zu teilen.

Während Katharina in dieser Art ihrem Reiche neue Hilfsquellen zu eröffnen trachtete, belebten sich die Kabalen an ihrem Hof aufs neue. Die Mißvergnügten wandten alle möglichen Mittel an, um den Großfürsten gegen seine Mutter und diese gegen ihren Sohn aufzureizen. Der Großfürst verbrachte in der Regel die Herbstzeit in Gatschina, einem Lustschloss, zehn Werst von Czarskoje Selo entfernt, welches Katharina nach dem Tode Grigorij Orlows gekauft und ihrem Sohn geschenkt hatte. Plötzlich verbreitete sich das Gerücht, daß der Großfürst dort eine Stadt anzulegen beabsichtige und allen seinen Leibeignen, die sich darin ansässig machen würden, die Freiheit geben wolle. Der Großfürst geriet nicht wenig in Erstaunen, plötzlich eine Menge Bauern zusammenströmen zu sehen, um sich dieser Wohltaten teilhaftig zu machen.

Aber er verabschiedete sie vorsichtig und wohlwollend und zerstreute die erregten Besorgnisse, indem er eine schlau berechnete Erhebung schon in ihrem Entstehen unterdrückte, zu deren Teilnehmer man ihn ohne Zweifel zu machen gehofft hatte.

Besborodkos Intrigen und Eifer machten ihn der Kaiserin notwendig. Er hatte die Grundsätze seines Vorgängers Panin als Erbteil bekommen. Nahe verbunden mit der Familie Woronzow, war er im geheimen ein Feind Potiomkins, der alle seine Widersacher verachtete, ihnen offen trotzte und sie wie Marionetten und Werkzeuge seiner Launen behandelte.

Lanskoj lebte im besten Einverständnis mit Potiomkin und wurde mit jedem Tage dem Herzen der Kaiserin teurer. Die Erziehung dieses Günstlings war in seiner Jugend sehr vernachlässigt worden, aber Katharina ließ diesem Mangel sorgfältig abhelfen. Sie bereicherte seinen natürlichen Verstand mit den nützlichsten Kenntnissen und bewunderte in ihm ihr eigenes Werk. Aber auch diese Befriedigung erreichte ihr Ende. Lanskoj, der zuletzt Potiomkins Neid erregt hatte und diesem mächtigen Despoten eine gewisse Verachtung bewies, wurde von einer heftigen Krankheit ergriffen und starb Am 25. Juni 1784. in seinem besten Alter in den Armen der Kaiserin, welche ihn bis zum letzten Augenblick mit der liebevollsten und zärtlichsten Sorge umgab.

Als der junge Mann gestorben war, überließ sie sich der bittersten Trauer, mußte das Bett hüten, weigerte sich mehrere Tage etwas zu genießen und wollte ihrem Geliebten in einem schnellen Tode folgen. Während längerer Zeit verließ sie den Palast von Czarskoje Selo nicht einen Augenblick.

Sobald der Großfürst und die Großfürstin Lanskojs Tod erfuhren, begaben sie sich nach dem Lustschloß, aber als man sie anmeldete und sie in das Schlafzimmer der Kaiserin eintreten wollten, sagte diese mit matter Stimme, daß sie ihnen für ihre Teilnahme danke, jetzt aber ihren Besuch nicht anzunehmen imstande sei. Sie mußten wieder nach Gatschina zurückkehren, ohne die Kaiserin gesehen zu haben.

Katharina ließ dem Andenken Lanskojs ein schönes Grabdenkmal errichten, und noch zwei Jahre darauf sah man sie in heiße Tränen ausbrechen, als sie das Monument besuchte.

Es wurde auch eine goldene Medaille auf Lanskoj geschlagen, von der jedoch nur zwölf Exemplare geprägt und von der Kaiserin persönlich an die nächsten Verwandten und aufrichtigsten Freunde des Verstorbenen verteilt wurden. Das von dem geliebten Günstling hinterlassene Vermögen belief sich auf sieben Millionen Rubel. Er hatte dasselbe der Kaiserin zu freiem Schalten und Walten testamentarisch vermacht, welche es jedoch der Schwester des Verstorbenen überließ und nur die Gemälde, Medaillen und die Bibliothek, die sie ihm geschenkt hatte, behielt. Lanskoj war einer der schönsten Günstlinge der Kaiserin. Ein Bild von ihm, das in der Eremitage hängt, stellt ihn in der rot und schwarz mit Silber gestickten Uniform der Artillerie vor. Er hat den Generaladjutantenstock in der Hand und steht vor einem Tisch, welcher die Büste der Kaiserin trägt. Wie Heibig (Russische Günstlinge, S. 288) berichtet, gibt das sonst vortreffliche Bild die Schönheit Lanskojs nicht vollkommen wieder.

Am Hofe war man begierig, zu erfahren, wer den durch Lanskojs Tod erledigten Günstlingsposten erhalten würde, um sich beizeiten der Gunst desselben zu empfehlen. Die Fürstin Daschkov suchte die Stelle für ihren Sohn zu erlangen, und einen Augenblick schien auch ein günstiger Erfolg ihre Intrigen belohnen zu wollen.

Der junge Fürst Daschkow Paul Daschkow, Sohn des 1764 verstorbenen Fürsten Michael Kondratij Iwanowitsch Daschkow. war mit einer Figur begabt, welche Eindruck auf das Herz der Kaiserin machen konnte. Er war in Edinburg unter Obhut und Pflege berühmter Professoren erzogen worden und selbst Mitglied der königlichen Sozietät zu London. Aber demungeachtet war er in vieler Beziehung borniert zu nennen. Er hatte vor einigen Jahren den Oberstengrad erlangt und war nach Mohilew gesandt worden, wo seine Taten darin bestanden, die Gelder, welche zur Bekleidung und zum Unterhalte seines Regiments bestimmt waren, im Hause des Gouverneurs Passek im Spiele zu verlieren.

Potiomkin, welcher die Mittel und Wege erkannte, die man einschlug, um den jungen Daschkow zum Günstling zu erheben, widersetzte sich diesem Vorhaben, wenn auch nicht offen, da er fürchten mußte, ihn gerade durch seinen Widerspruch Katharina angenehm zu machen. Vielmehr schien auch er den Obersten Daschkow zu begünstigen und näherte sich seiner Familie, mit welcher er bisher auf wenig freundschaftlichem Fuß gelebt hatte. Aber er verstand es vortrefflich, im geheimen Personen herabzusetzen und, was das gefährlichste ist, sie lächerlich zu machen. Er tat dies auch jetzt mit der Fürstin Daschkow und deren Sohne, wodurch die Kaiserin höchlich belustigt wurde. Am folgenden Tage sandte Potiomkin nacheinander zwei Gardeoffiziere, Alexander Jermolow und Alexander Mamonow, in irgendeiner unwesentlichen Angelegenheit zur Kaiserin, lediglich in der Absicht, daß sie dieselben sehen solle. Katharina entschied sich sogleich für den ersteren.

Bei Hofe fand ein Ball statt, und der junge Daschkow entwickelte auf demselben ein ungeheure Pracht. Die Hofleute glaubten schon, daß ihm sein Triumph sicher sei, und erwiesen ihm bereits die gewöhnliche Huldigung als Günstling. Potiomkin verdoppelte seine Aufmerksamkeiten der Fürstin Daschkow gegenüber, welche dadurch so befriedigt wurde, daß sie ihm am folgenden Tage ein Billett mit dem Ansuchen sandte, ob er nicht ihren Schwestersohn, den jungen Grafen Buturlin, unter die Zahl seiner Adjutanten aufnehmen wolle. Potiomkin antwortete ihr, daß alle Adjutantenstellen bei ihm bereits besetzt seien, und daß erst ganz kürzlich die letzte derselben dem Leutnant Jermolow verliehen wäre.

Mamonoff

Dieser Name und die Person, die ihn trug, waren der Fürstin Daschkow ebenso fremd als neu; aber schon an demselben Tage gingen ihr die Augen auf, als sie Jermolow bei der Kaiserin in der Eremitage sah.

Von den Reisen, welche Katharina in dieser Zeit unternahm, war die Inspizierung des berühmten Kanals am wichtigsten, welcher die Wolga mit dem Ilmensee, diesen mit dem Ladogasee und folglich das Kaspische Meer mit der Ostsee vereinigt. Potiomkin, Jermolow, Besborodko und die Gesandten Englands, Österreichs und Frankreichs begleiteten sie auf dieser Reise.

Bevor die Kaiserin nach Petersburg zurückkehrte, begab sie sich nach Moskau und wurde dieses Mal besser empfangen, als bei ihren früher dorthin unternommenen Reisen. Die Zeit und die glorreichen Erfolge ihrer Regierung hatten das Andenken an ihre Ursurpation fast ganz verwischt. Unter den Personen, die sich an ihrem Hofe einfanden, war auch Gudowitsch, dessen höchst einfaches Kostüm unter der Menge mit Goldstickereien, Sternen, Groß- und Ritterkreuzen überladenen Hofleuten besonders stark ins Auge fiel. Dieser Umstand, wie überhaupt seine Gegenwart, erinnerten wieder lebhaft an die Zeiten Peters III.

Elisabeth Romanowna Woronzow, die ehemalige Maitresse Peters III., war schon lange aus ihrer Verbannung zurückgekehrt. Die Gerechtigkeit verlangt es, zu bemerken, daß diese Frau, welche so sehr verleumdet worden ist, ihren Einfluß auf Peter nie dazu verwendet hat, sich zu bereichern: ein unbedeutendes Landgut und einige Diamanten waren alles, was sie durch ihre prekäre Stellung erworben hatte. Von ursprünglich sanfter Gemütsart und Anspruchslosigkeit, die nur unter den eigentümlichen Verhältnissen verloren gegangen, hatte sie sich seit ihrer Vermählung bescheiden, anständig und ihre Pflichten als Gattin und Mutter stets auf das genaueste erfüllend, betragen. Die Kaiserin lud sie aber trotzdem nicht an den Hof, bat sich indessen ihre Tochter aus, die sie, wie schon erwähnt, zu einem ihrer Hoffräuleins ernannte.

Nicht zufrieden damit, einen römisch-katholischen Erzbischof ernannt und ein Jesuitenseminar errichtet zu haben, dokumentierte die Kaiserin ihre Toleranz dadurch, daß sie die Bewohner der Krim den Islam ungehindert bekennen ließ. Sie gab in jedem Jahre einmal ihrem Volke ein feierliches Zeichen des Schutzes, den sie der Religionsfreiheit angedeihen ließ. Am 6. Januar, dem Tage vor dem religiösen Fest der Wasserweihe, versammelte ihr Beichtvater auf ihren Befehl Geistliche jeden christlichen Bekenntnisses um sich und beehrte dieselben mit einem großartigen Mittagsmahl, welches Katharina ihr »Toleranzdiner« zu nennen pflegte. Hierbei sah man, um einen und denselben Tisch vereinigt, den Patriarchen von Gurgistan, den Bischof von Georgien oder Grusinien, den russisch orthodoxen Bischof von Poloczk, die griechisch nicht unierten Erzmandriten, einen römisch-katholischen Bischof und einen Prior desselben Glaubensbekenntnisses, einen armenischen Priester, Franziskanermönche, Mitglieder des Jesuitenordens, lutherische, kalvinistische und anglikanische Prediger.

Während Katharina sich in dieser Weise beschäftigte, versäumte sie auch die Erziehung ihrer jungen Enkel nicht. Sie leitete jene persönlich und widmete ihr täglich auf das Gewissenhafteste einen Teil ihrer Zeit. Die Ausbildung der jungen Prinzessinnen war der Witwe des Generalmajors Lieven anvertraut, einer Dame von ausgezeichnetem Verstande und wahrhaft großem Verdienst. Nach dem Tode ihres Mannes lebte Frau Lieven in der Nähe von Riga, wo sie sich ganz der Erziehung ihrer Kinder widmete. Den Vorschlag Katharinas, ein Amt bei Hofe anzunehmen, schlug sie hartnäckig aus und wurde fast gegen ihren Willen nach Petersburg gebracht. Im Palais traf sie einen der Staatssekretäre der Kaiserin und teilte ihm ihren Kummer mit, und wie schwer es sei, sich von den eigenen Kindern zu trennen. Katharina hörte dieses Gespräch hinter einer Gardine mit an, und, plötzlich hervortretend, bestimmte sie ihre Wahl schließlich mit den Worten: »Sie sind eben die Frau, die mir nötig ist!«, ein Urteil, dessen Richtigkeit sich in der Folge erwies. Kobeko, Der Cäsarewitsch, S. 220. Auch die beiden Großfürsten hatten Männer zu Lehrern, die man als würdig genug ansehen mußte, diesen wichtigen Posten einzunehmen. Die Kaiserin setzte selbst verschiedene historische und moralische Entwürfe für die Prinzen auf, die später unter dem Titel: »Bibliothek der Großfürsten Alexander Alexander Pawlowitsch, geb. 12./23. Dezember 1777. und Konstantin« Konstantin Pawlowitsch, geb.

8. Mai 1779. gesammelt sind. Katharina war häufig bei den Lektionen ihrer Enkel zugegen, redete mit den Lehrern und ließ sich die Exerzitienbücher vorlegen, in denen sie gewöhnlich ihre Bemerkungen niederschrieb, die bald für die Zöglinge, bald für die Erzieher bestimmt waren. Eines Tages trat sie in das Arbeitszimmer der Prinzen und fand, daß der Vortrag, der älteren Befehlen zufolge durch ihr Kommen, bis auf die augenblickliche Störung, nicht weiter unterbrochen werden durfte, die Geschichte der Schweizerrepublik zum Gegenstande hatte. Sie hörte zu und erkannte, daß der Lehrer über dieselbe als ein Mann redete, der sehr wohl alle Vorteile zu schätzen wußte, welche die Freiheit einem Volke verleiht. Sie schrieb auf ein Papier, welches ihr bei ihrer Anwesenheit immer vorgelegt werden mußte: »Fahren Sie fort, Herr La Harpe, Fréderic César La Harpe, geb. 6. April 1754, gest. 30. März 1838, seit 1783 Erzieher der Großfürsten Alexander und Konstantin. Ihre Vorträge in dieser Weise zu halten. Ihre Gefühle und Grundsätze gefallen mir vorzüglich.«

Alle diese Details dürften für eine russische Hofgeschichte vielleicht kleinlich erscheinen; wenn man aber offen Katharinas Schwächen und Fehler aufzählt, darf man es gerechterweise auch nicht unterlassen, ihre Vorzüge anzuführen.

Jermolow hatte den höchsten Gipfel der Gunst erreicht, von welchem ihn aber seine Unvorsichtigkeit bald wieder stürzte. Er zeigte sich Potiomkin gegenüber, dem er sein Glück zu danken hatte, von einer beleidigenden Arroganz, ergriff jede Gelegenheit, ihm Schaden zuzufügen, und die Kaiserin, die mit den zunehmenden Jahren ihren Geliebten gegenüber immer schwächer und schwächer wurde, bewies Potiomkin eine gewisse Kälte.

Besborodko und einige andere Hofleute trugen viel dazu bei, den Günstling durch Intrigen gegen Potiomkin zu reizen. Ein Zufall kam ihnen zu Hilfe. General Lewaschew, ein Onkel Jermolows, wurde von Potiomkin wegen eines Zwistes bei einer Spielpartie beschimpft. Der Geliebte Katharinas beklagte sich darüber und appellierte an die Kaiserin, die auch schwach genug war, sich einzumischen und Potiomkin sein Benehmen vorzuwerfen. Dieser wurde dadurch so aufgebracht, daß er stolz sagte: »Sie müssen entweder Jermolow oder mich wegjagen, denn so lange Sie diesen weißen Mohren beibehalten, setze ich meinen Fuß nicht wieder über Ihre Schwelle.« Potiomkin pflegte Jermolow spöttisch »einen weißen Mohren« zu nennen, weil er sein blondes wolliges Haar auffallend kraus trug. Wirklich erhielt Jermolow bald darauf seinen Abschied und den Befehl, zu reisen. Dieser Befehl kam Jermolow nicht unerwartet, da er seinen Fall voraussah. Als Katharina ihm eines Tages den eben für ihn aus Polen eingetroffenen Weißen Adlerorden umhing, sah er diesen für eine Art von Abschiedszeichen an und sagte: malum signum. Die Kaiserin wollte seine Äußerung nicht bemerken, aber die Folge zeigte, daß Jermolows Ahnung richtig gewesen war. Helbig, Russische Günstlinge, S. 291. Mamonow wurde sein Nachfolger.

Während seiner Forschungszüge im Innern Rußlands hatte der Gelehrte Pallas eine Menge naturhistorischer Gegenstände gesammelt und sich ein kostbares Kabinett daraus gebildet. Die Kaiserin kaufte es, wie sie auch schon vor einigen Jahren die Bibliotheken d'Alemberts und Diderots angeschafft hatte.

Sogleich nach dem Tode Voltaires befahl Katharina ihrem Korrespondenten in Paris, auch die Bibliothek des Verfassers des Mahomet für sie anzukaufen. Madame Denis, welche diese Büchersammlung geerbt hatte, erklärte, daß sie sich derselben käuflich nicht entäußern könne, es aber als eine große Gnade ansehen würde, wenn die Kaiserin derselben einen Platz in den Zimmern ihres Palastes gestatten wolle. Katharina schickte als Erwiderung ihrem Korrespondenten in Paris, Herrn Grimm Melchior Freiherr von Grimm, geb. 26. Dezember 1723, gest. 19. Dezember 1807, Herausgeber der bekannten »Correspondance littéraire, philosophique et critique« (vollständige Ausgabe von Tourneux, Paris 1877-82, 16 Bde.) ein eigenhändiges, höchst verbindliches Schreiben für Madame Denis und ließ derselben überdies noch kostbare Präsente zustellen und den Wunsch aussprechen, sie möge für sie die Zeichnung der Fassade und innern Einrichtung des Schlosses Ferney sowie auch des Gartens und der Umgebung desselben anfertigen lassen, weil sie, die Kaiserin, sich vorgenommen habe, ein ebensolches Gebäude nebst Anlagen im Parke von Czarskoje Selo aufführen zu lassen, ein Plan, welcher jedoch nie verwirklicht wurde.

VII.

Katharinas Reise nach der Krim. – Schahingerais Ermordung. – Die Türkei erklärt Rußland den Krieg. – Gustav III. greift Katharina an. – Die Einnahme von Otschakow. – Der Frieden von Werelä. – Die Belagerung von Ismaïl. – Mamonow fällt in Ungnade. – Subow wird Günstling. – Der Frieden von Jassy. – Potiomkins Tod.

Platon Alexandrowitsch Subow

Im Jahre 1787 führte Katharina einen lange gefaßten Entschluß aus: sie unternahm ihren in der russischen Geschichte so berühmt gewordenen Zug in die Krim. Die Absicht dieser Reise war, ihren zweitgeborenen Enkel an die Tore des orientalischen Reiches zu führen, das sie ihm dereinst bestimmt hatte. Die schon durch so viele Gewalttaten begonnene Zerstörung des Ottomanischen Reiches schwebte dem Hofe von Petersburg stets als Ziel vor Augen. Der Name der Türkei war in allen russischen Kreisen dem Hasse und der Lächerlichkeit geweiht. Alle Künste verherrlichten die Zerstörung des Osmanischen Reiches und der Religion der Kalifen; die Presse erzeugte Tausende von Teilungsplänen; die bildende Kunst stellte Katharina dar, wie sie, die Fahne des Propheten unter ihre Füße tretend, die Ruinen Griechenlands wieder herstellte. Nie hatten diese ehrgeizigen Pläne im Herzen der Kaiserin geruht, und im Hinblick darauf gab sie eben diesem erwähnten zweiten Enkel, der sich als Großfürst später in der polnischen Revolution so berüchtigt machte, den Namen Konstantin, in dem kühnen Wahn ihm durch dieselben Armeen ein griechisches Kaisertum mit der Hauptstadt Konstantinopel zu erobern, die für Potiomkin aus den türkischen Donauprovinzen und Taurien ein Königreich Dazien gründen sollten. Katharinas Absichten bezüglich Konstantinopels standen so fest, daß sie in den Tagen der Invasion des Königs von Schweden gesagt haben soll: »Puisqu'il est décidé à me chasser de Saint Petersburg, j'espère qu'il me permettra de me réfugier à Constantinople.«– In ihrer letztwilligen Verfügung vom Jahre 1792 heißt es ausdrücklich: »Meine Absicht ist, Konstantin auf den Thron des griechischen orientalischen Reiches zu setzen.« Memoiren Katharinas II., Inselverlag, Bd. II, S. 342.

Der Prinz hatte die alte und die neugriechische Sprache mit vieler Fertigkeit reden gelernt, und eine in Petersburg errichtete griechische Kadettenanstalt erhielt durch ihn Bestand und Glanz.

Alles war zu der Reise bereit, als der junge Großfürst Konstantin plötzlich an den Masern erkrankte und in Petersburg zurückbleiben mußte. Dasselbe Schicksal traf seinen Bruder Alexander, der ebenfalls an der Reise der Kaiserin hatte teilnehmen sollen. Die Erkrankung der Kinder bewahrte übrigens Paul und seine Gemahlin vor dem Schmerz, sich von diesen trennen zu müssen, ein Umstand, der bereits eine erregte Korrespondenz zwischen Katharina, dem großfürstlichen Paare und Potiomkin hervorgerufen hatte. Vgl. Kobeko, Der Cäsarewitsch, S. 253/54.

Katharina wollte sich in Cherson als Beherrscherin von Taurien krönen lassen; aber die neuen Feindseligkeiten, die kürzlich zwischen den Tartaren und Russen ausgebrochen waren, zwangen sie, diesen prunkhaften Plan wieder aufzugeben.

Das Gerücht von der Reise, bei welcher eine Armee von vierzigtausend Mann zur kaiserlichen Eskorte bestimmt war, während zwanzig Völkerschaften ihrer Heimat entrückt, auf den einzuschlagenden Weg versetzt wurden, machte trotz alledem auf die Georgier, Zirkassier, Lesghier, Mingrelier und andere Bewohner dieser weit ausgedehnten und wenig bekannten Länder nicht den Eindruck, den man davon erwartet hatte. Statt schmeichelnd und von ihrer Gegenwart geblendet vor ihr zu erscheinen, betrachteten diese Völker in natürlichem Instinkt das prunkvolle Unternehmen als Zeichen einer drohenden Gefahr, und nachdem sie ihre bestehende Einigung erneuert hatten, faßten sie den einhelligen Beschluß, mit ihrer ganzen Kraft und Macht den Bedrückungen der Russen Widerstand zu leisten.

Katharina trat die Reise an; in ihrer Begleitung befanden sich ihre Hofdamen, ihr Günstling Mamonow, ihr Oberhofstallmeister Naryschkin, der Minister Iwan Tschernyschew und eine Menge anderer Hofleute, sowie auch der österreichische, Johann Ludwig Joseph Graf von Cobenzl, geb. 21. November 1753, gest. 22. Februar 1809, 1779-97 Botschafter am russischen Hof. französische Louis Philipp Graf von Ségur d'Aguesseau, geb. 10. Dezember 1753, gest. 27. August 1830; seit 1783 Gesandter in Petersburg. und englische Lord Fitz-Herbert, bis 1788 Gesandter in Petersburg. Gesandte. Potiomkin, der alles angeordnet hatte, war ein Hofmann ersten Ranges, und niemand verstand es besser als er, die mise en scène einer Komödie zu leiten. Eine Menge Pferde standen auf allen Stationen bereit, und große Feuer, die in nur kurzen Entfernungen voneinander brannten, erleuchteten den ganzen Weg während der Nacht. Am siebenten Tage kam die Kaiserin in Smolensk an Schon auf dieser ersten Etappe gab Potiomkin vollendete Proben seiner Kunst als Regisseur. In allen Dörfern und Städten, wo die Kaiserin durchreiste, waren häßliche Winkel oder Straßen mit Wänden von Fichtensträuchern oder mit hohen bretternen, gemalten Wänden verkleistert. In Smolensk wurden alte Häuser gelblich angestrichen, wenn auch nur auf der Seite, die in die Straße reichte, durch welche die Kaiserin fuhr. »Ihr müßt alle eure Häuser neu anstreichen,« befahl der Gouverneur vor der Ankunft des Hofes; »ihr müßt dadurch zeigen, daß ihr im Wohlstande seid!«–»Wir haben aber keinen Rubel im Hause,« antworteten manche Bürger, »und sollen zehn Rubel für das Anstreichen bezahlen!« So sprachen sie und – strichen ihre Häuser an. *Taurische Reise der Kaiserin von Rußland Katharina*

 und vierzehn Tage darauf in Kiew, wohin sich die Fürsten Sapie-
ha, Lubomirski, Potocki, Branicki sowie eine große Menge anderer Rußland ergebener Polen
begeben hatten, um der Kaiserin ihre Aufwartung zu machen.

Louis Philipp Graf von Ségur d'Aguesseau

Potiomkin war vorausgereist und traf erst hier mit Katharina wieder zusammen; ebenso
hatte es der Prinz von Nassau-Siegen Karl Heinrich Nikolaus Otto Prinz von Nassau-Siegen,
geb. 5. Januar 1745, gest. 10. April 1808, Admiral in russischen Diensten. gemacht. Auch
der Feldmarschall Rumiantzow fand sich dort ein. In Kiew schiffte sich Katharina auf kostbar

119

geschmückten Galeeren ein und fuhr den Dnjepr aufwärts, nachdem man Klippen, die der Fahrt hätten hinderlich oder gefährlich werden können, fortgesprengt hatte. Zu Beginn des Frühlings begab sie sich nach Krementschuck und fand dort einen für sie bereiteten und mit dem raffiniertesten asiatischen Luxus geschmückten improvisierten Palast vor. Hier veranstaltete man große Festlichkeiten. Unter anderem gaben zwölftausend neu eingekleidete Soldaten das Schauspiel eines Scheingefechts.

Die Kaiserin ging darauf wieder an Bord, und die Flotille warf am folgenden Tage ihre Anker gerade vor Kaniew aus. Der König von Polen, welcher unter seinem alten Namen Graf Poniatowski, als dem bei gekrönten Häuptern üblichen offiziellen Inkognito, dorthin gekommen war und einmalhunderttausend Rubel zur Bestreitung seiner Reisekosten erhalten hatte, begab sich sogleich an Bord der Galeere; welche mit der kaiserlichen Flagge geschmückt war. Beim ersten Anblick des alten Geliebten schien Katharina etwas verlegen zu sein; aber Stanislaus behielt vollkommen seine Geistesgegenwart bei und sprach mit vieler Sicherheit. Bald blieben sie allein in der Kajüte der Kaiserin und hatten eine Konferenz, die eine ganze Stunde währte. Sodann begaben sie sich auf eine andere Galeere, auf welcher sie zusammen dinierten. Als sie von Tisch aufstanden, nahm Stanislaus den Fächer und die Handschuhe der Kaiserin aus der Hand des Pagen, der sie hielt, und reichte sie ihr dar. Katharina nahm sogleich den Hut des Königs, welchen ein anderer Page hielt, und reichte denselben Stanislaus hin. »Ah Madame!«, sagte er mit einer Anspielung auf die polnische Krone, »Sie haben mir einen weit schöneren Hauptschmuck verliehen.« Katharina dekorierte noch an demselben Tage ihren alten Liebhaber mit dem großen Bande des St. Andreasordens.

Potiomkin, der den polnischen Monarchen noch nie gesehen hatte, schien ganz entzückt von demselben zu sein, und vielleicht war der günstige Eindruck, den der König bei diesem ersten Zusammentreff en auf den allmächtigen Favoriten machte, die Ursache, daß er noch für einige Jahre im Besitz seines Thrones blieb. Am Abende zog er sich höchst befriedigt zurück und ließ auf dem Ufer des Dnjepr ein von ihm veranstaltetes und trefflich geglücktes Feuerwerk abbrennen. Bei dieser Gelegenheit war es auch, wo die Kaiserin nach der Verteilung zahlreicher Orden und anderer Gnadenbeweise zu Ssuworow sagte: »Und Sie, General, wünschen Sie denn gar nichts?« – »Daß Eure Majestät mir meine Miete bezahlen möchten!«, antwortete Ssuworow ohne langes Besinnen. Der Preis seiner Zimmer belief sich auf monatlich zwei Rubel Silber. (Anmerkung des Verfassers.) Vgl. Castéra, Bd. II, S. 183.

Die Reise, welche weiter auf dem Dnjepr bis Cherson fortgesetzt wurde, war höchst angenehm, und die Ufer des Flusses boten der Kaiserin einen beständigen Wechsel der reizendsten Dekorationen dar. Wie in modernen Opern und Ballets bildeten phantastisch gekleidete Bauern und Bäuerinnen überall die Staffage der Landschaft; es waren Sklaven, die aus den entferntesten Provinzen herbeigeschleppt waren und denen man reiche Kostüme hatte anfertigen lassen. Die Kostümfrage spielte während der ganzen Reise eine nicht unbeträchtliche Rolle. Um den Herren, die zu Hofe kamen, die Möglichkeit zu geben, für sich und ihre Bedienten neue Uniformen anschaffen zu können, hatte das Gouvernement in Kiew – und wahrscheinlich auch anderwärts – die Gehälter auf vier Monate vorausbezahlt. Taurische Reise, S. 68/69. Und damit es an Romantik nirgends fehle, waren verschiedene Häuser gezimmert, die vielfache Änderungen in ihrer Konstruktion gestatteten, und vor denen die Kaiserin von blökenden Schafen und brüllenden Rindern begrüßt wurde, die anscheinend Wiesen und Felder belebten. Auf jeder wüsten Steppe, wo sich sonst höchstens ein Hirt mit seinem brüllenden Gefolge hatte sehen lassen, waren jetzt wie auf einen Zauberschlag blühende Dörfer entstanden, welche, von der Galeere der Kaiserin aus betrachtet, ein wunderbar liebliches Bild darboten. Die armen Bauern wurden aber, wie das Wild des Waldes, von einem Orte zum andern gehetzt, um am folgenden Tage in näherer oder weiterer Ferne dieselbe Komödie zu spielen, die sie am Tage zuvor gespielt hatten. Daß mehrere derselben auf dieser Hetzjagd zusammenbrachen und dem Tode erlagen, kümmerte niemand. Die Schönheit der Jahreszeit erhöhte dieses magische Schauspiel, und mit ihrer Hilfe hatte Potiomkin in der Tat diese Wüsten in ein entzückendes Land verwandelt.

Katharina ließ sich wirklich betrügen; sie glaubte vollkommen, daß ein bisher gänzlich unkultiviertes Land unter ihrer segensreichen Regierung den höchsten Grad der Kultur erreicht hätte, der sich auch auf den ersten Anblick in sichtlichem Wohlstand und fröhlichem Glück aussprächle. So blind macht Eitelkeit selbst die geistvollsten Fürsten.

Kaiser Joseph II., welcher, wie schon auf seiner früheren Reise nach Petersburg, den Namen eines Grafen Falkenstein angenommen hatte, war vor Katharina in Cherson angekommen und eilte ihr nun entgegen, in Kaidak mit ihr zusammentreffend. Sie stieg sogleich ans Land und begab sich auf dem Landwege mit ihrem Gast nach Cherson. Die Kaiserin wohnte dort im Admiralitätshause, wo man einen Thron für sie aufgeschlagen, der allein vierzehntausend Rubel gekostet hatte. Die ganze Reise nach der Krim nahm sieben Millionen Rubel hinweg. Um einige wenige Augenblicke der Eitelkeit der Herrscherin zu schmeicheln, mußte das Reich die verschwenderische Pracht des in allem ausschweifenden Potiomkin büßen.

Cherson schien eine reiche Stadt zu sein. Sie besaß mehrere wohl versehene Magazine, aber die Waren derselben waren dem größten Teile nach nur für diese Gelegenheit von Warschau und Moskau aus dorthin gebracht; der Hafen war mit Schiffen angefüllt, und vortreffliche Werften erzeugten Leben und Bewegung. Ein Schiff von vierundsechzig Kanonen und eine Fregatte von vierzig Kanonen liefen in Gegenwart der Kaiserin vom Stapel. Als Katharina in ihrem Wagen eine Spazierfahrt unternahm und durch das südliche Tor der Stadt hinausfuhr, las sie auf demselben die Inschrift: »Hier geht der Weg nach Byzanz.«

Eine Menge Fremder hatte sich natürlicherweise bei dieser Gelegenheit in Cherson zusammengefunden. Man sah daselbst Griechen, Tartaren, Franzosen. Die Belgier wurden durch den berühmten Prinzen de Ligne Karl Joseph Fürst von Ligne, k. k. Feldmarschall, Verfasser der »Mélanges militaires, littéraires et sentimentaires (Wien u. Dresden 1795 – 1809, 32 Bde.), geb. 23. Mai 1735, gest. 13. Dezember 1814. Er stand in hoher Gunst bei Katharina, die ihm den Rang eines russischen Feldmarschalls verlieh. vertreten; Spanien, England und vorzüglich Polen hatten eine Menge ihrer Großwürdenträger gesandt. Einige hatten sich nur aus Neugierde dorthin begeben, andere aber, um der Kaiserin ihre ergebensten Huldigungen darzubringen.

Bevor diese von Cherson wieder abreiste, hatte sie den Diwan über ihre bevorstehende Ankunft in der Krim unterrichten lassen. Der Diwan wurde sehr beunruhigt und sah diese Reise als den Vorläufer eines Angriffs an. Man bereitete sich darauf vor, denselben zu verhindern, und während die Kaiserin noch Hof in Cherson hielt, kreuzten vier Linienschiffe und sechzehn Fregatten unter ihren Augen in der Mündung des Dnjepr. Diese Schiffe wollten oder konnten zwar nichts unternehmen, aber schon ihr Anblick war der Selbstherrscherin unangenehm, da er sie in dem Genuß der ihr dargebrachten Schmeicheleien störte. Trotz ihres Ärgers konnte sie die Augen nicht von ihnen abwenden, und um ihre Verachtung auszudrücken, sagte sie: »Seht! Es scheint, als ob sich die Türken Tschesmes nicht mehr erinnerten!«

Der Kaiser begleitete die Kaiserin, welche Cherson verließ, nun auch in das Innere der Krim. An der Grenze wurde die Kaiserin von den vornehmsten Myrzas empfangen, deren Truppen in ihrer Gegenwart verschiedene Evolutionen ausführten. Plötzlich umgaben einige Tausend Tartaren den Wagen der Kaiserin und bildeten eine dichte Eskorte. Joseph II., der nichts von diesem unerwarteten Manöver wußte, zeigte einige Unruhe. Katharina aber, die wohl ebenso überrascht sein mochte, blieb, wenigstens äußerlich, vollkommen ruhig. Die Tartaren, mochte sie denken, sind von Potiomkin geschickt; wenn sie irgendeine feindliche Absicht hätten, wie würden sie es wagen, eine solche auszuführen, da sie doch wußten, daß sich Potiomkin nicht weit davon mit einer Armee von einmal hundertundfünfzigtausend Mann befand?

Die Kaiserin zog mit aller erdenklichen Pracht in Baktscheserai ein und wohnte dort mit ihrem Gefolge im Palaste der Chane. Am Abend genoß sie das Schauspiel eines illuminierten, oder richtiger gesagt, künstlichen Feuer speienden Berges. Überall suchte man ihre Blicke auf sich zu ziehen und zu erfreuen, und sie selbst bemühte sich aller Herzen zu gewinnen. Sie setzte Fonds aus, um zwei neue Moscheen zu erbauen und verteilte an alle Myrzas kostbare Geschenke. Die tartarischen Häuptlinge zeigten ihr die untertänigste Ergebenheit, aber einige Wochen darauf unterstützten sie nichtsdestoweniger die Türkei.

Auf ihrer Rückreise nach Petersburg besuchte Katharina auch Pultawa. Sie hatte dort zwei Armeen zusammengezogen, die einander in einem Scheingefecht bekämpfen mußten, um den Zuschauern eine Vorstellung von der berühmten Schlacht zu geben, in welcher Peter I. Karl XII. besiegte.

Während dieses Schauspiels sagte Katharina zu einigen Generälen, welche Bemerkungen über einen und den anderen von den Schweden begangenen Fehler machten: »Sehen Sie, meine Herren, auf welch kleinen Umständen unsere Macht beruht. Ohne diese an sich unbedeutenden Fehler befänden wir uns jetzt nicht auf diesem Platze.«

Ende Juli kam die Kaiserin nach Petersburg zurück. Ihre Abwesenheit hatte sechs Monate gewährt.

Der unglückliche Chan Schahingerai war nicht in der Krim, während seine russische Protektorin daselbst ihren Aufenthalt genommen hatte. Nachdem er seiner Krone beraubt worden war, hielt er sich eine Zeitlang in Cherson bei Potiomkin auf, wo der unvorsichtige Tartar täglich die Uniform der Preobrashenskij-Garde trug und sich mit einem russischen Ordensband schmückte. Endlich verwies man ihn nach Kaluga, hörte auf, ihm seine Pension zu zahlen, und zwang ihn, sein Vaterland zu verlassen, so daß er sich, dem tiefsten Elend und der barbarischsten Behandlung ausgesetzt, in die Arme der Türken warf, die er für seine Todfeinde hätte halten müssen, wenn dies nicht die Russen gewesen wären.

Er flüchtete sich anfangs nach der Moldau, wo ihm ein Hospodar und ein türkischer Kapidi-Bachi lange vergeblich anrieten, sich nach Konstantinopel zu begeben. Der russische Kommandant der Festung Kamieniez, eine Kreatur Potiomkins, vereinigte seine Überredungsgabe mit der der beiden anderen. Aber Schahingerai weigerte sich standhaft. Ohne Zweifel sah er instinktartig das traurige Geschick deutlich voraus, das seiner harrte. Man bemächtigte sich seiner mit Gewalt und führte ihn auf die Insel Rhodos. Dort rettete er sich eines Tages zum französischen Konsul, von welchem die Türken seine Auslieferung verlangten. Der Konsul, in dem Glauben, daß man es nicht wagen würde, das durch das Völkerrecht geheiligte Asyl seines Hauses zu verletzen, hatte den Mut, auf dies Begehren nicht einzugehen und den nicht herauszugeben, der sich unter seinen amtlichen Schutz gestellt hatte. Aber man drohte ihm sein Haus anzuzünden, und indem man einen Augenblick benutzte, in welchem er abwesend war, nahm man von seiner Tür das französische Wappen ab, welches man an ein danebenstehendes Haus befestigte, stürzte sich in seine Wohnung, fand den unglücklichen Chan, ergriff ihn und erdrosselte ihn auf der Stelle. Auf solche Weise rächten die Türken seinen Abfall, auf solche Art belohnten die Russen die Abtretung seiner Staaten.

Inzwischen wollte Potiomkin die Pforte um jeden Preis bewegen, die Feindseligkeiten zu beginnen. Abgesehen von der Hoffnung, das Ottomanische Reich zu zerstückeln, veranlaßte ihn ein heimlicher Grund, den Krieg zu wünschen, ja machte ihm denselben sogar notwendig. Mit Ämtern, Titeln, Würden und Orden überhäuft, fehlte ihm noch immer eine Auszeichnung, nämlich das große Band des St. Georgenordens; er wollte auch dies noch haben und trachtete sehnsüchtig darnach. Um aber mit diesem Orden dekoriert werden zu können, mußte man statutenmäßig den Oberbefehl über eine größere Armee geführt und einen Sieg erfochten haben. Was galten aber in Potiomkins Augen Not und Elend, die von einem Kriege unzertrennlich sind, was waren mehrere Tausende von Menschenleben im Vergleich zu einem Bande, welches seinem Hochmute schmeichelte?

Bulgakow, der russische Gesandte in Konstantinopel, war nach Cherson gekommen, um der Kaiserin Bericht über seine geheimen Operationen und das Vorhaben des Diwans abzustatten. Dieser Diplomat hatte sich durch den Baron Tholus, den russischen Generalkonsul in Alexandrien, großen Einfluß in Ägypten verschafft. Ein anderer Konsul, den Rußland in Smyrna unterhielt, arbeitete an diesem Ort für die Interessen seines Landes. Ein dritter suchte die Moldau aufzuwiegeln. Russische Schiffe mißbrauchten die Privilegien, welche die Pforte ihnen zugestanden hatte, und der Hof von Petersburg ermunterte die Übertreter in ihrem sträflichen Beginnen.

Der Diwan, mißvergnügt über dies Benehmen und durch die Entdeckung einer Korrespondenz zwischen Ibrahim Bey in Kairo und dem russischen Minister noch mehr gereizt, trug dem Kapudan-Pascha Hassan auf, die Ordnung in Ägypten wiederherzustellen. Einige Tage darauf begehrte der Großwesir eine Konferenz mit dem Gesandten Bulgakow und stellte ihm eine Note zu, auf welche er sogleich eine Antwort verlangte. Bulgakow wich dieser Beantwortung aus und verlangte Aufschub, um Zeit zu gewinnen und Rat und Instruktionen von seinem Hofe einzuholen. Man mußte ihm dies bewilligen. Aber bald wurde der Diwan aufs neue versammelt und fand, daß es keinen Zweck habe, die Antwort von Petersburg abzuwarten. Der Krieg wurde nach türkischem Brauch in Konstantinopel proklamiert: man sperrte Bulgakow als Gefangenen in das Schloß der »sieben Türme«.

Der Internuntius des Hofes von Wien, Baron Herbert, und der französische Ambassadeur, Choiseul-Gouffier, Graf Marie Gabriel Auguste Laurent, geb. 27. September 1752; gest. 20. Juni 1817. suchten vereint die Freigebung Bulgakows zu erreichen; aber ihre Bemühungen blieben vollständig fruchtlos. Englands Gesandter besaß mehr Macht als jene, und der Hof von St. James war über den zwischen Rußland und Frankreich abgeschlossenen Handelstraktat verstimmt, der England an seiner Achillesferse, dem Krämerinteresse, verletzt hatte.

Die Türken bereiteten sich mit der größten Tätigkeit auf den Krieg vor und ließen vierundzwanzigtausend Mann marschieren, um Otschakow Otschakow liegt an der Mündung des Bug und des Dnjepr; es war besonders wichtig für die Absichten, die Katharina in bezug auf Polen hegte. (Anmerkung des Verfassers.) zu decken. Eine große Armee rückte an die Ufer der Donau vor, und der Großwesir entfaltete die grüne Fahne Mohammeds vor den osmanischen Truppen.

Eine Flotte von sechzehn Linienschiffen, acht Fregatten und mehreren andern Fahrzeugen kreuzte im Schwarzen Meere unter dem Befehl des Kapudan-Paschas Hassan.

Dieser Admiral kam direkt aus Ägypten zurück, wo er die beiden rebellischen Beys Ibrahim und Murad unterworfen hatte, dieselben, welche später General Bonaparte Napoleon Bonaparte, geb. 15. August 1769, gest. 5. Mai 1821, als Kaiser der Franzosen 1804-1814. bei seiner Ankunft in Ägypten besiegte. Aber dieser Erfolg hatte Hassan nicht übermütig gemacht, vielmehr erinnerte er sich mit Schmerz der Niederlage bei Tschesme, und bevor er nach der Krim segelte, versammelte er sämtliche Kapitäne und Offiziere seiner Flotte und sagte zu ihnen:

»Ihr wißt, woher ich komme, und was ich getan habe. Ein neues ehrenvolles Feld ruft mich sowie auch euch, um unseren letzten Blutstropfen für unsere Religion, für den Sultan und für die Nation zu vergießen. Um diese heilige Pflicht zu erfüllen, trennte ich mich willig von meiner Familie, die mir so lieb ist. Ich habe allen meinen Sklaven beider Geschlechter die Freiheit gegeben und sie nach Verdienst belohnt. Ich habe meiner Gattin ein letztes Lebewohl gesagt und suche nun den Kampf mit dem festen Entschluß, zu siegen oder zu sterben. Wenn ich wieder zurückkehre, betrachte ich es als eine große Gnade des Allmächtigen. Und ihr, die ihr immer meine treuen Freunde gewesen seid, euch habe ich zusammenberufen, um euch zu ermahnen, meinem Beispiel bei dieser entscheidenden Gelegenheit zu folgen. Wenn sich jemand unter euch befindet, der sich den Mut nicht zutraut, auf dem Felde der Ehre zu sterben, so mag er es frei erklären, und ungefährdet soll er sogleich seinen Abschied erhalten. Denn diejenigen, welche später Feigheit beweisen und bei einer Schlacht nicht aufs genaueste meine Befehle befolgen werden, haben keine Schonung zu erwarten; ich schwöre es bei Mohammed und bei dem Sultan, daß ich ihnen den Kopf abhauen werde. Derjenige dagegen, der bei Erfüllung seiner Pflicht Mut beweist, kann im voraus eines reichen Lohnes sicher sein. Mögen alle, welche unter diesen Bedingungen mir folgen wollen, den rechten Arm erheben und mir treu zu sein schwören.«

Alle Kapitäne schwuren, mit ihrem Großadmiral zu siegen oder zu sterben. Die Türken mißtrauten den Griechen und entwaffneten sie. Sie erließen auch ein Manifest, in welchem sie die Tartaren einluden, wieder unter die Herrschaft des Großherrn zurückzukehren. Dieses Manifest hatte den gewünschten Erfolg, denn die Tartaren verabscheuten das russische Joch. Katharina hatte vergebens reiche Geschenke an sie verschwendet, vergebens hatte sie den Koran für sie drucken und ihnen Moscheen bauen lassen. Alle Myrzas wurden versammelt, und diese wählten einen neuen Chan, der bald eine Armee von einigen tausend Mann unter seinem Befehle hatte.

Die türkische Kriegserklärung wurde in Petersburg mit großer Freude aufgenommen. Die Kaiserin hatte sie nicht nur vorausgesehen, sondern mit großer Ungeduld erwartet. Alle Vorbereitungen waren mit Umsicht getroffen. Sie hatte schon eine Menge Truppen im Kuban, andere marschierten gegen die Krim, und ihre Armeen bedeckten das Land von Kamieniez bis Balta. Potiomkin als Generalissimus hatte Ssuworow, N. W. Repnin, Kamenskij, Kachowskij und eine Menge anderer Generale zur Seite. Der Feldmarschall Rumiantzow, der sich nicht subordinieren oder zu Potiomkins Ehre etwas beitragen wollte, weigerte sich unter dem Vorwande seines zu hohen Alters, einen Befehl anzunehmen; er sandte aber einen seiner Söhne zur Armee.

Eine Flotte von acht Linienschiffen, zwölf Fregatten und fast zweihundert Schebecken oder Kanonenschaluppen war im Schwarzen Meere versammelt, und zwei starke Geschwader, unter den Befehlen der Admirale Kruse und Greigh, sollten von Kronstadt abgehen, das eine, um in der Ostsee zu kreuzen, das andere, um sich ins mittelländische Meer zu begeben.

Die Allianz mit Joseph II. sicherte der Kaiserin einen mächtigen Beistand. Der Kaiser wünschte nicht weniger als sie selbst den Krieg mit den Türken. Achtzigtausend Österreicher marschierten gegen die Moldau, und alles schien den Untergang des Ottomanischen Reichs zu verkünden.

Inzwischen suchte Katharina ihr Verfahren durch ein Manifest zu rechtfertigen, in welchem sie den Türken vorwarf, daß sie die alten Traktate übertreten hätten. Dieses Manifest wurde von einem zweiten begleitet, des Inhalts, daß sie sich gezwungen gesehen habe, gegen die Feinde des christlichen Glaubens und Namens zu den Waffen zu greifen, und jene nun mit dem Vertrauen auf den gerechten Gott, der so lange und so mächtig Rußland geschützt habe, aufsuchen wolle.

Zur Unterstützung dieses Manifestes, durch welches Katharina die Mächte des Himmels und der Erde gegen die Türken aufschrie, bediente sie sich der in Rußland üblichen, stets erfolgreichen Mittel: des Aberglaubens des Volkes und der Betrügereien der Popen. Man publizierte Prophezeiungen der alten Patriarchen Jeremias und Nicon, welche den baldigen Untergang Konstantinopels und die Verjagung der Türken aus Europa verkündet hatten. Aber auch die Ottomanen hatten einen Propheten, mit Namen Bey-Mansur, welcher unter dem Vorgeben, daß ihm ein Engel mitten in einem Walde erschienen sei, glücklich eine Armee sammelte und alle Volksstämme Kaukasiens und die Tartaren der Krim gegen die Russen zur Erhebung brachte.

Als Katharina die Regenten Europas aufforderte, sich gegen die Türken zu bewaffnen, rechnete sie nicht darauf, daß alle ihre ehrgeizigen Pläne unterstützen würden. Sie glaubte aber mit Gewißheit voraussetzen zu können, daß sie wenigstens Zuschauer ihrer Triumphe bleiben würden. Sie war nicht in Unkenntnis darüber, daß England die Türkei unterstützte, sie wußte auch, daß Preußen weder Österreichs noch Rußlands Vergrößerung geduldig mit ansehen werde; was sie aber durchaus nicht vorausgesehen hatte, war die Kriegserklärung des Königs von Schweden.

Seitdem Ostermann Stockholm verlassen hatte, waren seine Nachfolger in seine Fußtapfen getreten. Keiner von allen diesen hatte sich aber mit einer so unverschämten Kühnheit benommen, wie Andreas Rasumowskij. Um Katharinas verscherzte Gunst wiederzugewinnen, war dieser Gesandte unermüdlich beschäftigt, Haß und Zwietracht unter dem schwedischen Adel zu säen, von welchem der größte Teil mit seinem König unzufrieden und nur zu sehr geneigt war, Rußlands treulosem und oft auch klingendem Rate ein williges Ohr zu leihen.

Gustav III. sah mit gerechtem Unwillen diesem Treiben zu, und seine Verachtung gegen den russischen Hof stieg aufs höchste, als er den General von Sprengtporten, der, nachdem er bei der Revolution des Jahres 1772 tätig gewesen und sich später nicht genug hervorgezogen und belohnt glaubte, am russischen Hofe mit solchem Wohlwollen und solchen Gunstbeweisen aufgenommen sah, daß er sein Vaterland verließ und in russische Dienste trat, wo er es dann an eifrigen Bemühungen nicht fehlen ließ, das schwedische Finnland aufzuwiegeln.

Der König beschloß sich zu rächen, und noch ehe die Türken Rußland den Krieg offen erklärt hatten, erteilte er seinem Gesandten in Konstantinopel, Heidenstam, den Befehl, mit ihnen einen Offensiv-Allianz-Traktat abzuschließen. Ein solcher Vertrag existierte schon seit dem Jahre 1739, war aber während des russisch-türkischen Krieges 1768-74 nicht akut geworden. Als es im Jahre 1788 darauf ankam, einen Vorwand zum Angriffskriege gegen Rußland zu finden, griff Gustav III. auf jenen Vertrag von 1739 zurück, welcher Schweden die Pflicht auferlegte, als Bundesgenosse der Türkei aufzutreten. Vgl. Brückner, Katharina II., S. 376. Die Türken erinnerten sich noch mit tiefer Ehrfurcht der Siege Karls XII. Sie sahen ein, wie wichtig auch jetzt eine Diversion des schwedischen Königs für sie werden könnte. Sie versprachen daher Gustav bedeutende Subsidien, die allerdings nur zum Teil bezahlt wurden. Außerdem streckte Preußen ihm Geld vor, und England versprach, Schweden mit einem Geschwader zu unterstützen. Der König bereitete sich also ernstlich darauf vor, zu den Waffen zu greifen.

Zeuge der vielfach in und außerhalb Stockholm vorgenommenen Kriegsrüstungen, fragte Andreas Rasumowskij stolz nach der Veranlassung derselben. Gustav antwortete ihm aber mit noch größerem Stolze, daß er auf der ganzen Erde keiner fremden Macht Rechenschaft über sein Tun und Lassen schuldig sei, und ließ Rasumowskij den Befehl erteilen, Stockholm sogleich zu verlassen. Aber der Russe fand unter allerlei Vorwänden die Mittel, seine Abreise noch aufzuschieben und den von schwedischer Seite offen geführten Krieg auf geheime und nichtswürdige Weise fortzusetzen.

Demungeachtet wurden die Kriegsrüstungen mit dem größten Eifer fortgesetzt. Die große Flotte lag in Karlskrona zum Auslaufen bereit, die Truppen, welche auf derselben eingeschifft werden sollten, wurden in der Umgegend der Hauptstadt gesammelt, und andere gingen nach Finnland ab. Man verbreitete absichtlich das Gerücht, daß Schweden zu seiner Selbstverteidigung bereit sein müsse, da der Hof von Petersburg damit gedroht habe, es anzugreifen, wenn Gustav den Russen keine Hilfstruppen gegen die Türken stellen würde. Die schwedischen Soldaten brannten vor Begierde, sich mit einer Nation zu messen, die so oft von ihren Vätern besiegt worden war. Endlich waren alle Truppen an Bord genommen, und die Flotte langte in Finnland an, wohin sich Gustav schon vorausbegeben hatte.

Kaum war die schwedische Armee an den Grenzen Rußlands angekommen, als ein kleines Detachement russischer Jäger Miene machte, einige Schweden von einer Brücke zu vertreiben, welche diese besetzt hatten. Es wurden einige Gewehrschüsse gewechselt, welche Gustav sofort als Kriegsgrund nahm. In Stockholm erzählte man später, der König habe, um für den angegriffenen Teil gelten zu können, dieses Scharmützel selbst arrangiert, indem er einen Haufen seiner Truppen in russische Uniformen stecken und einen Scheinangriff' auf die schwedischen Vorposten machen ließ. Hermann Bd. VI, S. 188. Seine Flotte bemächtigte sich zweier russischer Fregatten, welche auf der Höhe von Sveaborg kreuzten, um die russischen Marinekadetten einzuüben.

Der König beschloß gegen Fredrikshamn zu marschieren. Da man aber das schwere Geschütz vom Karlskronageschwader noch nicht hatte an Land bringen können, so faßte er den Plan, diese Stadt von zwei verschiedenen Seiten anzugreifen und im Sturm zu nehmen.

Schrecken und Angst hatten sich in Petersburg verbreitet. Alle Armeen der Russen waren gegen die Türken marschiert, die Kaiserin konnte augenblicklich nur einige Invaliden und zwei Detachements ihrer Garden zur Rettung Fredrikhamns senden. Man zweifelte nicht, daß sich Gustav dieser Stadt bemächtigen und dann gleich weiter gegen die Hauptstadt rücken würde. Katharina selbst war unruhig, aber sie verbarg, wie gewöhnlich, ihre Sorgen unter dem Schein äußerster Kaltblütigkeit. Als eines Tages der französische Gesandte ihr aufwartete, fragte sie ihn, was man sich Neues in der Stadt erzähle?

»Daß sich Eure Majestät nach Moskau zu begeben die Absicht hätten,« antwortete er.

»Aber Sie glauben dies doch nicht?« sagte sie sogleich. »Ich habe allerdings befohlen, eine Menge Postpferde bereitzuhalten, aber nur um Truppen und Kanonen nach Finnland zu schicken.«

Sie hatte wirklich einige Truppen aus den nächstliegenden Garnisonen zusammengezogen und ließ sie den Detachements nachrücken, die sich bereits nach Finnland begeben hatten. Den Oberbefehl über diese irreguläre Armee vertraute sie Mussin Puschkin an, einem unerfahrenen General, eine Maßregel, die die Einwohner Petersburgs keineswegs beruhigte.

Einige Tage darauf schrieb sie an den Prinzen von Ligne, der der russischen Armee als österreichischer General attachiert war. Stets schmeichelnd hatte er der Kaiserin die Benennung: »die Unerschütterliche« beigelegt; mit Beziehung darauf ließ sie in ihren Brief den Passus einfließen: »Es geschieht im Kanonendonner, der die Fensterscheiben meiner Residenz erzittern macht, daß Ihnen Ihre Unerschütterliche schreibt.« Sie sandte mit demselben Kurier, der diesen Brief überbrachte, Potiomkin den Plan zu den Dispositionen, die sie gegen den König von Schweden entworfen hatte, und schrieb unter denselben mit eigener Hand: »Sind Sie damit zufrieden, mein – Meister?«

Paul Petrowitsch

Der Großfürst Paul Petrowitsch hatte bei seiner Mutter aufs eifrigste um die Erlaubnis nachgesucht, mit gegen die Türken kämpfen zu dürfen. Aber die Kaiserin, in der Furcht, daß diese Wünsche einen gefährlichen Plan verbergen möchten, schlug ihm sein Gesuch ab, und zwar bediente sie sich der Lage der Großfürstin, die sich gerade in gesegneten Leibesumständen befand, die aber trotzdem ihren Gemahl begleiten wollte. Katharina meinte, der Eifer, den er beweise, um sich zur Armee zu begeben, sei ein genügendes Zeugnis seines Mutes und seiner Vaterlandsliebe, aber die Pflichten, welche ihm seine Stellung als Sohn, Gatte, Vater und Thronerbe auferlegten, geböten, seine Abreise wenigstens bis zur Niederkunft der Großfürstin aufzuschieben.

Marie Fedorowna von Wurtemberg

Diese Zärtlichkeit seiner Mutter beruhigte Paul Petrowitsch nicht. Er erneuerte sein Verlangen und schloß seinen Brief folgendermaßen: »Meine Absicht ist es, gegen die Ottomanen zu kämpfen; dies ist bekannt; was wird Europa sagen, wenn es sieht, daß ich dieselbe nicht ausführe?« Katharina antwortete: »Europa wird sagen, daß der Großfürst von Rußland, wie es sich gebührt, ein gehorsamer und ehrfurchtsvoller Sohn ist.« Vgl. den Wortlaut dieser Antwort bei Kobeko, Der Cäsarewitsch, S. 265.

Sobald die Armee in Finnland versammelt war, erlaubte die Kaiserin dem Großfürsten, sich zu derselben zu begeben. Sie übertrug ihm jedoch kein Kommando und umgab ihn überdies mit Spionen. Paul verließ deshalb Finnland bald wieder und erkrankte bei seiner Rückkehr nach Petersburg aus Ärger, was seine Mutter durchaus nicht zu rühren schien.

Katharina hatte sich beeilt, eine Erklärung abzugeben, in der sie sich über das Verfahren des Königs von Schweden bitter beklagte und die Notwendigkeit nachwies, gegen ihn zu rüsten. Sie suchte ihre Schwäche zu verbergen, indem sie behauptete, daß die Garnisonen der verschiedenen finnischen Städte schon seit langer Zeit auf die Eventualität eines Angriffs der Schweden hin verstärkt worden seien.

Gleichzeitig ließ sie dem schwedischen Gesandten an ihrem Hofe, dem Baron Nolken, seine Pässe zustellen, mit dem Befehl, sofort die Grenzen des Russischen Reiches zu verlassen.

Die schwedische Flotte, aus sechzehn Linienschiffen, fünf Fregatten und mehreren Korvetten bestehend, kreuzte bis dicht vor Kronstadt und forderte das russische Geschwader keck heraus, welches die Absicht hatte, sich in das mittelländische Meer zu begeben. Die Rüstungen der Schweden hatten diese Bestimmung verändert, und unzweifelhaft beging Gustav III. einen großen Fehler, daß er in seiner Ungeduld die Feindseligkeiten eröffnete, ehe dieses Geschwader abgesegelt war. Hätte er diesen Zeitpunkt eintreten lassen, so würde er zum Herrn der Ostsee geworden sein. Der Admiral Greigh erhielt Befehl, auszulaufen, aber ein eigener Zufall verhinderte ihn, diesem Befehl Folge zu leisten.

Die Kaiserin hatte nämlich den Befehl eines Linienschiffes einem Kaperkapitän, namens Paul Jones, John Paul Jones, geb. 6. Juli 1747, gest. 18. Juli 1792, der Held des Cooperschen Romans »The Pilot«, 1788 – 89 in russischen Diensten. anvertraut, welcher sich durch seine Kühnheit im amerikanischen Kriege ausgezeichnet hatte. Die auf der russischen Flotte angestellten englischen Offiziere waren davon nicht in Kenntnis gesetzt worden. Es muß dahingestellt bleiben, ob sie entweder ein englischer Agent aufgeregt hatte oder ob sie es wirklich für eine Demütigung ansahen, mit einem Manne zusammen zu dienen, den sie als einen Seeräuber und Verräter betrachteten; genug sie begaben sich zum Präsidenten der Admiralität und erklärten ihm, daß sie nicht bei einem Geschwader bleiben könnten, in dem sich Paul Jones befände. Die Kaiserin, von diesem Schritt in Kenntnis gesetzt und einsehend, daß sieben oder acht ihrer Schiffe bei Abgang der Engländer ohne Offiziere bleiben würden, verbarg ihren Ärger über dies Benehmen und willfahrte dem Gesuch. Um aber nicht den Anschein zu geben, als gäbe sie den Umständen nach, beschloß sie Paul Jones auf dem Schwarzen Meere zu verwenden und sandte ihn zu Potiomkin. Paul Jones zeichnete sich darauf in der Schlacht bei Liman aus und erhielt das Band des St. Annenordens. Als er aber den Prinzen von Nassau-Siegen anklagte, seine vorteilhafte Stellung nicht gehörig ausgenutzt zu haben, entzweite er sich mit diesem Admiral und kam wieder nach Petersburg zurück, wo man bald ein Mittel fand, sich seiner zu entledigen. Man schickte ihm nämlich ganz einfach in das Haus, welches er bewohnte, ein junges Mädchen, das ihm einige Kleinigkeiten zum Verkaufe anbieten und dabei kokettierend Inviten machen mußte, denen zu entsprechen er nicht lange zögerte. Das Mädchen machte darauf Lärm, und Polizeibeamte, die als dienstbereite Geister an dem Komplott teilgenommen hatten, traten rechtzeitig ein, um Paul Jones eines Angriffs auf die Sittlichkeit eines unbescholtenen Mädchens zeihen zu können; er mußte infolgedessen Rußland verlassen. Ein sonderbarer Grund in einer Zeit und einem Lande, wo Moral und sinnliche Vergehungen so leicht genommen wurden, aber in der Politik heiligt stets der Zweck die Mittel!

Die russische Flotte, vom Admiral Greigh kommandiert, setzte endlich Segel, und es kam bald darauf zu einer Seeschlacht bei Hogland. Die Russen schrieben sich den Sieg zu, obschon sie ein Schiff von vierundachtzig Kanonen einbüßten, wofür sie allerdings eins von derselben Stärke nahmen, welches noch dazu von dem tapfern Vizeadmiral Wachtmeister kommandiert wurde. Ein anderes Schiff von vierundsechzig Kanonen, auf welchem der Kapitän Christjernin, ein verdienter Offizier, den Befehl hatte, wurde verbrannt. Die Schweden zogen sich darauf nach Sveaborg zurück.

Während so die kriegführenden Mächte zur See ihre Kräfte maßen, rückte der König selber gegen Fredrikshamn vor. Als er seine Truppen zum Angriff gegen diese Festung dirigieren wollte, erklärten einige höhere Offiziere: sie seien der festen Überzeugung, daß der König keinen Offensivkrieg ohne die Einwilligung der Nation unternehmen dürfe und daß sie zwar gern bereit seien, ihr Blut für das Vaterland zu vergießen, nicht aber einen Nachbarn anzugreifen, der den Krieg nicht hervorgerufen hätte.

So hatten die Sieger von Narva nicht gesprochen. Gustav III. geriet über die Sprache dieser Offiziere in Erstaunen, antwortete ihnen aber, daß er sich unbedingten Gehorsam zu verschaffen wissen werde. Die Elenden jedoch, die sich einer feindlichen Macht verkauft hatten, blieben taub gegen Ehre und Pflicht und opferten das Wohl ihres Vaterlandes, indem sie das Banner ihres Souveräns in der Stunde der Gefahr verließen.

Bestürzt über diesen Widerstand wandte sich der König an die Soldaten selbst. Ein Regiment legte sogleich die Waffen nieder, und ein großer Teil der Armee folgte dem verräterischen Beispiel, die Stimme ihres Kriegsherrn überhörend, der sie zum Siege zu führen gedachte. Am folgenden Tage wurden die rebellischen Offiziere nach Stockholm gesandt, wo sie mit tiefster Verachtung empfangen und sogleich verhaftet wurden.

Das war ein neuer Mißgriff Gustavs III. Er hätte sofort vor Fredikshamn ein Exempel statuieren müssen. Tat er dies, so war es mehr als gewiß, daß seine Soldaten unweigerlich marschiert wären, und er würde vielleicht nach wenigen Tagen als Sieger in Petersburg eingezogen sein.

Es ist unzweifelhaft, daß der Teil des schwedischen Adels, welcher die alte Regierungsform wünschte, diese Gelegenheit benutzte, um dieselbe wiederherzustellen. Ebenso unzweifelhaft ist es aber auch, daß er hierin in Übereinstimmung mit Rußland handelte, dessen Rubel dabei eine große Rolle spielten, und dessen Intrigen und Aufhetzungen, durch Andreas Rasumowskij in schamloser Verletzung der Gastfreundschaft offen gepredigt, eine sehr nachteilige Wirkung hatten. Man entdeckte sogar eine Korrespondenz, die einige höhere schwedische Offiziere mit dem russischen Hof unterhalten hatten.

Diese schwedische Verräterei war für Katharina ein größerer Erfolg, als es eine gewonnene Schlacht gewesen wäre; aber noch nicht mit der Intrige zufrieden, die in Gustavs Hauptstadt und Lager getragen wurde, reklamierte sie Dänemarks Beistand gegen Schweden, und diese Macht war jetzt, wie jederzeit, bereit, ihren Nachbar anzugreifen. Durch einen Einfall von Norwegen aus bedrohten die Dänen Götaborg. Aber sobald der englische Gesandte in Kopenhagen, Elliot, davon in Kenntnis gesetzt war, eilte er ins dänische Lager, und von dem preußischen Gesandten, Grafen Rhode unterstützt, bewirkte er durch seine entschiedene Sprache und durch Drohungen, daß ein Waffenstillstand abgeschlossen wurde und die Armee des dänischen Kronprinzen sich sogleich nach Norwegen zurückzog.

Während dieser Zeit hatten die russischen Armeen im Süden mehrere ruhmvolle Siege über die Türken und Tartaren gewonnen, aber das Kriegstheater zeigte ein schreckenerregendes Schauspiel. Hunger, Pest und gräßliche Blutbäder hatten Taurien und die Grenzen Rußlands verheert. Alles, was zum Unterhalt der Armeen nötig war, mußte von weither nachgeschafft werden.

Potiomkin belagerte seit längerer Zeit Otschakow. Eine starke Festung, hinreichende Vorräte, eine zahlreiche Garnison und die Strenge der Jahreszeit schienen diesen Platz uneinnehmbar zu machen. Plötzlich aber befahl Potiomkin einen allgemeinen Sturm, Am 5./16. Dezember 1788 stellte der Dejour-General Rachmanow dem Fürsten Potiomkin vor: »auf den morgenden Tag sei in der Armee kein Stück Holz zur Feuerung mehr,« und der Oberproviantmeister,

General Kachowskij, fügte hinzu: »alle Vorräte seien erschöpft und nicht für einen Tag mehr Brot.« So blieb dem Fürsten nichts anderes übrig, als am nächsten Morgen stürmen zu lassen. *Hermann, Bd. VI, S. 178.* und während er selbst mit seinen Mätressen im Lager zurückblieb, stürmten vier Kolonnen unter dem Oberbefehl des Fürsten Repnin die Verschanzungen und drangen in die Stadt ein. Man schlug sich lange auf den Wällen und in den Straßen der Stadt. Die türkischen Soldaten verteidigten sich mit der hartnäckigen Tapferkeit, die sie als Defensionstruppen von jeher auszeichnete, und starben fast alle mit den Waffen in der Hand. Die übrigen wurden massakriert, und ein großer Teil der unglücklichen Einwohner der Stadt erduldete dasselbe Schicksal. Der im Sturm genommene Ort wurde der Plünderung überlassen, und die Russen drangen in alle Häuser ein, mordeten die Besitzer und überließen sich den greulichsten Verbrechen und wildesten Ausschweifungen. Während dreier Tage und Nächte gestattete Potiomkin diese blutigen Szenen, bei welchen mehr als fünfundzwanzigtausend Türken umkamen. Otschakows Belagerung hatte den Russen übrigens auch zwanzigtausend Mann gekostet, von denen ungefähr sechstausend bei dem Sturme getötet wurden. Davon kamen allein 2000 auf die Sturmkolonne, die als erste in das Fort Hassan-Pascha eindrang und fast bis auf den letzten Mann niedergemacht wurde. *Hermann, Bd. VI, S. 178.*

Man ersieht daraus, daß diese Eroberungen fast ebenso verderblich für die Sieger wie für die Besiegten waren. Aber Katharina wurde dadurch nur zu größerem Eifer in der Fortsetzung des Krieges angespornt und befahl eine neue Truppenaushebung in allen ihren Staaten. Sie wollte gleichzeitig ihre Armeen in der Krim und an den Ufern der Donau verstärken, eine ganz neue in Polen aufstellen und eine bedeutende Macht gegen Schweden marschieren lassen. Aber die Rekruten stellten sich nicht in hinreichender Zahl ein, und man holte aus den Wüsten Sibiriens einen Teil der dorthin Verwiesenen zurück, um sie unter die Truppen zu stecken.

Während dieser Zeit beschäftigte sich Gustav III. mit neuen Rüstungsplänen. Er konnte Katharina die verräterischen, frechen Schritte Andreas Rasumowskijs in Schweden nicht verzeihen, und auch Dänemark trug er den Beistand nach, den es Rußland geleistet hatte.

So wurde denn gleich nach Beginn des Frühjahrs 1789 der Krieg mit verdoppeltem Eifer fortgesetzt. Da die Operationen als allgemein bekannte Tatsachen vorausgesetzt werden können, so braucht hier nur folgendes kurzes Resümee derselben mitgeteilt zu werden:

Admiral Tschitschakow

Die Flotten der beiden Nationen liefen auf der Höhe von Bornholm zusammen, aber ungünstige Winde ließen eine Schlacht nicht zu. Bald darauf stießen sie wieder in der Nähe von Gotland aufeinander, und ungeachtet der russische Admiral Tschitschakow Wassilij Jakoblewitsch Tschitschakow, 1726-1809. und der schwedische Admiral Liljehorn beiderseits einer ernsthaften Affäre ausweichen wollten, kam es doch zwischen den Arrieregarden beider Flotten zu einem Treffen, welches durch die Schuld des schwedischen Admirals unentschieden blieb.

Nicht so gut kam die schwedische Schärenflotte weg; zweimal, am 24. August bei Frederikshamn und am 1. September bei Högfors vom Prinzen von Nassau angegriffen, erlitt sie namentlich in der ersteren Schlacht einen sehr bedeutenden Verlust.

Aber Gustav ward dadurch nicht entmutigt, vielmehr beschloß er, sobald er neue Kräfte gesammelt haben würde, abermals in Rußland einzudringen. Im Frühling 1790 suchte eine große schwedische Flotte, unter dem Befehl des Herzogs von Södermannland, nachmaligem König Karl XIII., die russische im Hafen von Reval auf. Diese Unvorsichtigkeit kostete ihr zwei Schiffe, und der Herzog beging einen noch größeren Fehler, als er beide Flotten, die große sowohl als die Schärenflotte, die Gustav III. selbst kommandierte, in die Bucht von Wiborg führte. Der völlige Untergang der schwedischen Marine schien unausbleiblich, wurde aber durch die beiden russischen Admirale Tschitschakow und Nassau selbst vereitelt.

Tschitschakow nämlich, der ein weit zahlreicheres Geschwader als die ganze schwedische Flotte kommandierte, hatte versäumt, an den Ufern des schmalen Sundes, durch den die Schweden allein entkommen konnten, Batterien aufführen zu lassen. Die Schweden, welche in Ermangelung von Proviant nicht länger in der Bucht von Wiborg liegen bleiben konnten, setzten bei günstigem Winde Segel und sandten einen Brander voraus, der die Russen zwingen mußte, sich zu verstreuen. Aber der Brander geriet unglücklicherweise auf Grund und tat den Russen keinen Schaden, zündete vielmehr im Gegenteil mehrere schwedische Schiffe an, welche der heftige Wind zu nahe an ihn herangetrieben hatte. Neun Schiffe, drei Fregatten und mindestens zwanzig Schärenfahrzeuge gingen durch diesen unglücklichen Zufall zugrunde.

Die schwedische Schärenflotte hatte sich indessen hinter die Klippen von Svenskasund zurückgezogen, die mehrere kleine Inseln bilden. Der Prinz von Nassau-Siegen, dessen Flottendivision doppelt so stark war als die König Gustavs, näherte sich letzterer und griff sie an. Seine Unerfahrenheit gab den Schweden einen unschätzbaren Vorteil. Er wurde vollkommen geschlagen und verlor die Hälfte seiner Schiffe und mehr als zehntausend Menschen.

Die für die Schweden sehr ehrenvolle Schlacht bei Svenskasund beschleunigte den Friedensabschluß. Gustav III. sah die ganze Unvorsichtigkeit seines Verhaltens ein. Er hoffte nicht mehr, daß der Krieg, den er Rußland erklärt hatte, glückliche Folgen für ihn haben oder eine wesentliche Diversion zugunsten der Türkei herbeiführen könne, da er in dem ungleichen Kampf allein gelassen, seine Soldaten unzuverlässig und die versprochene Hilfe von Preußen und England auf die Hemmung Dänemarks und auf leere Versprechungen, sowie auf schwache diplomatische Intrigen beschränkt fand. Nicht stark genug, eine Rebellion niederzuschlagen, fürchtete er, daß die Russen die Schwächung seiner großen Flotte, den schlechten Zustand seiner Finanzen, die Unzufriedenheit und teilweise feile Käuflichkeit des schwedischen Adels benutzen würden, um den Krieg über die Grenzen seines eigenen Reiches zu tragen. Er zögerte daher jetzt nach drei wechselvollen Jahren eines unter den günstigsten Auspizien begonnenen Krieges, mit Erfolgen und Niederlagen gemischt, nicht, die Propositionen anzunehmen, welche ihm die Kaiserin vorschlagen ließ.

Am 14. August des Jahres 1790 wurde der Friedensschluß zu Werelä von den Generalen Igelström auf russischer und Armfeld auf schwedischer Seite unterzeichnet.

Alle, die sich in den Feldzügen der letzten Jahre ausgezeichnet hatten, wurden von Katharina fürstlich belohnt, wobei natürlich die Besieger der Türken an erster Stelle standen. Potiomkin erhielt hunderttausend Rubel und einen Kommandostab, der mit Diamanten besetzt und mit einem Lorbeerkranz umwunden war, dessen Blätter aus massivem Golde bestanden. Kurze Zeit darauf wurde er zum Hetman der Kosaken ernannt, ein Titel den zuletzt der alte Rasumowskij innegehabt hatte.

Dem Fürsten Repnin schenkte die Kaiserin einen Degen, dessen Griff mit großen Brillanten geschmückt war, und dem General Ssuworow einen gleichfalls mit Diamanten reich besetzten Hut. Dieses Geschenk an Ssuworow war um so sonderbarer, als er sich die Liebe seiner Soldaten durch die größte Einfachheit erworben hatte. Mit einer echten Kosakenphysiognomie ausgestattet, war er in seinem ganzen Wesen ein alter unsauberer Russe, auf das Lächerlichste übertrieben und karikiert. Er schmeichelte dabei aber doch der Kaiserin auf eigentümliche Art und kroch vor dem geringsten Popen im Staube, weshalb ihn diese als einen äußerst frommen Mann priesen. Aber er teilte alle Beschwerlichkeiten mit den Soldaten und wurde dadurch unüberwindlich.

Die anderen Generale und Offiziere erhielten ebenfalls Gunstbeweise, und alle Soldaten, welche an der Erstürmung von Otschakow Anteil genommen hatten, wurden mit einer silbernen Medaille belohnt, die im Knopfloch zu tragen war.

Diese Belohnungen dienten unleugbar dazu, in der russischen Armee einen regen Wetteifer zu erzeugen, sich in Erfüllung seiner Pflichten hervorzutun. Jeder Schritt war jetzt durch einen neuen Sieg ausgezeichnet. Ssuworow schlug die Türken bei Fokschany, und als er erfuhr, daß die österreichische Armee vom Großwesir geschlagen und zurückgedrängt worden war, setzte er sich an die Spitze von achttausend Russen und eilte den Österreichern zu Hilfe. Diese letzteren waren bereits auf der Flucht und wurden von den Türken verfolgt, als der kühne Ssuworow anlangte und das Geschick des Kampfes änderte. »Freunde!« schrie er seinen Soldaten zu, »schaut nicht den Feinden ins Auge, sondern auf die Brust, dahin, wo eure Bajonette ihn treffen müssen!« Und in demselben Augenblick stürzte er über die Türken her, richtete ein gräßliches Blutbad unter ihnen an und blieb Herr des Walplatzes. Dieser Sieg, nahe an den Ufern des Flusses Rimnik gewonnen erwarb Ssuworow den Ehrennamen »Rimninskij« und den doppelten Titel eines Grafen des Russischen und Römischen Reiches. Die Rapporte Ssuworows über seine Schlachten lauteten immer höchst eigentümlich und lakonisch. Als er in dem vorhergehenden Kriege die Stadt Turtukaj in Bulgarien eingenommen hatte, schrieb er der Kaiserin diese vier Sätze: »Gott gehört die Ehre! – Katharina der Ruhm. – Turtukaj ist genommen. – Ssuworow ist dort!«

Der wilde General Kamenskij überlieferte alle Plätze, die er einnahm, der Plünderung und verheerte sie durch Feuer und Schwert. So wurde auch die schöne Stadt Galatz in Asche gelegt. Er war besonders grausam gegen die Priester, die er wie Pferde als Zugvieh an die Troßwagen spannen ließ. Die Juden waren Gegenstand seiner besonderen Grausamkeit. Er marterte sie im strengsten Winter durch Übergießen ihres Kopfes mit eiskaltem Wasser.

Ismail widerstand noch den Russen und mußte erst erobert werden. Seit sieben Monaten hatte Potiomkin bereits diese Stadt und Festung belagert und war in wahrer Raserei darüber, daß er sie noch immer nicht hatte einnehmen können. In seinem Lager wie ein orientalischer

Satrap vergangener Jahrhunderte lebend, war er von einer Menge liederlicher Männer und leichtfertiger Weiber umgeben, die sich bemühten, ihm Zerstreuungen zu verschaffen. Eines dieser
Weiber, welches behauptete, die Gabe zu besitzen, den Schleier der Zukunft heben und das
Geschick eines Menschen aus einem Spiele Karten lesen zu können, hatte ihm vorausgesagt,
daß es ihm erst in drei Wochen gelingen würde, die belagerte Stadt einzunehmen. Potiomkin
antwortete lachend, daß er ein viel sichereres Mittel hätte, als auf Prophezeiungen zu lauschen.
In dem Augenblick erteilte er Ssuworow den Befehl, innerhalb drei Tagen Ismail einzunehmen.
Am dritten Tage sammelte Ssuworow seine Soldaten, und nachdem er ihnen gesagt hatte: »Kinder! Unser Proviant ist zu Ende! Kein Pardon!«, unternahm er augenblicklich die Erstürmung.
Zweimal wurden die Russen mit großem Verlust zurückgeschlagen. Endlich aber kletterten sie
über die Wälle, drangen in die Stadt ein und ließen alles, was darinnen war, über die Klinge
springen. Fünfzigtausend Russen und fünfunddreißigtausend Türken mußten die blutigen Lorbeeren mit ihrem Leben bezahlen. Der General schrieb damals seinen Bericht an die Kaiserin
mit den kurzen Worten: »Das stolze Ismail liegt zu Eurer Majestät Füßen!«

Die Grausamkeiten, welche die Armee Ssuworows bei dieser Plünderung von Ismail ausübten,
werden als ewiges Monument der Wildheit russischer Soldaten in den Tafeln der Geschichte
stehen. Sie erwarben Ssuworow den Beinamen: »Muley Ismail«, eine Anspielung auf den Kaiser
von Marokko, der diesen Namen trug, und der, wie man weiß, der blutgierigste und grimmigste
Barbar gewesen ist, der je gelebt hat.

Mehrere französische Offiziere hatten tätigen Anteil an der Erstürmung von Ismail genommen, wurden aber von Potiomkin mit Undank behandelt. Einige Tage darauf nahm dieser an
einem Gespräch teil, welches über die französische Revolution geführt wurde, die ihm wie der
Mehrzahl der an tyrannische Selbstherrschaft und sklavischen Gehorsam gewöhnten vornehmen Russen als ein schlimmeres Verbrechen galt, wie selbst Kirchenschändung und Vatermord,
und sagte zu dem seit 1789 in russischen Diensten stehenden Grafen Langeron: Graf Alexander
Langeron, geb. 13. Januar 1763, gest. 4. Juli 1831. Er erhielt für seine im türkischen Kriege
bewiesene Tapferkeit von Katharina einen Ehrendegen. »Oberst! Ihre Landsleute sind verrückte
Narren. Ich möchte dort sein. Meine Pferdeknechte würden genügen, sie zur Vernunft zurückzuführen!« Langeron, obgleich Emigrant, war doch mit dem ganzen Stolze des Franzosen begabt.
Es empörte ihn, daß man so wegwerfend von seinen Landsleuten redete. Er antwortete: »Fürst!
Das würde Ihnen sicherlich nicht glücken! Nicht einmal mit allen Ihren Armeen, mit allen ihren
Tartaren, Kosaken und Baschkiren.« Bei diesen Worten sprang Potiomkin rasend vor Wut in die
Höhe und drohte, Langeron nach Sibirien zu schicken. Dieser entfernte sich klüglicherweise
augenblicklich und ging dem Fürsten aus dem Wege, bis dessen Zorn verraucht war.

Als Katharina von dem neuen Triumph ihrer Waffen erfuhr, fühlte sie ihren Stolz verdoppelt.
Sie sah im Geiste Polen unter dem Joch, das sie für dasselbe längst in Bereitschaft hatte, sie sah
Preußen entschieden, sie in dieser Absicht zu unterstützen, sie sah das Kabinett von Wien sich
immer mehr der widernatürlichen russischen Allianz zuneigen, ja sie sah sich bereits vor den
Toren von Byzanz. Was Wunder, daß sie jeder Art von Unterhandlungen auswich oder sie laut
verwarf, daß sie die eitlen und unfruchtbaren Drohungen, die ihr der englische Minister Withworth im Namen seiner Regierung überbrachte, nur mit höhnischen und ironischen Grüßen
an Master Pitt William Pitt, der Jüngere, geb. 28. Mai 1759, gest. 23. Januar 1806, seit 1783
englischer Premierminister. beantwortete.

Potiomkin kehrte nach Petersburg zurück, um seinen Triumph zu genießen. Die Kaiserin
empfing ihn mit Enthusiasmus, sie überhäufte ihn mit Geschenken, veranstaltete ihm die glänzendsten Feste und gab ihm außer einem Palast, der der »Taurische« genannt und mit seiner Einrichtung auf sechsmalhunderttausend Rubel geschätzt wurde, ein mit Diamanten reich besetztes
Staatskleid, welches zweimalhunderttausend Rubel gekostet hatte. Potiomkin entwickelte nun
einen Luxus, der alles verdunkelte, was man an den verschwenderischsten Höfen Europas in
dieser Beziehung je gesehen. Eine bizarre Idee war es, daß dieser so unermeßlich reiche Mann
trotzdem höchst selten seine Schulden bezahlte. Wenn sich die Lieferanten bei ihm einfanden
um ihr Geld zu empfangen, sagte er zu seinem Privatsekretär Popow: »Weshalb bezahlst du

diesen Mann nicht?«, und durch ein Zeichen gab er ihm zu verstehen, wie er den Eigentümer der Forderung behandeln solle. Wenn er die Hand öffnete, so hieß das soviel, als Popow möge das Geld auszahlen, wenn er sie aber schloß, so erhielt der Mann trotz seiner Rechnung nicht das geringste. Castéra, Bd. II, S. 212. Seine Mittagstafel kostete täglich achthundert Rubel; dafür war sie aber auch stets mit den leckersten Gerichten besetzt, und die seltensten Früchte prangten auf derselben. Mitten im Winter bekam er zuweilen das Gelüst, Kirschen zu essen. Sie mußten geschafft werden, und er bezahlte die einzelne nicht selten mit mehreren Rubeln. Bei einem Fest, welches er der Kaiserin gab, ließ er auf den Gassen Silbermünzen unter das Volk verteilen.

Bald aber verließ er die Hauptstadt wieder, um zur Armee zurückzukehren. Mit Ehren-und Gunstbeweisen überschüttet, von Wollust und Vergnügungen aller Art übersättigt, war ihm zuletzt alles zum Ekel geworden. Eine düstere Ahnung schien ihn zu verfolgen. Es genügte ihm weder die an Vergötterung grenzende Ergebenheit, die man ihm bewies, noch freute er sich über die Wohltaten Katharinas, am allerwenigsten aber war er mit sich selbst zufrieden. Das Vorhandensein eines neuen Günstlings verdroß ihn ganz besonders.

Dieser Günstling war Platon Subow. Fürst Platon Alexandrowitsch, Generalfeldzeugmeister und Generaladjutant, 1767-1822. Die Veranlassung zu seines Vorgängers Ungnade, und zu seiner eigenen Erhebung war folgende:

Mamonow war von der Kaiserin herzlich geliebt, aber er erwiderte ihre Gefühle nicht. Wie Potiomkin, war auch er nicht zufrieden mit den reichen Geschenken, die ihm Katharina gab, sondern betrog sie außerdem noch um unermeßliche Summen. Er lebte daher an ihrer Seite wie ein Sklave, und die Ketten drückten ihn darum nicht weniger, weil sie von Gold waren. Sein Herz war überdies nicht gefühllos. Unter Katharinas Hoffräuleins befand sich eine Prinzessin Schtscherbatow, ein junges, schönes und geistreiches Mädchen. Es dauerte nicht lange, so war Mamonow von ihrer Anmut eingenommen. Aber noch hatte die Leidenschaft nicht die Grenzen der Ehrfurcht überschritten, als er eines Tages Potiomkin mit feurigem Enthusiasmus die Reize und den Geist der Prinzessin Schtscherbatow rühmen hörte. Mamonow bebte. Er kannte Potiomkins Allmacht, er wußte, daß, wenn derselbe einen Wunsch hegte, er sich durch nichts an seiner Verwirklichung beirren lasse. Mamonow beeilte sich, der Prinzessin seine Liebe und seine Verzweiflung zu gestehen, und diese, um ihn zu beruhigen, bewilligte ihm, was er fürchtete von seinem Nebenbuhler geraubt zu sehen. Als Potiomkin sich zur Armee begab, fühlte Mamonow sich vollkommen sicher im Besitz seiner Geliebten.

Diese Intrige spielte merkwürdigerweise lange, und obschon sie der ganze Hof kannte, hatte Katharina doch nicht das geringste gemerkt. Neid übernahm es endlich, sie über ihre Verblendung aufzuklären und das gefährliche Geheimnis zu entschleiern. Sie erhielt bald die unzweideutigsten Beweise von Mamonows Verrat. Wennschon sie sich durch diese Entdeckung auf das tiefste beleidigt fühlte, beobachtete sie dennoch Verstellung. Es war im Sommer 1789. Der Hof befand sich gerade in Czarskoje Selo, und die Tochter des Grafen Bruce, eine der reichsten Erbinnen des Reiches, wurde ihr eines Tages vorgestellt.

Katharina benutzte diese Gelegenheit und sagte zu Mamonow, sie wolle ihn mit der jungen Gräfin Bruce vermählen. Er bat sie, das nicht zu tun, und auf ihre Frage nach der Ursache seiner Weigerung gestand er endlich in großer Verwirrung, daß er bereits der Prinzessin Schtscherbatow Treue geschworen habe. Diese offene Erklärung entwaffnete den Zorn der Kaiserin. Die Verlobung der beiden Liebenden wurde dem Hofe sogleich bekannt gemacht, und schon einige Tage darauf wurden sie in der Kapelle des Palasts getraut. Graf Nikolaj Iwanowitsch Saltykow, Nikolaj Iwanowitsch Saltykow, General en chef, geb. 24. Oktober 1736, gest. 28. Mai 1816. der Gouverneur der beiden jungen Großfürsten Alexander und Konstantin, war im Auftrage der Kaiserin Zeuge der heiligen Zeremonie. Die beiden jungen Gatten begaben sich unmittelbar nach derselben nach Moskau. An Brautgeschenken gab die Kaiserin dem neugebackenen Ehemann einhunderttausend Rubel in bar, einen Ring für fünftausend Rubel und zweitausensiebenhundert Bauern in der schönen Statthalterschaft Nischni-Nowgorod. Ihre Verschwendung in dieser Hinsicht rechtfertigte Katharina für gewöhnlich mit Gründen finanzpolitischer Art. So sagte sie zum Fürsten Ligne, der sie *Katharina den Großen* zu nennen pflegte: »Meine angebliche Verschwendung ist Sparsamkeit; alles das bleibt im Lande und kommt eines Tages wieder an mich zurück.« Mémoires et mélanges... par le Prince de Ligne, Paris 1827, Bd. II, S. 358; Masson, Bd. I, 3. Abt., S. 98.

An demselben Tage, an welchem Mamonow in Ungnade fiel, wurde Platon Subow Günstling, der bis dahin als Offizier bei der Garde zu Pferde gestanden hatte. Potiomkin vernahm das mit dem größten Ärger. Er schrieb der Kaiserin darüber und tat alles mögliche, um sie zur Verabschiedung ihres neuen Liebhabers zu bewegen. Aber von dem ersten Tage seiner Erhebung an hatte Subow es verstanden, Katharina so für sich einzunehmen, daß er keinen Nebenbuhler zu fürchten brauchte. Die Kaiserin antwortete Potiomkin, daß, solange sie keinen Anlaß habe, mit Subow unzufrieden zu sein, sie ihn nicht verabschieden könne. Potiomkin blieb jedoch bei seinem Verlangen. Er sagte eines Tages zu einem Offizier, den er mit Depeschen an die Kaiserin schickte: »Sage ihr, daß ich einen Zahn habe, der mir viel Schmerzen und Unruhe verursacht, und daß ich mich nicht eher zufrieden geben werde, als bis ich von demselben befreit sei.« Es war dies ein Wortspiel: das Wort »Sub(ow)« bedeutet im Russischen »Zahn«.

Der am 20. Februar 1790 eingetretene Tod Kaiser Josephs II., Folge einer fieberartigen Krankheit, welche er sich in den Sumpfgegenden der unteren Donau zugezogen hatte, verwandelte Österreich in eine mehr zuschauende als kriegführende Macht und verwies Katharina daher bei Bekämpfung der Ottomanen auf ihre eigenen Kräfte. Josephs Nachfolger Leopold II., Leopold ll., 1790-1792, geb. 5. Mai 1747. dessen erleuchtetem Geiste der ungewisse Besitz einiger Provinzen nicht die Gefahr der Nachbarschaft eines vergrößerten Rußlands aufwog, wünschte einen Krieg zu beenden, in welchen ihn der ungezügelte Ehrgeiz seines Vorgängers geworfen hatte. Er gab den Vorstellungen Preußens und noch mehr den Wünschen seines eigenen Landes bereitwillig nach, welches der ungerecht begonnene und unglücklich geführte Kampf verheert hatte, beeilte sich, sich von Rußland zu trennen, und schloß, nachdem in der Konvention zu Reichenbach der erste Schritt zur Annäherung geschehen war, einen Separatfrieden mit der Türkei.

Friedrich der Große lebte nicht mehr. Er hatte am 17. August 1786 sein taten-und ruhmreiches Leben beschlossen. Fünf Jahre waren bereits verstrichen, seit das Los aller Erdengeborenen auch ihn ereilt hatte. Aber ungeachtet er nicht mehr atmete, herrschte doch noch sein Geist im Kabinett zu Berlin. Einige Zeit bevor Leopold mit den Türken Frieden machte, hatte Friedrich Wilhelm II. Friedrich Wilhelm II., König von Preußen, 1786-1797, geb. 25. September 1744. beschlossen, denselben durch eine zu ihren Gunsten unternommene Diversion Luft zu schaffen. Um zuerst Österreich von Rußland abzuziehen, bedrohte er Böhmen. Katharina sah sich daher plötzlich in der Lage, nicht nur einen Bundesgenossen verloren zu haben, sondern auch von der Gefahr bedroht, durch einen neuen Feind angegriffen zu werden. Dieser Feind zog zwar nicht direkt sein Schwert gegen sie, reizte und beunruhigte sie darum aber nicht weniger. Er benutzte die unzufriedenen Polen, um durch sie Einfluß zu gewinnen und Rußlands Verlegenheit zu vergrößern. Thorn und Danzig waren die Ziele, die ihm in die Augen stachen. Aber er wollte sie lieber durch eine freiwillige Abtretung erlangen, als durch eine neue Verbindung mit Katharina. Der preußische Gesandte Girolamo Lucchesini, Marchese, geb. 7. Mai 1751, gest. 20. Oktober 1825, seit 1789 preußischer Gesandter in Warschau. mußte deshalb in Warschau versichern, daß es Friedrich Wilhelms Absicht sei, Polen seinen alten Glanz, Ruhm und seine Freiheit wiederzugeben und Europa gegen den Ehrgeiz der nordischen Barbaren zu schützen. Nachdem er den Abschluß eines Bündnisses zwischen Polen und Preußen vermittelt hatte, ließ dieses seine Armeen an die Grenzen rücken und bemächtigte sich endlich unter dem Vorgeben, sie verteidigen zu wollen, der Städte Danzig und Thorn.

Die Kaiserin sah ein, daß ihre Siege sie ruinierten, und daß ihre Eroberungen im Süden sie leicht die Provinzen verlieren lassen könnten, die sie in Polen besaß. So nahm sie denn die Vermittelung der Kabinette von London, Berlin und dem Haag an, die der Pforte die Friedensbedingungen der Kaiserin deklarierten und erklärten, daß, wenn der Diwan diese nicht annehmen werde, sie seine Sache verlassen und es ihm anheimgeben müßten, selbständig den Krieg gegen Rußland fortzusetzen.

Ein Kongreß, anfangs in Sistowa versammelt, wurde bald wieder aufgelöst. In Galatz, wo er später wieder zusammentrat, wurden endlich die Friedenspräliminarien vom Fürsten Repnin und dem Großwesir Jussuf unterzeichnet; der definitive Traktat folgte am 9. Januar 1792 in Jassy.

Dieser Frieden erregte in England und seinem Parlament große Mißstimmung, besonders weil er Rußland im Besitz Otschakows ließ und dadurch zum Herrn des ganzen östlichen Polens machte, sowie ihm einen günstigen Stützpunkt für fernere Unternehmungen gegen Konstantinopel gab. Gemäß diesem Traktat wurde der Dnjestr die Grenze beider Reiche. Die Privilegien der Moldau und Walachei wurden aufrechterhalten.

Österreich hatte während des Krieges, dem der Frieden von Jassy ein Ende machte, viermalhundertunddreißigtausend Soldaten verloren und dreihundert Millionen Gulden geopfert. Rußland verlor zweimalhunderttausend Menschen, fünf Linienschiffe, sieben Fregatten, achtzig andere kleinere Fahrzeuge und verausgabte dreihundert Millionen Silberrubel. Die Türken verloren dreimalhundertunddreißigtausend Menschen, sechs Linienschiffe, vier Fregatten, mehrere kleinere Fahrzeuge und brachten an Geldopfern zweihundertundfünfzig Millionen Piaster.

Potiomkin erlebte die Ehre nicht, den Frieden zwischen Rußland und der Pforte abzuschließen. Zwar hatte er sich noch zum Kongress nach Jassy begeben, war aber sogleich von dem dort herrschenden epidemischen Fieber ergriffen worden und konnte sich also nur wenig mit den Negoziationen beschäftigen. Das war ein Glück für die Türken, denn seine unbeugsame Hartnäckigkeit und sein stolzer Übermut hätten ihnen gewiß drückendere Bedingungen auferlegt, als sie sie wirklich erreichten. Ein deutlicher Beweis dafür war die Behandlung, die der Großwesir Jussuf von Potiomkin erfuhr. Jener ersuchte ihn nämlich, die äußere unwesentliche Form einiger Friedensbedingungen in etwas abzuändern, weil er sonst mit ihnen zugleich sein Todesurteil unterschreiben müßte. Potiomkin aber antwortete dem Großwesir, daß er zwar von der Richtigkeit seiner Auffassung überzeugt sei, jedoch die Bedingungen trotzdem nicht ändern würde.

Potiomkin hatte die berühmtesten und geschicktesten Ärzte aus Petersburg zu Rat gezogen, aber er beachtete ihre Vorschriften nicht, sondern überließ sich nach wie vor der ausschweifendsten Lebensweise. Bis zur Übertreibung unmäßig, aß er zum Frühstück mehrere Eier, große Portionen geräucherten Rindfleisches oder fetten Schinkens, trank eine Bouteille Wein oder Danziger Likör und dinierte später mit derselben Gier. Nicht seiner Unmäßigkeit, die allein daran Schuld war, sondern der Luft von Jassy schrieb er es zu, daß seine Krankheit sich fortwährend verschlimmerte. Er wollte dem nachteiligen Einfluß derselben durch einen Luftwechsel entgehen und beschloß daher, sich nach Nikolajew zu begeben. Am zweiten Tage seiner Reise, kaum drei Meilen von Jassy entfernt, befand er sich viel schlechter. Er stieg aus dem Wagen und gab mitten auf der Landstraße unter einem Baum seinen Geist auf. Er starb in den Armen einer seiner Nichten, der Fürstin Golitzyn, geborenen von Engelhardt, am 16. Oktober 1791 im Alter von fünfundfünfzig Jahren. Seine Leiche wurde von Jassy nach Cherson geführt und dort begraben. Die Kaiserin bewilligte die Summe von hunderttausend Silberrubeln zur Errichtung eines Mausoleums für ihn; dies Denkmal wurde indessen nicht errichtet, vielmehr ließ Kaiser Paul späterhin den Leichnam des Günstlings seiner Mutter aus dem Sarge reißen und in den Festungsgraben werfen. Alexander I. sorgte für seine Wiederbestattung.

In Petersburg behauptete man, Potiomkin sei an Gift gestorben. Aber bei der Leichenöffnung, die man in Jassy vornahm, ergab die Untersuchung des Magens und der Eingeweide nicht das geringste, was diesen Verdacht gerechtfertigt hätte.

Sobald der Riese gefallen, kritisierten die Zwerge, welche sich bei seinen Lebzeiten vor seinem Blick verkrochen hatten, mit scharfer Zunge seine geringsten Handlungen, ja sie schämten sich der Ehrfurcht, die er ihnen eingeflößt hatte. Sie konnten es gar nicht begreifen, wie ein Mann, der außer allen erdenklichen Lastern nichts weiter besessen hatte, als Kühnheit und Talent zu Intrigen, so lange das Reich und die Kaiserin hatte beherrschen können.

Potiomkin sah, seit er vom gemeinen Soldaten zum Günstling avanciert war, die Leidenschaft Katharinas mehrere Male wechseln, aber er verlor den Einfluß nicht, den er auf sie und ihre Handlungen ausübte. Er diente ihr mit Enthusiasmus, denn wie sie anfangs das Idol seines Herzens gewesen war, wurde sie später die Quelle seines Ruhms. Die Natur schien diese beiden seltenen Charaktere zu gegenseitiger Ergänzung erschaffen zu haben. In einem Briefe Potiomkins an Katharina heißt es: »Wundere Dich nicht, daß ich mich wegen unserer Liebe beunruhige. Außer Deinen zahlreichen Wohltaten mir gegenüber hast Du mich auch in Dein Herz eingeschlossen. Ich will da einer sein, der höher steht als alle früheren!« Dazu hat Katharina die Randbemerkungen gemacht: »Sei ruhig!« und »Fest und sicher bist du das und wirst es sein!« *Memoiren Katharinas II. Inselverlag, Bd. II, S. 336.* Als Liebe sie nicht mehr vereinigte, banden sie Ehrgeiz, Politik und Freundschaft, und seit dieser Zeit waren die Geliebten der Kaiserin kaum etwas anderes, als die Lustdirnen Potiomkins.

Seine Würden, sein Ansehen und seine Reichtümer nahmen unaufhörlich zu. Fast alle Regenten Europas überhäuften ihn mit Gunstbeweisen, ohne daß er dafür dankbar gewesen wäre: er schmückte sich mit ihren Orden und nahm ihre Geschenke als schuldige Tribute an. In seinen Kriegs-oder Friedensplänen wurde er nur von seinem Ehrgeiz und seiner Habgier geleitet und war daher von fremden Mächten zu erkaufen.

In seinem Ehrgeize war er unbeständig und launisch, da der höhere Zweck des Staatswohls ihm fremd war, und er nichts als äußeren, die Augen der Menge blendenden Glanz erstrebte, mit dem er sich bedeckte, während er sich den Anschein gab, als verachte er ihn. Seine Pläne wurzelten darin, Herzog von Kurland und König von Polen zu werden, und erst, als er diese Regenten eine untergeordnete Rolle spielen sah, kam er auf den Gedanken, die Ottomanen aus Europa zu vertreiben und aus den Trümmern ihres Reichs und aus griechischen Elementen neue Reiche zu bilden, deren eines er zu erlangen oder doch in Katharinas Namen zu beherrschen hoffte.

Von dem ersten Augenblick seiner Gunst und Gewalt an behandelte er alle, die ihm nahten, auf despotische Weise. Er allein wollte der Mächtige sein und wußte dies mit rohem Übermut zu zeigen, indem er jeden durch Verdienst, Geburt oder Reichtum Ausgezeichneten durch Grobheit niederhielt und ohne Rücksicht auf Rang die Eingeborenen mit Worten und Schlägen mißhandelte. In einem einfachen, oft schmutzigen Schlafrock und mit nackten Beinen auf einem Sofa ausgestreckt, empfing er die Würdenträger des Reichs, angesehene Fremde, auswärtige Gesandte, die ihm ihren Besuch machten, und hörte die Vorträge derselben mit dem Stolz eines Herrschers an.

Bis zum Überdruß gesättigt durch sinnlose Lust, sah Potiomkin seine Größe darin, sich alles zu erlauben, und fand nur noch Erholung und Ermunterung in den Aufregungen des Spiels. Nichts konnte er sich versagen, und mit grenzenloser Vergeudung der Staatsgelder, mit mutwilliger Aufopferung des Lebens anderer Menschen suchte er jede Laune des Augenblicks zu befriedigen. Wir zeigten schon, bis zu welchem Grade von Niedrigkeit ihn seine Habsucht fortriß. Obschon ihm die Monarchin jeden Wunsch erfüllte und die Summen, welche sie ihm schenkte, allen Glauben überstiegen, scheute er sich doch nicht, Gelder, die ihm für andere Zwecke anvertraut waren, zu behalten, ja er erdichtete sogar Zahlungsbefehle der Kaiserin an die Kassen, um Gelder an sich zu reißen, deren er für seine zeitweise an Wahnsinn grenzende Verschwendung bedurfte, oder die er der Leidenschaft des Spiels opferte.

Als er sich eines Tages in Mohilew befand, wo Passek der wegen seiner Beteiligung an der Entthronung Peters III. zum Kommandanten ernannt war, Bank hielt, pointierte er ungemein hoch. Passek suchte durch das Schlagen einer Volte die ihm ungünstige Karte wegzuschaffen. Potiomkin merkte es, faßte Passek beim Kragen und prügelte ihn tüchtig durch. Alle, die Zeugen dieses eklen Vorfalls waren, glaubten Passek verloren. Aber er hatte eine Tochter, die Kammerfräulein bei der Kaiserin und sehr schön war. Dies genügte, um ihm bei Katharina sowohl als bei Potiomkin Gnade auszuwirken.

Gegen die Kaiserin selbst bewies Potiomkin solchen Trotz, daß man sogar erzählte, er habe seine Gebieterin zu schlagen gewagt. Gewiß ist, daß er sich ihren Wünschen oft widersetzte und geflissentlich das Gegenteil tat. Dagegen täuschte er sie wieder durch kühne Schmeichelleien, wie sie nur dem phantastischen Sinn des gebildetsten Hofmannes entspringen können. Katharina wußte übrigens recht gut, wie sie mit ihm dran war. Aber sie stellte sich, als merke sie seine Schwächen und Fehler nicht: ein Opfer ihres ersten Vertrauens, ließ sie ihn schließlich aus Gewohnheit im Besitz desselben, bis sie es für gefährlich halten mußte, es ihm wieder zu entziehen. Nachdem sie ihn gebraucht hatte, um die Prätensionen Grigorij Orlows zu bekämpfen, wußte er sie in der Meinung zu erhalten, daß er für ihre Sicherheit unentbehrlich sei. Sie sah in ihm nur den entschlossenen, vor nichts zurückschreckenden Mann, der durch Gewalt und Kühnheit jeden Gedanken an Widerstand niederschlug. Der Großfürst, den die Kaiserin fürchtete, Graf Panin und die Ersten der Nation haßten Potiomkin, aber gerade in diesem Haß wurzelte der Einfluß, ja die in den letzten Jahren unumschränkte Macht des Günstlings, vor welcher selbst die Kaiserin zitterte.

Potiomkins Charakter bildete ein Gemisch der heterogensten Eigenschaften. Er war eitel und verwegen, großartig und kleinlich, hochfahrend und schmeichlerisch, offen und falsch, verschwenderisch und geizig, roh und wieder Bildung und Künste fördernd (die Musik liebte er so, daß er stets achtzig Musiker in seinem Gefolge hatte). Natürlich ist er deswegen auf die verschiedenste Weise beurteilt worden. Einige erblickten in ihm einen außerordentlichen Menschen, dessen Fehler nur als Mißverhältnisse seiner an sich großen Eigenschaften anzusehen wären. Andere dagegen sahen in ihm nur einen gemeinen Menschen ohne jeden sittlichen Halt und nur von außerordentlichen Umständen begünstigt, in großen Verhältnissen wirken zu können. Der preußische Gesandte, Graf Görtz, Johann Eustach Graf von Schlitz, genannt von Görtz, geb. 5. April 1737, gest. 7. August 1821, 1779-85 Gesandter in Petersburg. sagt von ihm: »C'est un homme, qui a du génie et des talents, mais dont l'esprit et le caractère n'invitent pas à l'aimer ni à l'estimer.«

Graf de Ségur, der französischer Gesandter am Hofe Katharinas II. war, hat folgendes Porträt des allmächtigen Günstlings geliefert:

»Fürst Grigorij Alexandrowitsch Potiomkin war einer der außerordentlichsten Männer seines Jahrhunderts; um aber eine so merkwürdige Rolle spielen zu können, als er sie wirklich gespielt hat, mußte er in Rußland geboren sein und zur Zeit der Regierung Katharinas und an ihrem Hofe gelebt haben. In jedem anderen Lande, zu jeder anderen Zeit und unter jedem anderen Souverain würde er nicht am Platze gewesen sein; aber der Zufall schuf diesen Mann gerade in dem Zeitabschnitt der für ihn der passendste war. Er rief alle notwendigen Umstände hervor und vereinte in seiner Person auch die sich widersprechendsten Mängel und Vorzüge. Er war geizig und verschwenderisch, despotisch und volkstümlich, hart und mitleidig, hochmütig und demütig, liederlich und abergläubisch, kühn und feige, verschlossen und indiskret. Freigebig gegen seine Verwandten und seine Mätressen, bezahlte er oft seine Gläubiger nicht. Sein Kredit beruhte stets auf einem Weibe, – und diesem Weibe war er immer untreu. Nichts konnte mit der Lebendigkeit seiner Seele oder der Leichtigkeit seines Körpers verglichen werden. Keine Gefahr vermochte seinen Mut herabzustimmen, keine Schwierigkeit die Ausführung eines Planes zu verhindern; aber der Erfolg desselben mißfiel ihm oft.

»Er ermüdete das Reich durch die Menge seiner Ämter und durch seine grenzenlose Macht. Er selbst war aber unter der Schwere seines Daseins ermattet, beneidete dennoch alles, was er nicht selbst tat, und ermüdete bei allem, was er unternahm. Er wußte weder die Ruhe zu schätzen, noch einen Genuß aus seinen Beschäftigungen zu ziehen. Alles an ihm war schwankend, Arbeit, Vergnügen, Charakter und Haltung. In der Gesellschaft zeigte er sich mit verlegener Miene, und seine Gegenwart fiel jedermann beschwerlich. Er versprach immer, hielt selten und vergaß nie. Niemand hatte weniger gelernt als er; aber wenige waren vielwissender. Niemand hatte es besser verstanden als er, im Gespräch mit anderen Männern, die in allen Beschäftigungen, Wissenschaften und Künsten bewandert waren, sich das Wissen derselben anzueignen. Er überraschte in der Konversation oft Schriftsteller, Fachgelehrte, Künstler und selbst Theologen. Seine Gelehrsamkeit war keine tiefe, aber eine umfassende.

»Die Verschiedenheit seiner Launen machte sein Verlangen, sein Betragen und seine Lebensweise bizarr. Er baute prächtige Paläste, wollte sie aber meist schon wieder verkaufen, noch ehe sie halb fertig waren. Eines Tages träumte er nur von Krieg und war allein von Offizieren, Tartaren und Kosaken umgeben. Am folgenden Tage dachte er nur an Politik und wollte alle Kabinette Europas in Bewegung setzen. Dann wieder zu einer anderen Zeit beschäftigte er sich mit dem Hofe und dessen Intriguen, schmückte sich mit allen möglichen Ordensbändern, strahlte von Brillanten und gab ohne Veranlassung üppige Feste. Und wieder zu einer anderen Zeit sah man ihn einen ganzen Monat hindurch jeden Abend bei einem jungen Mädchen in der Stadt verbringen und alle Staatsangelegenheiten und jeden Anstand vergessen. Während mehrerer Wochen schloß er sich dann wieder in seinen Zimmern ein, auf einem Sofa liegend und Schach oder Karten mit seinen Schwestertöchtern spielend. In einen schmutzigen Schlafrock gekleidet, ohne Halstuch, mit dunkler Stirn und zusammengezogenen Augenbrauen, stellte er denen, die ihn besuchten, das Bild eines groben und unsaubern Kosaken dar.

»Alle diesen Eigenheiten mißfielen oft der Kaiserin, machten ihn ihr aber um so pikanter. Solange er jung war, hatte er sie durch sein feuriges Temperament und seine männliche Schönheit eingenommen, im reiferen Alter gefiel er ihr noch, indem er Katharinas Stolz schmeichelte, ihre Furcht stillte, ihre Macht befestigte und ihre Träume von einem orientalischen Reich und der Vertreibung der Barbaren aus Europa unterhielt.

»Mit achtzehn Jahren Unteroffizier, bewog er an dem Revolutionstage Potiomkin war 1736 geboren und damals also sechsundzwanzig Jahre. Auch Katharina spricht irrtümlicherweise von einem »Unteroffizier von siebzehn«. Memoiren Katharinas II., Inselverlag, Bd. II, S. 328. die Schwadron der Garde zu Pferde, in welcher er diente, zu den Waffen zu greifen. Bald der Nebenbuhler Orlows, tat er für seine Herrscherin alles, was eine romantische Leidenschaft eingeben kann. Von dem erwähnten Rivalen verjagt, suchte er den Tod auf dem Schlachtfelde, begegnete aber nur der Ehre auf demselben. Als glücklicher Liebhaber gab er seine heuchelnde Rolle auf und suchte selbst nach neuen Liebhabern, die er der Kaiserin zuwandte, und wurde ihr Vertrauter, ihr Freund, ihr General und ihr Minister.

»Potiomkin starb plötzlich in der Moldau, und, wie man ein leuchtendes Meteor bald mit einem flüchtigen Glanze verschwinden sieht, so folgte auch ein tiefes Vergessen der Erscheinung Potiomkins. Dieser Despot, welcher alles anfing; ohne irgend etwas zu vollenden, hatte die Finanzen zerstört, die Armeen desorganisiert, das Land ruiniert und mit neuen Wüsten bereichert; doch der Ruhm der Kaiserin nahm durch ihre Eroberungen zu, – die Bewunderung fiel auf sie zurück, aber der Haß auf ihre Minister. Die Nachwelt, stets gerechter als die Zeitgenossen, wird sie jedoch mit gleichem Maße messen. Sie wird Potiomkin nicht groß nennen, aber ihn nichtsdestoweniger immer als einen außerordentlichen Mann erwähnen; und wenn man ihn wahrheitsgetreu schildern will, kann man ihn als ein wirkliches Emblem, als ein lebendes Bild des Russischen Reiches darstellen.

»Er war kolossal, wie es Rußland selbst ist. Er zeigte, wie dieses, Kultur und Barbarei; man sah in ihm den Asiaten und Europäer, den Tartaren und Kosaken, die Roheit des elften Jahrhunderts und die Verderbtheit des achtzehnten. Oberflächlichkeit in Wissenschaft und Kunst – und klostergleiche Unwissenheit; einige äußere Spuren von Zivilisation, aber noch mehr von Barbarei; und man kann sagen, daß auch sein eines offenes und sein anderes geschlossenes Auge an das immer offene und stürmische Schwarze Meer und an das stillere eisbedeckte Weiße Meer erinnerten.«

Dieses Porträt kann gigantisch erscheinen; aber diejenigen, die Potiomkin kannten, mußten bezeugen, daß es ihm unverkennbar glich. Er hatte große Fehler; aber ohne diese hätte er nicht herrschen können, weder über die Selbstherrscherin noch über ihr Land. Der Zufall machte ihn, wie er sein mußte, um über eine so außerordentliche Frau, wie Katharina II. sie war, herrschen zu können.

VIII

Der russische Hof beim Tode Potiomkins. – Kosciuskos Erhebung. – Die letzte Teilung Polens. – Ermordung Gustavs III. – Der Tod Leopolds II. – Die französischen Emigranten in Rußland. – Gustavs IV. Reise nach Petersburg. – Die Eroberungen in Persien. – Tod Katharina II.

Als Lanskoj, der Geliebte der Kaiserin, gestorben war, schloß sie sich in ihre Zimmer ein und wollte, sich der bittersten Trauer überlassend, vor Hunger sterben. Als sie Potiomkins Tod erfuhr, schloß sie sich auch wieder ein, aber nur um sich mit der Administration des Reiches zu beschäftigen. Sie arbeitete ohne Unterbrechung fünfzehn Stunden und verteilte die verschiedenen Ämter, welche Potiomkin verwaltet hatte, unter ihre Minister.

Besborodko wurde auf den Kongreß nach Jassy gesandt und schloß dort den Frieden ab. Bei seiner Rückkehr wurde er an die Spitze der auswärtigen Angelegenheiten gestellt und genoß im Anfang seiner neuen Tätigkeit großes Vertrauen.

Der Günstling Platon Subow, der bisher allen Staatsangelegenheiten fremd geblieben war, nahm jetzt auch an denselben teil. Er verlangte Rat von dem intriganten Arkadij Markow, und erhielt ihn auch, da Markow nach Macht und Einfluß strebte. Markow wurde dafür durch das unbegrenzte Vertrauen des Günstlings und der Kaiserin belohnt. Sie bildeten eine geheime Kamarilla, in welcher die wichtigsten Angelegenheiten verhandelt wurden, und von welcher Besborodko ausgeschlossen blieb, wodurch er bald sehr viel von seinem Einfluß einbüßte.

In den Zusammenkünften der Kamarilla, welche aus Subow, Markow, dem Kriegsminister Nikolaj Saltykow und einigen anderen bestand, befaßte man sich damit, die von Katharina schon seit langem vorgeschlagene gänzliche Auflösung Polens und die Einverleibung der meisten Provinzen dieses Reiches in den russischen Staat zu verwirklichen.

Die Kaiserin konnte es den Polen nicht verzeihen, daß sie vor ihr eine Allianz mit Preußen abgeschlossen hatten, die ihre Eifersucht auf diesen Staat und seinen neu gewonnenen Einfluß lenken mußte. Noch unverzeihlicher aber war in ihren Augen der große nationale Aufschwung, der in jenen Tagen die polnischen Provinzen durchbrauste. Überall war nur die Rede von der Organisation einer weiseren Regierung, um unter ihrer Leitung die Ketten der Tyrannei zu brechen. Der russische Gesandte, dessen Hotel in Warschau sonst stets belebter zu sein pflegte, als selbst das des Königs, sah sich plötzlich vereinsamt. Der Adel brachte Opfer, die Bürger legten ihr Hab und Gut auf den Altar des Vaterlandes und boten ihre Arme an. Ein kluger und patriotischer Reichstag beschäftigte sich mit den notwendigen Reformen, der König teilte den allgemeinen Enthusiasmus, unterstützte die großmütigen Anstrengungen, und die am 3. Mai 1791 verkündete Konstitution war das Resultat des Nationalwillens, aber auch ein neuer Grund, das unglückliche Polen zum Ziel des tätigen Ehrgeizes Katharinas zu machen. Von ihren Racheplänen erfüllt, befahl sie ihrem Gesandten in Warschau, Bulgakow, in ihrem Namen mit Androhung von Gewaltmaßregeln als Schützer der alten beseitigten Verfassung Polens aufzutreten.

Der versammelte Reichstag nahm diesen Schritt mit ruhiger Würde auf, der alsdann ein edler Enthusiasmus für die kräftigste Verteidigung folgte. Die ganze Nation teilte die Gefühle des Reichstages. Der König selbst schien von dem allgemeinen Eifer mit fortgerissen zu werden, und man glaubte, daß er seinen alten Servilismus gegenüber Rußland, sowie seine gewohnte Trägheit aufgeben und sich zum Verteidiger der Freiheit aufwerfen würde. Man sammelte in größter Eile eine Armee, deren Befehl dem Fürsten Poniatowski Joseph Anton Poniatowski, geb. 17. Mai 1763, gest. 19. Oktober 1813. anvertraut wurde, dessen geringe Erfahrung allerdings wenig Erfolg versprach.

Polen konnte gegen Katharina fünfzigtausend Mann aufbringen. Aber diese Macht, die in mehrere Detachements geteilt werden mußte, sah sich bald zwischen einer Armee von achtzigtausend Russen, die aus Beßrabien vorrückte, und einer zweiten von zehntausend, die um Kiew gesammelt war, und einer dritten von dreißigtausend, welche in Lithauen eindrang, zusammengedrängt.

Es kann hier nicht die Rede davon sein, die verschiedenen Kämpfe zu schildern, welche die
polnische Erde so reich mit Blut getränkt haben. Es war in jenen Tagen, wo Thaddäus Kosciusko, Geb. 12. Februar 1746, gest. 15. Oktober 1817. damals noch als Unteranführer, an der
Seite des Fürsten Poniatowski die Eigenschaften entwickelte, welche ihm das Vertrauen seiner
Nation, den Haß der Russen und die Achtung des ganzen übrigen Europas erwarben.

Während dieser Zeit hatte Katharina durch ihren Gesandten im geheimen dem König von
Preußen die definitive Teilung Polens vorgeschlagen. Der König mochte sie möglicherweise
ebenso sehr wünschen als sie selbst, aber er hatte sich im Jahre 1790 verpflichtet, Polen zu
verteidigen, die Intregrität des Reiches und die Freiheit der Reichstage zu garantieren und zu
schützen, und zögerte daher, den Vorschlag Katharinas anzunehmen. Inzwischen gewann die
Kaiserin heimlich in Polen selbst die beiden Brüder Kassakowski, den Hetmann Branicki, Franz
Xaver Graf von Branicki, 1764 Generaladjutant und Großkronjägermeister. den Woiwoden Se-
verin Rzewuski und vor allem Felix Potocki, Stanislaus Felix Graf von Potocki, 1745 – 1805,
1788 Großfeldherr der polnischen Artillerie. Mitglieder des hohen Adels, die in ihrem Ehrgeiz
mit Ärger und Bedauern die Hoffnung schwinden sahen, den Thron besteigen zu können. Sie
wurden Sklaven Rußlands und bildeten den Kern der berüchtigten Konföderation zu Targowice,
14. Mai 1792. welcher man die letzten Unglücksfälle Polens zuschreiben muß. Kaum war diese
Konföderation organisiert, so zwang Katharina den König Stanislaus, öffentlich die Erklärung
abzugeben, daß er, der Übermacht der russischen Armee weichend, derselben beiträte.

Offene feindselige Schritte und geheimer Privatbriefwechsel zwischen der Kaiserin und ihm
brachten den unglücklichen Monarchen dahin, sich dieser tiefen Erniedrigung zu unterwerfen:
er befahl seiner Armee, die Waffen niederzulegen. Aber selbst diese Demütigung verschaffte
ihm keine schonendere Behandlung von Seiten der Frau, der er einst so nahe gestanden.

Ungeachtet der traurigen Lage konnte man doch noch glauben, daß die edle Entschlossenheit
der Polen und die Geschicklichkeit ihrer Führer die Unabhängigkeit des Landes sichern und den
ihrer Krone angetanen Schimpf rächen würden. Da aber erlahmte die nationale Energie unter
den heimtückischen Streichen, die man gegen sie übte, mit einem Male, man verlor die Frucht
der ersten Erfolge, spaltete sich in Parteien, kühlte das Interesse der Alliierten am Schicksale
Polens ab, und alles war verloren, die Russen zogen in Warschau ein.

Das Ausland, das dem unglücklichen Reich eben erst zu seiner Verfassung Glück gewünscht,
ihm die Unabhängigkeit und Integrität garantiert hatte, ließ diesen neuen Gewaltstreich
Rußlands zu seiner Vergrößerung geschehen, denn England hatte durch Vermittelung des
Friedens von Jassy den Untergang Polens herbeigeführt. Friedrich Wilhelm II., den man
sich noch schmeichelte, für das Interesse des unglücklichen Volkes gewinnen zu können,
sah sich jetzt in die Notwendigkeit versetzt, die Prätensionen Katharinas zu bekämpfen
oder mit ihr an der Zerstückelung Polens teilzunehmen. Er glaubte sich berechtigt, einen
Souverän zu verlassen, der an seiner eigenen Sache verzweifelte, verließ die Unterdrückten
und ging zu den Unterdrückern über, wobei der Schrecken keine geringe Rolle spielte, den
die französische Revolution ihm einflößte. Denn diese verbot ihm, einen Krieg im Osten
mit Rußland zu beginnen, wo er von den Ereignissen gezwungen werden konnte, ihn nach
Westen gegen Frankreich zu tragen.

Nun erschien eine Deklaration Rußlands und Preußens, die Österreichs Beitritt voraussetzen
zu dürfen glaubte und erklärte, daß ihre eigene Sicherheit es gebieterisch erheische, Polen auf
die engsten Grenzen zu beschränken. Der König von Preußen ließ im Verein mit Katharina
eine Armee in Polen einrücken. Die polnischen Anhänger Rußlands wurden zu einer Konföderation in Grodno versammelt und hatten die Demütigung, mit anzusehen, daß eine Armee von
zwanzigtausend Russen sie umgab, und daß sich ein russischer General auf den Thron setzte,
der bald umgestürzt werden sollte. Der russische Gesandte Sievers Jakob Johann Sievers, geb.
30. August 1731, gest. 23. Juli 1808, seit 1781 Gesandter in Polen. behandelte den in Grodno
gefangengehaltenen König Stanislaus gemäß des von ihm selbst unterzeichneten Traktats wie
einen Begnadigten. Daß es Sievers, der zwar ein treuer Diener der Kaiserin, aber ein Mann von
vornehmem Charakter war, nicht immer leicht fiel, den Pflichten seines Amtes nachzukommen,

bezeugt ein Brief an seine Tochter vom 7. September, der folgenden Satz enthält: »Einen König einsperren und einen gesamten Reichstag! für einen fremden König. Das tut dem Herzen nicht wohl.« Blum, Ein russischer Staatsmann, Bd. III, S. 371.

Jakob Johann Sievers

Die russische Armee verbreitete sich über das ganze Reich, besetzte alle Städte und verübte schreckenerregende Untaten, in einer Weise, wie sie die Geschichte nur in wenigen Beispielen aufbewahrt. Warschau selbst wurde der Schauplatz barbarischer Grausamkeiten. Der russische General Igelström, ein brutaler und unersättlich habgieriger Mann, gebot daselbst. Er gestattete seinen Soldaten alle erdenklichen Ausschweifungen und ließ die unglücklichen Einwohner der Stadt die ganze Schwere seiner Barbarei fühlen. Und dennoch sprach man in dieser Zeit den Polen gegenüber immer noch von Reformen, Bündnissen und Verfassung. Allerdings war der Umstand, daß jede Veränderung der Verfassung nur mit Bewilligung der Kaiserin vorgenommen werden durfte, nur zu geeignet, dem Volke, dessen Unterjochung man vollenden wollte, als eine höhnende Beleidigung zu erscheinen.

Die ihrem Vaterlande als treu bekannten oder auf dem Reichstage zu Grodno die Rechte Polens verteidigenden Personen wurden, wenn sie nicht als Flüchtlinge fremde Erde erreichen konnten, aufgegriffen und nach Sibirien gesandt, unter ihnen auch der französische Legationssekretär Bonneau. Ihre Besitztümer wurden konfisziert und ihre Familien zur Knechtschaft verurteilt. Gleichzeitig verkündete man ein russisches Manifest des Inhalts, daß die Kaiserin alle polnischen Provinzen, welcher sich ihre Armeen bemächtigen würden, ihrem Reiche einverleiben werde, und daß sie verlange, die polnischen Militärkräfte bis auf sechszehntausend Mann zu reduzieren.

So viel Elend machte das gerüttelte Maß überlaufen. Einige faßten den Entschluß, das Vaterland von dem russischen Druck zu befreien. Die Landboten erklärten es feierlichst als ein Vermächtnis für die kommenden Generationen, die Sorge der nationalen Rache auf sich zu nehmen. Ihr Aufruf hallte in allen Provinzen wieder, und wie ein Sturm über die wüsten Ebenen zieht, brauste die Erhebung durch das unglückliche Land. Die Regimenter, welche von der durch Rußland befohlenen Reduzierung betroffen waren, verweigerten Fahnen, Waffen und Uniformen abzulegen, die wenigstens noch einen Schimmer von Nationalität verkörperten. Die Landleute, welche lange genug von den fremden Soldaten ausgesogen waren, scharten sich freiwillig um das alte Banner ihres Vaterlandes. Edle Polen, die verbannt, verstoßen oder flüchtig waren, strömten von allen Seiten herbei, und schlugen Kosciusko vor, sich an ihre Spitze zu stellen.

Kosciusko hatte sich schon früher mit Kolontaj, Zajonczek und Ignaz Potocki, Graf Ignaz Potocki, geb. 1751, gest. 20. August 1800. einem sehr aufgeklärten Manne und in allem das gerade Gegenteil seines Cousins Felix, nach Leipzig zurückgezogen. Diese vier Männer billigten die Beschlüsse ihrer Landsleute. Sie fühlten aber, daß man, um zu einem glücklichen Ziele zu gelangen, den Bauern, die bisher wie das Lastvieh behandelt waren, die Freiheit geben müsse.

Kosciusko und Zajonczek beeilten sich, die polnische Grenze zu erreichen. Der letztere kam heimlich nach Warschau und hatte daselbst Konferenzen mit den Häuptern der Verschwörung. Ein Bankier, der ein kühner und patriotischer Mann war, erklärte für die Stimmung der Hauptstadt gutsagen zu können, streckte Gelder vor und bearbeitete mehrere Offiziere, von denen er wußte, daß sie das russische Joch verabscheuten: Endlich war alles zur Erhebung bereit, als Kosciuskos inzwischen bekannt gewordener Aufenthalt an der Grenze Verdacht erregte und die

146

Maßnahmen des russischen Befehlshabers ihn nötigten, die Eröffnung der Feindseligkeiten aufzuschieben.

Um das Mißtrauen der Russen zu täuschen, begab sich Kosciusko nach Italien und Zajonczek nach Dresden, wo auch Ignaz Potocki und Kolontaj sich aufhielten. Bald aber erschien Zajonczek wieder in Warschau. Der König Stanislaus selbst unterrichtete den Grafen Igelström davon, der dann Zajonczek befahl, Polen sogleich zu verlassen. Jetzt mußte man handeln, oder den ganzen Plan aufgeben. Zajonczek erwählte das erstere.

Kosciusko wurde aus Italien zurückgerufen und kam in größter Eile nach Krakau, wo er als Befreier Polens empfangen wurde. Trotz dem Befehl der Kaiserin hatte der Oberst Madalinski sein Regiment nicht aufgelöst, und einige andere Offiziere hatten sich mit ihm vereinigt. Kosciusko wurde zum General dieser kleinen organisierten Armee proklamiert, die aus dreitausend Mann Infanterie und zwölfhundert Kavalleristen bestand, und die Insurrektionsakte wurde am 24. Mai 1794 in Krakau verkündet, welches die Russen am Abend, von dem Jubel der Polen erschreckt, verließen.

Mehrere Hundert mit Sensen bewaffneter Bauern stellten sich unter die Fahne Kosciuskos, und dieser, vor Kampfeslust brennend, geriet bald in einen Strauß mit den Russen, welche nach einem kräftigen Widerstand in die Flucht geschlagen wurden.

Als man in Warschau Kosciuskos Erfolge vernahm, ließ der russische General Igelström alle diejenigen verhaften, von denen er glaubte, daß sie der Aufruhrspartei zugetan sein könnten. Aber dieser Schritt reizte die Verschworenen nur zu noch kühnerem Widerstand. Die Erhebung brach in allen Straßen gleichzeitig und mit ungeahnter Wut aus: zweitausend Russen fielen ihr zum Opfer. Igelström, in seinem Hause belagert, begehrte zu kapitulieren, und einen kurzen Aufschub, den man ihm bewilligt hatte, geschickt benutzend, rettete er sich in das preußische Lager, welches sich in nur kurzer Entfernung von Warschau befand.

Wilna, die Hauptstadt von Lithauen, folgte dem Beispiele Warschaus, »Wir haben eine entsetzliche Nacht durchgemacht,« schrieb der Vizepräsident Lachnicki am 24. April 1794 an Michael Oginski, den Verfasser der bekannten Memoiren; »das Blut fließt noch stromweise in den Straßen; es sind keine Russen mehr in Wilna. Die, welche entweichen konnten, haben sich außerhalb der Stadt versammelt und zünden alles an, was ihnen auf der Straße aufstößt. Freudengeschrei erschallt in allen Teilen der Stadt.« *Michael Oginskis Denkwürdigkeiten über Polen, Belle-Vue, bei Konstanz 1845, 1. Teil. S. 336.* und der Oberst Jasinski, welcher dort an der Spitze der Insurgenten stand, operierte so geschickt, daß er zahlreiche Russen zu Gefangenen machte, ohne selbst große Verluste zu erleiden. Die Bevölkerung in den Provinzen erklärte sich gegen die Russen, und drei polnische Regimenter, welche in russischen Diensten standen, gingen zu den Insurgenten über.

Kosciusko bemühte sich stets, seine Armee durch Bauern zu rekrutieren und denselben Vertrauen für seine Sache einzuflößen. Er trug ihre Tracht und aß mit ihnen aus einer Schüssel. Aber diese Menschen, durch die lange Gewohnheit ihres elenden Loses versklavt, waren der Freiheit, die man ihnen bot, nicht wert. Sie mißtrauten den Absichten des Adels, und dieser wollte seinerseits die meisten seiner Privilegien festgehalten wissen.

Stanislaus und seine Anhänger vermehrten den Unwillen des Adels gegen Kosciuskos Absichten. Sie stellten diese als für sie selbst schädlich und die ganze Insurrektion als die einer jakobinischen Fraktion dar, die eine Gemeinschaft mit den Pariser Bluthorden suche oder schon hätte. Der König von Polen ging so weit, gegen die Freiheit seiner Nation für die Todfeinde derselben, die Russen, zu kabalisieren.

Eine detaillierte Schilderung der polnischen Unternehmungen gehört nicht in dieses Werk, aber soviel sei erwähnt, daß oft die beträchtliche Artillerie der Russen, ihre strenge Disziplin und ihre anerkannte Standhaftigkeit dem ungeordneten Angriff und dem wilden Mute der Polen weichen mußte. Die polnischen Fahnen erschienen in allen ihren alten Besitzungen, und die Kaiserin mußte beständig neue Truppen und ihre besten Generale nach Polen senden.

Der König von Preußen, von Katharina ohne Unterstützung allein gelassen – es lag in der Absicht der Kaiserin, Preußen durch die Unterdrückung Polens selbst zu erschöpfen – sah sich genötigt, die Belagerung von Warschau aufzugeben. Einen Augenblick konnte man glauben, daß Polen seine Wiedergeburt feiern würde. Da wollte Kosciusko die Vereinigung der russischen Generale Ssuworow und Fersen verhindern, sah sich aber plötzlich von diesen selbst bei Maciejowice angegriffen und von dem polnischen General Poninski, der ihn unterstützen sollte, verlassen. Kosciuskos ganze Geschicklichkeit, Tapferkeit und Verzweiflung konnte der Übermacht nicht widerstehen: fast seine ganze Armee kam um oder legte die Waffen nieder. Er selbst, mit Wunden bedeckt, brach auf dem Schlachtfelde zusammen und wurde zum Gefangenen gemacht. Die Nachricht von Kosciuskos Verwundung und Gefangennahme verbreitete sich mit Blitzesschnelle in ganz Warschau. Oginski kam am gleichen Tage mit dieser Kunde in der Hauptstadt an und versichert, nie ein rührenderes, herzzerreißenderes Bild gesehen zu haben. Auf allen Straßen, in allen Kreisen der Gesellschaft hörte man die Worte wiederholen: Kosciusko ist nicht mehr!, und lautes Schluchzen begleitete diesen Ausruf, der in ganz Polen widerhallte. Mehrere Familienmütter taten bei Empfang der Kunde Fehlgeburten, Männer verfielen in Fieber und Wahnsinn; auf den Straßen begegnete man Menschen, welche die Hände rangen, mit den Köpfen gegen die Mauer rannten und verzweiflungsvoll ausriefen: »Kosciusko ist nicht mehr! Das Vaterland ist verloren.« Oginski, Denkwürdigkeiten, 2. Teil, S. 41. Mit seinem Fall wich das Glück von den polnischen Fahnen. Die sechzigtausend Menschen, die, von dem Wunsch nach Ruhm und Unabhängigkeit geleitet, Taten verrichtet hatten, die der Tage des Glanzes ihrer Nation würdig waren, hörten nach kaum einem Monat den Sterbeseufzer ihrer jungen Freiheit.

Alle, welche den Siegern hatten entkommen können, schlossen sich in der Vorstadt von Warschau, Praga, ein, wurden aber von General Ssuworow dorthin verfolgt. Die Belagerung währte nicht lange. Ssuworow schritt zum Sturm, und nachdem er, auf den Leichen seiner und der feindlichen Krieger die Mauern erklimmend, sich Pragas bemächtigt hatte, richtete er ein unmenschliches Blutbad an. Zwei ganze Tage waren alle Schrecken des Todes nicht nur gegen die Soldaten, sondern gegen alle Einwohner jeden Alters und Geschlechtes losgelassen. Der entwaffnete Mut der Väter, Gatten und Kinder wurde durch Raub, Schändung und Ermordung gestraft. Neuntausend brave Vaterlandskämpfer hatten ihr Leben in Verteidigung der Straßen gegen die Stürmenden verloren, und dreißigtausend Unschuldige fielen als Opfer der entmenschten Wut des russischen Generals und seiner Krieger. Der Oberst Liewen, der ein Regiment bei dem Sturm kommandierte, erzählte später mit Entsetzen, daß er selbst gegen Ende des Gefechts einen Grenadier getroffen, der in der linken Hand sein Gewehr gehalten, jedem Polen ohne Unterschied das Bajonett durch den Leib gerannt und sogar die Blessierten nicht verschont habe, und in der Rechten eine Axt, mit der er sodann jedem einen Gnadenhieb über den Schädel gegeben habe. Der Oberst schalt die Unmenschlichkeit des Soldaten und sagte ihm, er solle Bewaffnete erschlagen, nicht aber Verwundete und Wehrlose. »Ei was, Herr,« entgegnete der Wütende, »sie sind alle Hunde, die gegen uns gefochten haben, und müssen sterben!« Oginski, Denkwürdigkeiten, 2. Teil, S. 49, Anm. 1.

Den Tagen des Mordes folgten die der Schande. In tödlicher Erschöpfung unterwarf sich die Stadt Warschau und bot ihre Schlüssel dem wilden Ssuworow an, der vom Blut der Gemordeten übersättigt, ihren Deputierten höhnend antwortete, daß »er Rebellen gestraft habe, aber nicht im Kriege mit der Republik läge«. Darauf ergriff er die Schlüssel und zog mit seiner Armee als Triumphator durch die wüsten Straßen der Hauptstadt, in der er die Huldigung des Monarchen empfing, den er entthronte. Stanislaus wurde aus seiner eigenen Residenz verwiesen.

Die entkommenen Reste der polnischen Kämpfer wurden bis in die Tiefe ihrer Wälder verfolgt, zerstreut und gezwungen, den Boden ihres Vaterlandes ihren Bedrückern zu überlassen. Polen verschwand aus der Reihe der Staaten.

Ssuworow wurde von Katharina zum Feldmarschall erhoben, indem sie ihm in ihrer schmeichelnden Weise schrieb: »Sie wissen, daß ich nie jemand außer der Tour befördere; aber Sie haben sich selbst durch die Eroberung Polens zum Feldmarschall gemacht.«

Die Höfe von Petersburg, Berlin und Wien teilten sich nun in den Rest des unglücklichen Polens. Die Teilung sollte den Anschein der Gleichmäßigkeit haben, geschah aber in Wahrheit in auffallender Ungleichheit. Rußland nahm den Löwenanteil für sich in Anspruch, sowohl was den Umfang als was den Wert des Landes betraf. Die Hälfte des alten polnischen Reiches war nun sein.

Die Generale Katharinas und andere Werkzeuge ihrer habgierigen Pläne zankten sich nun um die Besitztümer der Menge der Proskribierten und bereicherten sich. Während der unglückliche König Stanislaus, nach Grodno verwiesen, von einer elenden Pension leben mußte, welche ihm die Kaiserin gab, entwickelte Repnin, der Generalgouverneur der eroberten Provinzen, einen unerhörten Luxus.

Zajonczek und Kolontaj hatten sich auf österreichisches Gebiet gerettet, sahen aber das Gastrecht bezüglich ihrer Person auf schmachvolle Weise gekränkt: man hielt sie gefangen. Kosciusko, Ignaz Potocki und einige andere wurden nach Petersburg geführt und dort in schaudererregende Gefängnisse geworfen. Unter diesen Unglücklichen befand sich auch der junge Dichter Niemcewicz , Julian Ursyn Niemcewicz, geb. 1758, gest. 21. April 1841, Verfasser der »Historischen Gesänge der Polen« (Warschau 1816). der Freund Kosciuskos und durch seinen Geist ebensosehr, wie durch seine Tapferkeit ausgezeichnet. Daß er sein Blut für sein Vaterland vergossen und, wie Tyrtäus einst die Griechen, durch begeisterte Schlachtgesänge den Mut seiner Landsleute angefeuert hatte, war nicht sein einziges Vergehen. Katharina hatte Niemcewiez noch Schlimmeres vorzuwerfen. Er hatte sie in satirischen Versen besungen, und deshalb ließ sie ihn erst in der Zitadelle von Petersburg schmachten, von wo sie ihn nach Schlüsselburg sandte, wo er noch barbarischere Mißhandlungen erdulden mußte. Paul Petrowitsch entließ ihn im Jahre 1796 aus der Gefangenschaft.

Übrigens erfuhren nicht alle, die Katharina persönlich beleidigten, dieselbe Strenge. Mitunter verstellte sie sich so sehr, daß sie Leute belohnte, die sie im geheimen die Absicht hegte zu bestrafen, und die sie auch bestrafte, sobald sie eine passende Gelegenheit dazu fand.

Nachdem die Friedenspräliminarien in Galatz unterzeichnet worden waren, begab sich Fürst Repnin, der mit der Kaiserin und Potiomkin unzufrieden war, in ein freiwilliges Exil nach Moskau. Alle in dieser Stadt lebenden zahlreichen Mißvergnügten erkannten ihn in der Stille als ihr Haupt an.

Repnin hatte sich einer Illuminatensekte angeschlossen, welche sich unter dem Namen Martinisten gleich einer ansteckenden Krankheit von Norddeutschland aus verbreitete. Er bildete einen Klub, in den er nur diejenigen aufnahm, von denen er gewiß wußte, daß sie seinen Haß gegen den Hof in Petersburg teilten. Man behauptete, das Ziel dieser Mißvergnügten sei gewesen, eine Staatsreform zu bewirken und Katharina zu zwingen, die Krone an ihren Sohn abzutreten. Durch ihre Spione wurde die Kaiserin bald in Kenntnis gesetzt, daß kabbalistische Mysterien nicht die einzigen Beschäftigungen der Martinisten in Moskau wären. Plötzlich wurden mehrere derselben verhaftet, ihrer Ämter entsetzt und ein Teil nach Sibirien verwiesen, die anderen aber in die Provinzen geschickt, denen sie angehörten. Zur selben Zeit wurden alle ihre Papiere verbrannt, um jede Spur einer Verschwörung zu vertilgen.

Repnin, an den Hof berufen, glaubte sich natürlicherweise verloren. Aber die Kaiserin empfing ihn, trotzdem sie ihn verabscheute, mit lächelndem Antlitz, überhäufte ihn mit Ruhm und ernannte ihn zum Gouverneur von Livland, von wo er nach der letzten Teilung Polens als Generalgouverneur nach Lithauen versetzt wurde. Repnin schlug seine Residenz in Grodno auf, wo der schwache und bejammernswerte Stanislaus sich befand.

Nach dem Tode Katharinas lud Paul I. Stanislaus nach Petersburg ein, empfing ihn daselbst freundschaftlichst, ließ ihn in dem sogenannten Marmorpalast wohnen und gab ihm denselben Stackelberg zum diensttuenden Kammerherrn, der ihn während seiner Ambassade in Warschau so verächtlich behandelt hatte. Es war dies eine öffentliche Genugtuung ähnlich der Art, wie sie Paul den irdischen Resten seines unglücklichen Vaters zuteil werden ließ, als er bei deren feierlicher Überführung zwei der noch lebenden Kaisermörder, Alexej Orlow und den Fürsten J. S. Bariatinskij, zwang, vor dem Sarge ihres Opfers die Reichsinsignien zu tragen. Stanislaus starb am 12. Februar des Jahres 1798.

Inzwischen verfolgte Katharina unausgesetzt ihre Vergrößerungspläne für das Reich. Von jeder Furcht vor Frankreich befreit, schüchterte sie Preußen ein, ermutigte Österreich, setzte sich wieder mit England ins Vernehmen und schritt fast ohne Hindernis ihrem Ziel entgegen. Ihr nächstes Ziel war nach Beseitigung Polens ihr nordwestlicher Nachbar Schweden.

Hier hatte inzwischen ein Thronwechsel stattgefunden. Der schwedische Adel, zu einem großen Teile seiner eigensüchtigen Mitglieder noch immer mit der Revolution des Jahres 1772 unzufrieden, legte einen Beweis davon in dem sogenannten Anjala-Bündnis ab; Gustav III. aber, der die bei Fredrikshamn zutage getretene Verräterei zu milde strafte, hatte dadurch nur den Mißvergnügten größere Kühnheit verliehen, sich Rußland schamlos zu ergeben, das sie durch verdecktes und offnes Intrigenspiel unaufhörlich gegen ihn aufreizte. Drei junge Männer, die Grafen Hörn, Ribbing und der Kapitän Ankarström, beschlossen, den König zu ermorden, und zogen das Los über die abscheuliche Ehre, ihm den ersten Schlag zu versetzen. Ein Maskenball, auf welchem sich Gustav einzufinden beabsichtigte, begünstigte ihren verbrecherischen Anschlag. Die drei Verschworenen trafen sich auf dem Ball, und Ankarström, den Augenblick benutzend, in welcher eine dichte Menge den König umgab, schoß ihn mit einem scharf geladenen Pistol in die Weiche des Rückens. Diese Schandtat geschah in der Nacht vom 16. zum 17. März 1792, der König starb jedoch erst am 29. desselben Monats.

Gustav IV. von Schweden

Sein Sohn, Gustav IV., Gustav IV. Adolf, geb. 1. November 1778, gest. 7. Februar 1837, als König von Schweden 1796-1809. damals erst vierzehn Jahre alt, wurde sein Nachfolger; sein Vormund und väterlicher Oheim, der Herzog von Södermannland, übernahm die Regierung.

Leopold II. von Österreich

Nur wenige Tage vor diesem traurigen Ereignisse hatte Leopold II. plötzlich in Wien sein Leben beschlossen Am 1. März 1792. und die kaiserliche Krone nebst den Königreichen Ungarn und Böhmen seinem Sohne Franz II. Franz II. Joseph Karl, als Kaiser von Österreich Franz I., 1792 bis 1835, geb 12. Februar 1768. hinterlassen.

Der Tod der beiden Häupter der königlichen Ligue gegen Frankreich versetzte die französischen Emigranten in Verzweiflung, und eine große Anzahl derselben begab sich nach Petersburg, um dort Unterstützung durch Truppen nachzusuchen, welche die Kaiserin zu versprechen nicht unterlassen hatte, nie aber wirklich zu schicken beabsichtigte.

Kein Souverän hatte mit größerer Energie die Absicht ausgesprochen, dem revolutionären Frankreich den Krieg zu erklären, als Katharina. Seitdem sie sich 1790 mit dem König von Schweden versöhnt hatte, schmeichelte sie ihm damit, den ersten Schlag durch ihn führen zu lassen, um ihm die Ehre dieser schönen Expedition zu gönnen. Unmittelbar nach dem Frieden von Jassy versprach sie den deutschen Mächten, eine Armee an den Rhein zu schicken, verwirklichte aber diese Verheißung nicht. Keine andere Absicht leitete sie dabei, als Österreich und Preußen sich in einem Kriege erschöpfen zu lassen, dessen Früchte sie zu ernten hoffte. Sie stand hinter den Armeen dieser ihrer Verbündeten, wie sie Unteroffiziere hinter ihren eigenen Bataillonen stehen ließ, um Feigheit zu unterdrücken und Flüchtige zu strafen. Auf das geringste Zeichen des Abfalls, wie in dem Augenblick, wo König Friedrich Wilhelm die erste Koalition verließ, drohte sie mit ihrer Rache und wollte ihn an den Rhein zurückwerfen. Wie sie alle ihre Unternehmungen aufmerksam im Auge behielt, konnte man sie mit dem Haupt eines großen Körpers vergleichen, dessen Glieder die übrigen Staaten Europas waren, unter denen jetzt Österreich und Preußen ihr als Arme dienen mußten.

Indessen nahm Katharina für ihre eigene Person lebhaften Anteil an den Ereignissen der französischen Revolution. Obschon sie auf bestem Fuße mit den französischen Philosophen des achtzehnten Jahrhunderts stand, deren Schriften zu einem großen Teil der Revolution des Jahres 1789 den Weg bahnten, trat sie doch später mit fast krankhafter Reizbarkeit gegen die Staatsumwälzungen in Frankreich auf und begnügte sich nicht allein, Rußland vor dem ansteckenden Gift der grassierenden gefährlichen Freiheitssucht strenge abzusperren, sondern wollte auch Frankreich erobern, um es mit Gewalt der gepriesenen Legitimität zurückzuführen. Katharina, die durch einen Gewaltstreich den alten Thron der Czaren usurpiert hatte, erklärte sich jetzt bereit, für die Sache der legitimen Fürsten zu kämpfen. Alle Franzosen, die sich ihrer alten Regierung und deren verwerflichem System ergeben zeigten, wurden wohlwollend von ihr aufgenommen, während sie die anders Gesinnten wegjagte. Der französische Gesandte Graf de Ségur verließ Petersburg, und obschon Katharina die Meinungen und Ansichten dieses gewiegten Diplomaten tadelte, konnte sie es doch nicht unterlassen, seinen Tugenden, seinen glänzenden Eigenschaften und seinen liebenswürdigen, eleganten Sitten Gerechtigkeit widerfahren zu lassen. Sie sagte zu ihm, als er Abschied nahm: »Ich bin Aristokratin, denn das gehört einmal zu meinem Geschäft.« Kurze Zeit darauf rief sie ihren Gesandten, Simolin, aus Paris zurück. Sie versagte ferner dem französischen Chargé d'Affaires, Gennet, den Zutritt zu den Kreisen ihres Hofes und verbot ihren Ministern, mit ihm zu konferieren. Ihr Unwille gegen die Franzosen und gegen diejenigen, welche die Revolution derselben billigten, schien auch für La Harpe, dem, wie schon beiläufig erwähnt wurde, die Erziehung der jungen Großfürsten Alexander und Konstantin anvertraut worden war, schädlich werden zu sollen, denn daß derselbe, als geborener Schweizer und Philosoph, der Freiheit ergeben war, scheint eine natürliche Sache. Die französischen Emigranten und Agenten der Koalition bemühten sich eifrig, bei Katharina Verdacht gegen ihn zu erregen. Aber es glückte ihnen damit nicht, denn entweder aus Politik oder aus Stolz weigerte sich Katharina, einen Mann aufzuopfern, der sich seit langer Zeit ihre vollste Achtung erworben hatte, obschon er oft in ihrer Gegenwart, und selbst gegen ihre eigene Meinung in gemessener, würdevoller, aber gebührend feiner Weise seine Prinzipien zu verteidigen gewagt hatte. Wie fest seine Stellung bei Katharina war, beweist eine Anekdote, die Brückner der Autobiographie La Harpes entnommen hat: Als einige Emigranten sich bei Hofe in Lobeserhebungen über das »ancien régime« in Frankreich ergingen und niemand ihnen zu widersprechen wagte, unterbrach der Großfürst Konstantin, welcher damals vierzehn Jahre zählte, die Franzosen und bewies, daß ihre Auffassung von den vorrevolutionären Zuständen in Frankreich eine grundfalsche sei. Alle Mißbräuche und Übelstände der Privilegien der höheren Stände zählte der Großfürst her. Auf die Frage, wie er sich denn über diese Verhältnisse unterrichtet habe, entgegnete Konstantin, er habe mit La Harpe darüber in den »Mémoires posthumes« von Duclos gelesen. Die Kaiserin applaudierte ihrem Enkel, und die Emigranten waren in nicht geringer Verlegenheit. Brückner, Katharina II., S. 554/55.

Von den zahlreichen Emigranten, die zu jener Zeit Katharinas Hof bevölkerten, gelang es vornehmlich einem, persönlichere Beziehungen zur Kaiserin zu gewinnen. Es war dies Sénac de Meilhan, Gabriel Sénac de Meilhan, 1736-1803. Proben aus der im Staatsarchiv befindlichen Korrespondenz Katharinas mit S. de M. teilt Dr. E. Boehme in seiner Ausgabe der Memoiren der Kaiserin, Inselverlag, Bd. II, S. 34, 338, mit. ehemaliger Intendant in Valenciennes, bekannt durch die Herausgabe der Arbeiten des Akademikers Duclos. Charles Pinot Duclos, französischer Historiker, geb. 12. Februar 1704, gest. 26. März 1772, seit 1747 Mitglied der französischen Akademie.

Als die hinterlassenen Werke Friedrichs des Großen herauskamen und ihm den Beinamen des Einzigen erwarben, beneidete die Kaiserin diesen Monarchen noch im Grabe um die Ehre, durch seine Schriften ebenso unsterblich geworden zu sein, als durch seine Taten. Sie wollte deshalb, daß auch ein Werk, das mit ihrem Namen als Verfasserin geschmückt, der Nachwelt die Bewunderung abnötigen sollte, von welcher sie selbst für sich erfüllt war. Seit langer Zeit hatte sie Noten über die hauptsächlichsten Ereignisse ihrer Regierung gesammelt. Da sie sich aber nicht hinreichend auf ihre stilistische Begabung verlassen zu können glaubte, wünschte sie im geheimen die Arbeit durch eine geübtere Feder redigieren zu lassen. Sie beauftragte also ihren Korrespondenten Grimm in Paris, ihr einen Mann zu senden, der ihr diesen Wunsch erfüllen könnte. Grimm sandte ihr zu diesem Zweck Sénac de Meilhan.

Bevor Katharina ihn zur Ausführung ihrer Absicht heranzog, wollte sie seinen Geist und seinen Charakter genauer kennen lernen. Sie empfing ihn wohlwollend und sprach oft und lange mit ihm über die verschiedensten Gegenstände, um ihn zu studieren. Bei dieser Prüfung genügte er aber ihren Ansprüchen nicht. Er war durchaus nicht so bescheiden und demütig, wie es die Kaiserin haben wollte; vielmehr offenbarte Sénac eine übermäßige Eigenliebe und ließ seine Hoffnung, als russischer Gesandter nach Konstantinopel gesandt zu werden, gar zu deutlich durchschimmern. Diese Kühnheit verletzte Katharina. Sie vertraute Sénac de Meilhan daher ihre Memoiren nicht an, sondern beeilte sich vielmehr, ihn mit einer jährlichen Pension von fünfzehnhundert Rubeln Silber zu verabschieden.

Die Werke, welche Katharina in französischer Sprache niedergeschrieben hat, zeigen sie sämtlich als geistvoll, aufgeklärt und von einem gründlichen Fleiß beseelt. In erster Reihe muß man ihre: »Instruction pour la formation d'un Code de loi« nennen, welche allerdings in der Hauptsache eine Kompilation der Werke Montesquieus und Bekkarias ist; dann die dramatischen Arbeiten, die sie für das Theater der Eremitage verfaßte, Von diesen sind am bemerkenswertesten: Die Oper »Koßlaw«, in der die Rüstungen des Königs von Schweden lächerlich gemacht wurden, »Morton et Crispine«, eine Satire auf den großsprecherischen Herzog Karl von Södermannland, ferner die Märchenoper »Fuflyga Bogatyr«, die am 29. Januar 1789 in Gegenwart der ausländischen Gesandten mit großem Erfolg aufgeführt wurde, endlich die Dramen »Der Lügner«, »Der Sorglose«, »Oleg«, »Rurik« und andere, die in der Mehrzahl einen publizistisch-polemischen Charakter hatten. und ganz besonders ihre umfassende und weitverzweigte Korrespondenz. Unter ihren Korrespondenten nahmen Friedrich II., Joseph II., Voltaire, Grimm, Zimmermann, Falconet, die Damen Geoffrin und Bjelke die erste Stelle ein; daneben sind zu nennen: Diderot, d'Alembert, Olssufjew, Stackelberg, Potiomkin, der Großfürst Paul, die Großfürstin Maria, Nassau-Siegen, de Ligne, Tschernyschew u.a. Ihr stilistisches Talent war besonders in der französischen Sprache bedeutend zu nennen; sie hatte unbedingt Anlagen zu literarischer Tätigkeit.

Katharina überhäufte sowohl russische als ausländische Künstler und Gelehrte mit Wohltaten. Indessen ist anzunehmen, daß sie in Wahrheit weder die Wissenschaften noch die Künste liebte, sie betrachtete vielmehr auch diese nur als Instrumente ihres Ruhmes. Die gelehrten Produktionen der Russen ihres Zeitalters waren übrigens, wenn man die unschätzbaren Reisewerke als köstliche Früchte eines unermüdlichen Mutes und scharfen Beobachtungsgeistes ausnimmt, mittelmäßig. Die Musen hatten Elisabeths Tage mit einem günstigeren Auge betrachtet. Unter ihre Regierung fiel die Blütezeit der berühmten Lomonossow, Michael Wassiljewitsch Lomonossow, der »Vater der russischen Grammatik und Literatur«, geb. 1711 (1712), gest. 4./15. April 1765. Sumarokow Alexander Petrowitsch Sumarokow, geb. 14./25. November 1718, gest. 1./12. Oktober 1777. und einiger anderer, deren Namen kaum in Europa bekannter geworden sind als ihre Arbeiten, obschon es einige der letzteren verdienten.

Die Kaiserin gab jährlich zehntausend Rubel aus ihrer Privatkasse, um diejenigen zu belohnen, welche die besten Bücher des Auslandes ins Russische übertrugen, und mit dem Nachahmungsgenie, welches die ganze Nation charakterisiert, und der herrlichen Sprache, die, eine Mischung des Griechischen und des Altslawischen, wie die deutsche jede Wendung der kräftigsten Fülle und zartesten Weichheit gestattet, wurde die russische Literatur an trefflichen Übersetzungen bald ungemein reich.

Die Hofleute, die stets den Geschmack ihrer Herrscher nachahmen, wollten, um Katharina zu gefallen, auch ihrerseits Sinn für gelehrte Dinge beweisen und wurden höchst mittelmäßige Skribenten. Jedoch muß man den Grafen Andreas Schuwalow ausnehmen, der in französischen Versen ein höchst elegant verfaßtes Schriftchen über Voltaire und auch ein ähnliches über Ninon de Lenclos Ninon (Anne) de Lenclos, geb. 15. Mai 1616, gest. 17. Oktober 1706 herausgab. Man behauptet zwar, daß ein gefälliger und gutbezahlter französischer Poet dem Russen bei der Verfertigung geholfen habe. Aber diese Vermutung dürfte der Begründung entbehren, da der Pfau unter der Hand, oder nach der Krähe Tod, sich seine Federn gewiß zurückgefordert haben würde.

Die Kaiserin hatte in diesem Zeitabschnitt ihren Enkel Alexander mit der Prinzessin Luise von Baden Luise Maria Augusta, Prinzessin von Baden, 1779-1826, 1793 vermählt mit Alexander Pawlowitsch. vermählt, die, als sie dem russischen Gesetz zufolge zur griechischen Lehre übertrat, den Namen Elisabeth Alexejewna annahm. Sie wollte auch dem Großfürsten Konstantin eine Gattin geben und bestimmte diesem die Prinzessin Juliane Juliane, Prinzessin von Sachsen-Koburg, geb. 1781, 1796 vermählt mit Konstantin Pawlowitsch, 1820 geschieden. von Sachsen-Koburg zur Gemahlin, die als Großfürstin den Namen Anna Feodorowna erhielt.

Wir erwähnten bereits den Tod des Königs von Schweden durch Mörderhand. Die Nachricht von diesem Ereignis überbrachte der General Klinxspore nach Petersburg. Er wiederholte Katharina den Wunsch des verstorbenen Königs, sich fester mit dem russischen Hofe zu verbinden, und sie begann ernstlich für die Verwirklichung dieses Planes tätig zu sein. Kobeko, Der Cäsarewitsch, S. 337. Nach nahezu vierjährigen Verhandlungen gelang es ihr, Gustavs III. Nachfolger zu bewegen, nach Petersburg zu kommen, wo sie eine Verbindung des jungen Königs mit der Großfürstin Alexandra Alexandra Pawlowna, geb. 9. August 1783, gest. 16. März 1801. zustande zu bringen hoffte.

Alexandra Pawlowna

Am 13. August 1796 langten Gustav IV. Adolph unter dem Namen eines Grafen von Haga, der Herzog von Södermannland unter dem des Grafen von Wasa in Petersburg an und stiegen bei dem schwedischen Gesandten Generalleutnant von Stedingk ab. Die Kaiserin, die gerade den Taurischen Palast bewohnte, begab sich sogleich nach der Eremitage, um ihren hohen Gast daselbst zu empfangen und zu bewirten. Bei ihrer ersten Begegnung schien sie ganz entzückt von ihm, und – ihren eigenen Worten nach – »fast in ihn verliebt«. Der junge galante Monarch wollte ihr die Hand küssen, sie entzog sie ihm jedoch, indem sie sagte: »Nein, ich kann eine solche Huldigung nicht zulassen, denn ich werde nie vergessen, daß der Graf von Haga ein König ist.«

»Wenn Eure Majestät,« antwortete Gustav Adolph ebenso gewandt als verbindlich, »es nicht als Kaiserin gestatten wollen, so mögen Sie es wenigstens als Dame erlauben, der ich schuldigerweise die größte Verehrung und Bewunderung zolle.«

Das Zusammentreffen mit der jungen Großfürstin war noch merkwürdiger. Beide wurden außerordentlich verlegen, und ihre Befangenheit wuchs, je mehr sie fühlten, daß die Augen des ganzen Hofes auf sie gerichtet waren. Sie hegten in der Tat vom ersten Augenblick zärtliche Gefühle für einander, und es war seit langem der Lieblingswunsch Katharinas gewesen, eine der jungen Großfürstinnen mit dem schwedischen Thronfolger zu vermählen. Die Großfürstin Alexandra war mit der Hoffnung aufgewachsen, einst Königin von Schweden zu werden. Alles, was sie umgab, bestärkte sie in dieser Vorstellung und beschäftigte ihre Einbildungskraft unablässig mit dem Bilde des jungen Gustav, dessen frühzeitige Entwicklung und ausgezeichnete Eigenschaften ihr stets im glänzendsten Lichte gezeigt wurden. Die Kaiserin selbst erzählte ihr oft lächelnd und herzlich von dem Erben des schwedischen Throns. Eines Tages zeigte sie ihr ein Album, das mehrere Porträts junger Prinzen enthielt, und fragte sie, welchen von allen sie sich zum Gemahl wünsche. Die Kleine errötete und zeigte auf den, von welchem man ihr bereits so viel Schönes erzählt, und dessen Bild ihre eben erwachende Einbildungskraft erfüllte. Die gute Großmutter, welche nicht daran dachte, daß ihre junge Enkelin lesen konnte und den Kronprinzen von Schweden aus der Unterschrift des Bildes erkannt hatte, nahm diese Wahl für eine Eingebung des Herzens und willigte mit Freuden ein.

Alexandra Pawlowna war mit vierzehn Jahren schon erwachsen und ausgereift. Ihre Gestalt war edel und majestätisch und von allem Liebreiz ihrer Jugend und ihres Geschlechts verschönt; ihre Züge waren regelmäßig, ihre Haut blendend weiß, und auf ihre Stirn hatten Ruhe und Aufrichtigkeit ihren göttlichen Stempel gedrückt; lichtbraunes Haar fiel, wie von Feenhand geordnet, auf ihre Schultern herab. Ihre Kenntnisse, ihr Witz und ihr Herz entsprachen vollkommen diesem holdseligen Äußern. Ihre Erzieherin hatte die Eigenschaften ihrer Seele und ihres Verstandes zur reinsten und edelsten Entwicklung gebracht. Geistesschärfe, Munterkeit und eine Fülle und Weichheit des Gefühls, die weit über ihre Jahre ging, hatten sie von Kindheit an ausgezeichnet und fesselten alle, die in ihre Nähe kamen.

Es wäre andererseits aber auch schwer gewesen, nicht nur einen König, sondern überhaupt einen Jüngling zu finden, der einnehmender gewesen wäre, eine bessere Erziehung verraten und zu so ausgezeichneten Hoffnungen berechtigt hätte, als der König von Schweden. Er war achtzehn Jahre alt, groß und schlank gewachsen, hatte einen edlen, verständigen und milden Ausdruck, allen Reiz der ersten Jugend, ohne die Mängel, die sie zu begleiten pflegen, und dabei eine Würde, die bei seinem Alter ebenso selten als anziehend war. Seine Artigkeit war verbindlich und ungekünstelt. Alles, was er äußerte, war verständig und überlegt. Den meisten Dingen widmete er eine Aufmerksamkeit, die man von der Jugend in den wenigsten Fällen erwarten darf; er zeigte eine Tiefe der Einsicht, welche die sorgfältigste Erziehung bekundete, und eine gewisse Würde, die ihn nie verließ, erinnerte auf natürliche Weise jederzeit an die Höhe seines Ranges. Die Pracht des Kaiserstaates, welche man bemüht war, vor seinen Augen auszubreiten, schien ihn durchaus nicht zu blenden. Er zeigte sich an diesem großen und glänzenden Hof ungezwungener, als selbst die Großfürsten, die durchaus keine Konversation zu machen verstanden. Auch Hof und Stadt stellten Vergleiche an, die äußerst schmeichelhaft für den fremden

Monarchen ausfielen. Die Kaiserin ließ ihn nicht undeutlich merken, wie sehr der Unterschied zwischen ihm und ihrem zweiten Enkel sie betrübe, und die Kindereien und Unschicklichkeiten desselben erzürnten sie so sehr, daß sie ihm einige Male während der Anwesenheit des Königs von Schweden Arrest gab.

Bei mehreren Gelegenheiten, wo der König sich öffentlich mit den jungen Großfürsten zeigte, waren die Russen sehr verwundert über den Unterschied, der zwischen diesen hohen Herrschaften zu bemerken war. Bei einer Waffenübung der jungen Artilleriekadetten, welcher Gustav Adolph die größte Aufmerksamkeit schenkte, und wobei er alles Beachtenswerte mit den Generalen besprach, die ihn und den Großfürsten Alexander umgaben, der bei dieser Gelegenheit den Wirt machte, sah man den Großfürsten Konstantin die Soldaten mißhandeln und schelten, sie schlagen und stoßen, wodurch er sich natürlich Zurechtweisungen zuzog.

Der vornehme Adel Rußlands bemühte sich, der Kaiserin zu zeigen, wie sehr er ihre Freude teilte. Sie wählte diejenigen selbst aus, welche ihrem hohen Gaste Festlichkeiten geben sollten, und bestimmte die Tage dazu. Die Grafen Strogonow, Ostermann, Besborodko und Ssamojlow zeichneten sich durch die Pracht und die Kostbarkeit ihrer Feste aus. Die Herren und Damen des Hofes überboten sich in Glanz und Reichtum ihrer Toiletten, und die Generalität bemühte sich, dem Könige kriegerische Schauspiele zu geben. Vor allen anderen zeichnete sich der alte General Melissino Peter Iwanowitsch Melissino, 1726-1797, seit 1790 Generalleutnant und Generaldirektor des Artilleriekadettenkorps. durch ein Manöverfeuerwerk aus. Eine fortgesetzte Bezauberung umgab den König. Dabei benutzte er die Morgenstunden auf eine höchst verständige Weise: er durchwanderte zu Fuß die Stadt und nahm mit dem Regenten alles in Augenschein, was wichtig und lehrreich war. Überall zeigten seine Fragen und Antworten, wie sorgfältig seine Erziehung gewesen und welche ausgezeichneten Früchte sie getragen.

Es läßt sich denken, daß bei den Festlichkeiten, die in ununterbrochener Reihe aufeinander folgten, die beiden Liebenden manche Gelegenheit fanden, miteinander zu sprechen und zu tanzen; sie wurden immer vertrauter und schienen von einander ganz entzückt. Die Kaiserin fühlte sich höchst vergnügt, seit Jahren hatte sie nicht so viel Freude und Glück erlebt. Die beabsichtigte Verbindung blieb nicht länger ein Geheimnis; sie bildete das Gespräch des Tages. Katharina behandelte den jungen König und ihre Enkelin bereits wie Verlobte und schützte und bestärkte sie in ihrer Liebe. Eines Tages ermunterte sie beide sogar in ihrer Gegenwart zum ersten Kusse. Es war der erste, den die jungfräulichen Lippen der Prinzessin empfingen, und der einen so tiefen Eindruck auf ihr Herz machte, daß es später noch lange daran litt.

Indessen arbeitete man daran, die Verlobung zum Abschluß zu bringen. Der einzige Punkt, der einige Schwierigkeiten zu machen schien, war die Religion. Katharina hatte bereits ihren Hof geprüft und sogar den Erzbischof befragt, ob ihre Enkelin wohl ihren Glauben ändern dürfe. Statt einer bestimmten Antwort, die sie erwartete, beschränkte sich dieser zu sagen: »Eure Majestät sind allmächtig.« Da die Kaiserin sich als Oberpatriarchin des Russischen Reiches in dieser Angelegenheit von ihrer Priesterschaft, die sie willfähriger geglaubt hatte, nicht unterstützt sah, zeigte sie sich orthodoxer und russischer, als die Russen selbst, und beschloß, mehr um dem Nationalstolz zu schmeicheln, als aus Verehrung der griechischen Lehre, den Schweden eine Königin griechischer Religion zu geben. Je demütigender für Schwedens Volk und Regierung dieser Plan sein mußte, desto mehr schmeichelte er ihrer und ihrer Minister Eitelkeit; außerdem sollten die Popen und die anderen Personen, mit denen sie die junge Königin zu umgeben beabsichtigte, aus zuverlässigen Leuten bestehen, die ihre Fürstin stets zum Vorteile Rußlands zu leiten verständen. Der König war verliebt und verblendet; der Herzog-Regent schien gänzlich gewonnen, wie war es also nach den bereits geschehenen Schritten denkbar, daß man sich weigern würde, Bedingungen anzunehmen, welcher Art sie auch immer sein mochten? Bei den Privatgesprächen hatte man diesen kitzeligen Punkt nur leicht berührt. Eine persönliche Erörterung der Konfessionsfrage zwischen Katharina und Gustav war auf einem Ball beim Generalprokureur Ssamojlow am 26. August erfolgt. Schon damals hatte der König erklärt, daß die Grundgesetze Schwedens verlangten, die Königin müsse gleicher Religion mit dem König sein. Kobeko, Der Cäsarewitsch, S. 340. Die Kaiserin, überzeugt, daß alles in dieser Angelegenheit feststehe, trug daher ihrem Günstling Subow und ihrem vertrauten Minister Markow die Sorge für den Heiratskontrakt auf, den sie ganz ihren Ansichten gemäß und in der erwähnten Art aufsetzen sollten. Unterdessen hielt der schwedische Gesandte Generalleutnant von Stedingk in einer dazu anberaumten Audienz förmlich um die Hand der jungen Prinzessin für den König, seinen Herrn, an, und die Verlobung ward auf den Abend des 21. September festgesetzt.

Dieser Tag brachte der Kaiserin einen Verdruß und eine Demütigung, wie die glückliche hochbetagte Katharina sie nie zuvor erfahren hatte. Der ganze Hof hatte Befehl, sich in höchster Gala im Thronsaale einzustellen. Die junge Großfürstin, als Braut geschmückt und von ihren jüngeren Schwestern umgeben, die Großfürsten mit ihren Gemahlinnen, der Großfürst Paul, der Vater der Braut, sowie seine Gemahlin, die von Gatschina zur Verlobung ihrer Tochter gekommen, fanden sich mit allen Herren und Damen des Hofes pünktlich um sieben Uhr im Thronsaale ein. Die Kaiserin selbst zeigte sich in ihrer ganzen Pracht; es fehlte nur noch der junge Bräutigam, dessen Unpünktlichkeit bereits Verwunderung erregte. Das häufige Kommen und Gehen des Fürsten Subow, sowie die sichtbare Unruhe der Kaiserin steigerten diese Verwunderung bald zur gespanntesten Neugierde. Man konnte nicht begreifen, daß der junge König, falls er nicht von einer ernsten Krankheit ergriffen sei, die Selbstherrscherin auf diese Weise in ihrem Thronsaal, in Gegenwart des ganzen Hofes warten lasse. Gustav Adolph erschien indessen nicht. Es hing damit wie folgt zusammen:

Der König hatte sich um sieben Uhr an den Hof begeben sollen. Um sechs Uhr brachte ihm der Minister der auswärtigen Angelegenheiten, Markow, den Ehekontrakt und die Artikel, welche er mit dem Fürsten Subow aufgesetzt hatte, zur Unterschrift. Nachdem Gustav Adolph sie gelesen, schien er verwundert, Forderungen darin zu finden, über welche er mit der Kaiserin nicht übereingekommen war, wie vorzugsweise die Artikel, daß die Großfürstin ihre eigene Kapelle im Schloß, sowie ihren eigenen Geistlichen haben sollte, und gewisse Bedingungen, denen zufolge Schweden schärfer gegen Frankreich auftreten mußte, und die man bisher geheimgehalten hatte. Er fragte: ob man ihm diese Papiere mit Zustimmung der Kaiserin zur Unterschrift vorlege?

Auf Markows bejahende Antwort äußerte der König, die Sache gehe unmöglich an. Er wolle dem Gewissen der Prinzessin zwar keinen Zwang auflegen; sie möchte ihre Religion immerhin behalten, er könne ihr aber weder eine eigene Kapelle, noch eine besondere Priesterschaft im Schlosse zugestehen; ja sie müßte sich im Gegenteil äußerlich wenigstens zu der Religion seines Landes bekennen. Markow geriet in sichtliche Bestürzung und Verlegenheit. Er war genötigt, die Papiere wieder mitzunehmen und dem Fürsten Subow zu melden, daß der König die Unterschrift verweigere. Bald kehrte er indessen in der größten Aufregung zu dem jungen Bräutigam zurück, um zu sagen: die Kaiserin befände sich bereits, von ihrem ganzen Hofe umgeben, in dem Thronsaal; es sei unmöglich, sie noch zu sprechen; sie erwarte jeden Augenblick den König! Seine Majestät werde es doch jetzt nicht noch zu einem Bruche kommen lassen und die Monarchin, die junge Prinzessin und das ganze Kaiserreich so unerhört beleidigen. Auch Besborodko und mehrere andere stellten sich nach und nach ein; sie beschworen den König, fielen ihm zu Füßen und baten ihn, nachzugeben; alle Schweden, die man herbeirief waren geneigt, die Bedingungen anzunehmen. Der Herzog-Regent ließ es bei dem Ausspruch bewenden, die Entscheidung hinge einzig und allein von dem König selbst ab; er nahm ihn beiseite, ging einige Male mit ihm auf und ab und schien ihn mit leiser Stimme zu überreden. Der König antwortete jedoch ganz laut: »Nein, nein, ich will es nicht, ich kann es nicht! Ich unterschreibe nicht!« Er widerstand allen Vorstellungen und allen Bitten der russischen Minister.

Als er endlich ihrer Zudringlichkeiten müde war, zog er sich in ein Kabinett zurück und verschloß die Tür, nachdem er noch einmal und bestimmt wiederholt hatte, er werde niemals eine Bedingung unterzeichnen, die gegen die Gesetze seines Landes sei. Die russischen Minister blieben stumm vor Erstaunen über die Kühnheit des königlichen Jünglings, der sich dem Willen der Selbstherrscherin zu widersetzen wagte, und überlegten miteinander, wie ihr diese Katastrophe am besten mitzuteilen sei.

Die Beratschlagungen zwischen dem König und den Ministern der Kaiserin hatten beinahe bis zehn Uhr gedauert. Katharina und ihr Hof warteten noch immer, denn sie mochte es nicht glauben, daß die Schmeicheleien und Vorstellungen, über die anstößige Klausel hinwegzugehen, unterstützt durch den Eifer der jungen Schweden in Gustav Adolphs Gefolge, die durch persönliche Rücksichten und Aussichten auf glänzende Hochzeitsgeschenke gewonnen waren, sowie durch die schlaue Politik des Herzog-Regenten, der fürchtete, sich der unmittelbaren Rache der Kaiserin auszusetzen, an der Entschlossenheit und Charakterfestigkeit des Königs scheitern würde. Sie selbst war zu oft durch Liebe blind gemacht, um dem siebzehnjährigen Jünglinge eine Beherrschung seiner Leidenschaft zuzutrauen. Endlich sah man sich genötigt, ihr anzuzeigen, daß alles abgebrochen sei. Fürst Subow nahte sich ihr geheimnisvoll und flüsterte ihr einige Worte ins Ohr. Sie stand vor Wut erbleichend hastig auf, versuchte zu sprechen, wankte und ging hinaus. Der Großfürst, die Großfürstin und ihre Kinder folgten ihr. Kaum in ihren Gemächern angelangt, ward ihr unwohl, und sie bekam einen gelinden Anfall von der Krankheit, die sie wenige Wochen später ins Grab brachte. Nachdem die Kaiserin sich zurückgezogen, wurde der Hof unter dem Vorwand einer plötzlichen Unpäßlichkeit des jungen Königs entlassen. Indessen wurden die wahren Ursachen bald bekannt. Einige waren empört über die Dreistigkeit des »kleinen« Königs von Schweden, andere über die Unvorsichtigkeit der sonst so weisen Katharina, daß sie sich leichtsinnig einem solchen Auftritte ausgesetzt; besonders aber zürnte man Subow und Markow, die sich eingebildet hatten, die Schweden auf so plumpe Weise zu überlisten, daß sie glauben konnten, jene würden einen Ehekontrakt unterzeichnen, ohne ihn gelesen zu haben.

Das traurigste Opfer dieser törichten Hinterlist und dieses unerhörten Hochmutes war jedoch die reizende Großfürstin Alexandra. Sie wurde am 30. Oktober 1799 mit dem Erzherzog Joseph, Palatin von Ungarn, vermählt und starb nach kaum zweijähriger Ehe im Wochenbett. Sie hatte kaum Kraft genug, in ihre Gemächer zurückzukehren, woselbst sie, außerstande, ihre Tränen länger zu verbergen, sich einem Schmerze überließ, der ihre Umgebung tief bewegte und das holde Wesen auf das Krankenlager warf. Drei Tage nach der unvorhergesehenen Lösung eines so schönen Verhältnisses war der Namenstag von Konstantins Gemahlin Anna Feodorowna. Die Hofetikette schrieb für diesen Tag einen Ball vor; niemand hatte jedoch Lust, zu tanzen. Der junge König erschien indessen ebenso wie die Kaiserin, die jedoch kein Wort mit ihm sprach. Fürst Subow benahm sich abstoßend gegen den König von Schweden; man konnte die Verlegenheit auf allen Gesichtern lesen. Alexandra war krank und nicht gegenwärtig. Der König tanzte mit den anderen Großfürstinnen, sprach kurze Zeit mit dem Großfürsten Alexander und verließ das Fest, nachdem er noch artiger als gewöhnlich die Anwesenden gegrüßt. Das war das letztemal, wo er bei Hofe erschien. Die heiteren Tage der Pracht und Festlichkeit hatten sich nur zu schnell in Tage der Trauer und Stille verwandelt; niemals hat vielleicht ein König so trübe und unangenehme Stunden an einem fremden Hof verlebt. Alle Welt war krank oder gab vor, es zu sein. Das Interesse, welches Gustav Adolph verdiente und Alexandra in aller Herzen erweckte, stimmte die Gemüter zu ihren Gunsten. Man beklagte sie als Opfer der Eitelkeit und Torheit, man beklagte ihn, daß er gezwungen sei, ein Opfer zu bringen, welches seinem Herzen so schwer ward. Subow und Markow wurden laut und allgemein angeklagt, und das Benehmen Katharinas konnte niemand begreifen; sie selbst war ein Raub des tiefsten Grams. Es wurde behauptet, ihre gedemütigten Günstlinge hätten gewagt, ihr vorzuschlagen, gegen den jungen Fürsten, welchen sie in ihrer Macht hatte, Gewalt zu gebrauchen. Sie verschloß sich einen ganzen Tag im Taurischen Palast unter dem Vorwand, den Stiftungstag ihrer Kapelle in Ruhe und Sammlung zu feiern; eigentlich geschah es aber nur, um den Augen der Welt die Qualen ihrer Seele zu verbergen und mit ihren Priestern und Günstlingen eine letzte Beratung über die Verlegenheit zu pflegen, in der man sich befand.

Man versuchte eine leise Annäherung. Der König sprach die Kaiserin allein, und die Minister hielten mehrere Beratungen. Gustav Adolph erklärte nochmals, er könne die Wünsche der Kaiserin, welche dem Gesetze seines Landes widersprächen, nicht erfüllen; er beabsichtige indessen, die Stände des Reiches darum zu befragen, die er nach seiner Mündigkeit sogleich zusammenberufen wolle; hätten die Stände nichts gegen eine Königin griechischen Glaubens, so würde es sein höchstes Glück sein, die Großfürstin zur Gemahlin zu erhalten.

Der russische Stolz, außer sich, einen König so sprechen zu hören, mahnte ihn vergebens, den Ständen des Reiches zu trotzen, und bot ihm Hilfe für den Fall eines dadurch herbeigeführten Aufruhrs an. Der König dankte für diese Hilfe.

Das waren die Folgen einer Reise, von der man so viel erwartet hatte. Der König reiste an dem Tage ab, an welchem eine große Festlichkeit zum Geburtstag des Großfürsten Paul stattfand, acht Tage nach dem unglücklichen Bruch. Er ließ Kummer und Verstimmung bei der Kaiserin, Schmerz und Liebe in dem Herzen der jungen Großfürstin, die krank und schwermütig wurde, sowie allgemeine Achtung bei den Unbefangenen zurück. Trotz der unerwarteten Katastrophe tauschte man mit der gewöhnlichen höfischen Courtoisie die hergebrachten Geschenke aus, um sich in den Augen der Welt nicht allzusehr bloßzustellen, und die Russen waren von den geschmackvollen und kostbaren Geschenken des Königs von Schweden um so mehr überrascht, als man gewohnt gewesen, ihn für arm und etwas geizig zu halten.

Die beabsichtigte Heirat gab wieder einmal Gelegenheit, die Art von mütterlicher Liebe zu offenbaren, welche Katharina für ihren Sohn empfand. Vom Großfürsten Paul, obschon er der Vater der jungen Prinzessin war, war bei der ganzen Angelegenheit gar nicht die Rede; er hatte ebensowenig über seine Tochter zu gebieten, als er in Staatsangelegenheiten mitsprechen durfte. Er bewohnte sein Schloß zu Gatschina, und während der ganzen sechs Wochen, die der König in Rußland zubrachte, sah man den Großfürsten Paul nur einige Male in Petersburg. Er hielt sich nie länger als vierundzwanzig Stunden in der Hauptstadt auf, sondern fuhr, wenn er an einer Festlichkeit teilgenommen, am andern Tage abends wieder nach Gatschina zurück. Kobeko, Der Cäsarewitsch, S. 443. Die Großfürstin dagegen, seine Gemahlin, machte diese langweilige und beschwerliche Reise drei-bis viermal in jeder Woche, um die Feste zu besuchen und wenigstens dem Anschein nach ihre Rechte als Mutter zu behaupten. Sie äußerte einmal: »Wenn mir alle meine Töchter so viel Mühe bei ihrer Verheiratung machen, wie diese, so finde ich meinen Tod auf der Landstraße.« Der König besuchte Gatschina und Paul auch einmal. Aber Paul, der König und der Herzog-Regent waren zu ungleiche Naturen, um zueinander zu passen, und zum ersten Mal im Leben teilte der Großfürst bei dieser Gelegenheit die Ansichten seiner Mutter, ja er überbot ihren Eifer für die griechische Kirche noch.

Man hatte geglaubt, daß die verletzte Eigenliebe Katharinas für diesen Schimpf baldmöglichst eine glänzende Rache nehmen würde, denn bei der russischen Art, Motive zum Kriege vom Zaune zu brechen und scheinbar auf andere abzuwälzen, konnte es nicht an einer Gelegenheit dazu fehlen, aber man hatte sich getäuscht. Als kluge Regentin wußte sie ihre eigenen Gefühle der Staatsräson unterzuordnen. Einesteils fürchtete sie die Koalition zu stören, welche sie noch immer gegen Frankreich begeisterte, andernteils hatte sie noch einen anderen Zweck. Sie tröstete sich daher vorläufig mit den Siegen, die ihre Armeen ebenso wie ihre Intrigen errungen und die ihr fast die Hälfte von Polen, die Krim, den Kuban und einen Teil der Grenzländereien der Türkei eingebracht hatten. Sie gab es auf, das edle Rechtsgefühl und den selbstverleugnenden Mut des jungen Königs von Schweden zu brechen.

Jener andere Plan, der sie beschäftigte, ging dahin, nicht mit Lärm und Waffengewalt, sondern mehr durch Intrigen das Herzogtum Kurland zu usurpieren, jene reiche und bevölkerte Provinz, nach der die lüsterne Begierde aller ihrer Vorgänger schon lange getrachtet hatte. Es glückte ihr damit besser, als mit den schwedischen Plänen, denn seit der Zerstörung Polens war das Herzogtum Kurland absichtlich ohne Oberlehnsherrn gelassen: ohne Kampf und Mühe nahm Katharina das schöne, wohlangebaute Land in Besitz. Des barbarischen Herzogs Biron schwacher Sohn Peter, der derzeitige Regent von Kurland, dankte ab.

Diese neue Erwerbung, die Katharina ihrem intriganten Genie verdankte, muß man als eine Vervollständigung des Raubes betrachten, den Rußland aus der Zerstückelung Polens davongetragen hatte. Bei den gewaltigen Ereignissen im europäischen Westen nahm man in politischen Kreisen kaum davon Notiz. Die Kaiserin sandte sogleich einen Gouverneur nach Kurland. Es hatten sich dort mehrere Adelsmitglieder unzufrieden gezeigt, aber der geringste Widerspruch verhängte Proskription über die Malkontenten, und die Besitztümer der Verbannten verwandte Katharina in der doppelten Absicht, einmal, um ihre Hofleute zu belohnen, und dann, um national-russische Gesinnungen und russisches Blut in das Herzogtum einzuführen. Der Günstling Platon Subow und sein Bruder Valerian befanden sich unter denen, die einen großen Teil dieser reichen Beute erhielten.

Die unblutig vollzogenen Usurpationen neuer Provinzen genügten jedoch dem Ehrgeiz Katharinas keineswegs; ihr tatkräftiger Geist bedurfte einer ernsteren Beschäftigung. Stets von kriegerischem Ehrgeiz geplagt, träumte sie davon, ihre Waffen nach Persien zu tragen, um die Provinzen wiederzuerobern, welche unter der Regierung der Kaiserin Anna dem Reiche verloren gegangen waren.

Katharinas Absicht ging dahin, sich des Kaspischen Meeres und der es umgebenden Provinzen zu bemächtigen. Der russische Gesandte in Konstantinopel erhielt den Befehl, seinen Einfluß auf den Diwan dahin geltend zu machen, daß die Pforte sich entschlösse, diesem Plan ihre Unterstützung angedeihen zu lassen. Der Reis-Effendi, Reschid-Mahomed, war auch wirklich dazu geneigt, aber der Divan blieb unerschütterlich. Katharina ließ sich dadurch nicht abhalten, die Expedition zu unternehmen, die wieder glänzender für ihren Ruhm, als nützlich für ihr Reich und Volk auslief.

Valerian Subow drang sogleich an der Spitze einer zahlreichen Armee in Daghestan ein und belagerte Derbent. Er griff zunächst einen hohen und starken Turm an, durch welchen die eigentliche Stadt verteidigt wurde. Nachdem er sich desselben bemächtigt hatte, ließ er die ganze Garnison über die Klinge springen und bereitete sich darauf vor, das stark befestigte alte Derbent selbst zu stürmen. Die Perser waren durch die ersten Erfolge der Russen und ihre Grausamkeit so in Schrecken gesetzt, daß sie zu kapitulieren verlangten und die Stadt ohne Schwertstreich übergaben.

Nachdem die Kaiserin mit ihrem so schon ungeheuren Reiche, durch die Kraft ihrer Waffen, die Schärfe ihres Geistes und die feinen Schlingen ihrer staatsweisen Politik die Krim, den Kuban, mehrere persische Provinzen, Kurland und beinahe die Hälfte Polens vereinigt hatte, hoffte sie noch größere Triumphe zu feiern. Schon mit einem Fuß im Grabe stehend, entwarf sie Pläne, die an Kühnheit des jüngsten Heldengeistes würdig waren. Aber der Tod setzte ihnen ein unerwartetes Ziel.

Am Morgen des 6./17. November stand die Kaiserin wie gewöhnlich auf, widmete ihrem Günstling noch einige Augenblicke und zeigte sich fröhlicher Laune, trank, wie sie es stets zu tun pflegte, ihren Kaffee und ging darauf in ihr Kabinett. Da die Damen, welche den Dienst bei ihr hatten, sie nach einer halben Stunde nicht wieder herauskommen sahen, wurden sie unruhig. Sie gingen in das Kabinett und fanden die Kaiserin auf dem Fußboden ausgestreckt liegend, mit den Füßen gegen die Tür gewendet. Man ließ augenblicklich ihren ersten Leibarzt, den Doktor Rodgerson herbeirufen. Als dieser erkannte, daß es ein Schlaganfall sei, von dem die Kaiserin betroffen worden, ließ er derselben sogleich zweimal zur Ader, sah auch das Blut bald fließen und Katharina wieder etwas zum Leben zurückkehren. Aber es blieb ihr trotz aller Sorgfalt und gewissenhaft angewendeten Hilfsmittel der ärztlichen Kunst unmöglich, nur ein einziges Wort hervorzustammeln. In der zehnten Abendstunde schloß sie die Augen zum letzten Mal, und ihr unruhiger Geist verließ die Welt, welche er so oft in Sorgen und Bewegung versetzt hatte, um in höheren Gefilden vor seinem Richter Rechenschaft von seinem Tun zu geben.

Der Großfürst Paul befand sich zur Zeit dieses Ereignisses auf seinem Lustschlosse Gatschina. Sobald er darüber in Kenntnis gesetzt wurde, daß das Leben seiner erhabenen Mutter in Gefahr schwebe, eilte er nach Petersburg und kam dort an, noch ehe sie verschieden. In demselben Augenblick, wo die Brust der Kaiserin zu atmen aufgehört hatte, wurde er unter dem Namen »Paul der Erste« zum Selbstherrscher Rußlands ausgerufen.

IX.

Katharinas Regierung und ihr Einfluß auf Rußlands Entwicklung. – Katharina als Frau.

Hier noch mit weiteren Ausführungen den Charakter Katharinas II. zeichnen zu wollen, wäre überflüssig, da derselbe schon in der vorhergehenden Darstellung des Lebens an ihrem Hofe und ihrer Regierungsweise deutlich genug geschildert wurde. Aber etwas bleibt uns dennoch übrig, was uns einer Anführung würdig scheint. Es sind dies die Folgen ihrer Politik und ihrer Administration auf ihr Reich und endlich ihre Persönlichkeit, welch letztere von uns bisher weniger berührt worden ist.

Mehrere Schriftsteller haben versucht, der Nachwelt ein Porträt Katharinas II. zu überliefern. Entweder erkauft, oder durch ihren blendenden Glanz, durch eigne vorgefaßte Meinungen und andere Umstände verführt und bestochen, oder endlich aus reiner Gefälligkeit haben sie dasselbe als mit allen Gaben der Natur überreich ausgestattet, dargestellt. Andere wieder haben es aus persönlichem Widerwillen oder mit einem aus unbekannten Motiven entlehnten Haß jedes Schmucks beraubt und es durch alles entstellt, was Laster und Verbrechen an Scheußlichem darbieten. Wie fast immer in dieser Welt, muß man die Wahrheit zwischen beidem suchen. Auf einer niedrigen Stufe der menschlichen Gesellschaft stehend, würde Katharina alle Reize einer liebenswürdigen Frau dargeboten haben; in ihrem politischen Leben bot sie mitten unter den Exzessen eines ausschweifenden Ehrgeizes alle Eigenschaften eines großen Monarchen dar.

Tochter eines kleinen deutschen Fürsten, in einer preußischen Garnison geboren, zu einer Zeit, in der des großen Friedrichs philosophischer Geist sich überall geltend machte, konnte sie, von der Natur mit einem Geschmack für wollüstige Vergnügungen ausgestattet und nach den Grundsätzen einer laxen Moral und freigeistigen Ideen erzogen, dem Einfluß dieser Umstände nicht entgehen. In die Nähe des russischen Thrones berufen, mit der Aussicht, ihn gesetzlich wenigstens teilen zu dürfen, beliebte sie, russische Sitten, den Anstand einer Familienmutter, als welche sie eine Dynastie zu begründen hoffte, und vor allem die Gebräuche der griechischen Religion anzunehmen. Später opferte sie ihren Gatten; einem höheren Richter; der, wie die Schrift es verheißt, »Herz und Nieren prüft«, muß es zu beurteilen überlassen bleiben, ob in dem Wunsche, selbst zu herrschen, oder nur aus dem Gefühle, für ihre persönliche Sicherstellung Sorge tragen zu müssen.

Durch die Art ihrer Thronbesteigung und die Tatsache, daß sie, ihres Gatten Mörder mit Gunstbezeugungen überschüttend, das sonst in jedem Weibesherzen als süßeste Empfindung vorherrschende natürliche Gefühl zugunsten ihres Ehrgeizes verdrängte, schien Katharina einen Tyrannen zu verkünden, der das Reich, das er unterjocht hatte, mit eiserner und blutiger Geißel lenken würde. Aber diese Furcht, welche ihre ersten Schritte dem Volke einflößen mußten, war glücklicherweise eine Täuschung; sie zeigte sich weniger grausam als ruhmgierig. Die Gewalttat, welche den Beginn ihrer Herrschaft bezeichnet, ist nicht der einzige Vergleichspunkt, den ihr Leben mit dem jener stolzen Königin von Babylon darbietet, deren Namen und fabelhafte Größe man ihr so gern beilegte. Voltaire nannte Katharina nie anders als: »Semiramis des Nordens.«

Bei der Beurteilung von Katharinas Charakter darf man die schwache, sinnliche Frau nicht mit der kühnen nur für die Größe ihres Staates wirkenden Monarchin verwechseln; aber unparteiisch beurteilt flößt das eine nicht mehr und nicht weniger Achtung ein, als das andere. Es muß indessen zugegeben werden, und dies ist bei einem Weibe immerhin etwas Anerkennenswertes, daß sie sich den Augen der Welt gegenüber ebensowenig als Monarchin wie in Beziehung auf ihr Geschlecht mit einem Heiligenschein umgeben wollte. Sie zeigte sich meist offen und unverschleiert, ganz so wie sie war.

Charakteristisch für die freimütige Offenheit Katharinas ist die von ihr im Jahre 1788 verfaßte Grabschrift, die folgendermaßen lautet:

Hier ruht

Katharina die Zweite,

21. April

geboren in Stettin am – – – – – 1729.

2. Mai

Sie ging im Jahre 1744 nach Rußland, um Peter III. zu heiraten. Im Alter von vierzehn Jahren faßte sie den dreifachen Vorsatz, ihrem Gemahl, Elisabeth und der Nation zu gefallen. Sie unterließ nichts, um darin Erfolg zu haben.

Achtzehn Jahre voller Langweile und Einsamkeit veranlaßten sie, viele Bücher zu lesen.

Als sie den Thron von Rußland bestiegen hatte, wollte sie das Gute und suchte ihren Untertanen Glück, Freiheit und Besitz zu verschaffen.

Sie verzieh leicht und haßte niemand. Sie war nachsichtig, leichtlebig, von heiterer Gemütsart, republikanischer Gesinnung und gutem Herzen. Sie hatte Freunde. Die Arbeit fiel ihr leicht, Geselligkeit und Künste gefielen ihr. Memoiren Katharinas II., Inselverlag, Bd. II, S. 340.

Die besonders hervortretenden Gelegenheiten, welche gerade ihrer Regierung einen so großen Glanz verleihen, charakterisieren ihre Staatskunst so vollkommen, daß es eine nutzlose Sache wäre, viel Worte darüber zu verlieren. Ihre diplomatische Virtuosität lag daher weniger in einem undurchdringlichen und feinen Gewebe, als in unternehmenden Handgriffen, deren grobe, leicht durchschauliche Verhüllung und verwegene Durchführung alle feineren und vorsichtigeren Widersacher derselben verhöhnte. Die Begebenheiten, welche von uns aufgezählt wurden, beweisen dies zur Genüge, und ihr Verfahren gegen das bejammernswerte Polen, gegen das Osmanische Reich und gegen das Herzogtum Kurland, wodurch die gegenwärtige russische Macht eigentlich erst begründet wurde, zeigt durchaus keine tief angelegten Kombinationen, deren Triebwerk verborgen gehalten war, sondern alles darin und daran war von so ungeschliffener Natur, daß sie keinen Menschen damit betrügen konnte, der mit fünf Sinnen begabt und nur imstande war, sie zu gebrauchen. Der Sorglosigkeit, Uneinigkeit und Unentschlossenheit der anderen Nationen ist es in erster Linie zuzuschreiben, daß Katharina fast immer das ihr vorschwebende Ziel glücklich erreichte. Es fehlte gewiß in Europa nicht an Männern, die mit hinreichender Staatsklugheit ausgestattet waren, um aus den ersten Schritten, welche von der russischen Politik gegen Polen und die Türkei getan wurden, bereits das letzte Ziel des russischen Ehrgeizes zu erkennen und die darin für das übrige Europa schlummernde Gefahr richtig zu beurteilen. Aber den Kassandrastimmen dieser Propheten zum Trotz wurde jeder neue Versuch, den Rußland auf der einmal eingeschlagenen Bahn unternahm, zu einem neuen Triumph seiner Staatskunst, und die auswärtige Politik der westeuropäischen Mächte die Weisheit und Tätigkeit ihrer Kaunitz, Wenzel Anton, Reichsfürst von Kaunitz-Rietberg, geb. 2. Februar 1711, gest. 27. Juni 1794, seit 1753 österreichischer Staatskanzler. Hertzberg und Choiseul wurden von den Kunstgriffen der aus dem Staube hervorgegangenen und ohne staatsmännische Schulung gebliebenen Orlows, Potiomkins und Repnins besiegt. Diese waren – ob mit oder ohne staatsmännische Schulung – allein in ihrer Eigenschaft als Kraftnaturen den europäischen Kollegen von der Diplomatenzunft überlegen. Katharina besaß eben das Talent, Menschen aux grandes idées herauszufinden, durch ihre persönlichen Eigenschaften aber verstand sie deren Tätigkeit Richtung zu geben und sie untereinander in Übereinstimmung zu bringen, wodurch Rußland erhoben und ihre eigene Macht vergrößert wurde. *Kobeko, Der Cäsarewitsch, S. 344.*

So glänzend und blendend die Regierung Katharinas II. in den Annalen der Geschichte sich auch auf den ersten Blick zeigen mag, so war sie bei näherem Zusehn für Rußland in mancher Hinsicht unglücklich Das lag weniger an Katharina selber, als vielmehr an der Verdorbenheit des Hofes und dem Charakter der Nation, die sie beherrschte. Wie hätte eine Frau zustandebringen sollen, was dem rührigen Stock und dem mörderischen Beil Peters des Großen nicht gelungen war? *Masson, Bd. I, 2. Abt., S. 50.* und für sie selber demütigend. Ihr Verstand behielt bis an das Ende ihres Lebens seine volle Stärke, aber ihr Charakter war eitel Schwäche geworden. Wir zeigten, wie sie von mehreren ihrer Liebhaber mißhandelt wurde, und daß sie nur Tränen und Klagen hatte, um sich der Tyrannei derselben zu widersetzen. Die Russen sahen es zwar mit Scham und Ärger, daß Orlow ihre Kaiserin brutal behandelte, aber sie ertrugen es, weil er ihr wenigstens erlaubte, nach ihrem Willen zu regieren. Als sie aber sahen, wie sich Potiomkin des ganzen Umfanges ihrer Macht bemächtigte, wie er, auf seiner usurpierten Stellung fußend, als absoluter Despot zu herrschen begann, da erbebten sie vor Schrecken und beugten sich in stummer, knechtischer Demut vor einem Manne, vor dem sie den Erben ihres Thrones und auch die Kaiserin sich beugen sahen. An sein Joch und seine Herrschaft gewöhnt, machte es ihnen dann wenig Eindruck, ihm einen anderen, aus gleichem Stoff gebildeten Günstling, der nicht weniger befehlshaberisch auftrat und nicht weniger mächtig war, folgen zu sehen.

Katharina trat, wie erwähnt, als Gesetzgeberin auf und stiftete Reglements für die von der äußersten asiatischen Grenze ihres Reichs herbeigerufenen Baschkiren, Kalmücken und Samo jeden, die in ihrem wilden Zustande, nach altem Brauch und Recht sich selbst beherrschend, deren nicht bedürftig waren, die sie anhörten, ohne sie zu verstehen, und die Verordnungen in ihren Ländern nicht einmal bekannt werden ließen. Katharinas unumschränkte Gewalt ging nicht soweit, daß sie in diesen fernen Teilen ihres Reiches auch den von ihr gegebenen Gesetzen Gehorsam hätte verschaffen können. Höchst eigentümlich ist dabei die Erscheinung, daß diese Fürstin, welche danach strebte, Gesetze zu geben, um die Sitten und die geistige Erleuchtung ihrer Untertanen zu verbessern, diese dennoch unter einem schweren Druck seufzen ließ und wenig tat, um ihr Schicksal zu verbessern, ihre Befreiung vorzubereiten und ihre abergläubische Unwissenheit aufzuklären. Auch hierin zeigte sich der durch alle ihre Taten gehende Zug der Eitelkeit, die damit befriedigt ist, die Augen des großen Haufens auf sich zu ziehen; sie schien in allen ihren Institutionen mehr den Glanz, als die Solidität zu suchen. Man könnte Katharina mit einem theoretischen Schriftsteller vergleichen, der seine Ideen der Welt zu verkünden sich berufen fühlt, Theorien über Regierung und Gesetzgebung aufstellt, aber der Mittel gänzlich entbehrt, um sie praktisch durchzuführen.

Es ist leicht einzusehen, daß eine aus so vielen Nationen, Sitten, Sprachen und Religionen zusammengewürfelte Bevölkerung, die sich über ein so weitläufiges Territorium ausbreitet, nur durch das kräftigste Gouvernement zusammengehalten werden kann. Und solches war im wahrsten Sinne des Worts nach Katharinas eignem Willen das russische Gouvernement. Ihre »Instruktion zur Bildung eines Gesetzbuches« enthielt mehr asiatische als europäische Formen. Zwar blieben, das ist nicht zu leugnen, in den provinziellen Adelsversammlungen noch einige Spuren der Rechte erhalten, welche sich die Bojaren in der Zeit zwischen der Erlöschung des Rurikschen Stammes und der Erhebung Michael Feodorowitsch Romanows angemaßt hatten. Aber diese auf eitle Formalitäten zurückgedrängten Rechte zeigten ihr Leben nur noch in Verschwörungen. Es gab weder Reichsstände noch Landtage, noch eine von der Person des Czaren getrennte gesetzgebende Gewalt. Nur zwei Grundsätze erkannte das Kaisertum Katharinas an: »die unbegrenzte Herrschermacht und das Erbrecht.« Die Geschichte hat bewiesen, daß sie sich in das erste verschmelzen ließen, das zweite aber nicht immer anerkannt wurde. Die Russen haben ein altes Sprichwort, welches noch heut gebräuchlich, das Bild wiedergibt, das sie sich von der Autorität und dem Charakter ihrer Herrscher machen. Es lautet: »Nahe beim Czaren, nahe beim Tode.« Der leitende Senat wurde nichts als ein höherer Gerichtshof, mit einem Worte, es gab weder eine geschriebene Grundlage des Rechts, noch irgendeine Schranke zwischen der Krone und dem Volke. Diese von Katharina vorgefundenen Zustände hatten es ihr, wie so oft an asiatischen Höfen, möglich gemacht, durch eine im Innern des Palasts gebildete Verschwörung den Souverän zu entthronen, die Thronfolge umzustoßen und das Regierungssystem zu ändern. Alles in wenigen Stunden. Sie selbst hat daran nichts geändert, und schon ihr Nachfolger wurde ein neues Opfer dieser Möglichkeit.

Trotz dieser unumschränkten Herrschaft und des Prinzips des Despotismus, bot die öffentliche Verwaltung doch europäische Regierungsformen dar. Sie bildete sich aus einem geheimen Rate. Ministerien, Kollegien, die mit der speziellen Leitung der politischen, bürgerlichen, militärischen und kommerziellen Verhältnisse betraut waren, und fünfzig, wieder in Kreise zerlegte, Gouvernements erleichterten die lokale Administration der Provinzen. Aber ein Fluch lastete auf dem so zahlreich geschaffenen Beamtentum in Katharinas Lande. Jeder einzelne Bedienstete sah sich für einen unumschränkten Souverän auf seinem Platze an und legte weder Rechenschaft über seine Verwaltung noch über die Summen ab, über welche er disponierte. Das ganze Reich war den raubgierigen Günstlingen der Kaiserin und den ihrem Beispiele in nichts nachgebenden Kreaturen als Beute überlassen. Überall herrschte Straflosigkeit, überall sah man die Übertreibungen der Laxheit und des Despotismus, überall flüchtige Launen und niedrige Interessen, welche an Stelle von Gesetzen galten. Reichtum wuchs bis zur Unermeßlichkeit ebenso schnell, als er verschwand. Das Elend war gleich unerhört, wie der Luxus.

In den volkreichsten Städten waren unter der Herrschaft Katharinas zwar Zivil- und Kriminalgerichtshöfe errichtet worden, aber die Laufbahn der Richter war durch den indolenten Stolz des Adels meist Leuten niedriger Geburt, ohne Verdienst, ohne Erziehung und ohne Ehrlichkeit überlassen. Daher zeigten sich die Männer des Rechts als die Unwissendsten von allen, die in Rußland auf Zivilisation Anspruch machten, außerdem noch als die Unehrenhaftesten und Verderbtesten. Die schon an und für sich unvollkommenen, ungerechten und bedrückenden Gesetze wurden auf schändliche Weise gehandhabt, so daß man, mochte eine Sache noch so gerecht und klar sein, keine andere Aussicht hatte, sie zu gewinnen, als durch das Erkaufen der Richter. Im »Antidote« sieht Katharina mit Stolz und einer Art Eitelkeit auf den Umstand zurück, daß es in Rußland weniger Prozesse und Strafen gab, als in jedem anderen Lande, aber ihr hieraus auf die Sitten ihres Landes gezogener Schluß ist zu günstig. Sie vergaß, daß die Willkür der Herren und die innere und häusliche Polizei fast jedes Verbrechen und Vergehen im stillen und unbesprochen straft und die Gerichte sich nur mit den angezeigten Verbrechen einer geringen Zahl Freier beschäftigt sahen. Dem Kodex Katharinas spendeten zwar die Philosophen des achtzehnten Jahrhunderts wegen seiner Weisheit das exaltierteste Lob, aber die Spuren der Gesetzgebung des elften Jahrhunderts sprechen sich deutlich in den Geldbußen aus, die für Vergehungen, je nach Besitz und Stand der Beleidigten, bemessen sind. Wie weit die bevorzugten Klassen die Würde und Macht der Gesetze und Gerichte anerkannten, erhellt daraus, daß ein Gläubiger, der seinem hochgestellten Schuldner eines Tages drohte, er würde das Gesetz in Anspruch nehmen, um zu seiner gerechten Forderung zu gelangen, von dem frechen Debitor die Antwort erhielt: »Weißt du denn nicht, daß mich meine Stellung über das Gesetz erhebt?« Wenn auch an der Richtigkeit der Theorie möglicherweise zweifelnd, war doch der Kreditor von der Wahrheit seiner Behauptung in der Praxis so überzeugt, daß er es nicht wagte, sich an die Gerichtshöfe zu wenden.

An der Regelung der Finanzen, einer Herstellung des Gleichgewichts der Einnahmen und Ausgaben, würde selbst der Geist der Kaiserin gescheitert sein, wenn ihre Ordnungsliebe ihre Weisheit erreicht oder übertroffen hätte. Die Unwissenheit, Unordnung und Unehrlichkeit der Beamten, die Unregelmäßigkeit in den Einnahmen, die Ungenauigkeit und schwankenden Sätze der Etats, die Schwierigkeit einer allgemeinen Übersicht, da das Defizit des vergangenen Jahres im voraus auf das Einkommen des zukünftigen angewiesen wurde, dies alles waren hemmende Gründe für die Herstellung einer geregelten Finanzverwaltung. Aber sie waren es nicht allein. Sechsundvierzig bis fünfzig Millionen Rubel soll die durchschnittliche Staatseinnahme Katharinas gewesen sein, aber diese Summe reichte bei weitem nicht zu den riesenhaften Projekten der Kaiserin, und jedes Jahr führte ein größeres Defizit herbei. Zu Anfang der Regierung Katharinas (1763) hatten die Staatsausgaben siebzehn Millionen Rubel betragen. Zu Ende ihrer Regierung (1796) war der Staatsbedarf auf siebzig bis achtzig Millionen gestiegen. Brückner, Katharina II., S. 520. Ihre Kriege mußte sie führen, um ihren Ruhm zu erhalten, der wieder ihre Pracht bedingte. So wurden Auswege geschafft, die zwar das Verschwinden des Goldes, Silbers und der übrigen wertvollen Metalle ersetzten, aber das Reich ruinierten. Die Steuern wurden verdoppelt. Die Münzen bekamen einen schlechteren Gehalt, und die schon vorhandenen Papiere verloren so an Wert, daß der Rubel Papier auf kaum die Hälfte des Rubels Silber sank. So schreibt sich der unglückliche finanzielle Zustand Rußlands von Katharina her, die bei ihrem Tode eine Staatsschuld von zweiundvierzig Millionen Rubel hinterlassen hat. Das Elend des Volkes war auch während des Wachsens ihres Ruhmes und des höher strahlenden Glanzes ihres Throns im steten Zunehmen geblieben. Der Preis der nötigsten Lebensmittel steigerte sich bis ins Unerhörte, und trotz des eisigen Klimas war die Menge in Lumpen gehüllt. Danach scheint die Äußerung des Fürsten Schtscherbatow gerechtfertigt, die er in einem Gespräch über die Kaiserin wagte: »Wenn diese Frau noch ein Menschenalter gelebt hätte, würde sie Rußland ins Grab geführt haben.« Unzweifelhaft ist es, daß die zunehmende Erschöpfung Rußlands und das Bewußtsein, die Habgier der Menge von eingeborenen und fremden Abenteurern nicht mehr sättigen zu können, viel zu dem Entschluß beitrug, die gänzliche Unterwerfung und letzte Teilung Polens vorzunehmen. Die, welche auf Belohnungen und Geschenke Anspruch hatten, ließen sich dort durch Spezialgesetze für ihre eigenen Personen und Anhänger die Güter, Paläste und Häuser verleihen, die ihnen gerade gefielen. Diejenigen der unglücklichen Einwohner Polens, welche entweder ihr Vaterland verlassen, die Waffen getragen oder durch Rat und Tat gegen die Russen gewirkt hatten, sahen ihre friedliche Heimat von einer rohen, zügellosen Soldateska überschwemmt. Man zeigte ihnen die kaiserlichen Ukase, welche ihre Besitzungen den Russen verliehen, worauf die plündernden, blutdürstigen Soldaten die rechtmäßigen Besitzer nebst ihren weinenden Gattinnen und ihren nackten Kindern von ihrem ererbten Herde verjagten. Diese unberechenbaren, lediglich nach Lust und Laune verübten Räubereien und Plünderungen waren ebenso grausam, wie die mit der eisigsten Ruhe befohlenen und in Ausführung gebrachten Blutbäder in den Vorstädten Warschaus, namentlich dem ewig zur Rache auffordernden Praga. Bei ihrer Rückkehr aus dem Kriege wurden die Generale, welche sich am grausamsten bewiesen hatten, mit besonderer Gunst empfangen und reichlich aus den Besitztümern der Mißhandelten belohnt, diejenigen aber, die Menschlichkeit bewiesen hatten, wurden fast angesehen, als ob sie die Interessen ihres Vaterlandes verraten hätten.

Der Handel, den Katharina sich schmeichelte, in ihrem Lande geschaffen zu haben, war, durch Intrigen bewirkt, von ihr selbst, vielleicht ihrer besseren Überzeugung entgegen, in die Hände der Engländer übergegangen. Diese ließen sich auch in Rußland nieder, aber nur um schließlich ihr durch Fabrikanlagen gewonnenes Vermögen in ihr Vaterland zurückzuführen. Die Produktion des Erdbodens hatte sich nicht vermehrt, aber die Bedürfnisse des halbzivilisierten Landes hatten eine gewaltige Steigerung erfahren und brachten es dahin, daß die Summe der Einfuhr bedeutend die der Ausfuhr überstieg.

Militärisches Wissen und Kriegskunst, welche beide in den Tagen Münnichs und Rumiantzows bedeutende Fortschritte gemacht hatten, wurden von Katharina gehegt und gepflegt. Sie fühlte, daß die Armee die Hauptsäule war, auf der der Tempel ihres Ruhmes stand. Am Schluss ihrer Regierung wurde der Bestand der regulären Armee auf mehr als fünfmalhunderttausend Menschen angegeben, die Zahl der unregelmäßigen Truppen grenzte ans Fabelhafte. Die Aushebung war in der Zeit ihrer Herrschaft von einem von Fünfhundert durchschnittlich auf einen von Hundert gestiegen und erreichte während des Türkenkrieges sogar einen von Fünfunddreißig. Der innere Zustand der Armee blieb vermöge der mangelnden soldatischen Eigenschaften der zum Heere Ausgehobenen, welche den Zustand ihres elenden Sklavenlebens der Einreihung in die Regimenter vorzogen, ein schlechter, so daß jede Rekrutierung zu einem Schrecken und allgemeinen Unglück wurde. Den Mangel an Mut wußte die Kaiserin durch Offiziere und Unteroffiziere zu ersetzen, die, hinter die Glieder gestellt, die Soldaten an der

Flucht verhinderten und jene Resignation erzeugten, die ihre Siege erfocht, aber dennoch die Resignation der Knechtschaft blieb und nie zu dem glänzenden Feuer des Mutes aufloderte. Doch war es ihrer Zeit vorbehalten, durch Ssuworow in der Armee einen fanatischen Charakter zu entflammen. Was die Unteroffiziere und Offiziere betraf, blieben die Einrichtungen Katharinas II., so hoch man dieselben immerhin stellte, doch weit davon entfernt, gute Offiziere aus der russischen Nation heranzubilden. Auch in den höchsten Graden hatte kaum einer den Willen, seine Schuldigkeit zu tun, und meist fehlte auch ihnen, die gemeiniglich dem niederen Adel und der Bürgerschaft angehörten, infolge einer vernachlässigten Erziehung die Möglichkeit dazu. Sie kannten weder den Nachahmungstrieb, der die Tapferen erzeugt, noch das militärische Ehrgefühl, welches ihrem Stande die Achtung sichert. Ebenso fehlte es ihnen an Mut, denn die drei Hauptbedingungen, die die Soldaten Katharinas standhaft machten, die Gewohnheit der Knechtschaft, der Glaube an die Vorherbestimmung und das Bewußtsein, dem sicheren Tode zu verfallen, wenn sie dem ungewissen sich durch die Flucht entziehen wollten, fielen bei ihnen weg. Von diesen Offizieren traten die einen nur in die Armee, um einen Rang zu erhalten und sich dann auf ihre Güter zurückzuziehen, die anderen, um an die Spitze eines Regiments zu gelangen, denn diese Stellen wurden zu einer Quelle so reichen Einkommens, daß man nur mit Bedauern zu dem höheren Grade eines Generals überging. Die Mehrzahl dieser jungen Obersten waren aus dem Gardekorps hervorgegangene militärische Parvenüs oder aus dem Adjutantenkorps und dem Range eines Stabsoffiziers an die Spitze der Regimenter gestellt, ohne taktische Erfahrungen und militärische Kenntnisse anderswo als auf dem Parkett der Salons gesammelt zu haben. Darum mußte auch die stolze Herrscherin, trotz des Zeitraumes, welcher Peters des Großen und das Ende ihrer Regierung trennt, wie jener sehen, daß ihre Untertanen zu fremden Offizieren mehr Vertrauen hatten, als zu denen ihrer eigenen Nation, und mußte namentlich die höheren und wissenschaftlichen aus der Fremde entlehnen. An rationeller Artillerie und einem Ingenieurkorps gebrach es zu ihrer Zeit gänzlich, und bei Verteidigung, wie bei der Belagerung von Städten mußte der in ihrer Armee gering angeschlagene Wert von Menschenleben die fehlenden Kenntnisse ersetzen. Wir sahen schon, um welchen Preis Ssuworow die Einnahme von Ismaïl erkaufte. Die Russen waren in mehreren Stürmen abgeschlagen, und über Hügel von Leichen, welche die Gräben ausfüllten, erkletterten sie die Mauern. Im Andenken an diese Tat ermutigte Ssuworow, vor Praga angelangt, im Jahre 1795 auch seine Soldaten durch den Zuruf: »Drauf Kinder! Wie bei Ismaïl!«

Die Heeresverwaltung vertraute Katharina einem besonderen Minister an, der in seinem Departement ein Kollegium hatte, welches aus einem Präsidenten, mehreren Mitgliedern und einem zahllosen Heere von Subalternbeamten bestand, die alle einen höheren oder niederen militärischen Rang einnahmen. Jedes Regiment hatte seine Kanzlei, in der jeder von oben kommende Befehl, jeder Rapport der einzelnen Offiziere und selbst Unteroffiziere kopiert wurde, und die zur Quelle unendlicher Verwirrung und Verzögerungen werden mußte. Die Aufrechterhaltung eines von Peter I. herrührenden Befehls, wonach nur schriftlicher Order Gehorsam zu leisten sei, war die Ursache, daß am Tage der Schlacht untergeordnete Generale dem Oberbefehlshaber das zu verweigern wagten, was er ihnen nur mündlich befahl. Die Nachlässigkeit und Unordnung in den Bureaus des Kriegsministeriums waren bis zu dem Grade gestiegen, daß während der letzten Regierungsepoche Katharinas ein Infanterieregiment verlorengegangen war, ohne daß man wußte, was aus ihm geworden sei. Man sandte Kuriere in alle Provinzen und erfuhr endlich, daß es seit dem Friedensschlusse von Kustjuk-Kainardsche an den Grenzen des Kuban vergessen war, da man versäumt hatte, ihm Befehl zuzusenden, welche Garnison es beziehen solle. Der Umstand, daß die Verpflegung und Ökonomie jedes Regiments von diesem selbst abhing, lockerte natürlicherweise auch die Bande der Disziplin so stark, daß die Sitten, welche die Soldaten, die sich im Kriege leichter und besser ernährt sahen, gegen ihre Feinde angenommen hatten, nun auch im eigenen Lande vorherrschend wurden und sie die dort erteilte Erlaubnis zum Rauben und Plündern auch als ein in der Heimat geltendes Recht betrachteten. So sah man ein Regiment, welches zur Verstärkung der Armee nach Persien marschieren sollte, russische Provinzen wie von Barbaren eroberte Länder behandeln. Die Kaiserin hatte sich die

Macht entschlüpfen lassen, die Verbrechen der Armee zu strafen, und es lag nun nicht mehr in ihrer Hand, sie wiederzugewinnen.

Was das Seewesen anbelangt, brachte Katharina II. den ungeheuren Anstrengungen Peters des Großen ähnliche erstaunenswerte Opfer, aber sie erreichte darum nichts anderes, als daß sie ihren Stolz um einige unfruchtbare Triumphe bereicherte. Ihre Marine wurde dadurch nicht beträchtlicher. Trotz des Besitzes ausgedehnter Küsten, des Überflusses an Schiffsbauholz liefernden Wäldern, einer ausgedehnten inneren Schiffahrt boten die fast an Stumpfsinnigkeit grenzende Unwissenheit des russischen Bauern, sein entschiedener Widerwille gegen das Meer und der Mangel einer Matrosen bildenden Handelsmarine der Entwicklung einer Seemacht Hindernisse, welche das Genie der Kaiserin ebensowenig zu besiegen vermochte, wie dies einst das Genie Peters des Großen vermocht hatte. Rußland hatte alle zur See erreichten Erfolge, sowohl den Türken als den Schweden gegenüber, lediglich Fremden zu verdanken, die es in seine Dienste rief. Aber in den von Ausländern geleiteten Schulen lernte der Russe darum doch nichts. Das Fehlen des von Peter übersehenen notwendigen Elements einer Handelsmarine als Basis der des Krieges machte sich unter seinen Nachfolgern rächend bemerkbar. Der unfruchtbare Ruhm, den er Rußland durch den Besitz befestigter Häfen und einer Flotte erworben hatte, erschöpfte unter seinen Nachfolgern, als eine künstliche, den Staat mehr belastende als nützliche Einrichtung, sein Reich, und in einem nicht natürlichen Bedürfnis wurzelnd, konnten weder der Sieg bei Tschesme, noch der edle Ehrgeiz der Kaiserin, Europa ein Seegesetz zu erteilen, das Absterben der Flotte verhindern und sie zu neuem Aufblühen bringen.

Der Zustand des bebauten Landes blieb unter Katharina so elend wie je zuvor. Wie kann ein Land blühen, in welchem der Anbau des Bodens in den Händen von Sklaven ist? Und hatten die Sklaven der Krone durch die von der Kaiserin gegebene Ordnung es verhältnismäßig gut, so waren die Leibeigenen des Adels doch immer von dem Charakter ihres Herrn abhängig, und oft war nur das Gefühl des eigenen Interesses der Schutz, den sie gegen Härte, Ungerechtigkeit und barbarische Behandlung von Seiten ihrer Herren besaßen. Wahr ist es, daß schon zur Zeit der Kaiserin das Gesetz den Eigentümern nicht mehr das Recht über Leben und Tod ihrer Leibeigenen gestattete und die hohe Justiz den Woiwoden des Kreises zustand. Wahr ist es, daß die Geschichte selbst zwei oder drei Beispiele von Herren anführt, die wegen ihrer Barbarei gegen Leibeigene bestraft wurden. Aber selten und fast unmöglich blieb es, daß die kaiserliche Gerechtigkeit in die fernsten Schlupfwinkel der Tyrannei eindrang, und die Rechte, welche das Gesetz den Besitzern bewahrt hatte, die Ausübung der Polizei namentlich, die Besteuerung nach Willkür und dergleichen mehr, erreichten fast die unbeschränkteste Gewalt. Eine Art Munizipalorganisation verlieh Katharina den Leibeigenen in Gestalt der Institution der Starosten oder Ältesten, die durch sie selbst und aus ihren Leidensgenossen erwählt wurden, um unter sich zum Rechten zu sehen und die innere Polizei zu handhaben. Weiterzugehen vermochte die Kaiserin nicht, denn als auf der gesetzentwerfenden Versammlung nur die Rede davon war, es den Leibeigenen leichter zu machen, sich die Freiheit zu erwerben, erklärten die Russen laut, daß ihre Dolche den ereilen würden, der es wagen sollte, in dieser Versammlung die Freigebung der Sklaven vorzuschlagen. Stolz und Geiz des Adels besiegten so den Wunsch der Herrscherin, das Los ihrer elendesten Untertanen zu erleichtern. Wenn auch ein Teil der schweren Verantwortlichkeit für das Elend der Bauern auf der Kaiserin lastet, wird man doch nicht leugnen dürfen, daß diese Verantwortlichkeit durch das in den höheren Ständen der russischen Gesellschaft herrschende Rechtsbewußtsein sehr wesentlich eingeschränkt wird. Die Haltung der Konservativen war für die Kaiserin eine Lebensfrage, andererseits aber die Bauernemanzipation ein gefährliches Ding, dessen Tragweite kaum abzusehen war. Denn wer konnte wissen, ob die Leidenschaft der Volksmassen mit dem ihnen zu bewilligenden Maß von Freiheit und Grundeigentum sowie mit der Zeitdauer bei allmählich durchzuführenden Reformen sich begnügen werde? Katharina sah diese Gefahr voraus und schlug einen Mittelweg ein, dessen theoretisch liberaler Färbung ein gewisses ethisches Moment nicht abzusprechen ist, wenn die Bemühungen der Kaiserin auch schließlich erst in einem späteren Jahrhundert Frucht tragen sollten. Auf der anderen Seite aber warf Katharina in die östlichen Teile ihres Staates Tausende von Sklaven, Sandkörnern gleich, als Opfer für ihren Stolz und ihre politischen Anschauungen, doch dachte sie daran, dieselben durch freie Ansiedler zu ersetzen, und zog in dieser Absicht mit ungeheuren Kosten aus allen Teilen Europas Unglückliche herbei, die an den wüsten Ufern der Wolga verkamen. Sie gründete Kolonien und Städte, deren Namen pomphaft auf den Karten ihres Reiches prangten, die aber kaum eine längere Dauer hatten, als die ephemeren Bevölkerungen, die Potiomkin während des Triumphzuges nach Taurien an den Dnjepr verpflanzt hatte. Es wurde bereits in einer Anmerkung über den Städtebau erwähnt, auf welche Weise die wohlmeinenden Absichten der Kaiserin vereitelt wurden. Dreimalhunderttausend Seelen, meist deutscher Nation, kamen so nach Rußland, aber zehn Jahre später waren kaum noch dreißigtausend beiderlei Geschlechts vorhanden, die in der Umgegend von Saratow, Kiew und Czaritzyn lebten. In den von den Russen während der Regierung Katharinas eroberten Ländern war der Verlust an Menschenleben kaum abzuschätzen, und die Bevölkerung derselben war oft um mehr als die Hälfte vermindert. So hatte die Krim früher einmalhundertundzwanzigtausend Einwohner gezählt, besaß aber bei dem Tode der Kaiserin nur noch dreißigtausend.

Unzweifelhaft in der Tiefe ihres Herzens ohne alle Religion, heuchelte Katharina doch eine tiefe Ehrfurcht für die orthodoxe griechische Kirche, machte aber nichtsdestoweniger der Unterdrückung derselben in der Wiederherstellung der Patriarchenwürde kein Ende. Sie fühlte sich im Besitz des Präsidiums der Synode wohl, welcher Peter der Große die volle Autorität des gänzlich unterdrückten Patriarchats übertragen hatte. Die unermeßlichen Reichtümer, welche die regulierte Geistlichkeit besessen hatte, verschmolz die Kaiserin mit der Krone, und die Erzbischöfe und Bischöfe mußten sich mit einem jährlichen Gehalt und bestimmten Privilegien begnügen. Das leichtfertige und selbst lasterhafte Benehmen dieses Patriarchen im Unterrock, und das Spiel, welches er mit den Gebräuchen der Religion trieb, konnten nicht verfehlen, viele rechtgläubige Russen an der Heiligkeit des Patriarchats irrezumachen. Auch die Geistlichkeit selbst gab sich allen möglichen Ausschweifungen und Lastern hin und vergrößerte, mehr auf die äußeren Zeremonien, die Gesänge der Litanei, das Schlagen des Kreuzeszeichens, die Fasten, Kniebeugungen, Bußen und dergleichen, als auf die geheiligten Dogmen sehend, die Zahl der Sekten Rußlands, deren es, wie Katharina im »Antidote« selbst angibt, mehr als fünfzig geben soll.

Teils Ursache, teils Rückwirkung dieser geringen religiösen Ausbildung war der in Rußland herrschende bedauernswerte Zustand der Erziehung. Katharina sind in dieser Beziehung schöne Institutionen zu verdanken, aber sie waren nicht durchgreifend und nur für besondere Objekte bestimmt. Sie richtete zwar Kollegien, die Universitäten entsprechen sollten, und Gymnasien in verschiedenen Städten ein, aber in so kleiner Anzahl, daß ihre Wirksamkeit in dem ungeheuren Reiche gleich Null war. Auch gab es zu wenig gebildete Lehrer, vielmehr war die große Mehrzahl derselben selbst so unwissend, daß sie völlig unfähig zum Unterrichten waren. Der zahlreichen Masse des Volkes war das Wissen ganz verschlossen. Der Adel und selbst die niedere Geistlichkeit vermochten nicht einmal in ihrer Muttersprache das Evangelium zu lesen. Die Erziehung der Edelleute, wenn man die dem Hofe nahestehenden Großen ausschließt, zeichnete sich wenig vor der großen Masse des Volkes aus. Gewöhnlich nahmen sie ohne Prüfung irgendeinen Fremden, der bei ihren Kindern die Funktionen zu verrichten hatte, die über die wichtigsten Dinge ihres Lebens entscheiden sollten. Oft lag diesem verantwortungsschweren Amt nichts ferner als die Beschäftigung, die der neue »outschitel« in seinem Vaterlande ausübte. Das kümmerte aber wenig; genoß er auch keine wirklich geachtete Stellung, war er nur der erste Sklave im Hause seines Herrn, so erhielt er doch ein beträchtliches Gehalt, aß an der Tafel seiner Zöglinge und genügte seiner Pflicht, wenn er diesen einige Worte einer fremden Sprache, die Kunst des Lesens, die Aufzählung einiger wissenschaftlicher Werke und oberflächlicher historischer Tatsachen beibrachte. Die Regierungszeit Katharinas ist voll pikanter Anekdoten von Friseuren, Köchen, Lakaien und noch schlimmeren Personen, denen die Erziehung russischer Großer anvertraut war. Meist waren es Franzosen, und daher schrieb sich die Vorliebe, die am russischen Hof für Frankreich, seine Sitten und Künste herrschte; daher der Umstand, daß selbst die unterrichteten Russen besser in der französischen Sprache und

Geschichte zu Hause waren, als in der ihres eigenen Vaterlandes. Sah man am Hofe Katharinas einen Russen lesen, so konnte man gewiß sein, daß es ein frivoler französischer oder ein englischer, ins Französische übersetzter Roman war. In dieser mangelhaften Grundlage wurzelte denn auch der erstaunenswerte Aberglaube, der den russischen Adel bis in die höchsten Schichten beherrschte, und merkwürdig ist es, daß Katharina selbst, die so viel Mut und hellen Verstand bewiesen hatte, mit zunehmendem Alter auch diesem Aberglauben verfiel und in ihren letzten Lebensjahren von finsteren Ahnungen gepeinigt wurde. An eine Weissagung glaubend, daß im Jahre 1796 eine hohe Person sterben würde, die einflußreich auf ihren Weltteil gewirkt, hielt sie sich selbst für bedroht. Man weiß ferner, daß ein Phänomen, welches eines Tages, als sie ein von dem Generalprokurator des Senates veranstaltetes Fest besuchte, am Himmel sichtbar war, ihre Furcht so vermehrte, daß sie seitdem unaufhörlich von dieser doch ganz natürlichen Erscheinung sprach und ihren Schreck nicht verbergen konnte. Die Sitten der vornehmen Russen aus der Zeit Katharinas konnten äußerlich wenig von denen anderer, geschliffenerer Nationen unterschieden werden, aber alles war eben nur äußerlich, ein Beweis der Biegsamkeit ihrer Geistes und des Nachahmungstalentes, welches ein charakteristischer Zug ihrer Nationalität ist. Unter der glänzenden Außenseite strotzte es von Unsauberkeit, und aus den Augen der feingebildeten Kaiserin vom Hof auf ihre Güter zurückgekehrt, wandten sie sich wieder ihren nationalen Sitten und gemeinen Gewohnheiten zu. In Petersburg das europäische Gesellschaftsleben nachahmend, lebten die Besitzer ungeheurer Vermögen in russischer Pracht, das heißt einem halbasiatischen Luxus. In Moskau, der russischen Stadt par excellence, unterhielten sie eine Schar von Dienern, einen Tisch, an dem ein Heer von Parasiten lungerte, und der für jeden Freien gedeckt dastand, reich besetzt war mit den kostbarsten Schüsseln und den groben Gerichten ihres nationalen Geschmacks. Die dort herrschende Sitte überstieg auch ohne das vom Hof gegebene Beispiel die Verderbnis, welche Rom in den Tagen seiner Entwürdigung darbot, und welche in dem schamlosesten Treiben neuerer Zeiten zu finden war. Laster aller Art herrschten vor, denn weder Gerechtigkeit, Gewissen oder Ehre legten ihren Leidenschaften einen Zwang auf. Allgemeine Menschenverachtung, Kriechen vor Mächtigeren, Bedrücken der Niederen, insolenter Stolz, Schamlosigkeit, Mangel jeden Sinnes für das öffentliche Wohl und selbst Vaterlandsliebe, Spielsucht und Lust am Verschwenden, Hang zum Diebstahl, rohe Sinnlichkeit waren die Eigenschaften, die die Männer nicht weniger als die Frauen auszeichneten. Letztere überließen sich ihren Leibeigenen, und ihre Wahl wurde nur durch eine kräftige Konstitution und die Laune ihres Geschmacks bestimmt. Mädchen von zwölf und dreizehn Jahren feierten schon Orgien.

Ein anderes Verhältnis herrschte in den Kreisen, die unmittelbar unter den Augen des Hofes lebten. Waren Treue und Enthaltsamkeit, Ehrlichkeit und Offenheit auch hier nicht die Tugenden, die glänzten, so hatten doch feinere Sitten den Adel gehoben, und die Frauen – eine Folge des Geschlechtes der Herrscherin – übertrafen die Männer bedeutend. Sie waren sanft, liebenswürdig, oft wahrhaft unterrichtet, gemeiniglich schön, wohingegen bei näherer Bekanntschaft die Männer sich aller Eigenschaften entblößt zeigten, die sie liebenswürdig machen können. Die Künste, durch Luxusgegenstände ermutigt, waren zu einem Bedürfnis der Gesellschaft geworden und wirkten, durch Fremde ausgeübt, vorteilhaft auf diese zurück. Trotzdem bot Petersburg unter Katharina mehr als je den Kontrast zwischen Zivilisation und Barbarei. An diesem nordischen Hofe, unter dem Einfluß eines eisigen Klimas, wollte man den Glanz des Orients mit dem graziösen Luxus des Versailler Hofes verbinden. Man erheuchelte Geschmack, übertrieb aber die Gebräuche des modernen Athen. Man erschöpfte sich in Prahlereien, und die Verschwendung in der Schwelgerei glich der, die von der Geschichte aus den Tagen der römischen Kaiser bewahrt wird. Diese Verderbnis stieg, ohne die sie verhüllenden feineren Sitten, in die niederen Kreise der Hauptstadt hinunter und verbreitete sich im Lande.

Das war der berühmte Hof Katharinas II., deren Regierung durch beispiellose Usurpationen und maßlose Ausgaben Nach einer Berechnung, die Castéra schätzungsweise anstellt (Bd. II, S. 253-57), beliefen sich allein die Ausgaben für Katharinas Günstlinge auf 88 820 000 Rubel. ebenso gerühmt und gepriesen wurde, wie er vielleicht zerstörend für das russische Volk, ja für

Europa gewesen ist. Dies war der gefeierte Hof, äußerlich geglättet, anscheinend glücklich und glänzend, aber doch nur zu vergleichen mit dem berüchtigten Eispalast, der an den unfruchtbaren Ufern der traurigen Newa als grausamer Czarenscherz zur Vermählungsfeier für den unglücklichen, zum Hofnarren erniedrigten Fürsten Golitzyn errichtet war. Wie aber dachte Katharina, welche sterbend Rußland zwei schreckliche Zuchtruten, den Krieg und den Staatsbankrott, zu hinterlassen schien, selbst über diese ihre Regierung? Sie fühlte nur das Glänzende derselben und war verblendet und überrascht durch ihr eigenes Genie, sie sprach von ihrer Person mit derselben Bewunderung, wie ihre Schmeichler, nur mit dem Unterschiede, daß sie von dem, was sie darüber sagte, überzeugt war. Auf dieses Bewußtsein und ihre weibliche Eitelkeit gründete sich der Zorn und die Rachsucht, die Frankreich und seinem Minister Choiseul nie vergeben konnten, daß man ihr den Titel »Kaiserin« verweigert hatte. Dieser Titel war Elisabeth und ihrem Nachfolger nur gegen die Ausstellung von Reversalien bewilligt, die versicherten, daß dieser Titel nichts an dem bisher bestandenen Zeremoniell ändern sollte. Ein solches Reversal auszustellen, verletzte den Stolz Katharinas, und daher rührte Choiseuls Weigerung ihrer Anerkennung. Nach einem bitteren Notenwechsel gab die Kaiserin ein für allemal eine Erklärung ab, die dem Sinn des Reversals entsprach und für ewig gelten sollte, die aber nicht verhinderte, daß in kurzem und wiederholt Zwiste über den Vortritt zwischen dem russischen und französischen Gesandten entstanden. Um diese Zwiste fernerhin unmöglich zu machen, sandte Katharina dorthin, wo Frankreich einen Ambassadeur hatte, fortan nur einen Ministerresidenten.

Um das Bild der mächtigen Kaiserin zu vollenden, bleibt nun nichts mehr übrig, als einige wenige Worte über sie als Frau anzuführen. Katharina war in ihrer Jugend schön gewesen und behielt auch noch bis in ihre letzte Lebenszeit hinein Anmut und Majestät der Erscheinung bei. Sie war eher klein, als hoch gewachsen, aber von ausgezeichneter Proportion, und da sie sich jederzeit sehr gerade hielt und den Kopf in die Höhe gehoben trug, machte sie fast den Eindruck einer großen Gestalt. Ihre Stirn war hoch und offen, ihre Nase etwas gebogen, ihr Mund anmutig, aber ihr Kinn war ein wenig hervorstechend, ohne jedoch darum entstellend zu werden. Ihr Haar war von glänzend brauner Farbe, die Augenbrauen dunkel, stark und hoch gewölbt. Ihre lichtgrauen, mitunter ins Blaue schimmernden Augen strahlten oft von affektierter Milde, verrieten aber noch öfter ungebändigten Stolz und selbst Falschheit. Die markierten Züge und eine gewisse Falte an der Nasenwurzel im Verein mit dem etwas groben und harten Unterteil des Gesichts verliehen ihrem Ausdruck etwas Finsteres, ohne jedoch darum zu verraten, was in ihrer Seele vorging, ein Zug, den sie im Gegenteil kannte und geschickt dazu benutzte, um ihre Gefühle zu verbergen. Ihre Bewegungen und ihr ganzes Wesen zeugten namentlich in unbewachten Augenblicken von Wollust und Sinnlichkeit.

Zwei vorzugsweise berühmte Bilder haben ihre Züge der Nachwelt erhalten. Das erste, das wir bereits erwähnten, zeigt sie in der Zeit ihrer Thronbesteigung, im Alter von dreiunddreißig Jahren, in der Uniform der Gardeinfanterie, geschmückt mit dem blauen Bande des Andreasordens, auf dem Hute einen Eichenzweig, die Haare fliegend, mit einer einfachen Schleife und auf einem weißgrauen Tigerhengste reitend. Das andere durch den berühmten Maler Lampi, einige Zeit vor ihrem Tode angefertigt, ist zwar von großer Ähnlichkeit, aber etwas geschmeichelt. Als nämlich Katharina merkte, daß die unglückliche Falte, die ihre Physiognomie so charakteristisch machte, auf diesem Bilde nicht vergessen war, war sie sehr unzufrieden und behauptete, Lampi habe ihr eine zu strenge und böse Miene gegeben. Der Maler mußte sich dem kaiserlichen Willen beugen, das Bild retouschieren und verdarb es, da es jetzt einer jungen Nymphe gleicht.

Katharina trug gewöhnlich russische Tracht, die sie trefflich kleidete: eine kurze grüne Robe, welche nach vorn zu eine Art Weste bildete, und deren enge Ärmel bis zur Handwurzel hinunterreichten. Ihr leicht gepudertes Haar ließ sie auf die Schulter hin abfallen und schmückte es mit der kleinen, vorn auf dem Haupte wie ein anschließender Halbmond aufrecht stehenden Mütze, die ihre Größe scheinbar vermehrte. Diese Mütze war stets mit Brillanten besät. In den letzten Jahren ihres Lebens bediente sie sich vieler Schminke und suchte auf jede Art die Spuren des Alters auf ihrem Antlitz zu verwischen. Sie wollte immer jung erscheinen, und dies war wahrscheinlich der Grund, warum die sonst so ausschweifende Frau eine mäßige und geregelte Diät beobachtete. Sie frühstückte leicht, aß sparsam zu Mittag und nie zu Abend. Als sie in den Zeitungen las, daß sie, mit der Wassersucht behaftet, nicht mehr lange leben könne, gab sie sich wohl äußerlich den Anschein, als lache sie darüber, innerlich aber beunruhigte sie sich sehr.

An Zeremonientagen vereinigte sie in ihrer Person wie an ihrem Hofe alles, was europäischer Geschmack asiatischem Glanz hinzuzufügen imstande war. Ihr Haar wie ihre Kleidung waren dann mit Brillanten übersät, ihr Haupt mit einer Krone von unschätzbarem Werte geschmückt, und sie zeigte sich nicht allein mit blitzenden Diamantsternen, sondern trug dazu alle Bänder ihrer großen Orden.

Königlich wie ihre Art zu leben, war auch ihre letztwillige Verfügung, die sie für den Fall ihres Todes im Jahre 1792 niederschrieb:

»Falls ich in Czarskoje Selo sterben sollte, so legt mich auf dem städtischen Friedhof in Sofia zu Grabe.

Falls – – in der Stadt St. Peters – – im Newskij-Kloster in der Kathedrale oder Bestattungskirche.

Falls – – in Pella, so bringt mich auf dem Wasserwege nach dem Newskij-Kloster.

Falls – – in Moskau – – im Donskoj-Kloster oder auf dem nahen städtischen Friedhof.

Falls – – in Peterhof – – im Sergijew-Kloster.

Falls – – an einem anderen Ort – – auf einem nahen Friedhof.

Den Sarg sollen Garden zu Pferde tragen und niemand anders.

Man soll meinen Leib bestatten in einem weißen Kleide, mit einer goldenen Krone auf dem Haupte, darauf soll mein Name stehen...«